W0280565

À Louise, Tom et Zadie

I

LES CHASSES
DU GRAND VENEUR

1

Phase 2 – L'appât : pâture employée pour attirer le gibier.

André Cavicci remarqua soudain que le jour se levait, étirant un filtre bleuté et froid sur Paris. Il avait passé la nuit à marcher, puis à attendre, avait oublié les heures et les distances. Le soleil paraissait maintenant presque par surprise. On était le 5 mars et tout pouvait se jouer.

Il raccrocha et empocha son téléphone. Planté sur le trottoir désert, il inspecta la rue étroite où la fille l'avait entraîné. Un vent glacé s'engouffra entre les façades et balaya la chaussée noire de pluie. Cavicci ressentit la froidure de l'aube, un souffle piquant qui perça son trois-quarts élimé et le fit frissonner. Il tira une dernière bouffée sur son mégot de Marlboro avant de l'envoyer voleter d'une pichenette. Enfin, il sortit son arme et entra dans l'immeuble.

Il retint le battant de la porte cochère pour l'empêcher de claquer et s'immobilisa dans le hall carrelé. À l'affût, il perçut le pas mat de la fille, le rythme souple de ses talons hauts sur les marches à mesure qu'elle grimpait l'escalier. Elle devait déjà être au deuxième étage.

Cavicci passa la tête par-dessus la rampe, se tordant le cou. Il vit là-haut, dans la faible lueur électrique, la pâle menotte aux doigts grêles qui glissait sur le bois, s'élevait en cercles concentriques, et le trench-coat beige fluide et insolent qui souffletait les barreaux. À pas feutrés mais rapides, il monta les marches à son tour. Il ne la laisserait pas lui échapper, cette fois ; après dix-huit mois d'errements, il se retrouvait à Paris sur les traces de cette gamine d'à peine trente ans, le seul lien qui lui restait, le seul maillon entre les meurtres de Claudel à Lyon, de Birzaian à Bordeaux, et les autres… Elle était sa dernière amarre dans le réel quand tout le monde le disait fou.

Sa seule piste. Sa dernière chance. Sa rédemption.

Les talons de la jeune femme claquèrent sur le parquet du palier. Elle était au troisième étage. Cavicci accéléra. Il n'était pas question de frapper à toutes les portes pour la débusquer s'il la perdait maintenant. Il gravit les marches quatre à quatre en retenant son souffle lourd. Le tapis vert de l'escalier assourdissait son pas. Il arriva au troisième étage à l'instant où elle entrait dans un appartement au bout du couloir. Il s'approcha lentement, son poids faisant grincer les lattes anciennes. Son cœur cognait fort dans sa poitrine et dans sa gorge.

La porte était entrouverte, comme une invitation. Il déglutit, inspira fort, s'assura qu'une balle était chambrée dans le canon de son arme et poussa doucement la porte. Le timbre ténu d'une trompette ou d'un clairon jusqu'alors inaudible lui parvint, un air sautillant et chaotique. Il risqua un coup d'œil à l'intérieur et découvrit une petite entrée parquetée aux murs blancs, qui donnait sur cinq autres pièces.

— Megara ? Megara, vous m'entendez ? appela-t-il.

Le clairon, moqueur, caracola en guise de réponse.

Cavicci franchit le seuil. Surpris par la chaleur de

l'appartement, il se lança, traversa l'entrée, son arme devant lui, braqua sur sa droite une cuisine vide, puis un salon, et se figea. Au bout de la pièce, dans la clarté bleutée qui s'invitait par la fenêtre, ses talons effilés plantés dans un épais tapis chinois, Megara lui faisait face, immobile comme si elle consentait enfin à se laisser regarder, le menton tendu vers lui avec arrogance. Cavicci détailla ses traits pour la première fois, ses pommettes hautes, ses lèvres charnues, ses cheveux châtains retenus en queue-de-cheval, ses yeux gris, profonds. Et froids. Quelque chose clochait. Son maquillage, peut-être, ou ses vêtements qui la vieillissaient, à moins qu'il ne s'agisse de ses cheveux, plus sombres que dans son souvenir. Elle semblait avoir largement dépassé la trentaine.

La femme leva la main gauche où fumait une cigarette qu'elle porta à sa bouche sans le lâcher des yeux. D'un geste lent, elle pointa la télécommande vers la chaîne stéréo et augmenta le volume. La musique lointaine devint claire. Cavicci reconnut un ensemble de cors de chasse ; il pâlit et baissa son arme malgré lui. Après des mois de traque, il l'avait localisée à Paris et l'avait suivie toute la soirée avant de la perdre encore et de la retrouver enfin. Il l'avait regardée marcher dans les rues de la ville, danser avec des inconnus, et rire jusqu'à s'oublier. En cet instant, il aurait pu se demander combien d'hommes avaient suivi cette beauté jusqu'à la mort. Il n'en eut pas le temps ; elle lui sourit.

2

Phase 3 – Le leurre : pâture visant à tromper le gibier.

Une dernière fois, Chloé examina son reflet dans la glace de l'entrée. Ses cheveux clairs attachés en queue-de-cheval libéraient son visage que rehaussait un maquillage discret. Son chemisier blanc n'était ni trop strict ni trop clinquant, et ajoutait un peu de lumière à son ensemble bleu marine. Pas de noir. Elle n'allait pas à un enterrement, mais à un rendez-vous professionnel ; elle imaginait pourtant que l'ambiance serait la même.

Un temps encore, elle s'observa dans le miroir, ses yeux rivés dans ceux du reflet tandis que résonnaient en boucle les mêmes questions : est-ce que tu es sûre ? est-ce que tu es prête ? est-ce que c'est ce que tu veux ?

— Oui, s'entendit-elle répondre à haute voix.

— Waouh ! s'exclama Julien en la découvrant sur son trente-et-un. Qui se marie ?

— Très drôle. J'espère plutôt qu'ils auront envie de me proposer un contrat généreux. Cela dit, si je ne suis pas rentrée à midi, considère que je convole en lune de miel dans un jet privé vers les Bahamas.

Julien éclata de rire.

— Si tu me laissais intervenir, tu n'aurais même pas

à aller à ce rendez-vous ! J'ai des relations qui seraient ravies de travailler avec toi. Quant au mariage…

Il passa derrière elle, l'enlaça, posa le menton sur son épaule et sourit. Ils se regardèrent un temps dans le miroir en pied. Lui dans son costume-cravate sobre, panoplie d'avocat, elle dans son tailleur de cadre dynamique. Un petit couple de *beautiful people*, pensa-t-elle. Elle souffla et se dégagea lentement de son étreinte.

— Il faut que je finisse de me préparer.

— Ça va bien se passer. Ton blog fait un tabac ! Tu pèses cinquante mille visites hebdomadaires ; c'est une visibilité exceptionnelle pour eux, je doute qu'ils laissent échapper une telle opportunité. L'offre sera à la hauteur de tes efforts et de tes attentes, parce que tout ce que tu touches se transforme en or, Chloé ! Tu ne peux rien y faire, c'est comme ça !

Julien était beau gosse et faisait du sport, mais il parlait comme un de ces profs d'histoire renflé de son savoir, vieux avant l'heure et content de lui.

— Tu as rendez-vous à quelle heure déjà ? reprit-il, devant le silence de Chloé.

— À 8 h 45 chez Biotech et à 9 h 30 au Bosquet des Abeilles.

— 8 h 45 ? Ils travaillent à l'aube, ces gens-là !

— Ça promet…

— Ne t'inquiète pas. Ton CV va les faire rêver, c'est évident, assura Julien.

— Surtout ces quinze derniers mois, passés chez moi à insulter ce connard de Vankleber ! Et ses actionnaires !

Chloé avait élevé le ton malgré elle.

Julien prit ses mains et lui sourit.

— C'est derrière toi, tout ça, Vankleber, les Américains, Steenson… Aujourd'hui, il est question de demain, pas d'hier. Tu vas recommencer ailleurs, et tu feras encore mieux. Tu as un appart magnifique, un blog célèbre, un mec formidable… même si tu ne veux pas t'engager.

Julien dans toute sa finesse… Elle se dégagea et soupira malgré elle.

— Arrête…

Julien hocha la tête avant de reprendre :

— Et Le Bosquet des Abeilles, qu'est-ce que c'est ?

— Une association de quartier, dans le XVIIe, des habitants réunis autour d'un potager collectif sur un terrain en friche, si j'ai bien compris. Ils voudraient que je parle de leur projet sur le blog.

— Ils font de la culture bio ?

— Oui, tout est bio. Mais ils vont plus loin : leur petit groupe vénère Mère Nature et entonne des chants les soirs de pleine lune, pour favoriser la fertilité de la terre.

— OK…

— Ils m'ont l'air un peu perchés, mais ça peut faire un bel article sur le retour à la pureté naturelle en milieu urbain. Je te raconterai…

— Avec ce papier, je parie trois cent mille vues ! Quotidiennes ! Tu vas décrocher le contrat du siècle.

— Si tu le dis…

— Oui, je le dis ! Je le sais ! Bon, il faut que j'y aille. Je dois passer chez moi me changer avant de rejoindre le cabinet. Je suis au tribunal toute la journée. On dîne ensemble ?

— On s'appelle.

Elle l'embrassa rapidement et l'abandonna dans l'entrée. Les lèvres pincées, il la regarda s'éloigner dans l'appartement. Il avait l'impression de l'excéder parfois, et se dit qu'il la rappellerait dans la matinée pour arrondir les angles. Julien était un arrondisseur d'angles. Il attrapa son long manteau et quitta l'appartement.

Immobile sur le trottoir que balayait un vent glacé, Chloé relut la plaque cuivrée apposée près de la massive porte de bois :

Biotech
Bâtiment B
1er étage gauche

Elle entra dans l'immeuble et traversa une jolie cour arborée. Elle repéra l'accès à l'autre bâtiment, emprunta un ascenseur étroit en bois et fer forgé qui la déposa à l'étage. Deux portes bordeaux se faisaient face. Elle regarda l'heure, attendit deux minutes encore et sonna chez Biotech à 8h45 précises. Un grésillement fit claquer la serrure. Chloé découvrit une large pièce au sol parqueté. Un air d'opéra lui parvenait, une musique d'ambiance, vraisemblablement. En face d'elle, sous d'épaisses lettres dorées fixées au mur et épelant « BIOTECH », une jeune femme blonde dont les traits fins étaient mis en valeur par un maquillage subtil, tirée à quatre épingles, patientait derrière un bureau en souriant.

Chloé se figea, submergée par une confusion soudaine, puis se ressaisit : il n'était pas l'heure de flancher. Elle était prête.

— Bonjour, je suis Chloé de Talense. J'ai rendez-vous avec M. Lectonson.

— Bonjour, madame de Talense. Je préviens immédiatement M. Lectonson de votre arrivée. Je vous laisse patienter un instant ?

D'un sourire et d'un revers de bras, la jeune femme lui désigna deux fauteuils sur le côté de la pièce. Chloé la remercia et entendit la réceptionniste l'annoncer au téléphone.

Une fois assise, elle se redressa soudain sur son siège. Une inquiétude la transit, qu'elle avait senti poindre dans sa poitrine, ces derniers jours, à mesure que ce rendez-vous approchait. Elle inspira profondément. Après tout, cela faisait des mois qu'elle attendait ce moment. Avoir le trac avant une représentation était normal ; un entretien d'embauche, ce n'était rien d'autre qu'une mise en scène de soi.

Une porte s'ouvrit et Albert Lectonson parut. La soixantaine bien tassée, plutôt rondouillard dans son costume gris clair qu'ornait une pochette blanche éclatante, il s'approcha à pas lents et lui tendit la main. Une fine cravate rouge se tortillait sur son torse comme un serpent. Ses cheveux blancs et filandreux dessinaient une raie stricte et rosâtre sur le côté gauche de son crâne. Son visage pâle et anguleux enserrait deux petits yeux, l'un d'un bleu intense, l'autre blanc. Surtout une horrible balafre barrait de haut en bas, du front au menton, son profil droit, y dessinant en relief une ligne de chair écœurante, vestige d'une blessure qui lui avait crevé un œil.

Chloé déglutit et se leva pour serrer sa main molle.

— Madame de Talense, j'ai réel plaisir à vous rencontrer.

Il marqua une pause, en la fixant de son œil unique.

— Un plaisir partagé, monsieur Lectonson. Je vous remercie de me recevoir.

— Je vous en prie, appelez-moi Albert.

— Chloé, répondit-elle simplement.

Il sourit, ce qui déforma sa balafre rose. Puis il l'entraîna vers la pièce dont il était sorti.

— Voulez-vous un café ?

— Non, je vous remercie.

— Juste un pour moi, s'il vous plaît, Melissa.

La jeune femme acquiesça. Lectonson poursuivit :

— Allons dans mon bureau. Nous y serons plus à l'aise.

Chloé le suivit sans un mot, à son pas. Ils pénétrèrent dans une vaste pièce sommairement meublée. Il l'invita à s'asseoir et prit place à son bureau, ce qui fit tressauter son serpent de cravate. L'opéra en fond sonore emplissait le silence.

— Vous aimez l'opéra ? demanda-t-il de but en blanc.

— Je connais peu, mais oui, plutôt.

Il leva un doigt, soulignant les inflexions des violons.

— *Orphée et Eurydice* de Gluck ! Un chef-d'œuvre ! L'une de mes pièces préférées.

Elle approuva d'un hochement de tête. Il enchaîna :

— Votre CV est très impressionnant, Chloé. Un bac scientifique avec félicitations du jury à seize ans, un diplôme de pharmaceutique en trois ans, un doctorat en biologie médicale et recherche pharmaceutique. Votre propre laboratoire à vingt-trois ans ! C'est éblouissant !

— Je vous remercie. Je me suis passionnée assez tôt pour la chimie puis la pharma, comme mes parents. Et, comme eux, je n'ai pas compté mes heures ni mes efforts.

— Vous allez souvent en Afrique du Sud, pour quelles raisons ?

— Je suis née à Pretoria, où j'ai vécu jusqu'à mes treize ans. Mon père et moi en sommes partis au début des années 1990. J'y suis retournée plusieurs fois, surtout à des fins professionnelles.

Semblant ignorer sa réponse, le vieil homme poursuivit :

— Puis votre laboratoire est racheté par l'entreprise de votre père, Talense & Vankleber.

— C'est exact.

— Pourquoi ?

— Pardon ?

Lectonson dardait son regard bleu sur elle.

— Pourquoi ce rachat ? Votre entreprise était florissante. Vous vous étiez affranchie de votre père, lui-même à la tête d'une compagnie pharmaceutique concurrente. Je m'interroge : pourquoi cette femme talentueuse qui pouvait facilement décrocher un emploi dans l'entreprise de papa a-t-elle préféré créer sa propre société avant de finalement rejoindre son père ?

Chloé de Talense grimaça un sourire. Sous l'ardeur du stress, elle peinait à se concentrer, et l'œil de Lectonson la dégoûtait un peu.

— Un accident de chasse, expliqua-t-il tout à coup. Vous chassez, Chloé ?

— Non. Comme vous avez dû le voir sur mon blog, « Les Voies de l'Éveil », je défends la nature, les animaux. Plutôt l'inverse, donc…

Chloé se tut. Elle avait remis le blog au centre de l'entretien, ce qui était l'objectif, mais avait contré son interlocuteur un peu sèchement. Lectonson sembla s'en amuser.

— Vous avez tort. Vous devriez essayer. Pour ma part, je chasse à courre. C'est un sport passionnant qui demande intelligence et ténacité. Sagesse aussi ; la proie a parfois le dessus. C'est ainsi. L'ordre naturel des choses…

Il marqua une courte pause, examina de nouveau le CV.

— Vous aimez le théâtre… du moins, vous l'aimiez quand vous étiez lycéenne et étudiante.

— En effet, j'ai été comédienne amateure pendant près de six ans. J'ai même été semi-pro à une époque. Je jouais tous les soirs, après les cours.

— C'est très bien… C'est important d'avoir des passions. Moi-même, j'écris un peu. J'aime inventer des histoires, des scénarios…

Visiblement, Lectonson aimait aussi parler de lui.

— … mais vous ne m'avez pas répondu, assena-t-il soudain.

Un instant décontenancée, Chloé se reprit :

— Pardon. Je n'ai pas répondu à quelle question ?

— Pourquoi avoir rejoint votre père alors que vous aviez coupé le cordon en créant votre propre entreprise ? répéta Lectonson qui attaquait de front comme un boxeur.

— En montant ma propre société, je voulais faire mes preuves. Je n'avais pas envie que la profession me considère comme une… fille à papa. Plusieurs découvertes, notamment la conception de la molécule PPN78, m'ont valu d'être approchée par des sociétés financièrement plus solides. On m'a proposé de copieux budgets de recherche pour développer des projets, j'ai réfléchi. Et j'ai fini par accepter l'offre de Talense & Vankleber.

— Puis ils vous ont licenciée.

Chloé reçut l'affirmation comme un uppercut.

— Oui… Non. J'ai négocié mon départ et quitté l'entreprise, presque dix ans plus tard.

— Vous ne faisiez plus l'affaire ?

Immobile, l'œil perçant, Lectonson avait changé de braquet et attaquait plus fort. Le chasseur à courre lâchait ses chiens pour l'hallali. Chloé s'en rendit compte à l'instant où elle sentit monter la colère. L'homme la testait, sans ménagement. Alors elle sourit.

— Au contraire ! J'ai été promue directrice de recherche au bout de cinq ans. Jamais l'entreprise n'a été aussi prospère qu'à cette époque.

On frappa à la porte dans son dos et Chloé perçut le cliquetis d'une tasse et d'une cuillère. Un homme d'une trentaine d'années en costume anthracite et aux cheveux bruns hirsutes apporta son café à Lectonson.

— Entrez, Thibault. Chloé, vous connaissez Thibault Ziffoni ? lança le vieil homme tout de go.

Chloé dévisagea le trentenaire qui déposait la tasse devant son patron. Elle hésita.

— Non. Désolée.

— Vraiment ? insista Lectonson en portant la tasse à ses lèvres.

— Vraiment, assena Chloé.

Il vida sa tasse d'un trait sans la quitter de son œil unique. On aurait dit un gros bourdon en train de butiner.

— M. Ziffoni a également étudié la pharmacie et il est aujourd'hui l'un de nos directeurs commerciaux. Je pensais que, peut-être, vous vous étiez rencontrés. C'est un petit monde…

Chloé sentit le piège qu'il lui tendait.

— Oui. Mais ce n'est pas le cas.

Les deux hommes l'observèrent un instant en silence, puis Lectonson reprit, feignant la déception :

— Ah… Merci, mon ami.

Thibault ressortit sans avoir prononcé un mot. Lassée de ce petit jeu, agacée même, Chloé décida d'y mettre un terme.

— Monsieur Lectons… Albert, je vous remercie

sincèrement de m'accorder cet entretien. Mais j'ai l'impression que vous êtes plus intéressé par mon ancienne société que par mon blog. Vous devinez que je suis tenue au silence par une clause de confidentialité quant aux projets en cours de recherche ou de développement chez Talense & Vankleber.

Il sourit, apparemment ravi de la voir reprendre la main. Chloé décida de conclure :

— Je vais vous dire ce que vous voulez savoir : l'entreprise a lentement été rachetée par des partenaires étrangers. Il y a un an, les actionnaires, majoritairement américains, ont annoncé via leur représentant en France, Matt Steenson, que vous connaissez certainement parce que « c'est un petit monde », qu'ils ne souhaitaient pas continuer à collaborer avec moi. Ils m'ont forcée à vendre mes parts puis m'ont évincée. Mon père ne m'a pas soutenue et j'en ai énormément souffert. Nous ne nous sommes plus adressé la parole, vous l'imaginez… Sept mois plus tard, il mourait dans un accident de la route. Aujourd'hui, j'ai sorti la tête de l'eau et repris le contrôle de ma vie. Je ne souhaite avoir aucun lien ni avec mon ancienne société ni même avec la chimie. Mon blog « Les Voies de l'Éveil » m'a permis de renouer avec l'essentiel, la nature, le bio, les produits vrais, parce qu'après cette traversée du désert, j'avais besoin d'un retour à l'essence de la vie, à la pureté des choses. Ce blog, vous le savez, connaît un vif succès. Lorsque vous m'avez appelée, vous avez évoqué une proposition de rachat, insistant pour me rencontrer. Je suis là. Et dans…

Elle regarda sa montre.

— … trente-cinq minutes, j'ai un autre rendez-vous professionnel pour tourner la page pharmaceutique de mon passé et tenter d'en écrire une autre, en ligne cette fois. Parce que je crois aujourd'hui… Non. Je *sais* aujourd'hui que je suis prête.

Elle se leva et tendit la main. Lectonson se leva à son tour.

— Je vous ai contrariée avec toutes mes questions…

— Pas du tout. Je vous remercie pour le temps que vous m'avez accordé.

— Très bien, madame de Talense.

Il lui serra la main.

— Je dirai même que c'est parfait !

Il contourna son bureau et la raccompagna jusqu'à l'entrée. Alors qu'elle passait la porte des locaux de Biotech, il ajouta :

— Nous reprendrons contact avec vous très prochainement, madame de Talense. Parce que vous avez raison : vous êtes prête.

Sa balafre se gondola quand il lui sourit.

3

— Mais… il va s'en tirer… Ça va aller mieux…

On aurait eu du mal à dire s'il s'agissait d'une affirmation ou d'une question. Il sembla même à la lieutenante Chen que le commissaire avait un léger trémolo dans la voix. Le silence revint dans l'habitacle et l'on entendit soudain rugir les douze cylindres de la BMW comme la berline décélérait pour quitter le boulevard Malesherbes.

— Les reins aussi sont touchés ? reprit le commissaire. On ne peut pas greffer ?

Chen freina, rétrograda, alluma le gyro posé sur le tableau de bord et lança le deux-tons, annonçant à la cantonade qu'elle allait débouler dans son bolide, pleins phares, et qu'il valait mieux écarter femmes et enfants. Pressant le téléphone contre son oreille, le commissaire plissa le front et jeta un regard désapprobateur à sa collègue.

— Excusez-moi, docteur. Vous pouvez répéter ?

La BMW noire fit une embardée et se retrouva sur le boulevard des Batignolles. Cramponnée au volant, Chen talonna l'accélérateur, aiguillonnant ainsi les six cents bourrins qui s'ébrouèrent sous le capot. La poussée colla les deux flics aux sièges. Le bolide évita de justesse un scooter dont le conducteur invita aussitôt Chen à visiter quelque ami sodomite. Le commissaire s'excusa de nouveau auprès de son interlocuteur et couvrit le micro.

— Yvonne, tu peux faire attention, s'il te plaît ?

La lieutenante Chen sut tout de suite qu'il ne s'agissait pas d'une question et leva le pied à regret. Elle coupa le deux-tons mais laissa le gyrophare allumé. Sur le tableau de bord, la loupiote bleue qui toupillait sous son globe de plastique suffisait à ouvrir devant eux une voie royale et à garantir un petit quatre-vingts kilomètres-heure de croisière dans une artère parisienne.

— Je comprends… N'hésitez pas à me téléphoner ! Je vous recontacterai plus tard dans la matinée. Vers 9 h 30, ça va ? OK, 10 heures… Si je ne réponds pas sur mon portable, vous m'appelez directement au 36… aux Batignolles. Le numéro est sur ma carte, sous celui qui est raturé. Vous demandez le commissaire Starski, ils sauront me trouver. Très bien. Merci, docteur ! À tout à l'heure.

— Alors ? le pressa Chen.

— Il ne sait pas… Il faut attendre.

— Il a quel âge ?

— Quinze ans.

— Quinze ans ? C'est très vieux pour un clébard, non ?

Chen disait toujours ce qu'elle pensait. Les gens parfois manquent de tact.

— C'est un setter irlandais, pas un clébard. Il s'appelle Albus.

— Ah… Je n'y connais rien en chien. Il est gros ?

Starski tourna son visage angulcux vers la lieutenante Chen, détailla le casque de cheveux noirs qui enserrait sa tête, la frange droite qui barrait son front. Ses lunettes épaisses à monture noire. Son costume complet noir.

Pour la première fois, il trouva que sa collègue avait un petit air de Dark Vador, pragmatique et aussi indifférente face à la mort que le Seigneur Sith. Mais Chen, elle, n'aurait pas échoué à mener à son terme la construction de l'Étoile Noire ni à écraser les Rebelles. Jamais.

— Non, Albus n'est pas très gros. Mais quand mes filles rentreront de chez leurs grands-parents avec leur mère et tous leurs cadeaux, les crêpes et les bonbons, je n'ai pas tellement envie d'être obligé de leur expliquer pourquoi Albus n'est pas là. Ni pourquoi il ne reviendra jamais.

— Tu n'as qu'à dire qu'il est dans une ferme à la campagne. D'après ce que j'ai entendu, c'est ce que racontent les parents à propos des papis, des mamies et des animaux qui meurent.

Chen, en pleine démonstration de son indifférence pour ses semblables. Starski reçut les derniers mots avec douleur.

— Mais il ne doit pas mourir. Il ne peut pas… me faire ça.

— Pourquoi ?

Il soupira.

— Parce que c'est *notre* chien, c'est comme ça, Yvonne !

Chen fixa la route et ne chercha pas plus avant. Elle ne comprenait pas qu'on puisse avoir des sentiments pour un animal.

— Il s'est mis à gémir vers 4 heures du matin, reprit Starski. Je me suis levé et je l'ai trouvé sur le flanc, la langue pendante. Il bavait du sang. Ses yeux me suivaient à chacun de mes mouvements, comme s'il me demandait : « Mais qu'est-ce qu'il m'arrive, là ? » Ni une ni deux, je me suis habillé, j'ai appelé un taxi, vu que tu avais la BM, et je l'ai amené à la première clinique ouverte que j'ai trouvée sur Internet… Les urgences véto à Miromesnil sont ouvertes en continu, jour et nuit, tu savais ? Bref… À cette heure-là, on y était en quinze minutes…

— C'est une chance, commenta Chen.

— Merde ! conclut-il en se frappant la cuisse. Tu n'as jamais eu de chien ou de chat, toi ?

— J'ai eu un hamster quand j'étais petite. J'avais cinq ou six ans. Monsieur Pelote. Un jour, j'ai laissé la cage ouverte et il s'est enfui. Pas très loin. On l'a retrouvé sur le carrelage de la cuisine, tout couvert de fourmis. Mon père m'a disputée. Puis il a mis Monsieur Pelote à la poubelle.

Starski préféra abandonner.

— En tout cas, merci d'être venue me chercher. Coupe à droite, on y sera plus vite. Mais sans faire brailler le moteur !

— C'est un V12, Paul ! Il est monté sur la toute dernière génération de la Série 7 ! Je l'aime bien, cette machine.

— Cette « machine » a été saisie sur un go fast. J'ai fait des pieds et des mains pour pouvoir la récupérer hier soir, révisée et équipée en radio et puce de traçage en moins de vingt-quatre heures. Elle est comme neuve, alors vas-y doucement !

— Je l'aime bien, répéta la lieutenante.

Starski crut apercevoir un sourire sur les lèvres de Chen. Peut-être la manifestation d'une émotion, d'une joie… Non. Une telle chose était impossible. Il regarda de nouveau la route et les voitures, tandis que sa collègue s'abandonnait secrètement à l'extase.

Puis il se dit qu'il valait mieux essayer de penser à autre chose.

— Bon, qu'est-ce qu'on sait sur cette prise d'otage ?

La rue des Moines était fermée à hauteur de la rue de la Jonquière et le flic qui agitait les bras au milieu de la chaussée était suffisamment fluorescent dans les phares et corpulent dans son uniforme pour que personne ne discute ses consignes. Lorsque la BMW se présenta avec son gyro, il plissa les yeux et amena son visage rougeaud jusqu'à la vitre du passager. Il détailla les traits du type qui le considérait, un homme d'une quarantaine d'années aux cheveux corbeau en brosse, une barbe rase et noire, la mâchoire carrée, le nez pointu et le regard fixe, ainsi que la carte de commissaire qu'il avait collée à la vitre. Il aperçut la jeune femme asiatique qui conduisait mais ne lui prêta aucune attention. Il s'écarta du milieu de la chaussée, désigna le fond de la rue et les salua en reluquant la luxueuse berline qui s'éloignait.

La BMW parcourut une trentaine de mètres jusqu'au numéro 97. Starski grogna. Il n'y avait visiblement sur place qu'un véhicule sérigraphié de la BAC. C'était léger. Les deux flics plantèrent leur bolide au milieu de la chaussée et sautèrent hors de l'habitacle sous un ciel radieux. Un brigadier-chef vint à leur rencontre et les salua. Starski fit les présentations sans fioritures.

— Commissaire Starski, lieutenante Chen, brigade criminelle. On a eu un appel radio du SIC[1]. On était à côté. On vous écoute.

— C'est au troisième étage, commissaire. On pense

1. La salle d'information et de commandement de la Préfecture de police de Paris géolocalise sur grand écran la position des véhicules de police et maintient avec chacun un contact radio.

qu'il n'y a qu'un seul type barricadé avec un otage. Il est armé et il braille depuis une vingtaine de minutes. Il y a eu deux coups de feu.

Starski observa la façade en ciment de cet immeuble peu reluisant. Du linge pendait aux fenêtres. La porte d'entrée semblait avoir souffert de mauvais traitements.

— Deux coups de feu… Il y a des victimes ? Vous êtes sûr qu'il n'y a qu'un seul otage ?

— On n'en sait rien. D'après ce qu'on entend, le forcené menace un homme, a priori. Un seul. Et il gueule qu'il va le tuer…

— D'accord… Et la BRI ? Ils sont où ? C'est plutôt à eux d'intervenir…

— Ils sont en route.

— D'accord…

Le commissaire lança un regard à Chen, qui comprit et fila vers le coffre de la voiture.

— On va aller voir, reprit Starski. Le type braille quoi, au juste ?

— Il dit à l'autre qu'il va le tuer, qu'il s'est fait piéger, un truc comme ça… Rien de très clair.

— Rien de religieux ?

— Non. Pas que je sache.

— Et l'autre ? L'otage ? Vous l'avez entendu ?

— Non. Les voisins ont entendu deux coups de feu et le type s'est mis à gueuler. Ils nous ont appelés.

— Il était quelle heure ?

— On a eu le message radio à 8 h 50, il y a une quinzaine de minutes. On était à deux pâtés de maisons alors on a rappliqué. On a bloqué la rue en attendant tout le monde. J'ai deux gars sur le palier du troisième étage qui surveillent la porte de l'appartement… Je les rejoignais quand vous êtes arrivés.

La lieutenante Chen revint. Elle avait retiré sa veste de tailleur et passé un gilet tactique. Elle rapportait celui de son chef de groupe, qui abandonna son treillis kaki et enfila son armure, sous l'œil surpris du brigadier.

— Vous n'attendez pas la BRI ? Le type est armé et…

— On est à plus de vingt minutes. Sur une prise d'otage, le premier service qui arrive intervient, quel que soit le terrain de compétence, lui rappela Chen en passant un brassard « police » fluo.

Sans un mot de plus, les deux flics de la Crim passèrent la porte de l'immeuble et pénétrèrent dans un hall carrelé. Sur leur droite, une porte s'ouvrit, laissant paraître une jeune femme, certainement la gardienne. D'un geste, le commissaire lui intima l'ordre de rentrer dans sa loge et de se mettre à l'abri. Starski et Chen s'engouffrèrent dans la cage d'escalier. La lumière du soleil qui filtrait par de petites fenêtres entre les paliers y était jaune et rare, et l'éclairage électrique guère plus vif. Un tapis vert, râpé et troué, vestige d'une gloire passée, dévalait les marches et atténuait l'impact de leurs pas. À mesure qu'ils montaient, un ronronnement leur vint aux oreilles, qui se fit voix, une plainte continue où affleuraient des mots. Ils gravirent les escaliers en spirale jusqu'au troisième étage, où deux agents en uniforme, l'arme à la main, surveillaient les issues.

— Commissaire Starski, lieutenante Chen. Qu'est-ce que ça donne ?

— Rien de nouveau. Il répète la même chose depuis notre arrivée. Écoutez !

Ils tendirent l'oreille.

— *Pourquoi ? Pourquoi moi ?*

— Il répète les mêmes phrases… Le type pète vraiment un plomb. On a essayé de lui parler ; il nous ignore…

— *Vous m'avez piégé ! Mais ça suffit !* interrompit la voix.

— Vous avez entendu quelqu'un lui répondre ? s'enquit Starski.

— Non. Mais il s'adresse à un autre type… Tout à l'heure, il l'a appelé conn…

— *Tu m'entends, connard ? Je porterai pas le chapeau pour toutes vos embrouilles ! Je vais tout balancer, t'entends ? Tout ! Le Grand Veneur ! Et le reste ! Vous m'aurez pas ! Jamais ! Et les autres vont...*

Les quatre flics demeurèrent un instant à l'affût, attendant une suite qui ne vint pas.

— Il est au téléphone ? s'enquit Chen.

— Non, enfin… je ne crois pas. Je n'en sais rien.

— Bon… Yvonne, tu restes en couverture. Je vais frapper, annonça Starski.

Les deux gardiens de la paix reculèrent pour laisser Chen se mettre en position au coin du mur, son flingue braqué vers la porte sous laquelle coulait une vive lumière. Starski traversa le couloir jusqu'à l'appartement, son dos glissant le long du mur opposé.

— *Tu m'entends ? Jamais !*

Starski, droit comme un i le long du chambranle, son arme pointée vers le sol, sonna.

— Bonjour, monsieur ! Je suis le commissaire de police Starski. Je dois vous parler. Monsieur ? Vous m'entendez ?

La voix à l'intérieur tarda à lui répondre.

— Monsieur ? Je suis là pour vous aider.

Les secondes s'écoulèrent de nouveau, muettes et pesantes. Starski crut percevoir de la musique à l'intérieur de l'appartement.

— Monsieur ? Vous…

— *Vous m'avez piégé ! Mais ça suffit !* coupa l'homme.

— Qui vous a piégé, monsieur ? Si vous m'en dites plus, je peux arrêter tout ça !

Un silence s'ensuivit.

— Parlez-moi, monsieur ! S'il vous plaît !

Un coup de feu retentit. Les quatre flics se raidirent. Puis on entendit la chute lourde d'une masse, d'un corps.

— Merde !

Starski s'écarta et tira sur la serrure. Une fois.

Une deuxième détonation éclata soudain. Le commissaire se plaqua immédiatement au mur, mais aucun projectile ne traversa la porte. Au lieu de cela, Starski perçut l'affalement d'un deuxième corps. Il enfonça la porte d'un coup d'épaule et pénétra dans l'appartement, son Sig-Sauer devant lui. La lumière blanche d'un halogène l'éblouit un instant. Une trompette grave et lointaine lui souhaita la bienvenue.

La première pièce était une petite entrée et s'ouvrait à droite sur un coin cuisine à l'américaine. Il la traversa et tomba sur une deuxième pièce, un salon éclairé par un autre halogène sur pied. Un corps y était étendu sur un large tapis chinois qui s'affairait à suçoter le sang noir. Chen partit inspecter la dernière pièce, une chambre à coucher qu'éclairait par la fenêtre la lumière blanche d'un matin de mars.

Starski s'était agenouillé et examinait le trou sombre qui marquait la tempe du cadavre, un homme d'une cinquantaine d'années bien tassées allongé sur le ventre. Une arme était posée près de lui. La trompette qui s'était tue reprit à cet instant ; c'était en fait un cor de chasse. Il ne s'agissait pas d'une sonnerie aux morts, mais d'un air plus enjoué, peu approprié.

Chen revint dans le salon et se pencha également au-dessus de la victime.

— Il y a un deuxième cadavre dans la chambre. Un homme. La soixantaine. Même blessure, annonça la lieutenante en sortant son portable.

— Dans la tempe aussi ? Mais qui est l'otage, alors ? Ils se sont suicidés tous les deux ?

Il tourna la tête, perplexe, pour inspecter l'arme qui reposait près du mort : un Sig-Sauer SP2022, le flingue en dotation chez les flics.

— Merde, grogna Starski.

— En tout cas, on ne s'est pas déplacés pour rien, commenta Chen, pragmatique, alors que la sirène du fourgon de la BRI résonnait au loin, répondant à l'appel du cor goguenard.

4

Chloé de Talense remontait le trottoir de la rue La Boétie à vive allure, cherchant l'adresse exacte de son rendez-vous. À 9 h 25, elle s'arrêta devant une grille rouillée dépourvue de numéro. Par-delà les barreaux s'étalait une végétation luxuriante, anarchique, qui masquait le reste de la parcelle en friche. Un immeuble avait été détruit jusqu'à ses fondations, puis on avait abandonné les lieux. Et la nature avait repris ses droits sur la ville. L'histoire était plaisante ; l'article serait porteur.

Une onde parcourut les branches et les feuilles de l'autre côté de la grille. Quelqu'un se frayait un chemin dans la végétation. Une femme d'un certain âge apparut, vêtue de lin blanc et de sandales de cuir. Une couronne tressée de tiges vertes coiffait ses longs cheveux blancs.

— J'arrive, Chloé, dit-elle en souriant de toutes ses dents.

Elle introduisit une clé dans la serrure fatiguée et ouvrit la grille dans un grincement gothique. Elle joignit alors ses deux mains devant elle en guise de salutation. Chloé, surprise, l'imita.

— Je suis Magna. Entre, nous t'attendions.

Elle se détourna soudain et traversa les branchages, révélant au sol une sente de terre battue. Chloé lui emboîta le pas et déboucha, de l'autre côté de cette barrière végétale, dans une clairière où trônait un chêne majestueux. Deux potagers d'une douzaine de mètres qui couraient de chaque côté jusqu'à une petite maison en meulière à un étage dont toutes les portes et fenêtres étaient ouvertes. Le regard de Chloé fut d'emblée happé par la dizaine de personnes assises autour de l'arbre, qui semblaient prier.

— Je te remercie d'avoir répondu à notre invitation, Chloé. Tu es la bienvenue au Bosquet des Abeilles, un lieu secret de culte druidique.

— Druidique ? répéta la jeune femme.

— Nous vénérons la nature comme le faisaient les druides celtes avant la chrétienté. Mes amis que tu vois en cercle au pied du Grand Chêne pratiquent le yoga celtique, une forme de méditation qui stimule l'awen, notre lien au divin, au Dagda premier. Nous recherchons ici, en ce haut-lieu tellurique, la pureté originelle de nos ancêtres en revenant au plus près de la Nature et en adorant les cinq éléments : l'air, l'eau, la terre, le feu et l'esprit. Tu comprendras que nous avons été conquis par ton blog, qui appelle à un retour aux vraies valeurs et à la pureté originelle.

— Merci, c'est gentil.

De la maison surgit le coucou mécanique d'une horloge, indiquant 9 h 30.

— C'est Blodeuwedd, notre chouette, expliqua la vieille druidesse. Elle nous apporte sagesse et connaissance du temps qui passe.

— Je comprends… Magna, je serais heureuse d'écrire un article sur votre association, si ça vous tente.

— Un article pour le blog ?

— Tout à fait. Je pourrais présenter votre communauté, parler de méditation druidique, de potager bio.

Magna éclata de rire.

— Oh non, certainement pas ! Pardonne-moi, Chloé, je ne veux pas te froisser, mais nous tenons à notre discrétion, à notre intimité. Au secret, même. Grâce à Internet, nous sommes en contact avec une dizaine de Bosquets français dont les membres partagent nos idéaux. La mairie fait tout son possible pour nous déloger, arguant que nous ne sommes pas propriétaires du terrain. Mais peut-on s'approprier la terre ?

Un chant s'éleva bientôt du cercle des initiés, une litanie rauque gagnant en volume.

Toutatis, Toutadis Pater
Teutatès notre père
Qui es sur terre
Qui es sous la terre
Qui es dans la terre
À ton image, donne-nous la sagesse
Afin que nous soyons sur terre, à l'image de nos dieux.
Sané doc litock ishtand gueulab ishtand gueulab lan do rotock

— Ils demandent au dieu Toutatis de nous apporter la sagesse. Et la pluie. Nous avons planté hier, expliqua Magna.

— Je vois…

Magna attrapa le bras de Chloé et l'entraîna vers la maison.

— Nous sommes menacés, Chloé.

— La mairie veut vous chasser…

— Oui, mais ce n'est pas vraiment le problème. Tu connais Boadicée, la reine celte qui s'est élevée contre Rome ?

— Non, je ne…

— Quand Rome interdit aux Celtes de pratiquer leurs rituels et massacra les druides, la reine Boadicée fédéra son peuple et combattit l'envahisseur. Comme Boadicée, nous devons nous battre et résister pour que nos valeurs survivent !

Toutatis, toi le premier homme,
Toi le saumon de la connaissance,
Toi le sanglier de la force,
Toi le cerf blanc,
Confident de nos ancêtres,
Pense à tes enfants

— Je comprends, Magna, mais mon blog ne traite pas de politique. J'y parle de bien-être, d'éveil, de bonheur. On y trouve des conseils nutritionnels, des chants chamaniques mongols, des articles de fond sur le feng shui, les forces telluriques, le Ba gua, les bienfaits de l'acupuncture, de l'orgasme et du quinoa… Mais pas de politique.

— Mais je suis d'accord avec toi ! Tout ce que tu viens d'énumérer constitue notre culture indo-européenne, et nous devons la défendre contre un ennemi perfide qui s'infiltre partout et détruit nos libertés !

Chloé grimaça son incompréhension.

— Mais de quoi parles-tu, Magna ?

Le sourire de la vieille druidesse s'évanouit. Son visage s'affaissa en un masque de colère.

— L'islam !

— Pardon, je ne… L'islam menace les druides ? reformula Chloé, incrédule.

— Oui, l'islam, et ses migrants qui arrivent par

millions et mettent notre culture en péril ! Pour défendre cet héritage commun et sauvegarder notre pureté comme Boadicée face à Rome, nous devons revenir à la source, Chloé, au grand Dadga premier !

— Tu fais erreur, Magna. Mon blog a pour vocation d'aider les gens. Je dois partir.

La psalmodie à la gloire de Toutatis s'interrompit. Les initiés regardaient sans comprendre les deux femmes qui se séparaient.

— Chloé ! Nous voulons la même chose ! tenta Magna une dernière fois.

Mais Chloé de Talense avait déjà franchi la grille et gagné la rue, en se maudissant d'être venue dans ces lieux.

5

— Allô ? Oui ! Bonjour ! Commissaire Starski. Comme dans *Starsky et Hutch* mais avec un *i*. J'aurais souhaité parler au Dr Moreau, mais je n'arrive pas à… Ah ! Et il revient vers quelle heure ? Ah… je comprends. Après la nuit de garde, évidemment… En fait, je voulais savoir comment va mon chien Albus. Oui. Un setter. Je l'ai amené à 4 h 30, cette nuit. Il est 10 heures, alors… Oui, j'attends…

Il releva la tête au moment où un bleu venait à sa rencontre.

— On m'envoie vous…

Le commissaire dressa l'index et le brigadier se tut.

— Il se repose ? Et l'opération ? Trop tôt… Comment ça « trop tôt » ? Il va mieux ?

Le flic en uniforme allait de nouveau s'adresser au commissaire adossé contre son bolide quand celui-ci reprit :

— Je comprends… Je dois y aller, je vous rappelle. Ou vous me rappelez. Vous avez mon numéro ? Bien. Et celui du bureau ? Ah ! J'ai laissé ma carte au Dr Moreau. Oui, sous le numéro barré. Très bien. Vous voulez… ? Bon. Je rappellerai, alors. Vers 10 h 30 ? 11 heures plutôt ? Parfait. À tout à l'heure !

Il raccrocha, rangea son portable dans la poche

intérieure de sa veste de treillis et s'arracha à la voiture.

— Désolé, brigadier. Je vous écoute.

— La lieutenante…

Le bleu leva la tête et désigna une fenêtre. Chen écartait les bras, paumes au ciel, indiquant clairement à son chef qu'elle se lassait de poireauter. Il ne fallait pas contrarier Chen.

— Ah ! L'IJ a enfin terminé ses relevés…

— Oui, commissaire, et la légiste est arrivée. Vous pouvez monter, compléta le flic en bleu.

— Merci, souffla Starski en serrant les dents.

Il passa la porte cochère, gravit les trois étages et pénétra dans l'appartement surchauffé. Chen et Orteuil, le technicien en chef de l'Identité judiciaire, papotaient. Deux ambulanciers patientaient également dans l'entrée. Emballé dans sa combinaison blanche, dégarni et maigrelet, Orteuil se tourna vers le commissaire dès qu'il apparut. Une allumette dansait au coin de ses lèvres, témoin continu de son combat pour ne pas reprendre la cigarette.

— Comment va votre chien ? s'enquit-il sans ambages.

Starski fit la grimace. Il lança un regard désapprobateur à Chen qui parlait trop, avant de répondre :

— Il faut attendre… Il est aux urgences vétérinaires, dans le VIIIe. Je dois rappeler…

— Ah… m'en parlez pas ! On s'attache.

Orteuil ôta l'allumette de sa bouche avant de poursuivre :

— J'ai eu un bulldog pendant quinze ans. Pompon. Quand il est mort, toute la famille était dévastée. Mes trois gamins ont pleuré pendant un mois, au moins !

— Je comprends… ponctua Starski, tâchant de couper court.

— Pas moi, commenta Chen.

— Le plus petit, Romain… Il a seize ans aujourd'hui. Mais à l'époque, il a fait des cauchemars affreux. Il criait « Pompon ! Pompon ! » toute la nuit. On a dû voir un psy. Ça a été très dur. Alors, on n'a pas repris de bête.

— Je comprends. Le légiste est là ?

— Oui, mais ce n'est pas Bouvier, répondit Chen en indiquant le salon du pouce. C'est une nouvelle. Elle est sur le premier corps.

Les deux flics et le technicien s'avancèrent jusqu'au salon. Dans la pièce, une jeune femme en combinaison blanche, coiffée d'une charlotte bleue, était agenouillée près du cadavre, une longue tige métallique à la main. Elle leur fit signe d'un hochement de charlotte.

— J'arrive !

Starski acquiesça et se tourna vers Orteuil.

— Qu'est-ce que vous avez trouvé sur nos clients ?

— Ça ne va pas vous plaire, je vous préviens.

Il replaça son écœurante allumette au coin de sa bouche, puis désigna l'homme du salon d'un coup de menton.

— Lui, c'est André Cavicci, d'après sa carte d'identité… Le commissaire André Cavicci, d'après sa carte de police. Du SRPJ de Marseille.

— Merde ! souffla Starski. Le Sig-Sauer est certainement le sien.

— On l'a emporté à la balistique. Manifestement, votre collègue est mort d'une balle dans la tempe. À bout portant, mais pas touchant, d'après la brûlure.

— Je confirme à ce stade, commenta la jeune légiste.

— Un suicide ?

— C'est possible, dit le technicien.

— C'est possible, répéta la légiste sans lever la tête.

— Venez, je vous montre, poursuivit Orteuil.

Il les invita à l'intérieur du salon. L'homme étendu sur le ventre et sur l'épais tapis aux motifs chinois portait un vieux trois-quarts en cuir qu'il n'avait pas eu le temps ou l'intention de retirer. Ou le besoin : pourquoi enlever sa veste pour se tuer ? Une gerbe de sang souillait un large canapé noir et le mur blanc.

— À voir la hauteur des projections, il se tenait là.

Orteuil extirpa son allumette humide et se mit en scène.

— Debout, face à la fenêtre. Il a levé la main, canon contre la tempe, et pan ! La balle traverse la boîte crânienne et va se ficher dans le mur. Projections de sang et de débris d'os. Le corps chute en avant. La douille roule au sol et finit sa course ici.

Du bout de l'allumette, il indiqua un petit panneau jaune posé sur le tapis, qui portait le numéro 2. La douille avait déjà été ensachée et emportée.

Starski acquiesça puis récapitula en jouant la scène :

— S'il se suicide, c'est que c'est lui, le preneur d'otage qu'on entendait brailler. Il bute l'autre type, son otage, dans la chambre, traverse le couloir, entre dans le salon, vient se placer face à la fenêtre, à… deux mètres environ, là, et se tire une balle dans la tête, certainement avec son arme. Vous avez trouvé un autre flingue sur lui ?

— Non. Il a dû utiliser son arme de service, mais il faudra le confirmer. Pour le reste de votre scénario, ça peut coller.

— Ça peut coller, répéta la légiste.

— Et il se met un peu de musique… ajouta Starski.

— Hein ? s'étonna le technicien en replaçant l'allumette froide au coin de sa bouche.

Chen, impavide, continuait de regarder son chef, qui s'expliqua :

— Il y avait du cor de chasse quand on est arrivés à la porte. Il se passe un peu de musique parce que ça égaye une prise d'otage ! Et un suicide ! Autant partir en fanfare…

Starski pivota sur lui-même et repéra une chaîne stéréo compacte sur une étagère, en face du canapé. Il tira un stylo de sa veste de treillis pour appuyer sur le bouton « PLAY ».

— Vous pouvez y aller, intervint Orteuil. On a cherché des empreintes partout. Il n'y en a aucune.

— Nulle part ?

— On a relevé celle de Cavicci sur la porte d'entrée. À part ça, l'appartement est propre, si je puis dire.

Le commissaire monta le volume. Des notes d'instruments à vent disparates s'élevèrent et laissèrent place à un groupe de cors tonitruants et sautillants qui emplirent l'appartement durant quelques secondes. Starski pressa la touche « STOP ». La jaquette du CD posée sur l'appareil annonçait « Les chasses du Grand Veneur – Le leurre. MK ». Des cavaliers en livrée rouge y galopaient.

— Ils ont pris un CD au hasard et l'ont passé pour couvrir leurs voix, suggéra Chen en montrant une dizaine de disques rangés près de la chaîne.

— Peut-être… Ça ne nous avance pas du tout. Autre chose ?

Orteuil tendit un doigt vers une petite pancarte jaune qui portait le numéro 4.

— Cavaliers 4, 5 et 6 : des empreintes de pointes dans le tapis. J'ai d'abord songé à une canne, mais je pense plutôt qu'il s'agit de talons hauts. On ne sait pas à quand remontent les traces. Ça n'a peut-être rien à voir : l'ancienne locataire, la femme de ménage…

— On verra avec le propriétaire de l'appartement.

— C'est tout pour cette pièce.

— OK. Et l'autre ?

— Par ici, fit Orteuil en remettant son allumette en bouche.

Chen et Starski suivirent le technicien en chef, traversèrent le couloir et entrèrent dans la chambre à coucher. Le corps d'un homme d'une soixantaine d'années était allongé sur le lit, les bras en croix. Aucune arme n'était visible à proximité du cadavre. Un trou noir ponctuait sa tempe. Une auréole sombre entourait sa tête. Orteuil poursuivit son exposé :

— Regardez le mur et la couverture. Les projections prouvent qu'il était assis au moment de sa mort. La balle retrouvée dans le mur confirme cette hypothèse. Le trou à la tempe peut laisser penser à un suicide sauf qu'il n'y a aucune arme à proximité. On imaginerait plutôt que l'autre gars l'a exécuté.

Starski grimaça. Un petit panneau jaune marqué d'un 11 reposait sur le sol près du lit.

Chen enchaîna :

— Sauf si le type du salon, Cavicci, a ramassé le pistolet *après* le suicide du vieux pour l'emporter au salon et se tuer avec. On peut aussi penser qu'ils arrivent ensemble, mettent de la musique, se disputent. Cavicci sort son arme, le bute…

— D'une balle dans la tempe ? s'étonna le commissaire.

— … part au salon et se tue.

— C'est tiré par les cheveux, quand même…

commenta Starski en soupirant. On sait qui c'est, ce deuxième gars ? Il est venu se suicider ici avec ses papiers lui aussi ?

Chen dévisagea son chef, impassible, sa manière à elle d'apprécier une bonne blague.

— Oui, se réjouit Orteuil. Ça nous fait gagner du temps, c'est sûr, même si une petite lettre pour expliquer leur geste aurait pu aider ! J'ai eu un cas comme ça, une fois : le gars…

Il retira son allumette pour sourire de toutes ses dents, se réjouissant de l'anecdote à venir, jusqu'à ce qu'il croise le regard vide de Chen. Il préféra oublier son histoire et reprit :

— Il s'appelle Eugène Vankleber. Soixante-sept ans. D'après les premiers résultats du fichier, un homme d'affaires sud-africain installé en France depuis plus de vingt ans. Vous noterez la coupe parfaite de son costume : c'est un Tom Ford. Ça vaut au bas mot cinq mille euros. Et sa chevalière !

Il désigna la main gauche du cadavre qui portait à l'annulaire une épaisse bague ornée d'une pierre claire.

— Si j'avais un diamant pareil, je pourrais prendre ma retraite ! Au moins, on ne l'a pas tué pour le dépouiller…

— Ça ne nous avance pas beaucoup pour expliquer ce qu'ils faisaient dans cet appartement tous les deux, à écouter du clairon jusqu'à s'engueuler, se menacer et se tuer, commenta Starski.

— Se tuer l'un l'autre ou séparément ? demanda Chen.

— Ça, c'est à vous de le découvrir ! Moi, j'ai terminé, conclut Orteuil. Je vous envoie mon rapport au plus vite : photos de la scène, empreintes, projections, balistique et tout le tralala. Ah ! Et on n'a trouvé aucun portable sur Vankleber. Cavicci avait bien un téléphone sur lui, mais pas l'autre… Alors pour la géoloc, ça va prendre un peu plus de temps.

Chen acquiesça avec résignation. Starski semblait perdu dans ses pensées. Il s'anima soudain.

— Les impacts de balles… Vous en avez trouvé ?

— Une par tempe ! répéta le technicien comme une évidence.

— Mais… les voisins ont entendu deux coups de feu et nous ont appelés. À notre arrivée, on a entendu deux nouvelles détonations. Quatre coups de feu !

— Il manque deux balles, approuva Chen.

Orteuil serra les dents, prenant assez mal cette attaque contre le travail de son équipe, et cassa net le petit bâton de bois. Il en contempla les deux morceaux avec agacement et s'essuya les lèvres d'un revers de manche.

— Cavalier 2 dans le salon et cavalier 11 dans la chambre ! Je n'ai que deux douilles. On a tout passé au peigne fin : on a sorti deux projectiles des murs. Il n'y a pas d'autre impact ni au plafond ni dans le sol ni dans les murs. Deux douilles, deux balles, deux tempes, deux cadavres. Point barre, tempêta Orteuil. La suite dans mon rapport. Salut !

Il quitta la chambre puis l'appartement, abandonnant les deux flics devant le corps en croix du sexagénaire.

— Il devrait essayer les patchs, dit Chen.

— Bah. Je ne sais pas ce qui est le mieux : fumer des clopes ou bouffer le soufre d'une allumette… Bref. Il ne nous reste plus qu'à creuser l'identité des deux victimes et à reconstituer leur emploi du temps en attendant les conclusions de l'IJ et du légiste. Je ne crois pas qu'on puisse trouver autre chose ici… déplora le commissaire.

— Bonjour. Claire Florès.

Ils se retournèrent et tombèrent nez à nez avec la jeune femme en combinaison qui venait de les rejoindre. Elle avait retiré ses gants et sa charlotte, révélant une boule de cheveux bouclés et bruns.

— Et Bouvier ? demanda la lieutenante de but en blanc.

Chen savait accueillir les gens avec chaleur et bienveillance.

— Bouvier est débordé. Alors on a envoyé la nouvelle légiste : moi.

— Enchanté. Bienvenue ! essaya de rattraper Starski.

— C'est gentil.

— Commissaire Starski, lieutenante Chen.

— Starsky…

— Oui. Comme… avec un i. C'est polonais. D'origine.

Elle acquiesça, leur serra la main, puis reprit :

— Je vais jeter un œil au deuxième corps. J'ai cru comprendre que vous étiez présents au moment de la fusillade.

— Oui… Enfin, on était derrière la porte, sur le palier.

— À voir la température du corps et l'absence de lividités, je dirais que cet homme est mort très récemment. Dans les deux heures. Mais je ne sais pas si vous avez remarqué, les chauffages électriques sont à fond. Ce qui a pu retarder le refroidissement, voire le masquer pour nous tromper sur l'heure de la mort.

— « Masquer » ? répéta Chen qui traquait les complots.

— On était là à 9 heures, 9 h 10. On a tout entendu, rétorqua Starski.

— Très bien, ça me fera gagner du temps. Je vous en dirai plus après l'autopsie.

Elle s'approcha du second corps et commença son examen.

Le téléphone de Starski se mit à vibrer. Il le tira de sa poche, scruta l'écran et sortit de la pièce.

— Désolé. Je dois répondre… Allô ?

— Papa !

— Léa, ma chérie ! Comment tu vas, ma grande ?

— On est allés à la plage.

— Vous vous êtes baignées, avec ta sœur ?

— Non, pépia-t-elle. Il fait trop froid aujourd'hui. On a fait un château de sable avec Papi. Et Manon a marché dessus.

— Ah. Elle est encore petite, tu sais ? Et maman est là ?

— Elle est dans la cuisine avec Mamie. Albus est avec toi ?

Starski ferma les yeux.

— Oui. Il va très bien. Vous lui manquez, toutes les trois !

— Comment tu sais ?

— Il aboie quand le téléphone sonne ! Il sait que c'est vous !

— Ahahah !

— Et il dit : « Passe-les-moi ! » Alors je réponds : « Mais non, tu es un chien, tu ne parles pas au téléphone ! »

Léa rit de plus belle.

— C'est même pas vrai !

— Non, je mens. Je plaisante. Tu me passes ta mère ?

— Oui. Attends…

Il entendit la voix de sa fille, puis au loin les

babillements de Manon, certainement dans son parc puis une autre voix plus sourde, plus grave.

— Elle dit qu'elle ne peut pas.

— Ah…

Starski serra la mâchoire et les poings.

— Elle te rappelle.

— OK. À tout à l'heure, alors !

— Tu vas venir ?

Starski soupira.

— Je ne crois pas. J'ai beaucoup de travail…

— Oh allez, papa ! On va faire des châteaux !

— Ce n'est pas possible. Mais fais-moi un beau château avec un pont et tu m'envoies la photo, d'accord ?

— C'est dommage ! D'accord… Bisous.

— Bisous, ma chérie.

Elle raccrocha. Paul Starski rangea son téléphone en fixant ses pieds. Lorsqu'il releva la tête, il croisa le regard vide de Chen et fit mine de sourire.

— Ça va ? lui lança-t-elle.

— Oui… Oui.

La légiste parut dans le couloir et s'adressa aux ambulanciers qui patientaient toujours dans l'entrée.

— Vous pouvez les emmener.

Elle s'approcha du commissaire et de son adjointe.

— Au premier examen, les deux hommes sont décédés par balle, une balle dans la tempe. Pas d'autres plaies. On verra avec l'IJ et les résidus de poudre sur la peau, s'ils ont tiré eux-mêmes ou si l'un a été abattu par l'autre. On ne devrait pas avoir de mal à reconstituer le déroulement des événements. Concernant l'heure du décès, je vais affiner. Je préfère ne rien dire pour l'instant à cause de cette histoire de température, mais 9 h 10, ça peut coller pour le corps du salon.

Starski fronça le sourcil.

— Pourquoi ? Quelque chose cloche avec l'autre ?

— Je peux me tromper, mais… Je pense que l'homme de la chambre, Van…

— Vankleber.

— Vankleber est mort avant. Bien avant…

— Bien avant ?

— Peut-être deux heures plus tôt. La couleur et la texture du sang, et la plaie…

— Deux heures ? Mais à qui parlait Cavicci alors, à 9h10 ?

6

Chloé claqua la porte derrière elle, s'y adossa et souffla. De retour à son appartement, elle se repassait en boucle chaque seconde de ses deux rendez-vous. Elle s'était attendue à des instants difficiles ; faire bonne figure, se vendre, tenir un rôle, ce n'était pas une partie de plaisir, évidemment. Les druides passaient encore. Mais elle n'avait pas anticipé le fait que cet entretien chez Biotech raviverait autant son passé, l'obligeant à revivre des instants pénibles chez Talense & Vankleber : sa convocation et son renvoi, son humiliation, quatorze mois plus tôt.

Elle revoyait clairement le moment où elle était entrée dans le bureau de l'associé de son père. Raide et austère dans son costume bleu nuit, il était assis dans son large fauteuil devant la baie vitrée qui surplombait la Défense. Steenson aussi était présent. Elle s'était figée un instant en découvrant son père debout près d'eux. La direction au complet. Elle peinait à voir leurs visages dans le contre-jour, mais devinait qu'ils avaient voulu rendre le moment solennel. Ils l'avaient invitée à s'asseoir, puis Vankleber, les deux mains posées sur un dossier devant lui, avait ouvert le bal.

Qu'avait-il dit déjà ?

— Chloé, nous t'avons demandé de venir aujourd'hui

pour te faire part de la décision du conseil de direction concernant tes travaux au sein de Talense & Vankleber.

Elle avait essayé de se défendre :

— Nous avons pris un peu de retard à cause d'un fournisseur, mais nous avançons bien sur la nouvelle molécule. Si ce sont les délais qui vous inquiètent, je peux vous assurer…

Vankleber avait fait glisser le dossier devant lui. Elle l'avait ouvert pour en découvrir la première page, puis la deuxième… Des tableaux, des photos, des équations, des conclusions qu'elle connaissait par cœur.

— Nous avons besoin de poursuivre ces recherches, avait-elle assuré. Nous n'y sommes pas encore, mais…

— Nous t'avions mise en garde, Chloé. À deux reprises.

— Laissez-moi un mois de plus. Ensuite… C'est un marché énorme !

Elle avait bataillé autant qu'elle avait pu, s'était un peu empêtrée dans son argumentation sous le poids de l'émotion, de la passion aussi. Ils avaient écouté, impassibles, avant de conclure :

— Le conseil a pris sa décision : tu quittes Talense & Vankleber. De ton plein gré.

Eugène avait ouvert son tiroir et tiré une liasse de feuilles agrafées.

— En signant ce document, tu acceptes ton licenciement et la prime généreuse qui l'accompagne. De plus, nous rachetons tes parts 25 % au-dessus de leur valeur. C'est une offre inespérée.

Chloé les avait dévisagés l'un après l'autre, s'arrêtant longuement sur son père dont le regard s'était fait fuyant.

— Papa ? Toi, tu sais que je n'ai pas compté mes

efforts ni mes sacrifices pour Talense & Vankleber. Si l'entreprise en est là aujourd'hui, vous le savez tous, c'est grâce à mes découvertes. La molécule PPN78 a fait votre fortune. Et celle des Américains ! Le Gynépax, c'est moi !

Matt Steenson l'avait regardée sans broncher, lui qui avait soutenu son travail toutes ces années. La trahissait-il aujourd'hui ? Ou était-il impuissant face aux deux fondateurs ? Non. Pragmatique, l'Américain penchait toujours dans le sens de l'argent et du pouvoir. Même s'il espérait un autre dénouement, il ne pouvait compromettre ni sa position dans l'entreprise ni les bénéfices de ses actionnaires. Alors il s'était tu.

Chloé avait attendu une réponse de son père.

— C'est trop tard, Chloé, avait-il simplement rétorqué. Tu étais prévenue.

La foudre s'était abattue dans la pièce. Chloé de Talense avait compris que son monde venait de s'effondrer.

— Signe. C'est la solution la moins difficile. Pour nous tous, avait conclu son père.

Elle avait signé. Un agent de sécurité l'avait raccompagnée jusqu'à la sortie, comme une délinquante, une voleuse.

— Les salauds, s'entendit-elle dire à haute voix.

Chloé s'arracha à la porte d'entrée. Elle déposa son sac, accrocha sa veste puis gagna la cuisine. Elle mit la bouilloire en marche et se prépara un thé qu'elle emporta au salon. Plantée devant la fenêtre, le mug bouillant entre ses paumes, elle observa les arbres apaisants du parc Monceau, une verdure timide nichée au cœur d'un decrescendo de toits gris, d'un Paris de pierre et de zinc qui s'ébrouait en continu alentour, indifférent à sa présence, à son existence même. Elle supa le breuvage trop chaud en se demandant avec une pointe d'inquiétude ce que l'avenir lui réservait. Tout était si flou. Il y avait eu l'entretien chez Biotech… mais après ?

Elle tira son portable et regarda l'heure. 10 h 30. Elle composa le numéro de Julien.

— Alors, raconte ! dit-il tout de go. Je suis sûr que ça s'est bien passé.

— Oui, je crois. Ça n'a pas été une partie de plaisir, mais…

— Mais tu t'inquiètes pour rien ! coupa-t-il.

Elle écouta Julien qui cherchait les mots pour la rassurer. Perdue dans ses pensées et ses craintes, elle ne vit que trop tard le reflet d'une silhouette massive et sombre approcher rapidement derrière elle. Deux mains puissantes lui enserrèrent le cou avant qu'elle ne puisse réagir. Elle laissa tomber le téléphone et le mug, qui éclata au sol. Elle tenta de se libérer de l'étreinte féroce, mais l'homme était trop fort. L'étranglement la priva bientôt d'oxygène et elle sentit son visage se gonfler de son sang et l'air lui manquer. Julien, toujours en ligne, l'appelait.

— *Chloé ? Allô ? Chloé ? Qu'est-ce qui se passe ?*

Dans un sursaut inattendu, elle écrasa le pied de son agresseur d'un coup de talon. L'individu la lâcha, crachant un rugissement bref. Reprenant à peine son souffle, Chloé se précipita vers l'entrée. Dans sa course, elle saisit une lourde lampe, fit volte-face et la lui lança à la tête. L'assaillant la reçut en plein front et s'affala en arrière en grognant. Elle eut le temps de découvrir un homme plutôt grand qui portait un jean, un blouson sombre et une cagoule noire, et elle reprit sa fuite, arriva dans l'entrée, ouvrit la porte quand son attaquant la percuta et l'envoya contre le miroir, qui vola en éclats. La sortie étant désormais coupée, Chloé reflua vers le salon. Elle attrapa un vase et se retourna, prête à se battre puisque c'était la seule voie de survie. Elle entendit une cavalcade effrénée dans la cage d'escalier, la déroute de son agresseur qui dévalait les marches quatre à quatre. Elle se rua vers la porte et la referma avec force. Elle vida son sac sur le carrelage, trouva ses clés et verrouilla la serrure blindée à double tour. Puis elle revint en courant au salon, ramassa son portable, entendit la voix apeurée de Julien et l'appela à l'aide.

7

Phase 4 – Le réveil : sonnerie annonçant le début imminent de la chasse.

Starski et Chen avaient quitté l'appartement pour laisser travailler les équipes du légiste. Devant l'immeuble stationnaient l'ambulance et deux véhicules de police. Le fourgon de la BRI avait fait demi-tour. Une dizaine de techniciens et de flics allaient et venaient. Un gars en bleu rejoignit Starski et son adjointe.

— Il y a huit appartements en tout, commissaire. Deux sont vides. Les voisins présents ont entendu du bruit. Seuls trois d'entre eux ont identifié des coups de feu. Deux ont appelé le 17, ce que confirme la plateforme. Ils n'ont rien vu ni rien entendu d'autre. À part la dame du rez-de-chaussée. Pauline Dubreuil.

D'un doigt, il désigna sur le trottoir une petite femme d'une trentaine d'années en robe de chambre qui les regardait avec méfiance.

— Je vais lui parler. Et le proprio ?

— Je vérifie, commissaire.

— Et vous ferez procéder à la pose des scellés une fois que la légiste aura terminé !

Le gardien de la paix acquiesça et s'éloigna au moment où le premier corps, dans sa housse mortuaire, passait la porte cochère. Tout le monde se figea. Le deuxième corps suivit bientôt. Une caravane de cadavres dont l'un était celui d'un collègue. La matinée s'annonçait maussade.

— Commissaire ?

Starski se retourna pour découvrir la petite femme, ses cheveux bruns ondulés en vrac, son visage fatigué et ses yeux délavés par l'alcool. Elle serrait les pans aux fleurs fanées de sa robe de chambre pour se protéger du froid, et inconsciemment de lui. Il reconnut la voisine à qui il avait ordonné de rentrer chez elle.

— Bonjour, madame Dubreuil. Vous êtes la gardienne de l'immeuble ?

— Moi ? Non. Je suis étudiante en master de philo. Et serveuse dans un restaurant du XIIe. La loge a été transformée en studio au départ de la dernière concierge. Ça fait six ans maintenant.

— Et vous avez vu quelque chose ?

— J'ai été attirée par des bruits de talons sur le carrelage de l'entrée. C'est un vieil immeuble, on entend tout. Et puis j'avais une gueule de bois carabinée. J'ai fait la fête avec des copains hier. Je cherchais de l'aspirine quand j'ai entendu les talons. Il était huit heures moins le quart. J'ai regardé par l'œilleton. Et j'ai vu une femme assez jolie et bien habillée. Elle s'est arrêtée devant ma porte pour réajuster son escarpin, je crois. Après, elle est sortie.

— Huit heures moins le quart ? Vous êtes sûre ? C'était avant les premiers coups de feu, donc…

— Oui. J'ai regardé l'heure. Je ne l'avais jamais vue avant…

— Bon… Vous pourriez la reconnaître ? Et nous la décrire ?

— Oui, je pense. Elle était devant ma porte. Je l'ai plutôt bien vue.

— Parfait. Et vous n'avez vu personne entrer ensuite ?

— Non, j'étais retournée me coucher. Je travaille dans un bar à Bastille. Les copains sont venus à la fermeture et…

— Vous buvez souvent ? coupa Chen tout de go.

— Hein ? Pas du tout ! s'indigna la petite femme en resserrant les pans de sa robe de chambre.

Starski lança un regard noir à sa collègue. Chen se tut.

— Vous savez qui habite l'appartement où… au troisième étage à gauche ?

— C'est M. Mérandier, le propriétaire. Il n'habite pas ici. Je crois qu'il vit à Clichy. Il loue l'appartement à la journée ou à la semaine. Airbnb. Je le croise quelquefois, surtout quand il vient ouvrir à ses locataires. Mais je ne l'ai pas vu depuis un bail…

— Mérandier… On va le contacter pour savoir qui a loué l'appartement. Peut-être Cavicci, de passage à Paris, commenta Starski pour lui-même.

— Ou cette femme inconnue, proposa Chen.

— Oui… Merci, madame. Il faudrait vous habiller ; le brigadier à qui vous avez parlé va vous accompagner au commissariat pour enregistrer votre déposition.

Starski héla le bleu, qui s'éloigna avec la petite femme au moment où l'ambulance lançait sa sirène et quittait la rue.

— Bon, on a fini ici. Allons-y, reprit le commissaire. Au fait, c'était quoi, cette sortie sur l'alcool, Yvonne ?

— Si elle a picolé, son témoignage ne nous sert à rien.

— Je sais. Mais tu ne pouvais pas éviter de lui balancer ça à la figure ?

— Je suis responsable de l'émission de mes propos, pas de leur réception. La communication, ça marche à deux. Elle le prend comme elle veut.

Chen dans toute sa froideur pragmatique.

— Il faut arrondir les angles si on veut que les gens nous parlent, montrer un peu de tact. Être un tantinet aimable, c'est dans tes cordes, non ?

Chen dévisagea son chef en silence.

— Je ne suis pas payée pour être aimable, mais pour découvrir les faits. La politesse, c'est pour les soumis.

— Je vais dire ça à mes gamines : « Ne dites plus "merci", c'est pour les soumis ! » railla-t-il.

Mais Chen ne plaisantait pas.

— Si j'ai un môme, un jour, je lui apprendrai à ne jamais dire « s'il vous plaît » ni « merci », mais à saisir le plus vite possible ce que le monde lui met sous le nez. Et ceux qui se gavent dans ce monde l'ont bien compris. Il faut choisir dans quel camp on veut être : du côté de ceux qui supplient à coups de « s'il vous plaît » et qui remuent la queue quand on leur donne des miettes, ou de l'autre, avec ceux qui prennent sans rien demander à personne. Si j'ai un môme, il sera trader ou quelque chose du genre. Il s'en mettra plein les poches. Et il ne dira jamais « merci ». À personne.

— Génial ! J'ai carrément hâte de le rencontrer ! Et de vivre dans ce monde-là.

— Mais Paul ! Il faut arrêter de se voiler la face : notre société fabrique des générations de quémandeurs. On mendie une bonne note, un boulot, un appartement à coups de sourires et de mensonges, de fausses expériences, de faux diplômes, de fausses fiches de paye… On rêve d'être aimé, d'être choisi… Je ne vois pas la vie comme ça, c'est tout.

— Tu es grave, Yvonne. Un peu de tact, de politesse, ne serait-ce que dans le cadre professionnel, ce n'est pas beaucoup demander… Et tu t'étonnes de ne pas pouvoir garder un mec ?

— Quoi ? Mais je n'en veux pas ! Qu'est-ce que je ferais d'un mec ? Si c'est pour retrouver la même tête tous les soirs et entendre ses histoires de Jean-Pierre qui nous a bien fait marrer à la machine à café, du dossier Mes-Genoux qui lui file bien du tracas, et de son méchant patron qui est vraiment très méchant, non merci ! Quant au boulot, on cherche à établir la vérité, pas à se faire des amis. Tiens ! En parlant d'amis…

Une berline noire s'immobilisa un peu plus haut derrière la chaîne des véhicules. Un jeune homme blond, la petite trentaine, en costume bleu sobre en sortit et se dirigea vers eux.

— Mes respects, monsieur le substitut, salua le commissaire. Vous connaissez la lieutenante Chen.

— Bonjour, commissaire. Lieutenante.

Ils se serrèrent la main.

— On m'a parlé de deux morts dont un officier de police, dans une prise d'otage…

— D'après les premières constatations, l'une des victimes serait le commissaire Cavicci du SRPJ de Marseille. L'autre serait un homme d'affaires sud-africain. Quant à la prise d'otage, on ne sait pas trop…

— Ce n'était pas une prise d'otage ?

Starski se pinça les lèvres et se frotta la barbe.

— A priori, si. Peut-être. Mais on n'a pas encore établi avec certitude comment étaient distribués les rôles…

Le substitut porta la main à son nœud de cravate comme pour le desserrer.

— Vous voulez dire que le commissaire Cavicci, si

c'est bien lui, aurait pu être le preneur d'otage ? Vous êtes sérieux ?

— À ce stade, on ne sait rien, monsieur le substitut. Ils sont morts d'une balle dans la tête, à hauteur de la tempe, ce qui pourrait ressembler à un double suicide plutôt qu'à une prise d'otage. Mais différents éléments viennent mettre à mal cette théorie : la présence d'une seule arme sur la scène de crime, la musique…

— La musique ?

— À notre arrivée, avant les détonations, ils écoutaient du cor de chasse.

Le substitut dévisagea le commissaire, visiblement perplexe.

— Nous pensons également qu'il y avait une femme sur les lieux. Elle aurait quitté l'appartement juste avant les coups de feu.

— Il faudrait effectivement retrouver cette personne. Autre chose ? J'ai cru entendre que vous étiez sur place au moment des faits ?

— Nous venions d'arriver. On a reçu l'appel alors qu'on était à côté.

— Et vous n'avez pas pu entrer en contact avec les occupants de l'appartement ?

Starski et Chen se demandèrent s'il s'agissait d'un reproche.

— L'un d'eux braillait, mais il est resté sourd à nos appels. On n'a pas entendu l'autre. J'ai défoncé la porte après la première détonation, mais je suis arrivé trop tard. Les deux hommes étaient déjà morts.

— Vous noterez cela précisément dans votre rapport. Je vais être clair, commissaire Starski : nous devons savoir si Cavicci a été victime d'un règlement de compte en lien avec la pègre de Marseille sur laquelle il a longuement enquêté. C'est la piste que vous devez privilégier et, si possible, écarter. Tenez-moi informé de vos progrès. Je fais nommer un juge d'instruction dans la journée. Vous avez déjà travaillé avec la juge Bonname, je crois…

— Ah… Oui, mais…

— Très bien. C'est elle que je contacterai. Bonne journée, commissaire. Au revoir, lieutenante.

Plantant là les deux officiers de police, il regagna sa voiture, qui quitta la rue à reculons.

— Nous voilà saisis de l'enquête, Yvonne. Mais sur le moment, je n'ai pas su si je devais lui dire « merci » !

8

Marcel Birzaian, 5 septembre 2017

« Si, à cinquante ans, on n'a pas une Rolex, c'est qu'on a raté sa vie. » La phrase de Jacques Séguéla ne manquait jamais de faire sourire Marcel Birzaian : il venait de fêter ses quarante-huit ans et portait au poignet une Patek Philippe 5980 DLC à trois cent vingt mille euros, qui éclatait la pauvre Rolex de ce has-been, à deux cent cinquante mille – et encore, s'il avait la vraie Daytona, ce qui restait à prouver ! Birzaian concédait cependant que ce « tocard avec sa tocante de beauf » soulignait une vérité fondamentale : la montre, comme son nom l'indique, sert à montrer, outre le temps qui passe, le statut d'un homme, son pouvoir acquis sur le monde. Qui maîtrise son temps maîtrise son argent et le montre… par sa montre. Chacun reconnaissait ce symbole de succès. Et les hommes s'effaçaient. Et les femmes succombaient.

Installé à une table donnant sur l'entrée du lounge, Marcel Birzaian patientait en tapotant l'écran de son portable. L'homme qu'il avait eu au téléphone avait affirmé être en possession d'un modèle remarquable de chez Parmigiani Fleurier. À la mention de la marque, Birzaian avait dressé une oreille alerte. Lorsque son interlocuteur avait évoqué la gamme Bugatti de l'horloger suisse, il avait entendu vrombir son cœur. Une photo du bijou avait achevé de le transporter. Il devait la voir, et certainement l'avoir, la posséder et la montrer, la montrer à tous pour qu'ils sachent.

Il n'envisageait même pas de discuter le prix, évidemment. Ces choses-là perdent de leur aura, sont souillées dès qu'on les marchande. Birzaian était passé maître dans la négociation commerciale. Dans cet hôtel, il avait rencontré nombre de grossistes qui rêvaient de venir gonfler les rangs des fournisseurs de Borzatex, quitte à écraser leurs marges. Il aimait cette chanson. Il la connaissait par cœur. Prêts à vendre leur stock quasiment à prix coûtant, ces négociants cassaient les prix dans l'espoir de décrocher le marché. L'accord durait un temps, jusqu'à ce qu'ils demandent à en réviser les conditions. Birzaian prenait alors rendez-vous dans un grand hôtel bordelais pour écouter un nouveau prétendant gémir, supplier, s'humilier.

Il releva ostensiblement la manche de son élégant costume et regarda sa Patek : 19 h 04. Birzaian soupira. Le type ne maîtrisait pas son temps, visiblement, et lui faisait perdre le sien. Quelle tristesse. Le respect de l'heure en disait tellement sur les gens ! Comment pouvait-on…

Une jeune femme entra dans la salle de l'hôtel et Birzaian crut sentir sa montre s'arrêter. Une grande femme élancée et blonde, comme il les aimait, dans une robe de soirée noire échancrée qui effleurait sa peau. Une beauté saisissante, surnaturelle, et ce petit quelque chose qui suspendait le temps. Elle portait un large sac de cuir rouge en bandoulière. L'homme d'affaires l'observa comme elle parcourait la salle du regard, cherchant quelqu'un, avant de poser les yeux sur lui. L'horloge dans la poitrine de Birzaian gronda du carillon de Big Ben. La femme s'approcha et s'immobilisa devant lui.

— Monsieur Birzaian ?

Il se leva en hochant la tête.

— En chair et en os !

— Meghan Ryan, se présenta-t-elle en tendant la main.

Birzaian nota son très léger accent anglais.

— Marcel Birzaian, je vous en prie, ajouta-t-il en désignant le siège vide en face du sien.

— Pardonnez mon retard, reprit-elle. Je déteste être à l'heure. Je ne le suis jamais.

— La ponctualité est pourtant la plus grande des libertés, rétorqua-t-il en souriant.

— Je pense au contraire qu'elle est le plus terrible des esclavages. J'ai du temps, j'ai de l'argent, je dépense les deux, sans compter. C'est ça, la vraie liberté !

Il approuva la démonstration tout en continuant d'examiner cette femme splendide avec bonheur et délectation. Sa soirée prenait un tour inespéré. Il se dit qu'il avait vraiment de la chance. Son regard se figea tout à coup sur la montre Ballon Bleu de Cartier en or rose qui ornait son poignet, un modèle magnifique dont il avait offert un exemplaire à son ex-femme, dans une autre vie. Trente mille euros.

— Vous avez un goût sûr, complimenta-t-il.

Meghan suivit son regard jusqu'au bijou.

— Je la trouve jolie, je vous remercie. Mais vous êtes vous-même un fin connaisseur, ajouta-t-elle en dardant son regard vers la Patek.

Birzaian remonta sa manche avec sa fierté.

— Je me suis fait ce petit cadeau pour mes… pour mon anniversaire.

— C'est bien mieux qu'une Rolex à cinquante ans ! plaisanta-t-elle.

— Je me disais la même chose ! Laissez-moi vous offrir un verre…

— Commençons par les affaires, monsieur Birzaian. Mon patron n'a pu venir en personne et vous prie de l'excuser.

— Il est totalement pardonné !

Elle se pencha pour atteindre son sac et en sortir un écrin de velours bleu et noir.

— Voici l'objet dont nous parlions.

Birzaian tendit une main fébrile et ouvrit le boîtier. Ses yeux se mirent à briller. On aurait pu croire qu'il allait pleurer. Le bijou au cadran profilé était monté sur un bracelet du même bleu que ses chiffres. En transparence, un mécanisme d'une haute technologie et fiabilité pulsait au rythme de la grande aiguille. Meghan vit l'émotion de Birzaian et lui fit l'article.

— La montre Parmigiani Fleurier Bugatti type 390 Divo est une hyperwatch en titane et carbone reprenant le cahier des charges du bolide Bugatti. Le calibre tubulaire tient dans un cylindre développant quatre-vingts heures de réserve de marche grâce à deux barillets montés en série. Il est accordé au diamètre de son tourbillon qui émerge à l'extrémité du cylindre.

— Une hyperwatch… répéta Birzaian, rêveur, comme hypnotisé.

— Les index et le bracelet en alcantara reprennent le bleu de la marque. La collection Bugatti de Parmigiani Fleurier ne se contente pas d'estamper un logo de voiture sur un cadran : ses montres sont l'incarnation même des traits esthétiques du bolide Bugatti.

— C'est magnifique, gémit Birzaian, qui se voyait déjà humilier des gens.

— Je terminerai par un élément qui peut paraître anodin au commun des mortels, mais se révèle déterminant pour un acquéreur éclairé…

— Et qui est ?

Meghan ménageait son effet. Jugeant que Birzaian était à la bonne température, elle l'acheva :

— C'est une pièce unique.

— Unique ? répéta Birzaian, hébété.

— Tout à fait. Vous avez vingt-quatre heures pour vous décider. Maintenant, je veux bien que vous m'offriez un verre.

Birzaian se ressaisit.

— Bien sûr ! Qu'est-ce que vous prendrez ? Non, je sais.

Il claqua des doigts et le serveur accourut.

— Vodka. Apportez la bouteille.

Le serveur s'éloigna.

— Je la prends.

— Vous connaissez les modalités. Un rendez-vous à notre banque avec votre expert qui atteste l'authenticité de la pièce, vous procédez au virement, vous repartez avec la montre.

— Demain ?

— Mon patron prendra contact avec vous.

Ils discutèrent pendant près d'une heure, se racontant l'un l'autre. Elle s'appelait Meghan, il s'appelait Marcel. C'est surtout lui qui parla, le grand homme d'affaires, empereur du textile, qui souffrait beaucoup de son incroyable travail, de ses voyages qui l'éloignaient de tout et de tous, une réussite qui l'avait empêché de fonder une famille. Quand ils eurent terminé la bouteille et qu'il eut achevé de parler de ses montres, la jeune femme lui annonça qu'elle allait rentrer chez elle. Ensorcelé, il proposa de poursuivre la soirée dans un petit club de jazz où il avait ses habitudes. Meghan tergiversa un peu, puis accepta de le rejoindre après avoir déposé la montre en lieu sûr. Elle nota l'adresse, rangea l'écrin, lui lança une œillade torride et s'éloigna.

Quelques minutes plus tard, lorsqu'il quitta la table, Birzaian sentit ses jambes flageoler, engourdies par le venin de la vodka. Sans s'en rendre compte, il avait descendu la bouteille presque tout seul. Un serveur vint le soutenir, qu'il repoussa sans ménagement. Il sortit de l'hôtel et le chasseur héla un taxi. Birzaian s'installa sur la banquette arrière. Le chauffeur, un jeune homme aux cheveux hirsutes, lui demanda sa destination. Birzaian lui indiqua l'adresse du club et le taxi fila dans la nuit.

La portière s'ouvrit. Birzaian constata qu'il s'était assoupi. Le chauffeur l'aida à sortir. L'air frais gifla sa joue. Ils étaient sur un quai de la Gironde.

— Vous en tenez une belle. Vous êtes malade.

— Ah bon ? grogna Birzaian.

— Vous allez vomir, ça vous fera du bien.

Le chauffeur l'entraîna au bord du quai, l'aida à enjamber la rambarde de sécurité. Puis à descendre un petit escalier de pierre jusqu'à l'eau.

— Ça va vous rafraîchir, ajouta-t-il en le déposant sur la dernière marche.

Birzaian, sonné, regarda l'onde noire et se demanda tout à coup ce qu'il faisait là. Il avait trop bu mais ça allait mieux. Et il était attendu. Il tentait de se relever lorsqu'on l'empoigna aux épaules. On le poussa en avant et sa tête plongea dans l'eau glacée. Il se débattit, mais le chauffeur le maintenait sous la surface. Il se tordit, battit des bras, impuissant, sentit soudain une marche sous son pied. Il s'y appuya et contra la poussée. Son visage émergea et il tenta de se retourner vers son agresseur. Le chauffeur était bien là, mais, contre toute attente, Meghan se tenait à ses côtés. Désarmé par la surprise autant que par l'effroi, Birzaian ne résista pas à la nouvelle pression de ses deux assaillants. Le temps passa, rythmé par les gros bouillons qui s'échappaient de l'onde agitée et par les cris étouffés de l'homme qui se noyait. Puis le calme se fit. Birzaian ne bougeait plus. Ils le maintinrent encore un peu sous la surface, pour être sûrs.

— Ça fait combien de temps, là ? demanda Meghan.

— Je ne sais pas. Regarde sa montre !

Elle pouffa.

9

Phase 5 – La recherche : les piqueurs partent en quête du gibier.

Chen avait regagné son bureau dans les locaux rutilants du Bastion, le nouveau bâtiment de verre et de métal juché au nord de Paris, un immeuble moderne à la façade bleutée qui abritait le siège de la police et en donnait une image rénovée très éloignée des escaliers grinçants et des vieilles pierres du 36 quai des Orfèvres. Installée devant son ordinateur, la lieutenante repensait au comportement du commissaire Starski durant la matinée. Elle le connaissait assez bien maintenant. Ils travaillaient ensemble depuis presque deux ans. Elle s'était familiarisée avec les humeurs et les inquiétudes de ce chef taciturne, et lui s'était habitué à sa constance de granite. Cette histoire de clébard lui vrillait les tripes et les neurones, mais Chen percevait autre chose dans son attitude, quelque chose qui l'agitait particulièrement et qu'elle n'aimait pas du tout. La santé de l'animal plongeait Paul Starski dans une forme d'angoisse qui ne lui ressemblait pas. Certes, de retour de leurs vacances chez les grands-parents maternels, sa femme et ses deux gamines se lamenteraient de la mort du clébard, mais ce n'était pas la mer à boire. Elle s'était elle-même rapidement remise du décès de Monsieur Pelote. D'accord, elle n'était pas un bon exemple…

Elle jeta un coup d'œil à son chef avachi sur les deux coudes, son téléphone rivé à l'oreille dans l'espoir qu'un toubib quelque part lui annoncerait qu'Albus était tiré d'affaire. Albus… Les gens se mettaient dans de ces états de douleur, de contrariété, d'exaltation pour des détails. Alors que Chen, elle, ne montrait rien. D'aucuns y voyaient l'impassibilité propre aux Asiatiques, un cliché coriace. Pourtant c'est ainsi qu'elle avait été élevée : le sentiment, l'émotion étaient des tumultes de l'intérieur et n'avaient pas à être exprimés, imprimés sur le visage et annoncés en fanfare. Pas de jets de larmes, de cris déchirants, d'éclats de rire incontrôlés… On devait contenir ces bouillonnements de l'esprit et du corps, on devait se tenir, c'était comme ça ; un mélange de décence, de pudeur et de respect. Alors Chen se maîtrisait, en toute occasion. Les collègues s'en moquaient. On la singeait en bonze placide, en bouddha imperturbable, on l'affublait de surnoms prétendument drôles – le moine Shaolin, Bruce Lee, Jacky Chan ou Jacky Chen –, qui caressaient en fait les stéréotypes racistes envers les Asiatiques, les *Chinois*. Certains de ses collègues l'accusaient, de loin, en secret, de manger des chiens, des rats, des tortues, ou de transmettre le SRAS, le H1N1… Starski s'en était mêlé une fois, et les cons en avaient pris pour leur grade. La rumeur d'une liaison entre le commissaire et sa lieutenante s'était alors répandue. On imaginait leurs ébats rigides, leurs étreintes glacées, on rugissait de rire. Chen n'avait accordé aucune importance à ces propos puérils. Chen ne s'en offusquait pas parce que Chen ne s'offusquait pas. Jamais. Elle laissait les gens s'esclaffer, se taper sur le ventre, jaser, clabauder. Dès la maternelle, on lui avait demandé de ne pas réagir, et c'était devenu sa nature.

— Merde ! tonna Starski en raccrochant.

Le commissaire tenait clairement à communiquer ses tumultes de l'intérieur.

— Ils sont incapables de me dire si Albus va mieux. Ils répètent qu'il a bouffé un truc qui ne passe pas… Une allergie, peut-être. Ils lui ont fait un lavage d'estomac. Il faut attendre ! Merde !

— Ils viennent de l'opérer. C'est de la médecine, pas de la magie, tenta de tempérer Chen.

À la tête de son supérieur, elle comprit que sa réponse ne convenait pas.

— Laisse tomber, Yvonne. Tu t'occupes de Cavicci, je m'occupe de Vankleber.

Il se tourna vers son ordinateur. Fin de la discussion.

— OK.

Le silence s'installa dans le bureau, à peine cadencé par le cliquetis des claviers. Chen interrogea les différents fichiers : commissaire André Cavicci, né à Marseille le 22 juillet 1966, en poste au SRPJ de Marseille, division criminelle et répression du banditisme depuis plus de vingt ans. Quelques belles affaires, au début, mais rien de particulier à son sujet. Dans les tréfonds de l'ordinateur, Cavicci était même toujours vivant. Chen consulta l'annuaire national des services de police, trouva le SRPJ de Marseille, composa le numéro de la division criminelle sur son portable et sortit dans le couloir pour téléphoner. Au standard, elle déclina son identité et demanda à parler au commissaire divisionnaire Martinez, qu'on lui passa dans l'instant.

— Bonjour, lieutenante. Qu'est-ce qui me vaut cet appel de l'honorable Crim parisienne ? lança un homme enjoué dont l'accent méditerranéen ajoutait à la bonhomie.

— La mort de l'un de vos hommes, commissaire.

Il y eut un blanc. Chen enchaîna :

— Le corps du commissaire Cavicci a été retrouvé ce matin dans un appartement parisien. Il a reçu une balle dans la tête. À ce stade de l'enquête, nous ne pouvons pas dire s'il s'agit d'un meurtre ou d'un suicide. Il était bien à la division criminelle, chez vous ?

— Cavicci… Oui. Excusez-moi, c'est un choc. Il travaillait ici depuis vingt-deux ans. C'était le plus ancien d'entre nous. Même si…

Martinez suspendit sa phrase. Chen n'avait pas envie de partager son chagrin. Elle poursuivit :

— Nous souhaiterions avoir quelques informations sur lui, qui pourraient éclairer notre enquête, et savoir sur quelle affaire il travaillait.

Le commissaire sembla chercher ses mots :

— Cavicci avait… Il a été placé en congé d'office il y a environ un an. L'été dernier. Il n'était officiellement sur aucun dossier et prenait du repos. Officiellement.

— Que s'est-il passé ?

— Surmenage, usure, dépression… un peu d'alcool. Il était sous antidépresseurs. Mais ça n'a pas suffi. Il y a eu des manquements, des absences prolongées, puis des dérapages qui sont devenus de véritables fautes professionnelles. Il a cessé de se rendre sur site dans les affaires qui lui étaient confiées, planté les équipes sur des interventions… Personne ne voulait plus travailler avec lui, il n'était plus fiable. Alors je lui ai ordonné de prendre du repos et de rester chez lui, mais il n'a rien voulu entendre. Il revenait tous les jours. C'est à ce moment-là qu'il a été mis en congé d'office, avec traitement, et écarté du service. Pour le bien de tous. Et le sien.

— Qu'est-ce qui a déclenché tout ça ? Un divorce ? Un décès ?

— Non. Une enquête. L'affaire Claudel. Ça ne vous dit rien ? Un avocat pénaliste très médiatique, qui a notamment défendu le tristement célèbre Henri Pontaulion, le tueur d'enfants, vous voyez ?

— Oui, tout à fait. Je me souviens de Pontaulion. Une histoire sordide.

— Pierre Claudel est mort en 2018, écrasé par un chauffard alors qu'il sortait de chez lui. Accident ou assassinat. Cette affaire a secoué la ville parce que Me Claudel en était un notable très en vue, mais aussi parce que le chef du groupe en charge de l'enquête, le capitaine Tarquet, a échoué à la résoudre. Il a été écarté par sa hiérarchie et s'est donné la mort. Évidemment, il y a eu pas mal de remous dans le pays, et à Lyon en particulier.

— À Lyon ? Ce n'était pas la juridiction de Cavicci.

— Non, mais l'affaire le hantait. Il pensait l'avoir résolue. On n'a jamais arrêté le ou les coupables, et Cavicci s'était mis en tête qu'il avait une piste sérieuse… Je l'ai reçu plusieurs fois à ce propos. Ses collègues aussi ont entendu ses théories fumeuses. Vingt fois, au bas mot.

— Et ça ne tenait pas la route ?

Le commissaire émit un rire contenu.

— Il avait clairement pété les plombs ! Il criait au complot, à la milice secrète… J'ai demandé à un autre groupe de vérifier. Ils n'ont trouvé que du vent. Cavicci avait vrillé. Alors je lui ai organisé un entretien avec notre psychologue ; c'était la condition pour que je ne le relève pas de ses fonctions. Il l'a rencontrée deux ou trois fois, puis il a cessé d'y aller. C'est là qu'on a… que j'ai décidé de sa mise en congé d'office. Il a déboulé dans mon bureau en m'insultant, hors de lui. J'ai hésité à le mettre à pied à l'époque. Puis il a disparu. J'ai pensé qu'il avait fini par accepter ce repos forcé.

— Et huit mois plus tard, il se serait suicidé à Paris ?

— Je suis sceptique : André Cavicci n'était pas le genre à se suicider, s'il y a un genre… Vous connaissez les chiffres dans la police. On essaye d'être vigilant. André Cavicci n'était plus le même depuis plusieurs mois, mais il s'était fixé une mission, une quête : résoudre l'affaire Claudel. La vérité sur la mort de l'avocat était devenue une telle obsession qu'il en imaginait des conspirations ! Quand on veut étayer une vérité, tout devient preuve et Cavicci voyait des signes partout…

— Je vous remercie, commissaire. Vous disiez qu'il n'avait pas été mis à pied. Il avait donc conservé son arme de service ?

— Il était malade, mais je n'avais aucune raison de croire qu'il se donnerait la mort. J'ai estimé qu'après un peu de vacances, il pourrait… Le sanctionner aurait aggravé les choses.

Chen se demandait comment on pouvait laisser une arme à un flic qui « pétait les plombs », allait poser la question quand le commissaire Martinez reprit :

— Vous disiez que la thèse du meurtre n'était pas exclue ?

— Nous n'en savons rien pour l'instant. Cavicci avait-il des ennemis ?

— Des ennemis ? Dans le banditisme, vous voulez dire ? Des types qui auraient cherché à se venger ?

Non… Depuis longtemps, Cavicci ne s'occupait plus que… Jamais on ne lui aurait confié une enquête délicate ou dangereuse. Des bagarres qui dégénèrent, des vols qui tournent mal, les homicides conjugaux. On ne lui donnait que des affaires où le meurtrier était déjà clairement identifié et en garde à vue dans la plupart des cas. Vous comprenez…

— Pourriez-vous me communiquer les numéros de la psy et du dernier de ses collègues à avoir travaillé avec lui ? Ou d'un ami à qui il aurait pu parler ?

— Un ami ? Il y a longtemps qu'André Cavicci n'en avait plus. Je vais essayer de vous trouver quelqu'un, un collègue retraité peut-être, qui voudra bien vous répondre… Je vous fais envoyer les numéros par ma secrétaire dès que je les ai. Ou je leur demanderai de vous appeler directement. Bon courage, lieutenante.

Chen raccrocha. Cavicci avait le profil pour un suicide en bonne et due forme. Si on ajoutait le cliché du flic dépressif rongé par une vieille enquête jamais résolue qui l'avait mené à la mort, on pouvait clouer le cercueil et passer à autre chose.

Mais ça n'expliquait pas la présence du deuxième cadavre dans l'appartement rue des Moines. Peut-être que finalement, sur le tard, Cavicci s'était fait un ami.

10

Paul Starski continuait de pester contre la *toubiberie* qui suppliciait les hommes et sacrifiait les chiens. Et contre Albus qui carrait sa truffe n'importe où et avalait tout ce qu'il trouvait, des jouets des gamines aux tablettes du lave-vaisselle en passant par les multiprises… Qu'est-ce qu'il allait dire à Florence et aux filles ? Il valait mieux éviter de penser à ça pour le moment.

Il soupira et se tourna vers son écran. Eugène Vankleber était un ressortissant sud-africain de soixante-sept ans. Il était célibataire, habitait Paris depuis le début des années 1990 et n'apparaissait dans aucun des fichiers de police, à quelques contraventions près. Starski entra son nom dans Google et l'y découvrit en costume, souriant et conquérant, patron d'une entreprise de pointe, fleuron de l'industrie pharmaceutique. Il posait sur plusieurs photos en compagnie de son associé, un homme dans la même tranche d'âge, sud-africain également, un certain Jean-Marie de Talense.

Starski sentit son cœur glapir dans sa poitrine à l'instant où il tomba sur le nom. Il déglutit. Talense ! Il s'écarta de son écran et s'enfonça dans son siège, les doigts plongés dans sa barbe noire, la bouche béante, frappé de stupéfaction. Se pouvait-il qu'il y ait un lien avec la Talense qu'il avait connue, Chloé de Talense ? La question était idiote. Évidemment, il s'agissait du même nom. De cette fille du lycée Montaigne qu'il avait aimée à dix-sept ans et les années qui avaient suivi. Presque sept ans ! Cette Chloé qui l'avait quitté définitivement un jour pour repartir en Afrique du Sud où elle était née. Chloé à qui il avait si souvent repensé tout au long de sa vie.

Électrisé, il se rapprocha de son bureau et entra une nouvelle recherche. Chloé de Talense était-elle revenue en France ? Le fichier lui fournit la réponse : elle vivait à Paris dans un appartement du VIIIe arrondissement, aux abords du parc Monceau. Sur Internet, il découvrit, les yeux écarquillés, qu'elle travaillait dans l'entreprise de son père et de Vankleber. Starski se pencha sur les photos ; même si près de vingt ans s'étaient écoulés, Chloé avait à peine changé : elle portait toujours les cheveux mi-longs et posait sur le monde alentour un regard amusé et circonspect. Un univers passé au crible de ses grands yeux verts. Elle, si curieuse, ambitieuse, exaltée, avait visiblement atteint les sommets dont elle rêvait, étudiante. Elle restait la femme magnifique et mystérieuse qu'il avait aimée. Adorée même. Il en avait parfois souffert ; leur relation tout au long de ces sept années avait connu des hauts et des bas, ballotée par la houle des humeurs et caprices de Chloé. Un ténu sourire aux lèvres, il la revoyait claquer la porte un matin, jurant de ne jamais revenir, et reparaître, le soir venu, une bouteille de champagne à la main…

Chloé de Talense ! C'était incroyable ! Starski soupira et poursuivit ses recherches. Elle administrait un blog sur le bien-être, les « Voies de l'Éveil », qui parlait de nutrition bio, de Pilates, de la sagesse secrète des Anciens et de l'influence des astres sur nos destins. Des articles la qualifiaient d'« influenceuse *well-being* ». Chloé avait déjà ce côté légèrement mystique à l'époque, évoquant le pouvoir des pierres, des plantes, des astres sur chacun, même si elle ne jurait en fait que par les sciences dures. Il y avait, selon elle, des forces à l'œuvre en nous, autour de nous, qui nous poussaient à agir sans qu'on puisse l'expliquer. Paul avait compris que cette théorie fumeuse lui permettait surtout de ne jamais justifier ses choix, de changer de cap sur des coups de tête, au gré de ses envies. Ils avaient vingt ans et, aux yeux de Paul, il n'y avait personne au monde de plus libre que Chloé. Cela avait été pour lui une autre raison de l'admirer et de l'aimer.

De pages en liens, Starski découvrit soudain que son père, Jean-Marie de Talense, était mort l'été précédent, à soixante et onze ans, dans un accident de la route. Starski se rappela avoir croisé l'homme, un jour, mais ne gardait de lui aucun souvenir. Chloé n'était pas du genre à officialiser les choses, à les graver dans le marbre, évidemment. Mais était-elle aujourd'hui la Talense de Talense & Vankleber ? Plus qu'incroyable, la coïncidence devenait effroyable, puisque c'est à lui qu'incomberait bientôt la pénible mission de lui apprendre la mort de son associé. Leurs retrouvailles en seraient vite refroidies.

Il trouva les coordonnées de l'entreprise pharmaceutique et composa le numéro.

— Commissaire Starski, police judiciaire. J'aurais souhaité parler à Mme Chloé de Talense, s'il vous plaît.

— Mme de Talense ne travaille plus ici depuis plus d'un an, monsieur.

— Ah oui ? Et qui dirige aujourd'hui Talense & Vankleber ?

— M. Vankleber, mais il n'est pas encore arrivé.

Starski fit la moue. Il n'allait pas annoncer la nouvelle à la réceptionniste.

— Pourriez-vous me passer un membre de la direction ? S'il vous plaît ?

— Je peux transférer votre appel sur le portable de M. Steenson. Il est au laboratoire. Ne quittez pas, je vous prie.

— Merc…

Une musique jaillit du combiné, aussitôt interrompue par un « Steenson » brutal.

— Commissaire Starski, police judiciaire. Bonjour, monsieur.

— Bonjour. La police ? Que se passe-t-il ? trancha l'homme qui avait un accent américain à rayer Cuba de la carte.

— Je suis au regret de vous apprendre la mort de M. Eugène Vankleber, monsieur Steenson.

Il y eut un silence.

— *What ?* Eugène est mort ? Mais de quoi ? *How* ? Comment ?

— L'enquête est en cours, mais le décès de M. Vankleber n'est pas accidentel.

— *You mean*… Il a été tué ?

— À ce stade, je ne peux avancer aucune conclusion. Pourrais-je passer dans vos bureaux aujourd'hui ? Je souhaiterais vous poser quelques questions sur ses fréquentations, ses proches… Ses affaires.

— Eugène n'avait pas d'ennemis. Nous avons

des concurrents, mais… Écoutez, je suis au labo de Soissons. Je prends ma voiture. Je devrais être à Paris d'ici deux heures, deux heures et demie. *All right?*

Steenson parlait un français remarquable, mais son accent yankee restait atroce. L'Américain avait dû être cow-boy avant de se lancer dans la pharmaceutique.

— Très bien. Je vous attends dans nos locaux, au 36… Non, 36 rue du Bastion dans le XVIIe ; nous avons déménagé dans le nord de Paris, aux Batignolles. Vous sortez porte de Clichy. Du périphérique, vous verrez les trois blocs de verre du Tribunal de Paris. On est à côté. Tout à fait ! À tout à l'heure. Ah, juste une chose ! Non, deux ! La première : est-ce que M. Vankleber a de la famille ici ou ailleurs, que nous pourrions prévenir ?

— Non. Eugène n'a plus de famille. Il vivait seul… Quant à sa possible famille en Afrique du Sud, il faudrait voir avec l'ambassade. *Maybe*… Quelle est votre deuxième *question* ?

— Est-ce que M. Vankleber avait un accent aussi fort que le vôtre ?

Un autre silence.

— Hum… Oui, bien sûr. Un accent afrikaans. Il était sud-africain. Les employés lui demandaient souvent de répéter… Il préférait donc s'exprimer en anglais, mais son accent était aussi très marqué dans cette langue !

— Bien sûr… Merci. Je vous attends, monsieur Steenson.

Starski raccrocha, perplexe.

Chen entra à ce moment-là.

— Cavicci était en congé d'office et semblait courir après une vieille affaire non résolue. Un entêtement qui lui a coûté sa carrière.

Starski acquiesça.

— Et la vie ?

— Ça, il faudra creuser…

— Il est né à Marseille ?

— Oui. Un Marseillais pur jus. Et vingt-deux ans de Crim marseillaise.

— Et pas un poil d'accent ?

Chen dévisagea son chef, impassible. Il enchaîna :

— Le type qui gueulait dans l'appartement, ce matin, quand on est arrivé : « Vous m'avez piégé ! », « Je vais tout balancer »…

— Oui.

— Bah, il n'avait pas d'accent ! Ni marseillais ni sud-africain.

11

Phase 6 – Le rapport : compte rendu du piqueur au maître d'équipage.

L'imprimante s'ébroua au moment où Chen raccrocha. Assise à son bureau, elle interpella son chef à travers la pièce.

— Tu avais raison, Paul ! D'après son supérieur, Cavicci était « un enfant deu la caneubièreu ».

Chen s'était essayée à l'accent marseillais et c'était un carnage. Starski leva le nez de son écran.

— Si ce n'était ni Cavicci ni Vankleber qui braillait dans l'appartement ce matin, qui c'était, alors ? Tout le monde a entendu quelqu'un crier au piège, au complot.

— On n'a peut-être pas assez prêté attention à son accent, c'est sûr !

Starski fit la moue. Chen le fixa du regard un moment avant de reprendre, à contre-pied :

— Non, mais sérieusement, tu vas arriver devant la juge et le procureur, et leur présenter la *fabuleuse piste de l'accent marseillais* ? Ils vont la tailler en pièces, ta super preuve linguistique, commissaire Starski ! Et nous avec dans la foulée.

— Je sais…

— Et puis ce gars sans accent, comment aurait-il

quitté l'appartement ? Et quand ? On était derrière la porte. À la deuxième détonation, on est entrés ! Il est sorti par où ?

— Il n'empêche qu'il y a un truc là-dedans qui me chiffonne, Yvonne. Et ce n'est pas le seul, d'ailleurs…

Elle soupira.

— J'ai une autre énigme pour toi : le rapport de la balistique.

Elle se leva, alla arracher la page qui sortait de l'imprimante et la tendit à son chef.

— C'est bien l'arme de Cavicci qu'on a retrouvée sur les lieux. Le numéro de série correspond, mais…

— Je m'en doutais ! s'exclama Starski en saisissant la feuille.

Il la parcourut et grogna :

— Quoi ? C'est impossible !

— … mais ce n'est pas cette arme qui a tué les deux hommes, compléta la lieutenante.

Le commissaire se passa les doigts dans sa barbe noire.

— Quelqu'un joue avec nos nerfs, pesta-t-il.

— Je crois qu'il nous manque un détail pour comprendre la scène, et que ça nous sautera aux yeux avec les rapports de l'IJ et de la légiste.

— J'espère, parce que là, on patauge dans le tiramisu ! Tous les éléments nous amènent à penser qu'il y avait quelqu'un d'autre dans l'appartement quelques secondes avant qu'on y pénètre, un homme, d'après sa voix, qui aurait tué les deux types puis se serait enfui avec l'arme du crime… sauf qu'il n'y avait personne à part nous et les deux cadavres quand on est entrés, et que personne n'aurait pu sortir de l'appartement sans être vu par tous les flics qui avaient investi l'immeuble ! Et qu'un témoin a remarqué une femme, et non un homme, sur les lieux, une femme qui a quitté le bâtiment *avant* les coups de feu… les *quatre* coups de feu…

— Je vais les appeler pour qu'ils nous envoient leurs conclusions au fur et à mesure… Qu'est-ce que tu as trouvé de ton côté sur Vankleber ?

Starski fit pivoter son écran vers sa lieutenante.

— Eugène Vankleber est un ressortissant sud-africain associé à Jean-Marie de Talense dans une entreprise pharmaceutique, Talense & Vankleber. J'ai eu le bras droit de Vankleber. Il a été abasourdi par la nouvelle de la mort de son patron. Il arrive d'ici deux heures à Paris. Il nous en dira plus. Quant à Jean-Marie de Talense, il a perdu la vie dans un accident de voiture il y a six mois.

— Ils n'ont pas de chance dans cette boîte, ponctua Chen.

— On peut dire ça, oui… Ou se demander à qui profite le crime.

— Tu penses comme moi que se débarrasser des deux fondateurs de l'entreprise pour en prendre le contrôle, ça ressemble étrangement à un mobile…

Starski marqua une pause. Chen sentit le flottement.

— Autre chose, Paul ?

— Chloé de Talense, la fille de Jean-Marie, a également travaillé dans l'entreprise un temps. Elle n'y travaille plus, et…

— … et on devrait l'interroger pour en savoir un peu plus sur la société et ce qui s'y passait avant la mort de ses deux dirigeants.

— Oui, c'est sûr, mais…

— Il y a une Mme de Talense ?

— Non. Elle est morte il y a près de trente ans…

— Donc tu te demandes si la fille de Talense ne va

pas hériter des parts de papa, ce qui ferait d'elle le suspect numéro un dans cette affaire…

Starski se raidit.

— Non ! Pas du tout ! Je… Pas du tout ! En fait, je la connais. On était au lycée ensemble. Et à la fac…

— D'accord. Et alors ?

— Rien. Je voulais juste te le dire. On a été ensemble pendant plusieurs années. Sept ans. Et j'étais très amoureux, c'est tout.

— Ah… Et tu as peur que ça interfère avec l'enquête ?

— Non. Oui. Un jour, elle est repartie en Afrique du Sud et je ne l'ai jamais revue.

Chen dévisagea son collègue.

— Et visiblement, ça reste très vivace…

— Non. Enfin… Est-ce qu'on oublie un jour ses amours de jeunesse ? Est-ce qu'on s'en remet totalement ?

Devant l'inertie de Chen, il décida d'enchaîner :

— C'est surprenant, c'est tout. Et je préfère que tu le saches.

— J'ai bien compris. Il n'empêche, Paul, que dans la configuration actuelle, elle est celle à qui profite le crime, non ? Il serait bien de l'interroger au plus vite.

— Oui, bien sûr…

Chen regarda son collègue, perçut son embarras.

— Je peux m'en occuper seule, si tu préfères ?

— Non, ça va aller…

— OK. Et elle habite où, maintenant ?

Chen tourna davantage l'écran vers elle, attrapa le clavier et lança une recherche dans le fichier.

— Chloé de Talense, 4 rue Murillo dans le VIIIe. C'est à côté. On n'a plus qu'à…

Chen se tut et approcha son visage de l'écran.

— Tu as vu ça ?

— Quoi ?

Chen fit cliqueter le clavier et lut :

— À 10 h 20, ce matin, Chloé de Talense a été attaquée chez elle.

Starski se leva d'un bond et attrapa sa veste de treillis.

12

Phase 7 – Le départ : lancement de la chasse.

— De la mort-aux-rats ? Mais il n'y a pas de rats chez nous ! Encore moins de mort-aux-rats !

Assis à la place du mort, Starski suffoquait dans son téléphone tandis que Chen lançait les chevaux du moteur V12 au triple galop sur le boulevard Malesherbes, sous les ululements tonitruants du deux-tons.

— Vitamine K1 ? Et ça ne marche pas ? Il y a d'autres antidotes ? Non, je… Je ne vois pas ce qu'il pourrait avoir avalé. Tout est rangé. Les produits ménagers… Non, bien sûr. Et une analyse sanguine ? Oui, je comprends…

Starski se tut et plongea les doigts dans sa barbe noire.

— Vous avez bien fait. Il ne ressent aucune douleur, vous êtes sûr ? Bon. Et vers quelle heu… en fin d'après-midi… mais quelle heure ? OK, c'est vous qui m'appelez. Merci, docteur. Oui. Merci.

Le commissaire raccrocha.

— Il confirme que c'est un empoisonnement qui a déclenché une hémorragie interne. Peut-être de la mort-aux-rats… C'est assez courant, malheureusement. Pourtant l'antidote habituel n'a aucun effet. On doit attendre. Merde !

— Au moins, il ne souffre pas, si j'ai bien compris, tenta Chen.

— Lui, non…

Le vrombissement sourd du moteur emplit l'habitacle.

— On l'a eu tout petit. Il y a neuf ans. On venait de s'installer avec Florence. C'était François, un collègue à elle qui… Sa chienne avait eu une portée de trois, alors on en a pris un à la maison. Albus. Il était à notre mariage ! Et puis les filles sont nées. Elles l'ont toujours connu !

Il sourit. Chen gardait le silence. Le visage de Starski se ferma soudain.

— Florence m'a quitté. Hier soir.

La lieutenante le dévisagea, impassible, imagina qu'il y avait des mots à dire dans ces cas-là, des mots qu'elle ne trouva pas. Mais, enfin, le comportement de son collègue prenait sens.

— Elle a accompagné les filles chez ses parents pour les vacances de Pâques. Ils habitent près d'Arcachon. Elle devait faire l'aller-retour, remonter à Paris dans la journée. Elle m'a appelé hier soir pour me dire qu'elle avait posé une semaine de congé, qu'elle restait chez ses parents, qu'elle ne rentrait pas. Et que c'était fini.

Son nez fin se plissa, ses yeux se fermèrent, puis le reste de son visage se déforma en une grimace de douleur qu'il surmonta.

— C'est fini ? C'est sûr ? essaya maladroitement Chen.

— Je crois que là… Elle m'a mis en garde plusieurs fois. Jamais à la maison, le boulot comme seule priorité, les filles avaient-elles un père ? Tout ça… Elle n'en peut plus et a décidé que ça devait s'arrêter. On est restés près d'une heure au téléphone. J'ai répété les mêmes trucs, que ça allait changer, mais que le métier… Voilà. C'est fini. Un vrai cliché de flic ! J'ai plus qu'à picoler pour achever le tableau…

Chen approuva de la tête en silence.

— J'ai rappelé plusieurs fois, mais elle ne veut pas me parler. Elle rentre samedi. Avec les filles. A priori, elle veut qu'on le leur dise dès leur retour. Elles partent une semaine en vacances et quand elles reviennent leur monde vole en éclats. Samedi, je risque de devoir annoncer à mes deux gamines que leurs parents se séparent et que le chien est mort.

— Ça fait beaucoup, commenta Chen.

— Ouais. Ça fait beaucoup…

Chen n'avait jamais rencontré Florence, en presque deux ans. Une ou deux fois, Paul l'avait invitée chez eux à dîner pour lui présenter femme et enfants. Elle avait décliné la proposition parce que ça tombait mal, un mauvais jour, parce que surtout elle n'en avait aucune envie. Elle refusait tout contact avec sa famille à elle, ce n'était pas pour subir celle des autres. Chacun ses problèmes.

— Le bon côté des choses, reprit-elle, c'est que tu es le candidat idéal du second marché.

— Second marché ?

— Quarante-cinq pour cent des mariages finissent par un divorce, Paul, en moyenne quand les époux ont entre quarante et quarante-quatre ans. Tous ces nouveaux célibataires constituent un second marché pour ceux et celles qui cherchent l'âme sœur ou, au moins, la vie de couple. Tu corresponds complètement au profil ! Tu vas trouver quelqu'un, ne t'en fais pas.

Starski dévisagea sa collègue et devina un sourire

sincère. Il comprenait son erreur. Yvonne s'inquiétait pour lui, s'essayait à la compassion, et le résultat était désastreux.

— Je ne vais plus voir mes gamines chaque matin, au réveil. Je suis quitté par la femme que j'aime. Il est où, le bon côté, Yvonne ?

La lieutenante sembla désarçonnée et s'expliqua :

— Statistiquement, la plupart des mariages ne durent pas plus de cinq ans. C'est comme ça. On se lasse. C'est humain, il faut l'accepter.

— Et comment tu connais tous ces chiffres ?

Yvonne recomposa son visage de pierre.

— Moi aussi, je… je fais des rencontres. Mais je ne tiens pas vraiment à ce que ça s'éternise. Ça ne sert à rien.

— Ça ne sert… Laisse tomber, Yvonne ! conclut Starski. C'est à droite, là.

La BMW ralentit pour s'engager dans la rue Murillo, une voie à sens unique aux immeubles cossus en pierre blanche protégés par des grilles à piques noires en fer forgé. Ils se garèrent devant le numéro 4.

— Si tu veux rentrer chez toi, Paul, vas-y ! De toute manière, à ce stade de l'enquête…

— Non, non. Merci, Yvonne, mais si c'est pour tourner en rond et me refaire l'histoire et les dialogues… Et puis j'ai une vieille copine à voir. Allons-y !

Ils s'immobilisèrent devant la grille, examinèrent l'interphone et trouvèrent un bouton au nom de Chloé de Talense. Elle vivait visiblement seule. Starski sonna. Une voix d'homme répondit.

— Allô ?

— Bonjour, monsieur. Police judiciaire. Commissaire Starski.

— La police ? Encore ? Je vous ouvre. Troisième gauche.

La grille grésilla et s'ouvrit.

— Pourquoi tu ne dis pas tout de suite « brigade criminelle » ? « Police judiciaire », les gens ne comprennent pas.

— Je crois que c'est encore une question de tact. Mais je devrais juste dire « Police », tu as raison.

— Souvent…

Ils attrapèrent l'ascenseur et parvinrent au dernier étage où une haute porte de bois à double battant était ouverte. Un homme dans la quarantaine en costume gris et au regard austère patientait là, sous une touffe de cheveux noirs et bouclés. Il détailla l'allure des deux flics qui se présentaient en civil, fut surpris par le contraste entre la grande Asiatique filiforme vêtue de noir et son collègue en jean et veste kaki.

— Maître Lerude, avocat au barreau de Paris, se présenta-t-il en bombant le torse. Je vous en prie, entrez !

— Commissaire Starski, rétorqua Starski, sa carte de police devant lui. Ma collègue, la lieutenante Chen.

— Starski ! C'est assez original pour un policier, on a déjà dû vous le dire, non ?

Son attitude, son ton, son rictus… L'avocat l'agaçait déjà.

— Souvent, en effet.

Ils pénétrèrent dans une large entrée qui devait être aussi grande que leur bureau au Bastion, mais que les moulures au plafond, le parquet massif, le lustre gigantesque et la multitude de cadres rendaient bien plus agréable à l'œil.

— Commissaire, s'il s'agit de l'agression de ma compagne, Chloé de Talense, vos collègues sont déjà passés. Ils ont pris sa déposition et enregistré sa plainte. Je m'étonne…

— Mme de Talense est-elle ici ? coupa Starski en jetant un coup d'œil à ce qui semblait être un grand salon. Nous souhaiterions lui parler.

L'avocat fit mine de s'interposer, barrant de son petit corps l'accès à l'appartement.

— C'est impossible. Elle se repose. La violence du…

— Bonjour, interrompit une voix de femme.

Chloé de Talense arriva dans l'entrée. Chen observa cette femme d'une quarantaine d'années – quarante-trois ans sûrement puisqu'elle avait l'âge de son commissaire –, et constata son évidente beauté et la grâce qui émanait d'elle. Ses cheveux châtain clair étaient attachés en queue-de-cheval, ce qui dégageait son visage et ses grands yeux verts. Malgré le jean et le sweat-shirt rouge qu'elle avait passés à la hâte, Chen comprit l'émoi qu'elle devait susciter chez les hommes en général, et chez son collègue en particulier.

— Chloé. Ils t'ont réveillée… leur reprocha l'avocat.

— J'ai entendu l'interphone.

Chloé de Talense se figea soudain.

— Paul ?

Starski sourit.

— Salut, Chloé.

Il sentit son sang affluer à ses tempes à l'instant où son cœur se tordit. Des souvenirs assaillirent son esprit, mêlés d'émotions contradictoires, de joies anciennes et de peines lancinantes, d'amour déçu et de bonheur trahi, un flot continu qu'il tenta de contenir, cherchant quelque chose à dire.

— Vous vous connaissez ? s'enquit l'avocat, qui devait être un peu lent.

Ils rirent, l'ignorèrent et s'approchèrent l'un de l'autre, maladroitement, avant de se prendre dans les bras et de se faire la bise. Les retrouvailles de deux anciens copains.

— C'est incroyable ! s'exclama-t-elle. Tu es flic ?

— Oui. Un DEA de droit et puis le concours de commissaire.

— C'est… Et pas juge, finalement… Tu voulais être juge !

— Oui. Mais non.

— C'est fou ! Tu n'as pas changé !

— Toi non plus ! Toujours… rayonnante.

— Moui, avec vingt ans de plus, mine de rien…

Elle sembla soudain prendre conscience de la présence de Chen.

— Excusez-moi. Bonjour, madame.

— Lieutenante Chen. Bonjour.

— Mais entrez ! Venez ! reprit Chloé de Talense.

Elle les invita à pénétrer dans un vaste salon et à s'installer dans un carré de canapés accueillants. Les murs étaient chamarrés de toiles et d'esquisses. Un escalier en fer forgé se torsadait jusqu'à l'étage que l'on devinait de même superficie. Chloé de Talense vivait dans le luxe et l'abondance.

— Et qu'est-ce que tu deviens ? reprit-elle. Tu t'es marié ? Tu as des enfants ? Tu… Mais vous voulez boire quelque chose ?

— Non, je te remercie. On vient de manière très officielle. On a appris presque par hasard ton agression, dans le cadre d'une autre enquête…

Chloé fronça les sourcils et s'assit. Lerude se plaça debout derrière elle. Les deux flics s'installèrent également. Une lumière étincelante entrait par les baies vitrées et dessinait de larges rectangles blancs sur le parquet et les tapis.

— Nous sommes de la brigade criminelle, Chloé. Nous enquêtons sur la mort d'Eugène Vankleber, qui est décédé ce matin à Paris.

— Vankleber est mort ?

Chen nota que sa surprise était totale, manifestement authentique. Chloé de Talense garda le silence quelques instants puis reprit :

— N'espérez pas que je pleure sur son cadavre. Ce type m'a virée de l'entreprise de mon propre père. C'est aussi à cause de lui que mon père et moi sommes restés fâchés. Mais c'est un choc !

— Je ne pense pas que Chloé puisse répondre à vos questions dans son état, intervint l'avocat, de nouveau autoritaire, en lui posant la main sur l'épaule. Elle vient d'être agressée, commissaire, je vous le rappelle, chez elle, qui plus est. Le mieux serait…

— Non, ça va, Julien, dit-elle en se déplaçant légèrement pour échapper à son contact. Je…

Elle se figea tout à coup.

— Vous croyez qu'il y a un lien, c'est ça ? Je veux dire : entre la mort de Vankleber et le type qui était chez moi ce matin ? Comment Eugène est-il mort ? Brigade criminelle, vous disiez ; j'imagine que ça a été plutôt brutal, non ?

— Nous enquêtons pour connaître les circonstances exactes de sa mort, mais une arme à feu a été utilisée.

— Il a été abattu ?

Starski soupira.

— On ne sait pas. Est-ce que l'agresseur de ce matin avait une arme ?

— Non. Ni pistolet ni couteau… Ni rien, en fait. Il

a surgi derrière moi et… J'étais devant la fenêtre et il a tenté de m'étrangler. J'étais au téléphone avec Julien.

— J'ai tout entendu, confirma ce dernier. Et j'ai appelé la police. Nous avons déjà donné tous les détails à vos collègues.

— Comment est-il entré ? intervint Chen.

— Je venais de revenir d'un rendez-vous professionnel. Il était déjà dans l'appartement. Les policiers en uniforme ont dit qu'il devait avoir un passe parce qu'il n'y a pas de traces d'effraction sur la porte…

— J'ai appelé un serrurier pour qu'il pose un verrou de haute sécurité, commenta l'avocat. À trois pênes !

— Est-ce que tu pourrais nous apporter des verres et de l'eau, s'il te plaît, Julien ? Je meurs de soif.

L'avocat s'éloigna à regret.

— Il vous a pris quelque chose ? demanda Chen.

— Quelques bijoux. Un peu d'argent. Vos collègues disaient que c'était sûrement un drogué. Mais vous croyez qu'il peut revenir ?

— Bien sûr, assena Chen sous l'œil noir de son collègue et néanmoins supérieur. Vous faites bien de changer les verrous s'il a effectivement un passe.

— Les deux affaires n'ont peut-être aucun lien. Tu es rentrée chez toi, tu as surpris un cambrioleur. Ça arrive. C'est un accident.

Chloé approuva et sourit.

— Paul ! Ça fait combien d'années, exactement ?

Il lança à Chen un regard gêné.

— Une bonne vingtaine… Vingt-trois.

— Est-ce qu'on… Ça te dirait d'aller dîner un de ces soirs ? On reparlera du lycée ! De Grouick ! Gruik-Gruik !

— C'était notre prof de maths à Montaigne, expliqua

Starski à Chen, qui resta de marbre. Et *Hamlet* ? lança-t-il à Chloé. Comment pourrais-je oublier ton Ophélie ? Tu avais fait pleurer toute la fac !

Il plongea la main dans sa veste et en tira une carte de visite.

— Appelle-moi sur le portable. Au bureau, c'est sous le numéro barré. On a déménagé et je n'ai pas encore commandé les nouvelles…

Elle saisit la carte, sourit.

— Merci, monsieur le commissaire.

— Vous connaissez le commissaire André Cavicci ? demanda soudain Chen.

— Non. Ça ne me dit rien. Je ne crois pas le connaître, en tout cas.

— Nous allons vous laisser, annonça Starski.

Julien revenait de la cuisine avec un plateau, des verres et une carafe dans laquelle il avait plongé des feuilles de menthe. Débordant d'un pot, un assortiment de pailles multicolores ornées de petits fruits en plastique parachevaient sa décoration « cocktail » de circonstance à l'annonce d'un décès. Starski se demanda ce que Chloé fichait avec un crétin pareil.

Les deux flics se levèrent.

— Il faudrait qu'on se revoie pour une vraie déposition, Chloé. On va avoir besoin d'informations sur Talense & Vankleber.

— Je ne fais plus partie de la boîte depuis plus d'un an. J'ai été remerciée.

— Nous le savons déjà, coupa Chen.

Les deux femmes échangèrent un regard froid.

— Aujourd'hui, on te laisse te reposer, à cause de l'agression, intervint Starski. Mais on aura besoin de te revoir vite, pour l'enquête.

— Bien sûr. Je comprends. Demain matin ?

— Parfait. À l'adresse de la carte. Dix heures ?

— Dix heures ! Très bien.

— J'imagine que M. Lerude va rester avec toi...

— Je vais m'installer chez Julien quelques jours, le temps de... Je ne veux pas rester seule ici. Pour l'instant. Je vais te donner ma carte pour que tu puisses me joindre si besoin.

— Bien. Nous n'allons pas vous déranger plus longtemps. Repose-toi. Ils ont peut-être déjà chopé le gars.

— Vous êtes sûre que c'était un homme ? demanda Chen.

— Ah oui. Il était très fort. Et quand il est tombé... Je lui ai lancé la grosse lampe, là-bas, et il l'a reçue dans la tête. Il est tombé et... Sa voix. Il n'a rien dit, mais il a grogné.

— Tu l'as blessé, tu crois ?

— Je ne sais pas. Il s'est enfui juste après...

— Bon. Merci, Chloé. On se voit demain, de toute façon.

— J'ai une dernière question, madame de Talense, reprit Chen. Vous avez visiblement dérangé quelqu'un qui ne s'attendait pas à vous trouver là à cette heure précise. Avec qui aviez-vous rendez-vous ?

Chloé sembla perplexe.

— Je suis allée à un entretien professionnel chez Biotech, avenue Hoche. Au 53, si ma mémoire est bonne. J'y suis restée de 8 h 45 à 9 h 05 environ. J'avais ensuite un rendez-vous pour mon blog avec une association de quartier, rue La Boétie. Le Bosquet des Abeilles. C'est dans le même coin. J'y étais à 9 h 30. Le rendez-vous a tourné court... Vous croyez qu'il y a un lien ?

— Non, bien sûr, intervint Starski. C'est la routine ;

nous devons poser ces questions. On ne vous dérange pas plus longtemps.

Mais Chen insista :

— Et avant cela, vous étiez seule chez vous ?

— Non, s'interposa de nouveau l'avoué, protecteur. J'ai passé la nuit ici, avec Chloé. Je suis parti à 8 h 10 environ.

— Merci… Vous comprenez que nous devons poser ces questions… répéta Starski en baissant les yeux.

— Je comprends, conclut Chloé de Talense.

Ils rejoignirent l'entrée où elle leur donna sa carte avant de leur ouvrir la porte. Chen sortit et appela l'ascenseur.

— Ça m'a fait plaisir de te revoir, Paul ! Vraiment ! Je regrette que ce soit dans ces circonstances, mais… Vraiment.

— À moi aussi, Chloé ! Mais on va se revoir. Dès demain matin !

— À demain, alors.

Il quitta l'appartement à son tour et elle referma la porte.

13

Phase 8 – La chasse : les chasseurs se déploient, les chiens sont tenus.

Silencieuse, Chen continuait de tester les rapports de vitesse de son nouveau jouet. Mais Starski n'en pensait pas moins.

— « Vous avez visiblement dérangé quelqu'un qui ne s'attendait pas à vous trouver là à cette heure précise. Avec qui aviez-vous rendez-vous ? »

— Quelqu'un était certainement au courant que l'appartement était vide à ce moment-là… répondit la lieutenante, imperturbable.

— Tu lui aurais demandé où elle était quand Vankleber et Cavicci ont été tués, c'était pareil, tu le sais. Tu vérifiais son alibi.

Chen contrôla son rétro.

— Oui. C'est mon boulot. Et le tien.

Starski soupira.

— Tu as raison. Mais tu la crois vraiment capable de buter quelqu'un ? Voire deux personnes : son ancien associé et un commissaire de Marseille ? Sérieusement ?

— Je ne sais pas. Je ne la connais pas.

— Moi si, Yvonne ! Moi si ! J'ai… j'ai aimé cette fille, j'ai habité avec elle pendant plusieurs années.

Des années que… importantes pour moi. Chloé est une femme brillante et fine. Avec une éthique.

— Et ça la blanchit de toute infraction, si je comprends bien ?

— Arrête ! Je te parle d'un double meurtre, pas d'excès de vitesse. Elle ne pourrait jamais tuer quelqu'un. Je la connais !

— Je te crois, mais ça ne change rien. On doit garder cette possibilité en tête jusqu'à ce qu'on l'ait écartée sur la base de preuves, de faits tangibles, logiques ou scientifiques, pas sur tes souvenirs émus d'adolescent priapique.

La mâchoire de Starski se contracta.

— Mais elle est victime dans cette affaire ! Pas coupable ! Quelqu'un a visiblement décidé de se débarrasser de la direction de cette entreprise pharmaceutique, Talense & Vankleber… Ça saute aux yeux !

— Elle n'y travaille plus. Elle en a été licenciée.

— Et elle reviendrait les tuer, un an après ? Elle aurait tué son père ? Elle mettrait en scène son agression chez elle ?

— Ce n'est pas exclu…

— Tu ne veux pas plutôt entendre que quelqu'un a buté le père et veut buter la fille qui hérite des parts, et pourrait revenir en position de force dans l'entreprise, par exemple ?

— Il faut qu'on en sache plus sur cette boîte pour comprendre les enjeux. Il arrive quand, l'Américain ?

— En début d'après-midi, vers 13 h 30, 14 heures. Il ne devrait plus tarder. Ce que je veux dire, Yvonne, c'est qu'on peut imaginer n'importe quoi à ce stade de l'enquête. Et je te demande juste de prendre en compte le fait que je connais Chloé…

— Connaissais.

— Hein ?

— Tu connaissais Chloé de Talense au lycée et à la fac, il y a vingt-trois ans. Vous étiez jeunes, c'était le grand amour, OK… Mais les gens changent. Toutes les ordures ont été des enfants.

Starski préféra ignorer la remarque.

— Je te demande juste d'entendre qu'elle pourrait être victime dans cette affaire. C'est tout !

— J'ai compris.

Chen mit soudain un coup de volant, déclenchant une indignation de klaxons, et s'arracha à l'avenue de Saint-Ouen pour s'engager dans une rue transversale.

— Mais où tu vas, là ? Ce n'est pas la route du Bastion.

— Non. Tu as bien dit que tu avais trouvé des photos de Chloé sur Internet ?

— Oui, mais à qui…

La BMW noire bifurqua dans la rue de la Jonquière et Starski comprit.

— Tu as raison.

— Souvent.

— Au moins, on sera fixés.

La berline s'immobilisa devant le 97 rue des Moines où, quelques heures plus tôt, Cavicci et Vankleber avaient trouvé la mort. Les deux officiers entrèrent dans l'immeuble et sonnèrent au rez-de-chaussée à la porte de Mme Dubreuil, leur seul témoin oculaire, qui avait affirmé avoir « bien vu » par l'œilleton la femme qui avait quitté l'immeuble à 8 h 35. Starski soupira et rechercha sur son téléphone une photo récente de Chloé de Talense.

La porte s'ouvrit sur une Mme Dubreuil qui s'était manifestement rendormie après leur départ.

— Désolé de vous déranger de nouveau, madame

Dubreuil. Vous avez déclaré avoir vu quelqu'un, ce matin, et nous souhaiterions savoir s'il s'agit de cette personne.

Starski tendit son écran et lança un regard inquiet à la jeune femme.

— Oui, ça m'a l'air d'être elle.

— Vous en êtes sûre ? interrogea Chen.

Pauline Dubreuil hésita.

— Pratiquement. Il faisait encore sombre à cette heure-là, et elle avait la lumière dans le dos. Mais je suis quasiment certaine que c'est la femme qui a descendu l'escalier à 8 h 35. Jolie, la petite quarantaine, les cheveux châtains, bien habillée…

— Merci. Nous vous recontacterons.

Elle les salua et referma la porte.

Les deux flics quittèrent l'immeuble et remontèrent en voiture.

— Merde, pesta Starski.

— « Pratiquement sûre » et « quasiment certaine ». C'est encore un peu léger pour mettre Chloé de Talense en garde à vue, tempéra Chen. Et puis ce que je disais sur l'alcoolisme du témoin est toujours valable, dans les deux sens…

— C'est clair…

— Si elle a quitté l'immeuble à 8 h 35 et si, comme on le pense, Cavicci a été tué à 9 h 05, alors qu'on était derrière la porte, Chloé de Talense n'a rien à voir avec lui. En revanche, si la légiste ne se plante pas et que Vankleber est mort avant, bien avant…

— Chloé de Talense peut très bien s'être trouvée sur les lieux au moment où il est mort, acheva Starski. Tu as raison, il faut que la légiste nous garantisse l'heure dc décès des deux hommes.

Chen approuva de la tête avant de contre-attaquer :

— Concernant Chloé de Talense, on va devoir vérifier ses histoires de rendez-vous.

Une sonnerie de téléphone emplit l'habitacle et Starski décrocha.

— Oui, monsieur Steenson. Vous êtes à Paris ? Bon. Oui, au 36 rue du Bastion. À l'accueil, vous demandez le commissaire Starski. Exactement, comme dans *Starsky et Hutch*… J'imagine ! J'y serai dans une petite demi-heure. Oui. À tout à l'heure.

Il raccrocha au moment où la BMW quittait son stationnement dans un crissement de pneus.

14

Steenson était un petit homme frêle aux cheveux poivre et sel et à la raie droite. Il portait un costume gris et des lunettes cerclées de fer comme on n'en avait pas vu depuis les dernières diffusions de *Derrick*. Une antithèse du cow-boy auquel Starski s'attendait. Lorsque les deux officiers de police l'avaient rejoint dans le hall du Bastion, ils avaient trouvé un homme pâlot à la mine grave qui s'était levé avec empressement. Ils étaient aussitôt montés au bureau du groupe.

— Merci d'être venu si rapidement, monsieur Steenson. J'ai entendu au téléphone que vous avez un français parfait, mais si nous parlons trop vite…

— Mon père a été consul à Paris. J'ai pratiqué les deux langues très tôt. J'ai encore un peu de mal avec l'accent.

— À peine ! Concernant l'avancée de l'enquête, vous comprendrez que nous ne pouvons vous révéler quoi que ce soit. Tout ce que je peux vous dire à l'heure actuelle, c'est qu'Eugène Vankleber a été trouvé sans vie dans un appartement parisien, qu'il est mort d'une balle dans la tête, tirée à bout portant à hauteur de la tempe, dans des conditions très suspectes. Nous ne pouvons affirmer pour l'instant s'il s'agit d'un meurtre ou d'un suicide, mais nous savons qu'au moins deux autres personnes étaient présentes sur les lieux au moment du drame. Pour y voir un peu plus clair dans cette affaire, nous aimerions que vous nous parliez d'Eugène Vankleber. Vous le connaissiez depuis quelques années, je crois.

— Je suis arrivé à Paris en janvier 2013. Talense & Vankleber était une entreprise de taille moyenne, à l'époque, qui comptait près de deux cents employés, et incluait deux unités de production pharmaceutique. Les patrons Jean-Marie de Talense et Eugène Vankleber ont quitté l'Afrique du Sud en 1990, à la fin de l'apartheid, pour venir s'installer à Paris. Leur société est née en 1993 *and*... Le succès a été immédiat. En quelques années, les deux hommes ont doublé puis triplé leur chiffre d'affaires. Ils ont modernisé l'entreprise, construit la troisième unité de production et se sont ouverts à l'international. Mais faute de financements, Talense & Vankleber a commencé à stagner puis à régresser. La concurrence était rude. Un groupe d'investissement américain, la FIMCO, a proposé d'injecter les fonds nécessaires à son développement en échange de parts du capital. Une vraie opportunité pour les deux hommes qui ont accepté. La FIMCO a donc dépêché sur site l'un de ses représentants, moi-même, pour contrôler la... l'évolution de son placement et la pertinence des décisions prises par les directeurs de la société.

— Et que fabrique l'entreprise, au juste ? s'enquit Starski.

— Différents produits médicaux et paramédicaux. Des produits pharmaceutiques finis, par exemple.

— Des médicaments ?

— Entre autres. Notre produit phare est une pilule contraceptive : le Gynépax. Environ un tiers de nos bénéfices ! Nous faisons également des sirops antitussifs, des sprays nasaux, des antibiotiques à large spectre… mais aussi du paramédical, des compléments alimentaires, un peu d'homéopathie…

— Et c'est une grosse société ? Je veux dire : qui pèse lourd financièrement ?

— Près de trois cent cinquante millions de dollars. Avec une croissance de 3 % en deux ans. C'est une société qui compte aujourd'hui dans le domaine pharmaceutique. La FIMCO se félicite de son investissement.

Pour la première fois, il sourit. Certainement chez lui un effet secondaire du mot « dollar ».

— Comment s'entendaient les deux hommes, selon vous ? demanda Chen.

— C'étaient de vieux amis ! *Good old friends !* Ils se connaissaient depuis leur enfance à Pretoria. Ils avaient fait leurs études ensemble, monté leur première société ensemble. Leur association marchait très bien. Il n'y a jamais eu, à ma connaissance, de discorde entre eux.

— Même concernant Chloé de Talense ?

Steenson parut embarrassé.

— Chloé avait des projets pour Talense & Vankleber qui… au goût de ses fondateurs, compromettaient la pérennité et la stabilité de la société. Elle administrait le secteur Recherches et était chargée de proposer de nouveaux produits et de lancer des pistes de développement. Ses travaux ont coûté cher sans jamais aboutir. Après plusieurs mises en garde qu'elle n'a pas entendues, MM. de Talense et Vankleber ont préféré… la laisser partir.

— Ils l'ont virée.

— Ils ont racheté ses parts de la société, 10 %, à un prix très convenable. Et ils l'ont licenciée en lui offrant une prime de départ importante. Son père ne voulait pas déclarer la guerre à sa fille. Mais il ne souhaitait pas non plus prendre le risque de faire exploser l'entreprise s'il s'opposait à son ami. D'autant qu'il était d'accord sur le coût exorbitant des travaux de Chloé… À ma connaissance, sa fille ne le lui a jamais pardonné ; ils sont restés en froid jusqu'à son accident.

— Et Chloé a hérité des parts de son père, coupa Chen.

— *No !* Enfin… À ce jour, elle n'a pas accepté l'héritage.

— Comment ça ? s'enquit Starski, les doigts dans sa barbe.

— Le notaire qui s'est occupé de la succession a d'abord mené une recherche d'héritiers potentiels en Afrique du Sud, par sécurité. Au bout de deux mois, il a déclaré Chloé de Talense seule héritière des biens et avoirs de son père. Elle a ignoré ses courriers avant de l'appeler pour lui dire qu'elle ne voulait pas un centime de son père !

— Elle a renoncé à quelques dizaines de millions, j'imagine.

— *Correct !* Chloé de Talense ne veut plus rien avoir à faire avec ce passé-là. Elle n'a pas pardonné à son père et ne veut rien de lui. Son appartement parisien, un autre à Londres, une villa tropézienne, une ferme normande de quatre corps de bâtiment… Pas même les 35 % des parts de la société qu'il détenait.

— Bon…

Starski s'enfonça dans son siège. On aurait eu peine à dire si son visage exprimait une satisfaction réelle ou un simple soulagement. Soupçonnant qu'il avait mené l'entretien dans le but d'arriver à l'heureuse conclusion que

Chloé de Talense était blanche comme neige dans cette affaire, Chen ignora l'attitude de son chef et enchaîna :

— Comment l'entreprise a-t-elle réagi à la mort de son fondateur, Jean-Marie de Talense ? Les employés, les actionnaires…

— Ça a été un choc pour tous ceux qui le connaissaient, *of course.* Jean-Marie était un homme doux et très apprécié. Mais chacun savait qu'Eugène pouvait tenir la barre seul. Maintenant…

— Oui, maintenant, répéta Chen : que va-t-il arriver à la société maintenant que ses deux fondateurs sont morts ?

— Eugène n'ayant pas d'enfant, Chloé refusant l'héritage, c'est l'État qui va administrer la société et nommer un gestionnaire le temps de trouver un repreneur. J'imagine que la FIMCO fera une offre pour devenir majoritaire dans l'entreprise et garder la main. Mais sur ce marché très concurrentiel, on peut aussi penser que de gros groupes chinois, indiens, anglais ou français seront très intéressés.

Il soupira.

— Il y a de fortes chances que je ne sois plus là dans deux ou trois mois.

— Qui, selon vous, aurait eu intérêt à éliminer Vankleber ?

— Je ne sais pas. Je ne lui connaissais aucun ennemi. Je veux dire… Bien sûr, il y a eu des propositions de rachats, de fusions. Eugène les a toujours rejetées. Est-ce une raison suffisante de tuer quelqu'un ?

— Évidemment ! répondit Chen, sans ménagement. Vous pourrez nous fournir la liste de ces sociétés qui ont fait des offres, ces deux dernières années ?

— Oui, bien sûr…

Starski reposa soudain ses deux coudes sur le bureau.

— Et est-ce que d'autres personnes ont quitté l'entreprise dans les mois qui ont entouré la mort de Jean-Marie de Talense ? Avant ou après. Je veux dire : à part Chloé de Talense, est-ce que quelqu'un aurait été licencié et aurait gardé une certaine rancœur vis-à-vis de l'entreprise et de ses fondateurs ?

Steenson sembla soudain fouiller le plafond du regard, sollicitant sa mémoire.

— Le chef de laboratoire ! Calvin Kezner. Il a démissionné peu de temps après la mort de Jean-Marie.

Starski se tourna vers son ordinateur et l'interrogea.

— Kezner… Un citoyen sud-africain lui aussi. En France depuis 1998.

— Il est arrivé en France après Jean-Marie et Eugène. Il travaillait avec eux, sous leurs ordres, en Afrique du Sud. C'est un brillant ingénieur. Quand il a repris contact avec eux, ils lui ont proposé de les rejoindre et de diriger le laboratoire de recherche.

— Le laboratoire ? Il travaillait donc avec Chloé de Talense ?

— Oui. Quand elle est arrivée, oui. Mais il y est resté lorsqu'elle en est partie.

— Jusqu'à la mort de Jean-Marie de Talense, qui l'a conduit à démissionner.

— Oui.

— Pourquoi ?

— Pardon ? s'étonna l'Américain.

— Pourquoi a-t-il démissionné à ce moment-là ? répéta Chen sans le lâcher du regard.

— Je ne sais pas. Je sais juste que ça a été très rapide. Dans la semaine, il a envoyé sa lettre et n'est plus revenu.

— Vous disiez que Jean-Marie de Talense, Eugène Vankleber et Calvin Kezner travaillaient ensemble en Afrique du Sud. Vous en savez plus sur ce passé commun ?

Steenson sembla embarrassé.

— Je n'ai pas posé de questions. *But*... Mais ils ont tous les trois quitté le pays à l'abolition de l'apartheid. On peut imaginer qu'après la chute du régime ségrégationniste blanc, ils ont décidé... comment dites-vous ? de changer d'air...

— On peut imaginer beaucoup de choses, rétorqua Chen. Nous allons devoir parler à ce M. Kezner.

— Et au notaire, ajouta le commissaire. Vous pourrez me communiquer son nom ?

— Me Sylvain. Son étude est avenue Mozart dans le XVIe arrondissement.

— Merci, monsieur Steenson. Je vais vous raccompagner, conclut Starski.

15

Phase 9 – Le débucher : le gibier sort du bois.

Quand Starski revint dans le bureau, Chen était en grande conversation téléphonique. Elle prenait des notes. Elle remercia son interlocuteur, raccrocha et sembla découvrir son collègue qui rapportait des sandwichs et des canettes.

— Je suis passé à la cafet'. Je t'ai pris ton crudités et ton Ice Tea.

Il déposa son déjeuner sur le bureau de Chen.

— J'ai dit à Steenson de rester joignable et disponible cette semaine, poursuivit-il. Mais son témoignage a le mérite d'innocenter Chloé de Talense : l'héritage n'est pas le mobile.

— Ça ne retire pas la vengeance de la liste des raisons qui auraient pu amener Chloé de Talense à tuer son père, puis son associé Vankleber…

Starski la dévisagea.

— Tu ne veux pas en démordre, hein ? De toute manière, on va creuser !

— Justement. Je viens de téléphoner au notaire, Me Sylvain.

— Je t'écoute.

— Il a effectivement lancé une procédure pour

s'assurer que Chloé était la seule ayant droit. La procédure a duré deux mois, et il n'a trouvé personne d'autre que Chloé. Les héritiers ont quatre mois pour se prononcer, et accepter ou refuser un héritage. Si on en revient à notre affaire, Jean-Marie de Talense est mort en août dernier ; tu ajoutes les six mois du notaire : Chloé de Talense n'a pas répondu avant le 1er février.

— C'est ce que nous expliquait Steenson. C'est fini, donc. Elle a refusé l'héritage, l'appartement, les parts dans l'entreprise. Le mobile financier disparaît. Je te l'avais dit, triompha Starski. Et elle nous expliquera tout ça demain matin en personne.

— Sauf que, faute de réponse dans ces délais, le notaire demande à un huissier d'envoyer un courrier avec accusé de réception qui ouvre un ultime délai de deux mois. Ce qui signifie…

— … qu'aujourd'hui, 5 mars, le délai d'option court toujours ! Chloé de Talense a encore près d'un mois pour se manifester.

— Et accepter son héritage. Le mobile financier est bel et bien là.

Starski tira une chaise et s'y affala, en face du bureau de Chen.

— Attends, Yvonne. Qu'est-ce qu'on est en train de dire exactement, là ? Que, sept mois après la mort de son père, elle assassine Vankleber dans un appartement parisien ?

— Elle a été *quasiment* reconnue par la serveuse alcoolique du rez-de-chaussée.

— Mais elle n'est pas alcoolique ! Elle a fait la fête avec des copains !

— Peut-être. En tout cas, on a un vrai faisceau de présomptions qui se dessine, Paul. Je suis désolée, mais… Un mobile, un témoin… On doit au moins prévenir la juge. Si tu veux, je l'appelle.

Starski se frotta la barbe, visiblement mal à l'aise face à l'évidence.

— Mais il y a ses deux rendez-vous, ce matin, Yvonne. Elle a vu des gens. Si son alibi est confirmé… La juge va nous rire au nez.

— Ça m'indiffère qu'elle rie ou qu'elle pleure, la juge. On a un travail à faire et…

— Attends. Ce que je te propose, c'est qu'on vérifie l'alibi de Chloé.

Il marqua une pause, comprit sa bourde et corrigea :

— De Chloé *de Talense*. Si on n'a aucune preuve qu'elle était bien ailleurs au moment des faits, je lui passerai moi-même les bracelets. Qu'est-ce que tu en dis ?

Chen réfléchit un temps. Elle avait cette habitude de se figer soudain. On imaginait les rouages qui se mettaient à cliqueter dans son cerveau alors même que son visage se faisait masque. Seuls ses yeux noirs allaient et venaient de droite à gauche jusqu'au résultat de l'analyse qui prenait souvent la forme d'une question :

— Quel « moment des faits » ? A priori, et pour l'instant, on ne peut l'accrocher que sur Vankleber. C'est-à-dire sur le meurtre qui aurait eu lieu avant 9 heures. On doit revoir son emploi du temps entre 8 h 10, le départ de Julien, et 9 heures.

— Et s'il s'est suicidé, le Sud-Af', on aura l'air de quoi ?

Chen cogita encore.

— OK. On ne prévient pas la juge.

— Bon.

— Mais à une seule condition.

— Je t'écoute, répondit Starski avec une grimace, anticipant la douleur.

— On demande à Chloé de nous accompagner.

— Mais on ne peut pas faire ça, Yvonne. Pour quel motif?

— Rien d'officiel. Mais si c'est elle qui a tué Vankleber et Cavicci, ça a dû lui faire bizarre de voir deux flics débarquer chez elle dans les deux heures qui ont suivi le crime. Je ne tiens pas à ce qu'elle panique et quitte le pays. Donc pas de juge, mais on passe la chercher. On lui demandera de refaire son itinéraire du matin avec nous.

— T'es sérieuse?

— À prendre ou à laisser.

Devant la moue persistante de son chef, Chen décrocha son téléphone de bureau pour mettre sa menace à exécution.

— OK. OK. Je l'appelle.

Le commissaire tira son portable.

— Est-ce que je peux quand même te rafraîchir la mémoire et te signaler que je suis ton supérieur hiérarchique?

— C'est fait. Appelle.

Starski grimaça de nouveau et composa le numéro de la carte de visite.

— Allô, Chloé? Paul Starski. Je te dérange?

Chen leva les yeux au ciel. Il reprenait contact avec cet amour de jeunesse et redevenait l'ado hésitant, mielleux, apeuré même, qu'il avait dû être. À le voir comme ça marcher sur des œufs, elle se demanda ce qu'avait pu être leur relation, à quoi ressemblait leur couple, à l'époque.

Il poursuivit:

— Je t'appelle parce que j'ai eu l'association de quartier. C'est la procédure, je vérifie tout. Le problème, c'est qu'ils refusent de me parler au téléphone. Et à moins de demander une commission rogatoire à un juge, ils ne veulent rien me dire. Sauf si tu m'accompagnes… Oui, exactement. Je suis désolé de t'imposer ça après… Non, bien sûr. D'ici trente minutes, en bas de chez toi. Parfait. À tout à l'heure !

Il raccrocha. Chen saisit son jambon-crudités d'une main, les clés de la BMW de l'autre et quitta le bureau.

— Hé ! Attends-moi, grogna Starski.

16

Phase 10 – Le laisser-courre : la meute est lancée sur les traces du gibier.

— Je comprends, c'est un peu tôt. Mais on a vraiment besoin de l'information, insista Starski.

Chen approuva de la tête. Assis dans la BMW, moteur allumé, ils attendaient devant la haute grille noire du 4 rue Murillo.

— Une seconde, s'il vous plaît, Claire. Je mets le haut-parleur pour ma collègue. Voilà : vous pouvez répéter.

La voix de la légiste s'éleva alors dans l'habitacle :

— Oui. Ce n'est pas très pratiquc, c'est mon assistante qui tient le téléphone. Je disais que je suis en train de m'occuper de Cavicci. Il est trop tôt pour affiner l'heure de la mort, commissaire.

— Paul, corrigea-t-il. Ce que nous souhaiterions sav…

Une montée de violons s'échappa du portable, aussitôt rattrapés par des cors.

— C'est quoi, ça ?

— C'est Wagner. J'officie en musique ! Toujours ! Mon prof à la fac disait que « la musique adoucit les mœurs et amollit les morts ».

— Un homme sage, approuva Starski.

— Et un poète ! Une chose est sûre pour l'instant concernant Cavicci : ce n'est pas un suicide. Il a bien été abattu, à bout portant, et non touchant. Et je pense, à voir la légèreté des lésions, notamment les faibles brûlures des tissus de la tempe, qu'un silencieux a été utilisé.

— Un silencieux ? Mais les voisins ont entendu des détonations !

Les percussions se joignirent aux cors. Les deux flics les ignorèrent.

— Oui, vous me l'avez dit : à 8 h 50. Et vous en avez entendu deux autres à 9 h 05.

— C'est ça.

— Eh bien, il va falloir revoir votre *timing*. Au moins pour Cavicci. Et certainement pour l'autre. Je pense que vous pouvez opter pour deux meurtres entre 7 h 30 et 8 h 30 environ. Je vous recontacte dès que j'en sais plus.

— Merci, Claire.

Le chœur des Walkyries résonna tout à coup.

— Et ne m'appelez pas ! C'est moi qui vous téléphonerai, conclut la légiste.

Le silence se fit soudain dans l'habitacle.

— Deux meurtres avec un silencieux. Et non un double suicide avec l'arme du flic, répéta Starski.

— Entre 7 h 30 et 8 h 30 alors qu'on a été témoins de la scène à 9 heures, poursuivit Chen.

— J'ai la sale impression qu'on se fait balader dans cette histoire, à force de découvrir tout et son contraire.

— Qu'est-ce que tu veux dire ?

— Je ne sais pas… Appelle le central et demande-leur d'envoyer une voiture rue des Moines. Avec les clés.

— On retourne rue des Moines ? Mais on en revient ! L'appartement a été passé au peigne fin, et il est sous scellés.

— Les scellés, ça s'arrache. Le substitut veut qu'on fasse vite, qu'on écarte la piste du grand banditisme dans la mort de Cavicci. Tu appelles la juge. Elle va grogner, mais dis-lui qu'on a besoin de retourner dans l'appartement sur requête du substitut.

— OK.

— Et ça nous permettra de vérifier combien de temps il faut pour parcourir la distance entre ici et le lieu du crime.

Chen dévisagea le commissaire qui, à sa surprise, semblait envisager pour la première fois l'implication de Chloé de Talense. Elle tira son téléphone et contacta le central.

La portière arrière s'ouvrit. Chloé de Talense avait passé une jupe beige et un chemisier blanc. Starski la trouva classe et élégante. Elle se glissa sur la banquette arrière.

— Ce sont les nouveaux véhicules en dotation ? plaisanta-t-elle. La police qui circule en berline BMW, ça doit faire jaser !

Chen n'apprécia pas sa moquerie ni surtout qu'on raille son bolide, mais la juge décrocha à cet instant. Starski enchaîna :

— Merci de te libérer pour notre enquête. Nous devons écarter toutes les pistes, évidemment.

— Je comprends. D'autant qu'il était notoire que je ne pouvais pas encadrer Vankleber. C'est un excellent mobile, j'imagine.

Starski inclina la tête en signe de partielle approbation.

— Nous allons d'abord faire un crochet jusqu'à l'appartement où a été trouvé Vankleber… On passera ensuite au Bosquet des Abeilles et à la société… Ton premier rendez-vous.

— Biotech, compléta Chloé de Talense.

Chen raccrocha et fit démarrer la voiture.

— On les retrouve sur place, dit-elle simplement.

— Et la juge ?

— Elle donne son accord, mais elle se demande pourquoi tu ne l'as pas encore appelée… Je lui ai répondu que tu cherchais à protéger quelqu'un.

Starski sursauta.

— Non ! Tu ne lui as pas dit ça ?

— Non, confirma Chen, flegmatique.

Une voiture sérigraphiée patientait devant l'immeuble. Chen trouva un bateau et y échoua la BM. Ils rejoignirent les flics en bleu pour récupérer les clés.

— Allons-y, annonça Chen.

Chloé de Talense lança un regard aux bâtiments alentour, puis reposa ses yeux verts sur la lieutenante, qui n'avait pas bougé dans l'espoir que la belle femme se trahirait en choisissant une direction.

— C'est ici, interrompit Starski en indiquant une porte cochère pour mettre fin au piège tendu par sa collègue.

Suivis des bleus, ils entrèrent dans l'immeuble et gravirent les étages. Chloé de Talense découvrait visiblement l'endroit – ou devait être récompensée d'un Oscar. Ils parvinrent devant la porte de l'appartement et, sans atermoiement, déchirèrent les scellés.

— Je préfère te prévenir, Chloé. Il reste des traces

brunes, des taches de sang, à l'endroit où sont tombés les corps. Il vaudrait peut-être mieux que tu nous attendes sur le palier…

— Les corps ? Mais il y a combien de morts ? s'épouvanta-t-elle.

— Deux. On ne connaît pas la nature de la relation qu'entretenaient les deux hommes.

— Je vais attendre ici, c'est mieux, effectivement, conclut Chloé.

— Je comprends. Ce sera rapide.

Starski abandonna son amour de jeunesse à l'entrée, aux côtés d'un gardien de la paix. Si l'on omettait les auréoles noires qui maculaient le tapis du salon et le dessus-de-lit dans la chambre, l'appartement semblait prêt à la location. Chen était passée d'une pièce à l'autre et patientait près de la fenêtre.

— L'IJ et les bleus ont déjà tout fouillé. Nous aussi. Qu'est-ce que tu espères trouver de plus ?

— Des Walkyries !

Chen observa son chef en silence.

— Vous pouvez remettre l'électricité ? brailla-t-il à destination d'un des bleus.

Quelques secondes plus tard, il actionna l'interrupteur du salon et la lumière fut. Il revint au centre de la pièce et alluma la chaîne stéréo.

— Des témoins, Yvonne ! Les témoins dans cette affaire sont formels : ils ont entendu les cris, les détonations et les corps lourds s'affalant sur le sol, à 9 h 05. Et non seulement les témoins sont formels, mais en plus, ils sont assermentés : c'est nous !

Il appuya sur le bouton « PLAY » et quelques notes de cuivres s'invitèrent dans la pièce, pour s'unir bientôt en un ensemble de cors puissants.

— C'est trop fort, baisse !

Starski l'ignora et éleva la voix.

— Cavicci et Vankleber discutent tranquillement en écoutant de la musique. Une femme est présente. Vers 8 h 35, elle quitte l'appartement et laisse les deux hommes. On peut imaginer tout ce qu'on veut. Le désaccord, la dispute... Ils se séparent et se rendent chacun dans une pièce. Pour quelle raison ? On s'en fiche, je vais te dire pourquoi dans quelques instants, si je ne me trompe pas. La femme a déjà quitté l'immeuble et a été vue par l'étudiante du rez-de-chaussée. Quelques minutes séparent son départ de la querelle entre les deux hommes. Elle est loin, maintenant. Tu sais pourquoi ?

Un coup de feu retentit soudain. Chen porta la main à son arme. Un des bleus se précipita et parut à l'entrée du salon. Starski sourit. Il leva un doigt, sollicitant leur attention. Et une deuxième détonation retentit.

— Voilà pourquoi ! Parce que l'histoire que je t'ai racontée, c'est celle qu'on voulait nous faire gober. Mais attends encore un peu...

Quelques minutes passèrent dans l'euphorie des cors.

— *Pourquoi ? Pourquoi moi ?* cria un homme.

— Tu entends ?

— Oui, dit Chen, laconique.

— Aucun accent !

La musique continua quelques instants. Starski, figé, les sourcils hauts, gardait son index en l'air dans l'attente de ce qui venait.

— *Vous m'avez piégé ! Mais ça suffit !*

Les cors sonnèrent encore un moment.

— *Tu m'entends, connard ? Je porterai pas le chapeau pour toutes vos embrouilles ! Je vais tout balancer, t'entends ? Tout ! Le Grand Veneur ! Et le reste ! Vous m'aurez pas ! Jamais ! Et les autres vont...*

Ils écoutèrent en silence les cors puis les mêmes lignes de dialogues de nouveau, pendant plusieurs minutes.

— *Tu m'entends, connard ? Je porterai pas le chapeau pour toutes vos embrouilles ! Je vais tout balancer, t'entends ? Tout ! Le Grand Veneur ! Et le reste ! Vous m'aurez pas ! Jamais ! Et les autres vont...*

— Et là, je m'époumonais derrière la porte pour établir le contact avec... un CD ! Un faux CD de cors de chasse !

Une détonation claqua soudain, suivie du bruit lourd d'un corps qui s'effondre.

— Il est 9 h 05. J'entends ça, je tire sur la serrure et tu me rejoins.

Une deuxième détonation. Un corps s'écroule.

— On entre dans l'appartement. On découvre les deux victimes inertes au sol, persuadés d'avoir été témoins de la scène.

— Quatre coups de feu, deux balles. Orteuil pouvait difficilement trouver d'autres douilles, approuva Chen.

— Et comme il n'a pas relevé d'empreintes ni sur le CD ni sur la jaquette, on a les tout bonnement écartés de notre enquête.

— Je pensais qu'ils essayaient seulement de couvrir leurs éclats de voix en diffusant le premier CD venu. On est complètement passés à côté, tu veux dire...

— Pire, Yvonne ! On a nous-mêmes, en toute bonne foi, donné une mauvaise heure à la légiste concernant la mort des deux hommes. Elle y a perdu son latin, mais elle n'a pas lâché. Comme elle le disait, les deux types étaient morts bien avant. Avant le départ de la femme et pas après. Elle les a certainement exécutés tous les deux.

— Mais de quelle femme parlez-vous ?

Ils se retournèrent et tombèrent nez à nez avec Chloé de Talense, qui venait d'arriver dans le salon.

17

Phase 11 – Le piège : dispositif par lequel le gibier se retrouve acculé.

— Vous croyez vraiment que c'est moi ? Paul ! Tu… Mais ce n'est pas vrai !

Scandalisée, Chloé de Talense s'était soudain retournée au milieu de la chaussée.

— Écoute-moi ! Et calme-toi ! dit Starski. On doit tout contrôler, OK ? C'est notre boulot, c'est tout.

De marbre, Chen masquait ses bouillonnements intérieurs. Starski prenait bien trop de gants avec leur suspecte.

— Votre boulot ? Me coller ça sur le dos ? Parce qu'ils m'ont virée avec pertes et fracas ? Parce que mon père ne m'a plus adressé la parole jusqu'à sa mort ? Parce que je vis avec ça depuis plus d'un an, à essayer de me reconstruire alors qu'ils m'ont tout pris ?

— Ce ne sera pas long, soupira Starski. On vérifie où tu te trouvais entre le départ de Julien et l'heure de la découverte des deux corps, et tu retournes chez toi. Tu n'entendras plus parler de nous, si… si c'est ce que tu veux.

— Nous allons voir cette association de quartier, rue La Boétie, confirma Chen, pragmatique.

— Finissons-en, alors… conclut Chloé de Talense en se dirigeant vers la BMW.

Starski lui emboîta le pas en grimaçant. Chloé était hors d'elle ; ce n'était jamais bon. Le trio reprit la route dans un silence de plomb, teinté d'inquiétude ou de colère pour les uns, d'indifférence professionnelle pour l'autre. On avait maquillé un double meurtre en suicide et fabriqué une fausse bande-son du passage à l'acte afin que les flics, eux-mêmes témoins, frelatent leur propre enquête. Qui avait bien pu se donner autant de mal ? Comme des bolides lâchés sans contrôle dans un espace clos, les questions fusaient dans l'esprit des deux officiers. Pourtant, en présence de leur suspecte, aucun ne pipait mot.

Perplexes devant la grille du Bosquet des Abeilles, les deux officiers examinaient la végétation échevelée qui s'étalait dans ce qui ressemblait à une jungle en plein Paris.

— Tu es sûre que c'est là, Chloé ? s'enquit Starski.

— Oui, il y a une maison, au fond, où habite la druide.

— La druide ? répéta Chen.

Ramures et feuilles s'ébrouèrent et une femme âgée vêtue de blanc et couronnée de feuilles parut en compagnie d'un homme à la longue barbe grise qui s'appuyait sur un épais bâton.

— Bienvenue au Bosquet des Abeilles, mes amis. Oh, Chloé, tu reviens déjà ?

— Oui, Magna. Ces deux officiers de police aimeraient savoir si nous nous sommes vus ce matin.

— Ce matin ? Bien sûr ! À 9 h 30, pendant l'Appel à Toutatis. Blodeuwedd a même chanté, assura la druide.

— Est-ce qu'on peut parler à ce... Blodeuwedd ? demanda Chen.

Les deux vieux s'esclaffèrent.

— C'est notre coucou, expliqua Magna. Il chante toutes les demi-heures.

— Tu as interrompu l'Appel à Toutatis, lança soudain le vieil homme en pointant un doigt accusateur vers Chloé.

— J'en suis désolée, je vous assure.

— Merci, conclut Starski, en prenant congé sans plus de cérémonie. Au moins, on sait où tu étais entre 9 h 30 et 10 heures, conclut-il, impassible, alors qu'un poids venait de s'évaporer de sa poitrine.

— On vient vraiment d'interroger des druides, là ? se demanda Chen, incrédule, en regagnant la BMW.

Cinq minutes plus tard, ils se garaient dans la contre-allée de l'avenue Hoche, devant le 53, un immeuble massif en pierre de Paris. Sur le côté d'une magnifique porte cochère en bois ouvragé s'étalaient une multitude de plaques professionnelles cuivrées et argentées. Starski trouva celle de Biotech. Ils entrèrent, traversèrent un vaste hall pavé, puis une jolie cour verdoyante jusqu'au bâtiment B. Suivant Chloé de Talense, ils empruntèrent l'escalier et atteignirent le premier palier où les attendait une porte grande ouverte. Surpris, ils pénétrèrent dans une large pièce aux murs blancs, une salle propre et vide dont le sol était recouvert d'une bâche bleutée. Les lieux étaient visiblement en rénovation. Chloé, incrédule, s'avança sur le parquet plastifié.

— Je ne comprends pas, l'accueil était là ! Au-dessus, au mur, il y avait un énorme « Biotech » en lettres dorées, et là, des sièges...

— Je peux vous aider ? les interpella un homme

affublé d'un bob affreux et de vêtements de chantier, une lourde tine de peinture au bout de chaque bras.

— Bonjour, monsieur. Police judiciaire, annonça Starski. Nous recherchons la société Biotech.

— C'est fermé. Il faut qu'on retire les plaques et qu'on repeigne, ça va être reloué. Je viens préparer le chantier. Mes gars seront là à 7 heures, demain.

— Fermé ? reprit Chen. Mais depuis quand ?

— Je peux pas vous dire, mais ça doit faire un bail. On devait commencer il y a trois semaines, j'ai pris du retard sur un appartement.

— Mais j'étais là ce matin ! protesta Chloé de Talense.

— Entre 8 h 45 et 9 h 05, compléta Chen.

— Exactement !

— Je sais pas qui vous a ouvert. Il faudrait voir avec l'agence.

— J'ai rencontré le patron, M. Lectonson ! Vous le connaissez ? insista Chloé de Talense.

— Non, désolé, madame. Moi, je viens juste pour le chantier, une fois que c'est vide. Il faudrait voir avec l'agence, répéta-t-il. Attendez…

Il sortit son téléphone, le bidouilla et tendit l'écran sous les yeux de Chen.

— C'est M. Lopes. À ce numéro.

Chen prit note.

— Nous allons les appeler. Merci, monsieur, reprit Starski. Pouvez-vous nous attendre en bas, s'il vous plaît ? Ce ne sera pas très long…

— Non, c'est certain, confirma Chen.

Starski soupira.

— Chloé, tu es entrée et tu t'es dirigée vers le bureau de l'accueil. Que s'est-il passé ensuite ?

— Il y avait une jeune femme très élégante. Elle m'a demandé de patienter. Elle a appelé son patron, qui m'a reçue. Albert Lectonson, un homme d'environ soixante-dix ans, les cheveux blancs, les yeux très bleus et une horrible cicatrice sur la joue. Il m'a présenté un autre employé, la trentaine, Ziffoni, je crois… Il l'a appelé Thibault.

— Vous avez vu trois personnes dans cet appartement ce matin ? reformula Chen.

— Mais oui, je… C'est par là.

Elle traversa la pièce et ouvrit une porte sur une grande salle vide.

— Son bureau était ici ! protesta-t-elle. Nous avons eu un entretien d'embauche qui s'est très bien passé, je ne comprends pas.

— Je peux vous expliquer ce que je comprends, moi, coupa Chen.

Starski leva une main pour stopper la machine, mais la lieutenante était lancée :

— Selon ses déclarations, votre petit copain Julien a quitté votre appartement à 8 h 10. Vous avez affirmé être arrivée ici à 8 h 45 et en être repartie à 9 h 05, mais personne ne vous a vue. Personne ne sait donc où vous vous trouviez ce matin, entre 8 h 10 et 9 h 30, heure de votre rendez-vous chez les druides. Pendant une heure vingt, vous avez disparu.

— Oui, mais j'étais là !

Imperturbable, Chen déroula son implacable démonstration.

— Or, entre 7 h 30 et 8 h 30, André Cavicci et Eugène Vankleber ont été assassinés dans un appartement parisien à dix minutes d'ici.

— Attends, Yvonne, tu vas un peu vite en…

— Non, Paul. C'est toi qui *attends*. Un témoin vous a reconnue tandis que vous quittiez les lieux d'un double meurtre à 8h35.

Chloé de Talense porta les mains à son visage, frappée d'effroi.

— Mais c'est impossible. Je n'ai jamais…

Chen enfonça le clou :

— Madame de Talense, vous aviez un mobile évident pour tuer Vankleber qui vous a licenciée sans ménagement de l'entreprise de votre père. Vous avez eu l'opportunité de l'assassiner puisque vous étiez seule entre 8h10 et 9h30, à l'heure présumée du meurtre. Enfin, un témoin oculaire vous a formellement identifiée sur la scène de crime.

— Paul… s'indigna Chloé.

Starski était battu, impuissant devant l'évidence et réduit au silence. Chen porta l'estocade :

— Madame de Talense, il est 18h05 et à partir de maintenant, vous êtes placée en garde à vue pour une durée initiale de vingt-quatre heures dans le cadre de l'enquête sur les meurtres d'Eugène Vankleber, votre ancien employeur, et du commissaire André Cavicci. Vous pourrez voir un avocat et un médecin, et contacter la personne de votre choix. Aurez-vous besoin d'un traducteur ?

— Quoi ? Non… Je… non.

— Avez-vous compris tout ce que je viens de vous dire ?

— Oui, mais vous faites erreur ! Jamais je ne…

— Vous pouvez bien sûr garder le silence jusqu'à l'arrivée de votre avocat.

— Mais je…

Le visage de Chloé de Talense devint livide quand Chen sortit ses menottes.

— Ce ne sera pas nécessaire, Yvonne, interrompit Starski. Allons-y, Chloé.

Il passa son bras autour d'elle comme si elle était convalescente et ils quittèrent les bureaux vides d'une entreprise qui avait un jour existé. Chen les observa un instant, puis leur emboîta le pas.

Une affaire rondement menée.

18

Immobile à son bureau sous les leds blancs du plafond, Starski se tenait le menton d'une main. L'autre plaquait le téléphone contre son oreille. Il avait tourné son fauteuil vers les hautes fenêtres et regardait au-dehors la nuit infinie.

Chen entra et vint s'asseoir au bureau de son chef.

Ils n'avaient pas encore eu le temps de se parler, tous les deux, d'évoquer les derniers événements. Tout s'était soudain emballé pour le commissaire, et la femme qu'il pensait aider se retrouvait sous les verrous. Lorsqu'ils étaient revenus au Bastion, Starski avait assuré à Chloé de Talense qu'il allait tout faire pour la sortir de là, mais, mutique, exaspérée, elle ne l'écoutait plus. Chen l'avait confiée aux bleus de garde, en demandant qu'elle bénéficie d'une cellule propre et personnelle. C'était le moins qu'elle pouvait faire pour Starski après avoir coffré son amour de jeunesse. Puis elle avait proposé à la suspecte de prévenir quelqu'un de sa famille et un avocat. Chloé de Talense avait fourni le numéro de téléphone de Julien Lerude et aucun autre. Le petit copain était arrivé, furieux, avait lancé un regard assassin aux deux flics à qui le matin même, il servait candidement de l'eau avec de jolies pailles. Starski, préférant éviter la confrontation, était retourné dans son bureau. Chen, elle, était restée jusqu'au départ de l'avocat. Il n'avait pas fallu dix minutes ; Me Lerude était sorti en trombe de la pièce et avait quitté les lieux sans dire un mot, toujours aussi furieux. Chen à son tour était remontée dans le bureau.

— Je comprends… Non, non, faites comme d'habitude. Je passerai demain. Merci.

Starski raccrocha et se prit la tête à deux mains. Puis il soupira, fit pivoter son fauteuil et regarda Chen. Ses yeux étaient rougis par l'émotion.

— Albus est parti…

— Parti ? Parti où ?

Starski soupira.

— Il est mort, Yvonne. Il y a une demi-heure, à 19 h 22 précisément.

— Je suis désolée, dit Chen parce qu'elle savait que c'était ce qu'on disait dans ces moments-là.

— Ils ont tout tenté, mais plusieurs organes étaient touchés. Ils n'ont aucune idée de ce qui l'a mis dans cet état. Merde ! J'ai quarante-huit heures pour décider quoi faire du… du corps.

— Tu devrais rentrer. On s'occupera de de Talense demain. Appelle ta famille.

— Ma famille… Comment je vais annoncer ça à Florence ? Aux gamines ? En ce moment !

Chen réfléchit.

— Peut-être que…

Starski leva la main, alors elle se tut. Il n'avait aucune envie d'entendre les solutions qu'elle préconisait pour les animaux, les mamies et les papis envoyés à la campagne.

On frappa à la porte, qui s'ouvrit aussitôt. Une grande femme filiforme d'une cinquantaine d'années, aux cheveux blancs enserrés dans un chignon, emmitouflée dans un manteau fuchsia et portant une sacoche moutarde, s'engouffra dans la pièce.

— Commissaire ! Ainsi, vous étiez là tout ce temps ! lança la juge Bonname d'une voix haut perchée.

— Bonjour, madame le juge, répondit Starski en se levant pour venir à sa rencontre.

— Madame *la* juge. Vous m'avez oubliée, à ce qu'il semble. Comme j'étais à côté, chez le procureur, je me suis dit que j'allais faire un saut chez vous, histoire de vous rappeler mon existence et, qui sait, le fonctionnement de l'instruction et de la justice en France !

— Je suis désolé, madame la juge. Oh ! La lieutenante Chen que vous avez eue au téléphone concernant les scellés.

Il présenta sa collègue d'un revers de main.

— Bonjour, lieutenante. Oui, parlons-en, des scellés ! Il a fallu les refaire. C'est du gâchis. Alors, faites attention.

— Nous avons eu quelques soucis, des hésitations…

— Vous deviez m'appeler et vous ne l'avez pas fait. Vous avez eu tort et vous ne recommencerez pas. Nous sommes d'accord sur ce point ?

Un silence se posa sur le bureau.

— Bien sûr, madame la juge.

— Alors, je vous écoute, conclut-elle d'une voix chantante en prenant une chaise.

En quelques phrases, il retraça les étapes de la journée : la prise d'otage qui n'en était pas une, le double suicide qui n'en était pas un, leur présence au moment des faits alors que les faits s'étaient produits plus tôt, le CD qui les avait induits en erreur, la mauvaise arme à feu retrouvée sur place… La grimace qui se dessina sur le visage de la juge à mesure qu'il étalait les faits pouvait à elle seule résumer leur enquête.

— Chloé de Talense est donc en garde à vue ?

— Depuis une heure. Nous allions vous appeler à ce propos, compléta Chen. Nous avons vérifié son alibi, une histoire délirante de rendez-vous avec le patron d'une société qui n'existe pas. Chloé de Talense avait un mobile, même plusieurs, pour tuer son ancien employeur ; la vengeance d'abord. Puis un mobile financier.

— Elle ne veut pas des parts de son père. Elle n'a aucune envie de reprendre l'entreprise. Elle me l'a dit, contra son chef.

— Admettons… Reste la vengeance, alors, commenta la juge, laconique. Ensuite, lieutenante ?

— Son alibi n'a pas résisté à la vérification. L'agence a confirmé que les locaux de Biotech, où elle affirme avoir eu un entretien d'embauche ce matin, sont vides et fermés depuis trois semaines. Et un témoin oculaire, une locataire de l'immeuble rue des Moines, l'a formellement reconnue et atteste qu'elle était bien sur les lieux à l'heure du crime.

— Une serveuse qui force un peu sur la bouteille… opposa Starski.

Chen se figea et observa son chef. La juge le remarqua, tout comme elle avait noté l'énergie que mettait le commissaire à défendre la suspecte. Elle inspira profondément et s'adressa à lui :

— Commissaire, est-ce qu'il y a quelque chose que je ne sais pas concernant votre relation avec Mme de Talense ?

Starski baissa les yeux.

— Non. Rien.

— Parce que, dans le cas contraire, vous me le diriez et je vous dessaisirais de l'affaire, nous sommes d'accord ?

Il acquiesça comme un enfant pris la main dans le bocal à bonbons.

— Et vous ne l'avez donc pas encore interrogée ?

— Non, nous venons d'arriver, répondit Chen.

— Son avocat est là ?

— Oui, mais il est parti.

La juge et le commissaire la dévisagèrent.

— Parti ? Parti où ? demanda Starski.

— Je n'en sais rien.

Bonname regarda sa montre.

— Bon… Elle a vu son avocat. L'audition devant avoir lieu deux heures minimum après le placement en garde à vue, ça nous fait du… disons 20 h 30. Alors, je vous propose de remettre cette audition à demain matin, 9 heures. Ça coûtera une nuit et des repas à l'État, mais on peut difficilement faire autrement. C'est la première chose. Deuxième chose : je vais ordonner une perquisition chez Mme de Talense. Vous tâcherez d'y être avec les clés. Ça nous évitera de forcer la porte, voire de faire intervenir un serrurier du privé…

— Pas de problème, approuva Starski.

— Si, il y a plein de problèmes, commissaire. Avez-vous pu établir un lien avec ce commissaire… Cavicci, l'autre victime ?

— Pour l'instant, aucun. Chloé de Talense affirme ne connaître ni l'homme ni son nom.

— Nous tâcherons de trouver un lien. Peut-être chez elle, demain matin. Je me charge de prévenir l'IJ pour les prélèvements. Si on peut trouver trace de Vankleber ou de Cavicci dans son appartement…

— On va aussi demander les factures détaillées à son opérateur téléphonique, poursuivit Starski. On a réclamé celles de Cavicci. On devrait tout avoir dans la matinée.

— Oui… Allons-y doucement quand même. Je vous rappelle que les opérateurs facturent ces services à l'État près de trente-cinq millions d'euros par an. Je ne cesse de le répéter à vos collègues : doucement sur les demandes aux opérateurs parce qu'elles ont un coût : 6,50 € pour identifier une personne à partir de son numéro et 17,50 € pour obtenir sa facture détaillée. C'est une escroquerie manifeste, d'autant que c'est l'État qui donne les licences… Bref. Nous sommes fonctionnaires et, en attendant que le ministère de l'Intérieur se dote d'une plateforme nationale propre et fonctionnelle, nous nous devons de contrôler nos dépenses.

— Bien sûr.

Elle se leva soudain et attrapa sa sacoche.

— Tout est OK ! À demain, 6 heures !

— Oui… Pourquoi 6 heures ? On pourrait très bien…

— J'ai une grosse journée. Et si nous trouvons quelque chose, nous aurons un peu de temps pour l'analyser avant l'audition de 9 heures. On aura aussi les retours de l'IJ, si je les presse un peu. Comptez sur moi, commissaire, je sais faire ! Bonne soirée !

— Bonsoir madame le… la juge.

En une pirouette dans son manteau fuchsia, la juge Bonname se retrouva hors du bureau et certainement déjà hors de l'immeuble. Le calme et le silence retombèrent sur la pièce.

— Rentre, Yvonne. On doit être en forme pour demain.

— Tu n'aurais pas dû mentir à la juge…

— Chloé a besoin de moi…

— Tu ne veux rien entendre, hein ? Bon… Qu'est-ce que tu vas faire, toi ?

— Je vais aller la voir pour m'assurer que… J'allais dire « que ça va » ! Elle est en garde à vue, suspectée de meurtre… Quel con !

— Pas si con si c'est elle ! commenta Chen.

Starski ignora sa remarque.

— Ensuite, je rentre chez moi et j'appellerai ma femme. *Ma femme…* et mes filles. Et je leur dirai pour Albus. Et je dirai à Florence que j'ai revu Chloé, la Chloé que je pleurais, qui venait de me quitter, quand on s'est rencontrés. Et que tout se passe en tout bien tout honneur. Après, j'irai me coucher pour en finir avec cette journée de merde.

— Je suis désolée, répéta la lieutenante.

— Ouais… Merci. Tu vas faire quoi, toi ?

— Oh, je pense que je vais aller dans un bar me lever un mec. Vous avez tous un gros fantasme pour les Asiatiques, alors, ça traîne rarement. Je le ramène chez moi et on baise comme des dingues. Ensuite, il se barre et je dors comme un bébé.

— Tu es sérieuse, là ?

— Non. À demain.

Chen quitta la pièce sous les yeux écarquillés de son collègue. Quand elle fut partie, Starski contourna son bureau et se planta devant les fenêtres noires. À perte de vue, Paris scintillait de blanc, de rouge et d'or. Le phare de la tour Eiffel balayait la nuit inlassablement, son rai s'étiolant par instants dans les nuages anthracite qui menaçaient la ville. Paris se brouilla alors même qu'il ne pleuvait pas. Starski se rendit compte qu'il pleurait.

— Merde.

Il n’avait pas fallu des heures pour que, une fois seul, le flot de ses emmerdes ne vienne le submerger. Il s’essuya les yeux d’un revers de manche, attrapa sa veste de treillis, éteignit la lumière et quitta son bureau.

19

Johana Favan, 5 février 2017

Johana Favan était assise dans le canapé de son salon, les coudes plantés sur les genoux, la tête entre les mains. Par la fenêtre ouverte du balcon montait la morne clameur de Nice, le sac et le ressac du trafic urbain, une monotonie que troublait par instants un reniflement : Johana Favan pleurait. Le Kleenex qu'elle serrait dans son poing avait des allures de drapeau blanc. Mais il n'y avait pas de reddition possible contre les chagrins d'amour. Ils fracassaient vos défenses, abattaient les murailles et mettaient vos forces en charpie. Quand vous étiez détruite et vaincue, commençait l'occupation longue et intolérable de la douleur. Il fallait vivre avec. Et la douleur n'occupait pas seule la place conquise : son lot de remords l'accompagnait. Comment avait-elle pu être si bête ? Comment avait-elle pu tomber si bas ?

Tiago, avec son nom de toréador, avait déboulé un jour comme un météore et retapissé toute sa vie de fleurs et d'or. Il était jeune, il était beau, il était riche, presque autant qu'elle. Elle s'était métamorphosée dans sa chaleur, était devenue papillon, voletant au gré des vents, redécouvrant la liberté dans un ciel de printemps. Puis était venu le premier orage, une bourrasque suivie d'une averse, et les grondements de l'éther, les ronflements de la foudre… Ce printemps qui devait la mener à l'été s'était fait tempête. Tiago était reparti comme il était apparu, comme happé par le ciel. Elle l'avait cherché aux quatre coins de la ville, traînant sa peine telle une croix, pleurant, bavant, suppliant. Elle l'avait retrouvé, et tout fut pardonné. Le printemps avait recommencé jusqu'à l'orage. Ainsi en était-il allé, mois après mois.

Elle en était venue petit à petit à en oublier la gestion de son entreprise prospère, une chaîne de restaurants végans bio où l'on faisait la queue. À l'heure de l'ouverture de deux nouveaux sites, elle était injoignable, se terrait chez elle, et ses associés comme ses employés s'en effrayaient. Son frère Éric la sommait d'oublier son joli cœur et de revenir au travail. Elle faisait la morte ; elle pensait l'être. Chacun connaissait le désert qu'elle traversait, un désert de feu et de cendre qu'elle parcourait pieds nus en quête de Tiago. Mais Tiago n'était plus là depuis une dizaine de jours et n'avait donné aucune nouvelle. Après trois mois d'un bonheur comme nul n'en connut jamais sur Terre, puis deux mois de déchirements et de réconciliations, il l'avait quittée un matin pour ne plus revenir. Posément, il avait expliqué être tombé amoureux de Mélie, l'assistante qu'elle avait embauchée quelques mois plus tôt, avait précisé qu'ils couchaient ensemble depuis plusieurs semaines mais qu'il souffrait trop de lui mentir. C'était un garçon sensible. Puis il était parti. Après avoir passé des jours à le chercher de nouveau partout, Johana avait accepté l'idée que Tiago l'avait quittée pour toujours. Alors, en kit, en miettes au milieu de son salon, elle le pleurait beaucoup, et se pleurait un peu aussi.

On sonna soudain à sa porte et elle sursauta. Le

monde entier tambourinait chez elle à coups d'emails, de posts, de messages audio, WhatsApp, Messenger… Ne pouvait-on pas lui foutre la paix le temps qu'elle se reconstruise, qu'elle aille mieux, qu'elle fasse son deuil ? On sonna de nouveau, alors elle se leva et se traîna dans son jogging jusqu'à l'entrée, le nez rougi, les yeux gonflés, les cheveux en berne. Elle regarda par l'œilleton et vit Tiago. Son cœur explosa.

À la hâte, elle déverrouilla sa porte, l'ouvrit et sauta dans ses bras, couvrant son visage de mille baisers, l'appelant mon amour, mon amour, quand les mots ne s'étouffaient pas dans un nouveau baiser. Il tourna la tête, mais referma ses bras sur elle pour l'entraîner à l'intérieur, jusqu'au salon. Elle s'en réjouit, bien sûr ! Il fallait qu'ils fassent l'amour, là, tout de suite, sur le canapé, ou sur le sol. Elle tenta de lui retirer sa veste, mais lui semblait toujours la pousser plus avant. Enlacés, ils parvinrent sur le balcon, oui, sur le balcon ! et elle chercha son regard encore, un sourire béat sur sa bouche et une larme brillante sur sa joue.

— Tu es revenu, Tiago. Tu es revenu. Je t'aime ! Je t'aime !

— Je suis désolé.

Elle rit, submergée de bonheur.

— Ce n'est pas grave, mon amour, assura-t-elle en écrasant la larme du bout de son Kleenex. C'est oublié, tu es revenu.

Elle perçut un mouvement dans le salon et, atterrée, vit Mélie s'approcher. Elle dévisagea Tiago.

— Mais qu'est-ce qu'elle fait là ?

— Je suis désolé, répéta-t-il.

Mélie arriva sur le balcon et attrapa les jambes de Johana. Elle tenta de se débattre, mais Tiago enserrait ses bras. Elle eut à peine le temps de comprendre : son corps bascula par-dessus la rambarde, dans le vide, laissant dans sa chute la traînée d'un cri. Ses deux assassins refluèrent à l'intérieur avant l'impact : les témoins ne manqueraient pas de lever la tête. Ils traversèrent le salon, quittèrent l'appartement et entrèrent dans l'ascenseur.

— Je déteste ce rôle, assura Tiago.

— Si tu avais bien fait le travail, elle aurait sauté toute seule depuis un moment, accusa Mélie. Si tu as des états d'âme, il faut changer de métier. Le frère a appelé il y a trois jours pour savoir pourquoi ce n'était pas encore réglé… Mais j'ai été ravie de t'aider à mettre un terme à cette idylle.

— Très drôle.

— De rien.

L'ascenseur s'ouvrit et ils quittèrent l'immeuble, traversant une foule de badauds horrifiés qui désignaient le ciel d'un doigt accusateur.

20

— Comment va-t-elle ? demanda Starski au bleu de faction.

— Pas fort, commissaire. Elle n'a pas touché à son plateau. Le gars de l'IJ est passé faire les portraits-robots que vous avez réclamés. Il a eu du mal à la convaincre. Une vraie furie ! Il vient de repartir.

— Merci de l'avoir eue à l'œil. Je vais aller lui parler. Donnez-moi une couverture, s'il vous plaît.

— Je vais voir s'il en reste.

Le gardien de la paix disparut et revint avec un plaid sous plastique. Starski s'en saisit et remonta le couloir avec l'autre flic. Les locaux n'étaient pas ouverts depuis deux ans, mais déjà les signes de dégradation et de crasse souillaient les murs et le sol de cet étage, des traces noires de doigts, de mains, de semelles et de sang. On sentait des relents de vomi, de pisse et de misère. Au fond, un gars hurlait en continu qu'il voulait mourir et martelait la paroi transparente de sa cellule. Un autre l'insultait et lui ordonnait de la fermer. Dans une geôle collective, quatre types discutaient, indifférents au monde. Dans une autre, deux gamins d'à peine quatorze ans, la tête dans les mains, attendaient abattus que quelqu'un vienne les chercher.

Les deux flics s'arrêtèrent devant l'étroite cellule de

Chloé de Talense. Starski avait insisté pour que, sur les deux étages entiers dédiés aux gardes à vue, on alloue à Chloé l'une des seize cellules individuelles. Il eut un choç lorsqu'il la vit recroquevillée dans un coin, loin du bat-flanc de béton et de son matelas plastifié, éventré et immonde, le menton sur les genoux. Quand il entra, elle releva la tête et posa sur lui un regard dur.

— Chloé, je t'ai apporté ça.

Il arracha le plastique de la couverture et la lui tendit. Elle se leva, se planta devant lui, ignorant son geste, gardant ses distances.

— Paul ! Je vais aller en prison ?

— Mais non. C'est une mesure préventive, pour éviter par exemple que les coupables ne s'enfuient, ne cachent des preuves… ou ne rencontrent des témoins.

— Mais je n'ai rien à cacher ! Je ne suis coupable de rien !

— Je sais… Je suis désolé. La juge veut t'interroger demain. La garde à vue a commencé tard alors… tout est remis à demain.

— Je peux revenir dans la matinée ! Il n'y a pas de raisons que… ça !

Elle écarta les bras pour embrasser les huit mètres carrés de sa cellule. Starski fit la grimace. Il déplia la couverture sur elle avant de la prendre par les épaules et de l'inviter à s'asseoir avec lui. Mais elle résista, raide et inflexible, insistant par sa posture pour rester debout, face à lui. Il retira ses mains. Il connaissait les accès de colère dont Chloé était capable, et ne comptait pas les réveiller.

— Ce n'est pas si simple, Chloé. Tu ne peux pas prouver où tu te trouvais pendant une heure et demie. Et il y a un témoin qui t'a reconnue. Elle viendra demain, vous serez certainement confrontées l'une à l'autre…

— Mais je n'ai jamais mis les pieds dans cet appartement ! La première fois que j'y suis allée, c'était avec vous ! Et vous le savez ! Qu'est-ce que vous foutez ?

Elle acheva sa question dans un cri.

— Je sais ! Je te crois, moi ! Je vais éclaircir tout ça. Tu dois me faire confiance. Et le CD qu'on a retrouvé... par chance ! Le disque et la jaquette vont être analysés, décortiqués par nos services techniques. Le fait qu'on y trouve aucune empreinte est déjà suspect et nous indique clairement qu'on essaye de te faire porter le chapeau. Je pense même, Chloé, que quelqu'un a entrepris de se débarrasser de tous les cadres dirigeants de Talense & Vankleber.

— Mais je n'y travaille plus ! Et je ne veux pas des parts ! Je ne veux plus rien avoir à faire avec cette boîte... ni avec cette histoire, ce passé. Si quelqu'un convoite cette société, qu'il la rachète ! C'est le moment...

— Exactement ! C'est pour cette raison que cette explication tient la route. Il faut que tu dormes.

— Dormir ? Ici ?

— Demain, on éclaircira tout ça. Tu ne passeras pas une nuit de plus ici. OK ?

— OK.

Un silence s'abattit, aussitôt déchiré par un hurlement de l'homme détenu plus loin. Starski reprit :

— Qu'est-ce qu'a dit Julien ?

Chloé s'esclaffa nerveusement.

— Julien ! Le chevalier Julien ! Dès qu'il a appris que j'étais là pour meurtre, il est devenu blanc comme un linge. Il m'a parlé de sa réputation, de son travail. Il est désolé. Il ne peut pas se compromettre dans une affaire comme celle-là en ce moment, tu comprends ? Quel connard ! Il m'a plaquée en moins de dix minutes.

— Je suis désolé.

— Ce n'est pas une grosse perte, je te rassure. On était ensemble depuis trois semaines. Trois semaines de trop. Quel tocard !

— Il ne m'a pas paru très finaud, pour tout te dire. Je ne suis pas vraiment surpris. Mais ses pailles à cocktail vont me manquer…

Elle sourit faiblement. Lui aussi. Il lui sembla que sa colère s'estompait et qu'elle reprenait le contrôle.

— Il va falloir te trouver un autre avocat pour l'audition de demain, dit-il. Tu en auras un commis d'office pour commencer, mais est-ce que tu connais quelqu'un ?

— Je ne crois pas… Il faut que je voie.

— Bon, on verra demain. Il faudra que tu lui racontes tout en détail. Puis que tu nous dises ensuite la même chose : tes liens avec Vankleber, tes deux rendez-vous au Bosquet et chez Biotech, les gens que tu y as rencontrés… Tu as pu les décrire à mon collègue ?

— Oui… Je me suis un peu déchaînée sur lui, le pauvre…

— Il a dû prendre cher…

— Mais à la fin, il m'a assuré que ça allait. Et les portraits-robots qu'il a faits sur son ordinateur étaient assez ressemblants, pour autant que je me souvienne… J'ai vu ces gens une quinzaine de minutes ! Il me reste les gros traits…

— Ça peut suffire pour un avis de recherche.

Chloé sursauta soudain et sembla s'éveiller.

— J'ai son message ! Lectonson ! Albert Lectonson. Le vieil homme que j'ai rencontré chez Biotech ! J'ai son message !

— Son message ? Un email ?

— Non, sur mon répondeur à la maison ! Un appel

pour fixer le rendez-vous, je ne l'ai pas effacé ! C'est une preuve, non ?

— On va vérifier, Chloé. Ça peut peut-être te permettre de sortir dès demain matin. Il faut que tu dormes.

Elle acquiesça sans un mot et se rapprocha de lui. Il en fut agréablement surpris, hésita un instant, puis passa les bras autour de ses épaules pour la serrer contre lui.

— Ça va aller, répéta-t-il, presque machinalement.

Elle se laissa faire en silence. Starski sentit une bête se retourner dans sa poitrine.

— Je ne te laisserai pas seule, je te le promets, ajouta-t-il.

— Tu as toujours été là, Paul. Au lycée, déjà… À la fac… Et moi…

Il espéra une suite qui ne vint pas. Peut-être leurs retrouvailles étaient-elles encore trop fraîches… Il se détacha d'elle et lui sourit.

— Je dois y aller. Demain à 6 heures, on passera te chercher pour aller écouter ce message téléphonique, OK ?

— OK…

Il se leva et fit signe au gardien qui attendait de l'autre côté de la surface transparente.

— On va régler ça, Chloé.

— Merci, Paul, souffla-t-elle. Ça m'a fait du bien de te parler, tu sais ?

Il la dévisagea, s'étonnant de l'entendre s'épancher ainsi, elle d'ordinaire si distante, si maîtrisée. « D'ordinaire »… c'était vingt-trois ans plus tôt. Les gens changent. Et manifestement pour le mieux.

— À demain, Chloé.

La porte se referma dans un claquement et Starski s'éloigna.

— Faites le nécessaire pour que le braillard du fond la mette en veilleuse, brigadier.

Le flic en bleu approuva de la tête. Paul Starski quitta l'étage, puis le bâtiment. La bête continuait de feuler dans sa poitrine.

21

D'un œil circonspect, Starski regardait son téléphone posé devant lui sur la table basse du salon. Il avait réfléchi, repensé chacune de ses phrases, raturé dix fois son esprit pour tout réécrire. Mais l'heure avançait. Le coucher des filles était imminent. Il n'avait plus le temps. Il saisit son portable et composa le numéro.

— Allô, Florence ? C'est Paul.

— Je te passe les filles.

— Attends… C'est à toi que je voulais parler. Comment ça va ?

— Ça va, Paul. Du mieux que ça puisse aller. Et toi ?

Il se renfonça dans le canapé, soulagé qu'elle accepte de l'écouter.

— Moi, ça ne va pas. Je… Je pense à toi.

Elle soupira.

— Non, Paul. Arrête. On a eu cette conversation cent fois déjà. Je ne veux plus.

— Tu as raison, on l'a eue cent fois. Mais on a quand même réussi à surmonter l'obstacle, non ? À continuer. À construire une histoire. Parce qu'on se connaît depuis la fac, parce qu'on est ensemble depuis douze ans. Parce qu'on est mariés depuis sept ! Parce qu'on a deux super gamines ! Parce que…

— Pas cette fois, Paul.

Paul Starski ferma les yeux. Sa gorge se serra pour l'empêcher de hurler, pour laisser Florence l'achever.

— C'est fini, Paul. Je t'en supplie, accepte-le. Je n'en peux plus.

Sa voix se brisa, mais elle se contraignit à poursuivre :

— J'ai vécu ces cinq dernières années quasiment sans toi. Tu n'étais jamais là !

— C'est le boulot ! Ça va changer. Je vais…

— ARRÊTE ! hurla-t-elle.

Il y eut un silence suffoquant. Elle reprit, contrôlant sa voix :

— C'est fini, Paul. Je voudrais que tu quittes l'appartement d'ici samedi. Je ne veux pas te voir à mon retour. Tu pourras voir les filles dimanche, je ne serai pas là.

— Mais tu vas où ?

— Peu importe, Paul. Je veux juste que tu comprennes que je ne veux pas te voir. Pas en ce moment. Je ne peux pas.

Sa voix s'était de nouveau envolée dans les aigus.

— OK. Je comprends. Je vais chercher un appartement… Si c'est ce que tu veux.

— Oui. Je veux reprendre ma vie. Je ne veux plus attendre l'homme que j'ai épousé et qui ne rentre pas, je ne veux plus mentir aux filles. Je veux… Je veux souffler, respirer.

— Tu as besoin de faire une pause…

— Non, Paul. J'ai besoin de te quitter, de divorcer. Ce n'est pas une pause. Écoute ce que je dis…

— Tu as rencontré quelqu'un ? demanda-t-il soudain.

Il y eut un blanc.

— Et toi, tu as rencontré quelqu'un ?

— Moi ? Mais pas du tout, s'insurgea-t-il, bredouillant à moitié. C'est toi que j'aime, Florence ! Il n'y a personne !

Il l'entendit soupirer.

— De toute manière, reprit-elle, qu'est-ce que ça changerait, aujourd'hui ? Rien. Ça ne changerait rien.

Ils se turent.

— Je te passe les filles. Ne m'appelle plus. S'il te plaît. C'est moi qui te téléphonerai pour l'organisation de dimanche.

Il ne répondit pas, dévasté, éperdu.

— Allô, papa ?

Le choc fut électrique. Starski se racla la gorge, se reprit.

— Ma chérie ! Comment ça va ? Tu as passé une bonne journée ?

— Oui. Tu as une voix bizarre.

— Ah ! Ça doit être le café. Il était trop chaud. Vous êtes retournés à la plage ?

— Oui. Et il y a un club Mickey ! Avec un château gonflable. C'est trop bien ! Mais Manon est tombée et elle a pleuré.

— Elle s'est fait mal ?

— Oui, mais ça va maintenant. Elle se brosse les dents.

— D'accord ! C'est l'heure de se coucher, alors je vous embrasse. Ta sœur peut me parler ?

— Elle arrive. Albus va bien ?

Il marqua un temps.

— Oui, oui. Je vais le promener juste après. Il est content.

— J'ai une idée… Attends. Je te passe Manon.

— Papa, dit soudain Manon.

— Bonjour ma chérie. Comment ça va ?

— Oui. Tombée.

— Tu es tombée dans le château gonflable, oui. Mais tu n'as pas mal ?

— Non, dit Manon qui peinait encore à avoir une conversation téléphonique.

— Tu t'es bien amusée ?

— Oui.

— C'est super ! Je t'embrasse très fort, ma chérie !

— Oui.

Il y eut un silence.

— Oui, je raccroche. Allô, papa ? reprit Léa.

— Oui.

— Je pensais qu'on pouvait aller lui choisir un nouveau collier.

— À Albus ? C'est une excellente idée. On verra ça quand vous reviendrez, d'accord ?

— D'accord, papa. Bonne nuit ! À demain. Je t'aime.

— Je t'aime aussi. Très fort. À demain, ma chérie.

Il entendit la tonalité, raccrocha à son tour et déposa le téléphone devant lui sur la tablc basse. Irrépressiblement, son corps fut saisi d'un sanglot infini.

22

Chen avait attrapé un kebab dans une des sandwicheries turques du boulevard de Clichy et l'avait englouti en trois bouchées. Yvonne Chen était de ces mammifères omnivores qui se nourrissent pour survivre. Elle négligeait la forme et le goût de ses repas, n'avait ni plat préféré ni péché mignon. Les sandwichs et l'eau faisaient l'affaire. Une salade de temps en temps. Un peu de sport, mais pas trop. Un peu de sexe aussi.

Elle se rinça la bouche avec sa bouteille d'Évian, s'essuya les lèvres d'un revers de serviette en papier, balança le tout dans une poubelle et poussa la porte du Lipstick, un bar à cocktails à Pigalle.

Vingt-deux heures trente, c'était la bonne heure. Le bar était déjà quasiment plein, la musique et l'alcool commençaient à chauffer les esprits et à agiter les corps. Il y avait pêle-mêle des employés de bureau venus s'offrir un «petit verre» avant de rentrer, des touristes de tous horizons, des couples naissants, des étudiants en quête d'émois, les habitués et les occasionnels. Chen faisait partie de ce dernier groupe mais le barman qui avait une barbe piquée à ZZ Top, les bêtes en moins, la reconnut et la salua de la tête. Le temps de se frayer un chemin jusqu'au zinc, elle arriva sur cible en même temps que son mojito. Elle le goûta, le rhum lui cingla la langue. Le barman lui fit un clin d'œil. Impassible, elle termina son verre d'un trait, en commanda un autre et se tourna vers la salle.

Un rapide coup d'œil périphérique lui permit de repérer quelques candidats acceptables. Chen chassait. Le mardi soir et le jeudi soir, à l'approche de la nuit, dans un rituel immuable, elle se livrait à la recherche d'un partenaire.

Elle repensa à la tête de Starski lorsqu'elle lui avait dit tout de go qu'elle allait se « lever un mec dans un bar » et baiser comme une dingue. Cette tête du bon chef de famille catho ! Si son regard avait émis des mots, il y aurait eu « salope » dans la liste, à tous les coups. Ou peut-être que non, Starski n'était pas aussi prude, aussi coincé... Quoique ! Son mariage était sa bouée de sauvetage, il s'y accrochait comme si sa vie en dépendait... parce que sa vie en dépendait. C'était horrible. D'autant que la simple existence de ce mariage lui suffisait, vu le peu de temps qu'il passait avec sa femme et avec ses gosses...

S'il l'avait crue, en revanche, il aurait sans doute étendu son aile paternaliste pour la mettre en garde, rappelant quelques faits divers sordides qui, pour de nombreuses jeunes femmes, avaient commencé par une rencontre pailletée dans un bar à bitures et s'étaient terminés par une agonie glacée dans une benne à ordures... Aurait-elle pu dans ces conditions lui raconter qu'elle pratiquait couramment ce type de rencontres ? Qu'à l'heure de Tinder qu'elle avait assidument fréquenté aussi, les gens ne faisaient plus connaissance ni aux repas de mariage ni aux fêtes du Nouvel An ? Pouvait-il l'entendre, lui qui se démenait aujourd'hui pour retricoter un mariage effiloché par l'usure, un couple en lambeaux. Douze ans ! Était-ce seulement possible de rester douze années consécutives avec la même personne, à partager le même quotidien, les mêmes mètres carrés, la même histoire ressassée, le même ennui ? Les petits bobos, les vieux démons, les gros défauts qui surgissent dès que le vernis du neuf a craqué ? Le même rituel sexuel, le samedi soir, parce que c'est l'heure de baiser, qui commence, se déroule, se termine, à la virgule près selon un programme préétabli douze ans plus tôt…

La simple pensée de cette routine écœura Chen qui reprit une lampée de rhum. Elle en était à se demander comment l'humanité avait pu survivre dans le cauchemar de la monogamie quand un type s'approcha d'elle.

— Excuse-moi, je t'ai aperçue de l'autre côté de la salle, et je me dis que tous ceux qui te laissent toute seule sont de sacrés crétins.

Chen s'efforça de lui sourire. Un mal nécessaire.

— Je peux t'offrir un verre ? enchaîna-t-il.

— Avec plaisir. C'est gentil.

Elle détailla le candidat : la quarantaine, assez mince, athlétique même, d'un physique plutôt agréable. Et propre.

— Je m'appelle Philippe.

— Séverine, répondit Yvonne Chen en notant qu'il correspondait en tout point au second marché dont elle instruisait son chef quelques heures plus tôt.

— Eh bien… j'ai de la chance.

— Pourquoi ?

— Je pensais que tu avais un rencard et que je me ferais jeter.

— La chance appartient aux audacieux, rétorqua Chen.

— De l'audace, j'en ai ! Tu es de Paris ?

Tiens. C'était une bonne idée, ça ajouterait à l'exotisme.

— Non. De Suisse. Lausanne. Je suis de passage ici. Le travail… et le loisir.

Il sourit.

— Si je peux aider, côté loisir, ce sera un plaisir.

— Tu habites loin ?

Le type marqua un très court temps d'arrêt avant de répondre :

— À trois rues d'ici.

Chen attrapa son verre, le vida d'un trait.

— J'aimerais voir ce que tu proposes côté loisir, alors. On y va ?

Le type éclata de rire.

— Ça, c'est direct, je… Je prends mon manteau.

— Je t'attends devant, dit Chen.

Elle régla son verre et le barman lui fit un clin d'œil.

— À bientôt ! lança-t-il.

Elle s'éloigna sans répondre. Peut-être ferait-il tout aussi bien l'affaire, ce grand barbu. Mais il devait finir tard, vers 2 heures. À cette heure-là, Chen aurait déjà quitté son amant d'un soir, l'aurait même déjà oublié. Elle se demanda combien de fois elle était venue dans ce bar où ce barbu la reconnaissait, et se dit soudain qu'il y avait peut-être dans cette foule une de ses précédentes rencontres, coups d'un autre soir de Catherine, Marie, Julie, Léa… Cette idée lui déplut. Elle ne reviendrait plus ici, changerait de bar. Dès la prochaine fois.

Elle sortit et retrouva Philippe, si c'était bien son nom.

23

À 6 heures pétantes, les flics fusèrent des voitures et s'engouffrèrent au pas de charge dans les étages du 4 rue Murillo. Habitués au calme bourgeois de l'arrondissement, les voisins s'offusquèrent d'un tel vacarme, évidemment, mais pas trop fort. Chen sortit la clé, ouvrit la porte de l'appartement de Chloé de Talense. Deux bleus restèrent en faction sur le seuil, tandis que deux autres investissaient les lieux à la suite de Starski et Chen, supervisés par la juge Bonname dont le manteau canari piquait les yeux. Chloé de Talense avançait avec eux, menottée et sidérée, sous la garde constante de l'un des gardiens de la paix.

— Madame de Talense, en ce mercredi 6 mars à 6 h 04, nous allons procéder à la perquisition de votre logement en votre présence. La lieutenante Chen va maintenant vous fouiller pour s'assurer que vous n'avez rien sur vous que vous pourriez déposer dans l'appartement. À l'issue de la perquisition, vous serez de nouveau fouillée pour que nous soyons sûrs que vous n'emportez rien.

La gardée à vue acquiesça. La juge fit un signe à Chen qui s'exécuta. Bonname entraîna Starski à l'écart.

— Si on arrive à faire le lien entre l'une des deux victimes et Chloé de Talense, une bonne partie du travail sera fait.

— On trouvera un lien avec Vankleber, son ancien employeur. Des fiches de paye, des…

— Je ne vous parle pas de cela, commissaire, coupa la juge, visiblement agacée par le rétropédalage permanent de l'officier. Nous allons fouiller son ordinateur. Nous allons éplucher ses comptes en banque. Nous allons reconstituer ses déplacements de l'année passée. Nous avons le mobile, l'opportunité et un témoin. Je n'ai pas l'intention de laisser traîner l'instruction pendant des mois. C'est du gâchis. Alors, tâchons de trouver un dernier élément incriminant et confrontons cette dame ; nous n'aurons plus ensuite qu'à la déférer. Et des aveux bienvenus feront gagner du temps à tout le monde. Allons-y.

Sans un mot de plus, la juge se détourna et lança la perquisition. Pièce par pièce, Starski, Chen et le bleu inspectèrent chaque recoin. L'entrée, le salon, le bureau… Le commissaire tentait de limiter les dégâts, reposait les objets à leur place, refermait les tiroirs. Chen et l'autre OPJ en uniforme n'avaient pas ce tact, arrachaient les dossiers d'un placard, en effeuillaient les pages avant de les laisser tomber au sol. En quelques minutes, l'appartement devint un indescriptible chaos, un intérieur douillet visité par les Huns. Debout au milieu du saccage, Starski grimaçait sans s'en apercevoir.

— C'est la procédure, tenta de rappeler Chen.

Dans l'entrée, le commissaire déclencha le répondeur. Une voix de femme lui annonça qu'il n'y avait aucun message. Les yeux de Chloé de Talense s'écarquillèrent alors malgré elle : le message de Biotech n'existait plus, n'existait pas, n'avait peut-être jamais existé.

— Mais je ne l'ai pas effacé ! Jamais ! protesta-t-elle. Il est là, c'est impossible !

L'agent qui se tenait près d'elle lui intima l'ordre de se calmer.

— Brigadier, vous emporterez cette machine à l'IJ pour qu'ils essayent de récupérer des messages effacés.

Le bleu obéit, débrancha la prise et, du bout de ses doigts gantés, plaça l'engin dans un sachet en plastique.

Ils passèrent dans la chambre et entreprirent le même travail de recherche minutieuse par éparpillement. Ils retournèrent le matelas, le posèrent contre le mur pour inspecter le sommier, les draps et la couette jetés en boule dans un coin. Les tiroirs des tables de nuit furent retirés et leur contenu étalé sur le sol. Les placards subirent bientôt les assauts des deux officiers. Tout était sens dessus dessous.

— J'ai ! brailla Chen en s'écartant d'une des penderies ouvertes. Elle désignait une botte d'un doigt.

La juge s'approcha avec Chloé de Talense, souleva la botte, et la retourna au-dessus du sommier. Un pistolet en tomba suivi d'un silencieux et d'un chargeur.

— Nous n'avons pas perdu notre matinée, exulta la juge. Madame de Talense, cette arme vous appartient-elle ?

— Mais non ! Pas du tout !

— Vous ignoriez que cette arme était ici ?

— Absolument. Je ne comprends pas ! s'indigna-t-elle. Mais lâchez-moi, vous me faites mal ! cria-t-elle en se débattant au gardien qui la tenait.

— Madame de Talense, calmez-vous ! tonna la juge.

Un autre flic en uniforme arriva en renfort.

— Hé ! Doucement, les gars, ordonna Starski.

— Lieutenante, s'il vous plaît.

Chen ensacha l'arme avec précaution et appela l'un des bleus de l'entrée pour qu'il l'apporte au plus vite à l'IJ. L'homme allait repartir lorsque Starski demanda à la voir : il ne s'agissait pas d'un Sig, l'arme des flics, mais d'un Vektor Z-88, d'après l'inscription sous le canon, un modèle dont il n'avait jamais entendu parler. Le gardien de la paix l'emporta. Chen préféra ne rien dire. Le commissaire regarda la juge quitter la pièce à la suite du flic.

— Priorité absolue ! somma-t-elle. Madame de Talense, s'il vous plaît, la cuisine.

Les deux femmes sortirent de la chambre en compagnie des deux gardiens de la paix. Starski retint sa collègue.

— C'est un coup monté, Yvonne, ça saute aux yeux !

— Ça fait beaucoup d'éléments à charge, quand même, Paul…

— Mais tu ne vois pas ? L'agression chez elle, hier, le faux cambriolage. Le gars est venu déposer le flingue et effacer le message ! Il s'est fait surprendre et a mis en scène un cambriolage interrompu. Non ? Ça ne te paraît pas évident ?

— Non.

Yvonne avait passé son masque de granite, alors Starski n'insista pas. Elle reprit pourtant :

— Non, Paul. Il n'y a pas d'entreprise Biotech, avec ses employés qui la reçoivent un jour puis disparaissent dans la nuit, pas plus qu'il n'y a de cambrioleur qui dépose des armes puis l'étrangle avant de s'enfuir… Parce que ça ferait beaucoup de gens pour un complot. Trop. Je crois qu'il faut accepter une alternative, aussi douloureuse soit-elle.

— Qu'est-ce que tu veux dire ?

— Je pense que, pour Chloé de Talense, tous ces gens existent réellement…

— Tu veux dire…

— Je veux dire qu'elle croit ce qu'elle raconte parce qu'elle est totalement schizo…

La délicatesse de Chen. Starski soupira, son corps soudain très lourd. Ses épaules s'affaissèrent à mesure qu'il assimilait cette nouvelle lecture des événements.

— Tout l'incrimine à ce stade, expliqua la lieutenante. Elle continue pourtant de nier avec l'énergie du désespoir. Il faudra peut-être qu'on accepte l'idée qu'elle est sincère… mais complètement folle. Tu l'as vue à l'instant ?

— Mais elle est injustement en garde à vue ! Tout le monde s'énerverait à sa place. On peut se mettre en colère sans être pris d'une folie meurtrière et buter deux types ! Ça n'a rien à voir ! Hier, chez elle… Tu l'as bien vue, elle était…

— Paul, ce n'est pas à nous de dire si elle a un pet au casque. Nous, on se charge de ramener une femme présumée coupable à la juge. Chacun son taf. Et puis, de toute manière, la confrontation avec le témoin devrait la déstabiliser un peu. Un peu plus… Ça m'étonnerait qu'elle puisse s'enferrer dans son déni, surtout si on a retrouvé le bon flingue chez elle. Sauf si elle y croit vraiment. Et le bornage de son téléphone devrait nous permettre de savoir où elle était véritablement à l'heure du crime. Je doute que la juge nous refuse la géoloc si on peut lui assurer de boucler l'instruction dans la journée.

— Merde, Yvonne. Je la connais bien, cette fille. Je te jure que ça ne tient pas la route.

— C'est toi qui ne tiens pas la route.

Paul releva la tête, piqué au vif.

— Ça veut dire quoi ?

— Ça veut dire que je ne sais pas à quelle heure tu t'es couché ni ce que ta femme t'a dit hier, mais tu n'as pas les yeux en face des trous, ce matin. Ni depuis quelques jours, d'ailleurs. Tu leur as annoncé, à ta femme et à tes filles, pour le chien ?

— Non…

Chen marqua un temps.

— Ça veut dire aussi que ça a empiré au moment où Chloé de Talense est réapparue dans ta vie. Ça veut dire que peu importe ce qu'il s'est passé entre vous, tu ne t'en es toujours pas remis, et tu vas tout faire pour la sortir de là parce que tu as toujours des sentiments pour elle. Voilà ! Je crois que j'ai fait le tour de ce que ça veut dire.

— Mais non…

— Alors, on va finir cette perquise et aller écouter ce que Chloé de Talense va nous raconter. Et je pense qu'il vaut mieux pour tout le monde que tu me laisses faire.

Elle se tut, ses yeux noirs plantés dans ceux de son chef.

— Tu as raison.

— Souvent.

— Oui, mais c'est chiant.

24

La fin de la perquisition n'ayant rien donné de plus, ils étaient rentrés au Bastion, Starski et Chen remontant dans leur bureau pendant que les bleus et la juge ramenaient Chloé de Talense à sa cellule. Rendez-vous était pris à 9 heures pour l'audition.

Assis chacun à son bureau, le commissaire et la lieutenante s'évitaient sans se l'avouer. Starski avait l'impression de travailler contre sa collègue, lui s'entêtant à disculper Chloé, elle convaincue de sa culpabilité. Tout semblait pourtant tellement cousu de fil blanc. Il devait y avoir une autre vérité derrière les récents événements. Il en aurait mis sa main au feu.

Il interrogea les fichiers de police et retrouva le rapport d'accident de Jean-Marie de Talense. Un an plus tôt, le soir du 5 août, l'homme avait perdu le contrôle de son véhicule et percuté un chêne. Le drame s'était produit dans la forêt de Retz, à proximité du village de Dampleux, dans l'Aisne.

Starski se demanda ce que pouvait bien faire l'homme d'affaires en pleine nuit dans une forêt à cent bornes de chez lui. Google Maps plaça l'accident à quelques kilomètres de Soissons et Starski comprit que de Talense devait rentrer du labo où Steenson se trouvait la veille. Pourtant, le lieu où s'était passé le drame n'était pas sur l'axe le plus rapide pour rejoindre la capitale. En quelques clics, la carte du coin lui apparut. Pour rentrer à Paris, on prenait la N2, éventuellement la D1 pour rattraper l'A4… Mais la voiture de de Talense s'était retrouvée sur une petite départementale transversale, au milieu d'une forêt, avait quitté la route et embouti un tronc. L'homme était mort sur le coup.

Starski fit défiler la suite du rapport. Son auteur, un capitaine de gendarmerie, déduisait une vitesse excessive de l'état du véhicule, et supposait, faute de témoins et d'indices, que l'homme s'était endormi au volant, avant de conclure à un accident. Le légiste n'avait trouvé aucune trace d'alcool, de psychotrope, ou de médicaments, et concluait lui aussi à l'accident. Le rapport des pompiers soulignait la dangerosité de cette route mal éclairée où plusieurs victimes, notamment des jeunes en deux-roues, avaient perdu la vie ces dernières années. Pas une ligne n'interrogeait la présence de Jean-Marie de Talense au milieu de cette forêt.

Alors, Starski se passa la main dans la barbe.

Il entra une nouvelle requête : « Vektor Z-88. » La première réponse le renvoya au site du fabricant de l'arme, Lew-Vektor, dont les bureaux et usines se trouvaient à Pretoria, en Afrique du Sud. Lew-Vektor fournissait leur armement à la police et à l'armée sud-africaines depuis plus d'un siècle et possédait une filiale américaine. Starski tenta d'en acheter un en ligne. Le modèle était visiblement disponible en Europe, puisqu'il le dénicha en occasion dans une armurerie de Saint-Étienne. Mais il eut beau creuser, il n'en trouva aucun autre exemplaire. Le Vektor Z-88 était le pistolet automatique de la police sud-africaine depuis 1988, mais il restait très rare sur le continent européen. Comment ce flingue, si c'était bien l'arme du crime, avait-il voyagé jusqu'à Paris pour se retrouver chez Chloé de Talense ? Appartenait-il à son père ? Ce Vektor remontait-il à ses années d'apartheid ? Ou appartenait-il à Chloé ? L'un d'eux l'avait-il rapporté d'un séjour au pays ? À quelle fin ? Chloé avait-elle rapporté une arme d'Afrique du Sud pour tuer Vankleber ?

Il grimaça ; une telle chose était impossible. Ses doigts glissèrent dans les poils rêches de sa barbe.

Chen raccrocha et l'apostropha :

— J'ai réussi à joindre Jacques Mérandier, le propriétaire de l'appartement de la rue des Moines.

— Qu'est-ce qu'il a dit ?

— Il loue bien son trois-pièces sur Airbnb. Il a d'abord nié de peur de se faire rattraper par les impôts. Mais quand je lui ai parlé d'un double homicide et de la mise sous scellés de son appartement, la magie a opéré. Il a été contacté début janvier par une jeune femme qui voulait louer pour deux mois, février et mars. Elle souhaitait en revanche payer en espèces et a proposé un supplément de 50 % de la main à la main. Mérandier a évidemment accepté.

— Pour ne pas payer la part de Airbnb et récupérer du cash en prime… Bon. Il lui a demandé son nom, au moins ?

— Oui. Il a même vu sa carte d'identité : elle s'appelle Chloé de Talense.

— Non. Merde…

— Il est en route pour l'identification. Désolée…

Paul posa les coudes sur son bureau et se prit la tête dans les mains.

— Et toi, qu'est-ce que tu as trouvé ? demanda Chen.

Il leva les yeux, surpris.

— Rien. Pourquoi ?

— Tu te frottes la barbe comme si tu voulais la poncer. Tu fais toujours ça quand tu commences à emboîter les pièces d'une affaire.

— Ah bon ?

Le visage de Chen se ferma. Elle scrutait son chef.

— Qu'est-ce que tu as trouvé, alors ?

— Je lisais les rapports sur l'accident du père de Chloé, Jean-Marie de Talense. Sa voiture est partie dans le décor sans raison, en pleine forêt, en pleine nuit. Personne ne s'est demandé ce qu'il faisait là. C'était du côté de Soissons où il travaillait, mais il n'avait aucune raison de se promener dans ces bois à cette heure-là. Le gendarme affirme qu'il roulait très vite et qu'il se serait endormi au volant. S'il fonçait, on peut imaginer au contraire qu'avec l'excitation…

— C'est bizarre, en effet. Tu penses à quoi ?

Starski leva la main vers sa barbe, la stoppa net et la laissa retomber.

— Je pense à l'arme retrouvée chez Chloé. Un Vektor, un flingue sud-africain. On a Jean-Marie de Talense qui meurt dans un accident, Eugène Vankleber qui est assassiné, Chloé de Talense qu'on manque d'étrangler chez elle et à qui on tente de faire endosser le meurtre de son ancien employeur…

Chen ne releva pas et le laissa poursuivre.

— Je me dis… Et s'il y avait un lien avec le passé de ces gens en Afrique du Sud ? D'après ce que nous racontait Steenson, ils ont quitté le pays à la fn de l'apartheid. Il y a bien une raison. Ils ont peut-être trempé dans des histoires sordides, je ne sais pas quoi…

— Et Chloé ne t'a jamais parlé de ses parents ? Du travail de son père, de la mort de sa mère ? En sept ans de couple ?

— Sa mère est morte en Afrique du Sud quand elle avait treize ans. Chloé en souffrait beaucoup, mais en parlait peu… Jamais, en fait. Arrivée à Paris, elle était en conflit permanent avec son père. Notre… couple l'aidait à échapper à tout ça, pas à le ressasser… On avait une relation assez particulière…

Son regard devint vague. Chen le fixait des yeux, en silence. Mais Starski reprit le développement de son hypothèse.

— Ce que je veux dire, c'est qu'ils ont dû quitter l'Afrique du Sud en même temps et précipitamment. Alors voilà mon idée : et s'ils avaient des ennemis, voire des ennemis d'État ? Le flingue retrouvé est une arme en dotation chez les militaires.

— Et le gouvernement sud-africain enverrait des barbouzes éliminer les de Talense et consorts, vingt-cinq ans après ?

— Oui… Enfin, je ne sais pas, mais…

Il se tut. Chen enchaîna :

— C'est la nouvelle piste officielle ? On abandonne le complot médico-pharmaceutique Biotech pour se concentrer sur la vengeance du gouvernement sud-africain, chef ?

Chen restait impassible, même quand elle vous envoyait des missiles comme celui-là.

— Ce que je veux dire…

— Je comprends que tu tentes tout pour sauver cette fille, Paul. Mais « tout », ça ne peut pas être n'importe quoi. Si tu racontes ça à la juge, elle va te jeter du quatrième étage. Et je filmerai. Ça me fera plein de *likes* sur Facebook.

— Tu as raison…

— Souvent. Surtout lorsque tout converge. Mais tu

as peut-être levé un lièvre concernant la boîte de son père. La clé, c'est certainement le contrôle de la société.

— Qu'est-ce que tu as trouvé ?

— Justement, c'est ce que je n'ai pas trouvé qui m'ennuie : Calvin Kezner, le chef du laboratoire, s'est tout bonnement volatilisé. Parti sans laisser d'adresse.

— Il a quitté le pays ?

— C'est possible. En catimini si c'est le cas.

— Ça fait un quatrième nom à ajouter à notre liste des anciens employés de Talense & Vankleber à qui il arrive des ennuis…

— On peut dire ça, oui.

— Et ça nous permettrait de disculper Chloé, alors…

Chen dévisagea son chef. Chacun des éléments qu'elle avançait pour établir la culpabilité de la fille de Talense était détourné par son collègue dans le but contraire. Elle préféra abandonner pour l'instant.

— Pas encore, Paul. Pas encore. Viens, c'est l'heure.

25

Dans la salle d'audition immaculée, la juge s'était installée face à la porte, dos à la glace sans tain, et avait déballé quantité de dossiers sur la table. Chen et Starski s'étaient assis de part et d'autre de la magistrate, un peu en retrait. Derrière eux, une caméra était en place sur son trépied.

Quand le brigadier ouvrit la porte pour laisser entrer Chloé de Talense et son avocat commis d'office, un jeune homme aux lunettes rondes, les joues assombries par un duvet brun, qui semblait empêtré dans son ample robe noire, Starski se dit qu'il avait dû prêter serment la veille, entre l'heure du goûter et celle des devoirs. Il fit un signe complice à Chloé auquel elle ne répondit pas.

On lança l'enregistrement et la juge se présenta, présenta les deux officiers de police, rappela la date, l'heure, puis l'état civil de la prévenue, avant d'exposer les faits qui lui étaient reprochés :

— Madame Chloé de Talense, vous êtes interrogée ce jour dans le cadre de l'enquête sur la mort d'André Cavicci, commissaire de police, et celle d'Eugène Vankleber, votre ancien employeur.

— Ma cliente nie toute implication et nous demandons une suspension de séance immédiate pour préparer une défense efficace ! s'insurgea soudain l'avoué d'une voix de flûte.

À peine surprise, la juge, courtoise et patiente, embraya.

— Maître, il ne s'agit que d'une première audition dans le cadre de la garde à vue de votre cliente. Je vous invite à laisser Mme de Talense répondre à nos questions. Nous gagnerons du temps et ferons économiser de l'argent aux contribuables. Pouvons-nous poursuivre, s'il vous plaît ?

— Je… je vous en prie, madame le juge.

— *La* juge, corrigea-t-elle.

— Pardon, madame la juge. Je voulais m'assurer que les droits de ma cliente n'étaient pas bafoués par une justice expéditive et arbitraire.

Les deux officiers lui renvoyèrent un regard médusé. Bonname, visiblement coutumière du fait, enchaîna :

— Madame de Talense, pouvez-vous nous raconter votre matinée d'hier heure par heure, je vous prie ?

— Oui. Comme je l'ai dit à… aux inspecteurs, j'avais rendez-vous pour un entretien d'embauche à 8 h 45 à la société Biotech. J'y suis restée une vingtaine de minutes.

— À quelle heure êtes-vous partie de chez vous ?

— Vers 8 h 30. C'est tout près de chez moi.

— Vous y êtes allée à pied ?

— Oui.

— Et ensuite ?

— Je me suis rendue au Bosquet des Abeilles, rue La Boétie, où j'ai rencontré Magna…

— … qui l'a d'ailleurs confirmé, interrompit la juge, semblant venir à son aide. Avant 8 h 30, vous étiez avec quelqu'un chez vous ?

— Julien, mon… Julien Lerude était avec moi. Il a quitté mon appartement vers 8 h 10.

— Vous étiez donc seule à partir de 8 h 10 ?

— Oui. Et je n'ai vu personne jusqu'à 8 h 45 chez Biotech.

— … dont les locaux sont vides depuis un mois. Donc entre M. Lerude à 8 h 10 et les druides à 9 h 30, personne ne peut confirmer où vous étiez ?

— Non. Personne.

Starski se réjouit du sang-froid avec lequel Chloé répondait aux questions. Contre toute attente, son avocat prépubère l'avait bien préparée ; elle connaissait les détails de son emploi du temps sur le bout des doigts.

— Eh bien si, madame. À 8 h 40, un témoin vous a vue quitter le 97 rue des Moines, immeuble où a eu lieu le meurtre de votre ancien employeur.

— Je n'avais aucune raison de tuer Eugène ! s'enflamma la suspecte. Il m'a renvoyée… mais on ne tue pas les gens pour ça.

— Oh si, croyez-moi…

Starski fit de nouveau un signe à Chloé, mais son avocat lui recommandait déjà de changer de ton.

La juge saisit une photo dans un de ses dossiers et la plaça devant Chloé de Talense.

— Connaissez-vous cette arme ?

— Non. Je ne comprends pas. Je déteste les armes. Je ne sais pas ce que ça faisait chez moi.

— C'est un Vektor Z-88, un pistolet semi-automatique fabriqué en Afrique du Sud, pays dont votre père et vous-même êtes originaires.

Chloé de Talense ne réagit pas. La juge saisit un autre document et le déposa sur la photo.

— Le rapport balistique confirme qu'il s'agit de l'arme qui a tué Eugène Vankleber et André Cavicci.

— Je ne… C'est imposs… s'étrangla-t-elle.

Chloé de Talense se mit à pleurer malgré elle, hurlant au cauchemar. Starski trépignait sur son siège, bouillant de savoir combien de temps il faudrait à l'avocat pubescent pour évoquer le cambriolage ou demander si des empreintes avaient été retrouvées sur la crosse.

— Madame de Talense, reprit la juge d'une voix monocorde, les faits sont accablants. Il est temps de nous raconter ce qui s'est passé. Vraiment passé.

La porte s'ouvrit, cassant un peu l'effet dramatique de la juge, et un brigadier fit un signe à Chen, qui se leva et sortit.

— Elle vous attend, lui annonça le gardien de la paix quand elle eut refermé la porte.

Il l'entraîna dans les couloirs jusqu'à une pièce où une femme patientait. Chen serra la main de Pauline Dubreuil, leur témoin oculaire. Elle avait meilleure mine que la veille et bien meilleure allure sans sa robe de chambre.

— Suivez-moi, la pria Chen.

— Vous pensez que ce sera long ? Je commence mon service à midi, au restaurant…

— Dans une demi-heure, vous êtes dehors !

Elles entrèrent dans une salle sombre. De l'autre côté d'une vitre, dans une pièce éclairée, une femme et un homme, de dos – interrogeaient une femme en larmes, accompagnée de son avocat. On n'entendait rien. Chen invita Pauline Dubreuil à s'avancer.

— Prenez votre temps. Il faut que vous soyez sûre. Est-ce la femme que vous avez vue descendre l'escalier hier, à 8 h 45 ?

L'étudiante tendit le nez vers la vitre comme pour se rapprocher encore. La lieutenante l'observait, cherchant à lire une émotion.

— Ce n'est pas elle.

Chen sentit un pincement dans sa poitrine, quelque part entre la surprise et la déception.

— Vous êtes certaine ?

— Elle lui ressemble beaucoup, même couleur de cheveux, même genre de vêtements… mais la femme assise là est bien plus âgée. L'autre avait dix ans de moins, je pense.

— Vous disiez « petite quarantaine ». La femme devant vous a quarante-deux ans.

— Il m'avait semblé… L'autre était bien plus jeune. Vraiment.

Chen regarda Chloé de Talense. L'absence de son de ce côté de la vitre amplifiait son agitation. Elle paraissait véritablement bouleversée et perdue dans un monde qui l'accusait de meurtre. Et Chen se surprit à douter.

— Vous ne reconnaissez pas cette femme ? tenta-t-elle une dernière fois.

— Non. Et non seulement je ne reconnais pas cette personne, mais surtout ce n'est pas du tout celle que j'ai vue devant ma porte, répéta Pauline Dubreuil.

— Bon. Je vais vous reconduire dans la salle d'attente. Je vous y retrouve dans dix minutes. Ensuite, nous passerons dans mon bureau, je vous ferai signer votre déclaration et nous en aurons fini.

Les deux femmes sortirent. L'agent de police qui patientait dans le couloir raccompagna Pauline Dubreuil. Chen, de son côté, entra dans une autre salle à quelques mètres de là.

— Monsieur Mérandier.

Un homme ventripotent d'une soixantaine d'années, aux cheveux grisonnants et aux lunettes épaisses, se leva avec inquiétude, intimidé par cette longue femme osseuse tout habillée de noir dont le visage grave était encadré d'un carré de jais. Chen lui serra la main.

— Je suis la lieutenante Chen de la brigade criminelle. Je souhaiterais que vous identifiiez quelqu'un pour moi.

— La femme ? Celle qui a loué l'appartement ?

— Exactement.

Chen l'entraîna jusque dans la salle sombre et le planta devant la vitre.

— C'est elle ? demanda-t-il en réajustant ses lunettes.

— C'est à vous de me le dire, le tança Chen. La femme qui est en face, là, est-ce celle qui vous a loué l'appartement de la rue des Moines pour deux mois, et payé de la main à la main ?

Il se détourna de la glace et regarda Chen, apeuré.

— À ce propos… est-ce que je vais avoir des ennuis ? Avec les impôts, je veux dire… Est-ce qu'il y aura des poursuites ?

Chen se demanda si l'homme essayait de négocier quelque chose avec elle, son aide dans l'identification de la femme contre le silence de la police. Son visage se durcit.

— Si vous ne me répondez pas ou si vous me mentez, je vous ferai dépouiller de tous vos biens avant de vous jeter en prison.

— Mais vous…

— Alors ? Cette femme ?

Terrifié, le propriétaire se tourna face à la glace et examina la femme qui pleurait.

— Pas du tout. Ce n'est pas elle ! Celle qui m'a loué

l'appartement était plus jeune. C'était un peu le même genre : grande, jolie, les cheveux châtains… Elles se ressemblent, c'est certain, mais ce n'est pas cette femme que j'ai rencontrée. Elle avait des lèvres plus charnues, aussi, je crois…

— Vous croyez ?

— C'était il y a presque deux mois. Je ne me rappelle pas bien. Mais je suis sûr que je n'ai jamais vu cette femme-là !

Chen appuya son regard noir sur le petit homme, puis comprit qu'elle n'en tirerait rien.

— Venez avec moi.

— Qu'est-ce que… Je vous jure que je vous dis la vérité !

Ils quittèrent la pièce et Chen appela le gardien de la paix.

— Vous allez suivre cet agent et vous lui répéterez la même chose. Il le mettra par écrit. Vous signerez votre déclaration. Et votre petit écart restera entre nous.

— Merci, madame, couina Mérandier.

Mais Chen s'éloignait et l'avait déjà oublié, absorbée par son enquête qui chaque seconde s'effritait un peu plus.

26

Phase 12 – Le change : la meute change de gibier.

Une vingtaine de minutes plus tard, la lieutenante Chen sortait la feuille de l'imprimante sous l'œil de l'étudiante en philo et d'un type en bleu.

— Une signature, et monsieur vous raccompagne en voiture. J'enverrai quelqu'un chez vous pour récupérer un signalement précis de la femme que vous avez vue. Un portrait-robot.

— D'accord. Bien sûr. S'il peut venir entre 15 h 30 et 18 heures, c'est mieux que le matin. Et le soir, à partir de 19 heures, je suis au bar, expliqua Pauline Dubreuil.

— OK. Le technicien de l'Identité judiciaire vous contactera pour convenir d'un rendez-vous. Au revoir.

Chen allait redescendre à l'audition lorsque le téléphone sur le bureau de Starski sonna. Elle décrocha, écouta et s'assit malgré elle. Elle approuva, promit que Starski rappellerait très vite et raccrocha. Puis elle se rua sur son ordinateur : une notification de nouveaux emails était effectivement apparue sur son écran. Elle cliqua et découvrit deux messages, qu'elle parcourut. Si elle avait manifesté ses bouillonnements intérieurs, Yvonne Chen aurait très certainement lâché un tonitruant juron à ce moment précis. Au lieu de cela, elle lança l'impression des deux emails, rassembla les feuillets et quitta son bureau dans une bourrasque.

À grandes enjambées, elle descendit à l'étage des cellules et poussa la porte de la salle d'audition. La juge continuait avec le même flegme de démonter l'improbable récit de Chloé de Talense qui, avec la même terreur, continuait de couiner « c'est impossible ». D'un doigt, la lieutenante invita son chef à la rejoindre dans le couloir. Il referma la porte derrière lui.

— La juge a bientôt fini. Ce crétin d'avocat n'a pas ouvert la bouche. Chloé va rester en garde à vue. Qu'est-ce qu'il y a ?

— Ça !

Elle lui tendit les feuilles.

— La serveuse et le propriétaire sont formels, commenta-t-elle pendant qu'il lisait. Chloé de Talense n'est pas la femme qu'ils ont rencontrée. Elles se ressemblent, mais ils affirment tous les deux que ce n'est pas elle. L'autre était plus jeune.

— Ça affaiblit clairement notre dossier… Il faut prévenir la juge.

— Attends. Regarde la suite.

Il écarta la première page. Chen poursuivit :

— Les conclusions de la légiste : Vankleber est mort aux alentours de 7 heures, Cavicci environ une heure après, vers 8 heures max.

— Mais elle disait entre 7 h 30 et 8 h 30 pour les deux !

— Elle a essayé de te joindre.

— J'ai coupé mon portable le temps de l'audition…

— Elle m'a expliqué que les chauffages de l'appartement, poussés à fond, ont faussé les prélèvements de température, et donc la datation. Elle s'en doutait, mais a préféré attendre la fin des autopsies pour se faire un avis. Elle a aussi procédé à une analyse du sang retrouvé sur le sol… une histoire d'évaporation et de…

— … convection capillaire, c'est écrit là.

— Bref, ça a pris plus de temps, mais maintenant, elle est à 100 % sûre de l'heure pour les deux.

— Entre 7 heures et 8 heures, Chloé était avec son copain… son ex-copain. Un alibi solide. Elle ne peut avoir tué ni l'un ni l'autre.

— Exactement. La légiste mentionne aussi la présence de poussière de diamant sur les mains de Vankleber qui pourrait laisser penser qu'il négociait des pierres. Une tout autre piste…

— À voir le caillou qu'il avait au doigt… Bon, il faudra vérifier. Il faut informer la juge.

— Attends ! Lis la dernière page.

Starski s'exécuta.

— SFR ? C'est la géoloc ?

— Exact. Et le trajet du portable de Chloé de Talense, hier matin. Tout concorde avec sa version des faits. Regarde à 8 h 45…

— Le bornage la loge avenue Hoche !

— À hauteur du 51 et du 53 ! Chez Biotech, où elle est restée… vingt-deux minutes. Elle n'a pas menti, conclut Chen.

— Il faut prévenir la juge, trépigna Starski.

— Non. On doit revérifier avec la légiste et avec son ex-avocat. Son ex. On attend encore les résultats de l'IJ ; ils diront la même chose, que Chloé n'était pas là, que ce n'est pas elle. Une fois qu'on sera sûrs, elle sortira et on la laissera tranquille.

— Tu veux qu'elle retourne dans sa cage, avec

l'autre gueulard et les toxicos, alors qu'elle n'a rien fait ?

— On s'est plantés. Mais tout correspondait. Quitte à aller l'expliquer à la juge, autant qu'on soit certains que Chloé de Talense est hors de cause, documents, dossiers à l'appui.

— Non.

— Comment ça, non ?

— Elle est innocente. Tu voulais même lui mettre des menottes et l'envoyer chez les fous, merde !

— C'est ma faute, en fait ? s'enquit Chen avec calme.

— Mais… Elle a passé la nuit dans une cage en securit ! Ça suffit ! De toute manière, la soufflante est pour moi. C'est moi qui ai orchestré tout ce bordel.

— Ce n'est pas la question, Paul.

— On a déconné. Elle est innocente, elle sort. Point barre.

— Bien, chef !

— C'est ça, fous-toi de moi… Je m'en occupe.

Starski se retourna et ouvrit la porte.

— Madame la juge, je souhaiterais vous parler en particulier. C'est assez urge…

La porte se referma sur lui. Starski dans toute sa splendeur : émotif et fonceur jusqu'à l'absurde. Chen se demanda ce qui se passait dans sa tête à l'heure où y faisaient rage l'ouragan de sa rupture, la tornade de la mort de son chien et le typhon de ses retrouvailles avec son ancien amour. Elle l'imagina perdu sur un maigre esquif, rudoyé par un océan furieux, et le ciel noir, et les éclairs… Elle avait bien tenté de reprendre la barre, lui demandant de la laisser mener l'enquête pour garantir les formes, éviter les vices de procédure. Mais aujourd'hui leur affaire prenait l'eau de toutes parts, et le pire, c'est que c'était lui qui, dans l'œil du cyclone, faisait des trous dans la coque. Et Chen refusait de le laisser faire.

27

Phase 13 – Le requêté : les chiens cherchent à retrouver un animal que l'on a perdu.

La lieutenante Chen regagna son bureau au moment où un type en civil frappait à la porte, trois grosses enveloppes kraft sous le bras.

— Bonjour, lieutenante. C'est une livraison de l'IJ. Les affaires de… Eugène Vankleber, d'André Cavicci et un CD. Les rapports sont avec.

— Bonjour. Entrez. Posez ça sur le bureau.

Elle signa le bordereau de réception et le type disparut. Elle ouvrit la première enveloppe et en retira le CD retrouvé sur la scène de crime. Une liasse de feuilles imprimées l'accompagnait. Chen les parcourut : il n'y avait ni empreinte ni aucune autre trace. Il n'y avait qu'une piste audio mêlant musique et voix, une voix masculine plutôt jeune à l'accent neutre si ce n'étaient quelques rares inflexions courantes en Aquitaine. La musique était extraite d'un disque disponible dans le commerce, « Les chasses du Grand Veneur », une compilation de morceaux de cors joués lors de chasses à courre. « Le leurre » était le nom de l'air enregistré sur le CD. En revanche, les initiales MK restaient obscures et renvoyaient à une multitude d'entreprises et de magasins, une boucherie, une ligne de sacs à main, un opticien, un institut de beauté, une centaine rien qu'à Paris…

Dans la deuxième enveloppe, Chen trouva le portefeuille de Cavicci. Sur sa carte professionnelle, il ressemblait encore à quelque chose. Bien que la photo ne date pas de la veille, on y lisait clairement la fierté d'être flic. Il souriait même. À se demander ce qui lui était arrivé pour que sa hiérarchie décide de le mettre au vert contre sa volonté. Elle trouva également une clé alourdie d'un porte-clés à boule argentée où étaient gravés le logo et l'adresse d'un hôtel au nom prometteur dans le XIVe, le Enjoy Hotel, ainsi que des clés de voiture. Une visite de la chambre et du véhicule s'imposait.

Le téléphone de Cavicci s'alluma sans problème dès qu'elle pressa une touche. La batterie étant presque déchargée, Chen s'empressa de le brancher sur le secteur. Étonnamment, le vieux flic n'avait mis en place aucune forme de protection : ni mot de passe ni schéma de déverrouillage. Il appartenait à cette génération pour laquelle un téléphone servait à téléphoner.

Rapidement, Chen parcourut les quelques applications installées sur l'appareil. Le vieux commissaire ne prenait ni photos ni vidéos, n'envoyait pas de textos, utilisait à peine Internet. Elle nota cependant dans le journal d'appels la récurrence d'un même numéro, le seul d'ailleurs qui y figurait. Cavicci appelait plusieurs fois par jour un numéro de portable. Parfois même la nuit. Plus intéressant, le dernier appel avait été passé à 7 h 41 la veille, soit quelques minutes avant qu'il ne soit abattu. À qui Cavicci avait-il bien pu parler ? Savait-il qu'il allait mourir ? Si oui, à qui avait-il destiné son dernier appel ?

Chen se tourna vers son ordinateur et consulta ses emails. La géolocalisation du téléphone de Cavicci était arrivée, envoyée par Orange. Il fallait désormais moins d'une heure pour obtenir la facture détaillée d'une ligne téléphonique, la fameuse fadette, et l'historique des déplacements d'un portable, avec une fiabilité théorique de trois cents mètres en ville, une cinquantaine au plus en pratique, surtout à Paris où les antennes-relais pullulaient autant que les rats.

Le commissaire était visiblement arrivé à Paris trois jours plus tôt, le 3 mars. Il avait pris sa chambre d'hôtel dans le XIVe arrondissement, puis avait parcouru la capitale en tous sens, comme s'il cherchait quelqu'un, quelque chose. Il s'était attardé deux soirs de suite sur un quai de Seine du XIIIe. D'un coup d'œil sur Street View, Chen découvrit un hôtel flottant qui faisait bar et boîte de nuit, le Off Paris Seine. Les deux soirs, Cavicci en était reparti à 1 heure, c'est-à-dire à la fermeture, selon leur site. Le premier soir, il était rentré à son hôtel pour la nuit. Le deuxième, il avait quitté l'endroit pour rejoindre, certainement en taxi, la rue de Bruxelles, dans le IXe. Il s'était retrouvé devant la Maison Souquet, un hôtel luxueux dont les chambres richement décorées attiraient une clientèle fortunée. Cavicci avait passé la nuit en face de l'établissement, vraisemblablement sur le trottoir ou sous un porche, à guetter l'entrée. À 7h23, il avait tout à coup quitté les lieux, était remonté plein nord jusqu'à la rue des Moines. À 7h41, il avait passé un coup de fil. Il était ensuite entré dans l'immeuble pour y mourir.

Si l'on pouvait penser qu'il avait suivi quelqu'un durant ces soirées et ces nuits, si l'on pouvait imaginer que c'était la femme qui avait laissé ses empreintes de talon dans le tapis du salon, qui avait été vue par la voisine du rez-de-chaussée et qui certainement l'avait tué, on ne pouvait en revanche concevoir qu'il s'agissait de Chloé de Talense. C'était physiquement impossible puisque son ami Julien l'avait quittée à 8h10. Ou alors, Julien Lerude mentait aussi. Ou ils mentaient tous, Chloé, Julien, Biotech, le peintre, la serveuse, le propriétaire, Magna et ses druides, les Sud-Africains de France et de Navarre…

Chen jeta un rapide coup d'œil au fond de l'enveloppe : un paquet de Marlboro entamé, un briquet bleu, un porte-monnaie contenant une vingtaine d'euros et des tickets de métro. Elle rédigea un email à la juge demandant une identification et une géolocalisation du téléphone appelé par Cavicci juste avant sa mort, soulignant la répétition des appels, s'employant à mettre en évidence l'importance de cette information en dépit de son coût. Puis elle rangea le tout dans l'enveloppe avant d'ouvrir la suivante.

Celle de Vankleber contenait un portefeuille de marque dans lequel la lieutenante trouva une pièce d'identité, sept billets de cinquante euros et rien de très intéressant, une montre de marque, deux bagues en or dont l'imposante chevalière et son diamant, un trousseau de clés d'appartement, et c'était tout. Vankleber était mort les poches quasiment vides. Pas de téléphone, ce qui était le plus surprenant. Ou empêchait toute tentative de traçage. Il était mort avant Cavicci selon la légiste, une demi-heure ou une heure avant.

On pouvait se demander comment il s'était retrouvé là. Chen ajouta dans l'email destiné à Bonname une requête pour rechercher une ligne au nom d'Eugène Vankleber. L'absence de téléphone ne faisait que retarder l'historique du bornage de l'homme d'affaires sud-africain. Peut-être Cavicci et lui s'étaient-ils appelés ? Peut-être avaient-ils rendez-vous ?

Chen envoya l'email.

Quant à savoir qui l'avait tué… Certainement pas la personne que suivait Cavicci, arrivée plus tard dans l'appartement, vers 7 h 40. Il fallait se rendre à l'évidence. Vankleber et Cavicci avaient été tués au même endroit, mais ni au même moment ni par la même personne. Il y avait au moins deux tueurs dont l'un était une femme plutôt jeune et jolie. Deux tueurs dont aucun n'était Chloé de Talense.

Chen décrocha son téléphone.

— Allô, Thierry, c'est Chen. Il faudrait que tu contactes une certaine Pauline Dubreuil pour la rencontrer dans l'après-midi, à partir de 13 heures. Et avant 16 heures. On aurait besoin d'un portrait-robot au plus vite. Tu es dispo ? OK, 14 heures. Elle est chez elle. Je t'envoie les coordonnées par email. Oui, urgent. Salut.

Elle raccrocha et décrocha aussitôt. Starski était peut-être encore dans les murs. Il était clairement dans les vapes à cause de Chloé de Talense, mais elle devait au plus vite l'informer des derniers progrès de l'enquête. Et des doutes qui la taraudaient désormais. Starski avait eu le nez dès le début, il avait eu raison : quelqu'un tentait de piéger Chloé de Talense pour lui faire endosser un double meurtre. Le crime avait été mis en scène – c'était ça : une mise en scène de crime ! – à coups de chauffage, de CD, de pseudo-suicides et d'arme trompeuse. Quelqu'un avait joué avec le temps, altéré les évidences pour corrompre les conclusions, fabriqué des témoins qui se rétractaient le lendemain, placé l'arme du crime chez Chloé lors d'un cambriolage bidon… Tout cela avait bien failli fonctionner : Chloé de Talense s'était retrouvée en garde à vue dans les dix heures qui avaient suivi le double meurtre. Mais chaque faux indice s'était finalement délité et Chloé était dehors maintenant.

Chen ouvrit soudain de grands yeux. Si le coup monté contre Chloé de Talense avait échoué à l'éliminer, il ne restait plus aux assassins de Vankleber et de Cavicci qu'une seule option pour se débarrasser d'elle.

Elle appuya sur le raccourci du numéro de son chef, attendit, compta les sonneries, s'impatienta et allait raccrocher quand Starski décrocha. Il n'y eut pas un mot, juste un silence et des bruits de pas rapides. Une course. Elle perçut la voix de son collègue mais ne comprit pas ce qu'il disait. Il parlait vite, en proie à l'affolement, à la panique.

— Paul ? appela Chen.

Elle entendit alors un coup de feu, puis un deuxième, et la communication se coupa.

28

Phase 14 – La vue par corps: les chasseurs voient l'animal chassé.

La BMW descendait le boulevard Malesherbes, lentement, se coulant dans le trafic parisien, un fleuve éternel et morose qui brasillait de rouge et de blanc. Starski jetait des coups d'œil discrets à Chloé qui, sur le siège passager, restait silencieuse, encore ébranlée par sa nuit en garde à vue et son interrogatoire serré. La juge Bonname y était allée bille en tête parce que tout avait un coût, surtout son temps, et parce que tous les éléments accusaient Chloé. Rondement menée, l'affaire semblait pliée. Pourtant, lorsque Starski avait demandé à la magistrate de la voir en privé pour lui exposer les résultats de l'IJ et de l'identification, Bonname l'avait écouté et n'avait pas tergiversé. Contre toute attente, elle n'avait pas admonesté ce commissaire qui lui faisait perdre sa matinée, qui avait sauté sur l'évidence et avait envoyé toute l'instruction dans le mur en moins de dix minutes. Elle avait écouté et entendu, puis avait prononcé la remise en liberté de Chloé de Talense. Tout le monde s'était réjoui, surtout son jeune avocat soudain transporté par son admirable travail. Puis Bonname était partie en lâchant un simple «tenez-moi au courant», mais Starski avait compris que ce faux-pas ne lui serait pas pardonné de sitôt.

Il serra les mains sur le volant, l'air maussade.

— Je suis désolé que les choses se soient enchaînées ainsi, Chloé. Mais tous les éléments te désignaient comme la coupable de ce double meurtre. Pour toi, c'est terminé. Pour nous, l'enquête ne fait que commencer, sur de nouvelles bases. On doit refermer les pistes une à une…

Chloé gardait le silence. Elle regardait par la vitre la ville qui s'étendait, vivante sous le ciel.

— Je n'ai pas cessé de dire que j'étais innocente, Paul, et il n'y a que toi qui m'as entendue.

La voiture bifurqua par deux fois. Elle reprit :

— Si tu n'étais pas intervenu, cette juge m'aurait envoyée en prison, tu t'en rends compte ?

Le commissaire se réjouit de cette lecture qui omettait sa responsabilité dans l'arrestation de son amie et sa nuit de garde à vue au Bastion.

— C'est fini, Chloé. Tu vas reprendre une vie normale.

Il voulut ajouter qu'ils ne se seraient jamais retrouvés sans cela, mais estima être trop présomptueux. La voiture remonta la rue Murillo presque au pas et ils se turent à mesure qu'approchait leur destination. Paul se demandait s'il pouvait proposer à Chloé de la revoir, effrayé qu'elle dise non, terrifié qu'elle dise oui, désorienté par sa propre situation de couple. Le véhicule s'immobilisa devant le numéro 4. Chloé leva les yeux vers lui.

— Tu montes avec moi ?

— Oui… répondit-il, appeuré par ce qui se passait, qu'il désirait autant qu'il le redoutait.

Starski manœuvra et gara la voiture à une vingtaine

de mètres de l'entrée. Ils quittèrent l'habitacle et remontèrent le trottoir. Chloé lui prit le bras en souriant pour marcher près de lui, comme deux vieux copains. Le commissaire sentit de nouveau son cœur feuler quand Chloé vint se coller contre lui. Sa chaleur soudaine. Les souvenirs de leurs vingt ans, de leur couple, tant de bonheur et tant de peine. Son téléphone sonna.

Il le tira de sa poche et inspecta l'écran. C'était Chen. Il hésita. Il n'avait pas été tendre avec sa collègue lors de leur dernier échange, avait rappelé ses galons et l'avait plantée dans un couloir au milieu d'une phrase. Si des excuses de sa part s'imposaient, le moment était mal choisi. Il allait refuser l'appel quand il se dit que c'était peut-être important.

Il décrocha à l'instant où il vit un homme traverser la chaussée à une quinzaine de mètres devant eux, un type d'une trentaine d'années en costume anthracite, aux cheveux hirsutes et bruns. Juste avant que l'homme ne disparaisse derrière une voiture, Starski remarqua qu'il portait une paire de gants noirs et qu'il tenait un automatique. Il serra le bras de Chloé et l'entraîna à l'abri d'un 4 × 4.

— Il est armé ! annonça-t-il en guise d'explication.

— Qui ça ?

Une détonation retentit. Une deuxième.

Le commissaire rangea son téléphone et tira son 9 mm.

— Police ! cria-t-il.

Accroupis entre deux voitures, Starski et Chloé lançaient des coups d'œil à droite, à gauche, espérant repérer leur agresseur, mais le type était introuvable.

— Tu le vois ?

— Non ! gémit Chloé.

Starski grimaça. Ils étaient pris au piège entre deux voitures, à la merci d'un tueur invisible. Il sortit les clés de la BMW et les tendit à Chloé.

— Tu vas longer les voitures par la chaussée jusqu'à la BMW. Je te suis. Si je ne suis pas là quand tu y arrives, tu démarres et tu t'enfuis, OK ?

En proie à une panique dévorante, elle acquiesça mais ne bougea pas.

— Maintenant, Chloé !

Elle s'exécuta. Starski s'allongea au sol et tenta de repérer les pieds du tireur. Par-dessous le 4 × 4, il scruta la chaussée et le trottoir, mais il ne trouva personne. Il se releva et, à reculons, quitta sa position, glissant le long des portières, derrière Chloé, son arme braquée devant lui, anticipant l'apparition de l'homme. Une femme aux cheveux gris venait d'ouvrir une fenêtre. Starski lui fit signe de rentrer. Elle obéit en voyant l'automatique noir.

Chloé rejoignit le véhicule. Elle pressa le bouton de la clé et la BMW gazouilla en signe d'approbation. Ses clignotants s'illuminèrent par deux fois, trahissant à tous leur intention. Chloé tira la portière et monta à bord. Lorsque Paul y arriva à son tour, il remarqua qu'elle tremblait et serait incapable de conduire. Il lui commanda de se glisser jusqu'au siège passager et de s'y accroupir, puis il se releva, balayant de son bras armé l'espace au-dessus du toit de la voiture. Leur agresseur demeurait invisible. Restait-il à l'abri derrière l'une des carrosseries, à couvert dans le renfoncement d'une entrée d'immeuble, d'une porte cochère, ou avait-il pris la fuite lorsque le commissaire avait crié « police » ?

Starski grimpa soudain dans l'habitacle, enfonça la pédale de frein et appuya sur le bouton de démarrage. La BMW ronfla dans un frisson. Mais personne ne parut.

Alors Starski dégagea le véhicule, tamponnant les pare-chocs, jetant des coups d'œil nerveux à ses trois rétroviseurs. Mais personne ne parut. Il écrasa l'accélérateur et le bolide bondit sur le bitume, avala la rue Murillo avant d'enfiler une autre voie dans un crissement de pneus suraigu.

— Mais qu'est-ce qui se passe, Paul ?

— Quelqu'un t'attendait. On doit disparaître.

Il saisit l'émetteur de sa radio au moment où il atteignit la rue de Courcelles et donna l'alerte au SIC, signalant les coups de feu dans la rue Murillo et la possible présence du tireur dans le quartier, un trentenaire d'un mètre soixante-quinze environ, en costume gris sombre, brun et échevelé. Puis il plaça le gyrophare sur le tableau de bord et lança le deux-tons. Ils furent collés aux sièges quand le moteur gronda de nouveau. Le trafic s'ouvrit pour les laisser passer, et se referma derrière eux. Dix minutes plus tard, certain de ne plus être suivi, Starski éteignit le gyro et la sirène, et bifurqua dans une voie plus étroite.

— On va où ? s'enquit Chloé, qui avait repris sa place sur le siège et jetait des regards inquiets dans le rétro latéral.

— Au Bastion. Tu seras hors d'atteinte.

— Non. Paul. Je ne retourne pas là-bas, pas après cette nuit… Non.

Starski hésita, réfléchit, se lança :

— Chez moi, alors… Ça te convient ? Tu seras en sécurité, mais…

— D'accord.

Starski sortit son téléphone et rappela Chen.

— Mais qu'est-ce qui se passe, Paul ? Les coups de feu ! Je suis en ligne avec le SIC pour qu'ils localisent ta BMW et envoient des renforts.

— Je les ai déjà prévenus. La cavalerie est en route. Un type attendait Chloé devant chez elle et lui a tiré dessus. Personne n'a été touché, on s'est enfuis. On est dans la voiture et on va chez moi.

Chen marqua un silence, évidemment.

— Ce n'est pas une bonne idée.

Starski ignora sa remarque.

— Elle sera en sécurité. Je te rejoins juste après. Salut.

Il raccrocha avant que Chen ait pu ajouter quoi que ce soit.

Ils empruntèrent plusieurs rues secondaires et, un quart d'heure plus tard, arrivaient rue de Sofia dans le XVIIIe, où habitait le commissaire. Il planta la BMW devant le siège de la BNP et ils remontèrent le trottoir jusqu'au numéro 13. Chloé regardait avec inquiétude les graffitis sur les murs, les façades grisâtres, un tas d'ordures et de gravats abandonné dans le caniveau. Ils dépassèrent un immeuble défraîchi aux accès condamnés par des planches avant destruction. Un peu gêné, Starski se dit qu'elle devait se sentir dépaysée dans cette rue du quartier de Barbès. Peut-être ne voyait-elle rien, encore hantée par les images lancinantes de la fusillade dont elle avait été la cible.

Il s'arrêta devant la porte usée d'un immeuble en pierre de Paris et composa un code. Ils s'engagèrent dans une cage d'escalier qui aurait clairement mérité un rafraîchissement. Starski en éprouva un peu de honte.

— Tu ne risques rien, ici, assura-t-il comme pour s'excuser.

Il la mena au deuxième étage et ils pénétrèrent dans l'appartement du commissaire. À peine arrivée, Chloé nota le désordre, et Starski remarqua son regard. Le chaos des lieux lui apparut soudain. Dans l'entrée et le salon s'étalaient les traces d'une vie de famille, des vêtements épars, des jouets d'enfant, des feutres abandonnés sur des dessins inachevés, un cartable ouvert, des cahiers et des livres de classe sur la table ou à même le sol. Il y eut un craquement lorsque Chloé écrasa un Playmobil sous son talon.

— J'ai deux filles, Léa et Manon, expliqua Starski en balayant du pied le jouet cassé. Elles rentrent samedi. Elles sont en vacances avec leur mère, chez ses parents. Tu seras tranquille.

— Ça ne va pas poser de problèmes ?

— Non… Nous… Nous sommes séparés.

Chloé regarda Starski qui déjà regrettait sa phrase et s'éloignait.

— Viens, je vais te montrer… Ce n'est pas aussi grand que chez toi, c'est sûr…

Il lui fit visiter l'appartement, un quatre-pièces. Parvenu à la chambre, il retira les draps.

— Tu vas dormir là. Je rentre assez tard… quand je rentre. Je me mettrai sur le canapé.

Elle acquiesça, manifestement sonnée par les récents événements. Ils firent le lit en silence puis regagnèrent le salon.

— Je dois partir, Chloé. Je t'appelle dans une heure. Tu es ici chez toi.

Chloé hésitait visiblement à lui dire quelque chose.

— Qu'est-ce qu'il y a ?

— Je voulais te dire merci pour tout ce que tu fais pour moi, Paul. Pour m'avoir crue, aussi… Et je voulais aussi m'excuser pour… Tu me sauves la vie et moi, je te braille dessus !

— T'inquiète, j'en ai vu d'autres ! Je veux dire…

Leurs sept ans de couple avaient été truffés de ces moments incompréhensibles où Chloé s'enflammait soudain, pour un mot, pour un rien, puis disparaissait pendant plusieurs semaines, plusieurs mois, avant de réapparaître un beau jour et de s'excuser. Ils avaient tenu au rythme de ses colères, bon an mal an, certainement parce qu'il était fou d'elle. Mais il ne faisait pas allusion à ça, et s'en voulut du quiproquo.

Il soupira. Elle lui sourit.

— Je sais ce que tu veux dire. Je n'allais pas bien. Mais tu étais là. Déjà ! On en reparlera si tu veux, à ton retour. Tu reviens quand ?

— Dès que je peux. Je te le promets. Tu m'appelles si tu manques de quoi que ce soit… s'il se passe quoi que ce soit.

Il se détourna et ouvrit la porte. Elle le regarda, silencieuse. Il revint sur ses pas, hésita, puis la serra dans ses bras.

— Je dois y retourner. À tout à l'heure, conclut-il avant de sortir à la hâte.

29

Pierre Claudel, 5 mars 2018

Pierre Claudel achevait de nouer sa cravate devant la glace de sa penderie quand Véronique, son épouse, entra dans la chambre. Dans le miroir, il nota immédiatement sa mine grave. Elle tenait une feuille.

— Encore une, dit-elle simplement.

Claudel traversa la pièce, lui ôta la lettre des mains et la prit dans ses bras.

— Je n'en peux plus, Pierre.

Il la regarda et lui sourit.

— C'est du papier, des mots, Véro. On ne va pas se laisser impressionner, d'accord, parce que c'est ce qu'ils veulent. Qu'est-ce que ça dit, cette fois ?

Il lut le message tapé et imprimé.

— « Claudel, on t'avait prévenu. » Bon. Ça a le mérite d'être concis. En plus, tu remarqueras qu'il n'y a ni faute d'orthographe ni entorse à la grammaire ! Je me demande si, à force d'écrire ces lettres, mon corbeau n'a pas amélioré son français ! Mais on a perdu la rime chantante à laquelle il nous avait habitués : « Si Pontaulion s'en sort, t'es mort » ou « J'ai deux balles dans mon Beretta : une pour Pontaulion, une pour son avocat. » C'est dommage.

— Ce n'est pas drôle, Pierre !

— D'accord. Excuse-moi. Je l'enverrai au capitaine Tarquet. Et je l'appellerai pour savoir s'il a une piste concernant ces lettres.

— Et la protection policière ? Il faut arrêter de croire que ce sont des menaces en l'air. Et si ce cinglé décide tout à coup de s'en prendre aux enfants ? Tu y penses ?

— En demandant une protection policière, je prouverais à tous que j'ai peur. Ce n'est pas le cas. Je défendrai ce type, même si c'est le dernier des monstres, parce que c'est mon devoir d'avocat, et je le défendrai de toutes mes forces et de toute ma conviction, parce que c'est mon devoir d'avocat.

— Tu n'es pas au tribunal, Pierre ! Tu n'es pas en train de plaider. Si tu regardes bien autour de toi, il n'y a pas de caméras ni de journalistes, il n'y a que moi. Et moi, j'ai peur ! Merde !

Pierre Claudel se tut et inspira.

— Tu as raison. Je passe au commissariat tout de suite. Je vais demander que cette lettre soit ajoutée au dossier de plainte et déposer une requête officielle de protection pour nous quatre.

Elle acquiesça.

— Fais attention à toi.

Il enfila sa veste de costume, s'approcha de sa femme et l'embrassa.

— J'y vais. Je t'appelle.

Il gagna l'entrée et rangea la lettre anonyme dans sa sacoche. Puis il décrocha son manteau de la penderie, le passa et sortit. Il s'arrêta sur le trottoir devant la porte vitrée de l'immeuble et constata que le temps était radieux, malgré le froid de mars. Il resserra les revers de son col et traversa la rue en direction du commissariat.

Tarquet lui avait déjà proposé cette protection rapprochée. L'affaire Pontaulion était notoirement sensible. À deux reprises, des groupes hostiles de manifestants, parents des victimes, amis de la famille, membres d'associations pour la défense de l'enfance, adeptes de la peine de mort ou simples soutiens, étaient venus hurler leur colère devant le tribunal lors des audiences du tueur en série pédocriminel. Claudel savait que les Renseignements avaient infiltré un de leurs agents dans ces groupes, mais à ce jour, l'identité du corbeau restait secrète. Véronique avait raison. S'il refusait d'abdiquer face à la menace, il devait accepter de protéger les siens.

Claudel fut tiré de ses pensées par le vrombissement aigu d'un moteur. Il eut à peine le temps de tourner la tête qu'une fourgonnette le percuta à pleine vitesse. Le temps suspendit son vol, mais pas celui de Claudel, qui tournoya un instant dans l'air avant de s'écraser au sol dans un craquement humide. Le van poursuivit sa route et disparut au coin de la rue. Des badauds accoururent pour porter secours à cet homme qui ne bougeait plus, certainement parce que son corps et ses jambes formaient un angle peu naturel. La stupéfaction fut grande quand on vit la chaussée se couvrir de sang.

— Il ne s'est même pas arrêté, s'indigna l'un.

— Il l'a fait exprès, c'est sûr, affirmait l'autre.

— Il fixait ses pieds ! Il faut faire attention quand on traverse, expliqua un tiers.

— J'ai appelé les pompiers. Ils sont en route.

Les bavardages entourèrent le corps jusqu'à ce qu'un cri impose le silence. Les regards convergèrent vers une haute fenêtre de l'immeuble où une femme hurlait le nom de son mari.

30

Lorsqu'il revint au Bastion, Starski trouva Chen affairée à son bureau. Toujours habillée de noir, la lieutenante contrastait avec la blancheur des nouveaux locaux, ce qui n'était pas pour rassurer ceux qui la croisaient.

— Évidemment, le type qui nous a tiré dessus n'a pas attendu les collègues sur place. Il s'est volatilisé. Une voisine a pu faire une description, mais… Elle n'avait pas ses lunettes.

Chen leva vers lui un regard froid.

— OK. J'ai déconné. Je t'ai court-circuitée. Excuse-moi.

— Je ne suis pas très forte en pardon. Et je n'ai pas spécialement l'intention de le devenir. Sinon, j'aurais fait nonne…

Starski soupira. Il attrapa la chaise devant lui et s'y installa.

— C'est une personne importante pour moi. Elle vient de se faire tirer dessus.

— Elle était donc en sécurité au Bastion, répliqua Chen.

— On ne va pas garder les gens en garde à vue pour leur sécurité, Yvonne ! Quelqu'un l'attendait à sa sortie et nous a suivis. Ou l'attendait chez elle, je ne sais pas.

— Et là, elle est seule chez toi ?

— Personne n'ira la chercher dans mon appartement.

— Tu sais que tu es complètement en dehors des clous ?

— C'est là que j'habite en ce moment : en dehors des clous.

— Si la juge a vent de cette histoire, ce sera la Santé, ta nouvelle adresse.

— Tu m'étonnes... Bon. On s'est plantés, d'accord. Et principalement à cause de moi, d'accord. Il faut qu'on reprenne tout depuis le début, parce qu'on n'a pas avancé d'un pouce dans cette affaire.

— Oh si ! On a écarté Chloé de Talense de la liste des suspects. C'est déjà bien. Et on sait maintenant qu'il y a au moins deux tueurs, et non un... une. En étudiant le bornage du téléphone de Cavicci, on voit qu'il a suivi quelqu'un toute la nuit qui a précédé sa mort, jusqu'au petit matin où il s'est retrouvé dans un appartement avec le cadavre de Vankleber. Vankleber ayant été tué plus tôt, on doit conclure qu'il a été abattu par une autre personne que celle que suivait Cavicci.

— Bien vu. D'autant qu'on sait qu'une jeune femme est dans le coup, et que dans la rue, tout à l'heure, c'est un homme qui a ouvert le feu sur nous...

— On a affaire à des professionnels, Paul. Et je doute qu'ils ne soient que deux. En tout cas, ils ont mis en scène l'assassinat d'un flic et d'un chef d'entreprise et ont essayé de faire porter le chapeau à l'héritière. Quand ils ont compris qu'ils avaient échoué – au moment où on a relâché Chloé de Talense –, ils sont passés à une méthode plus expéditive.

— L'exécution en pleine rue, compléta Starski.

— Et ce n'est pas ta porte qui les arrêtera s'ils découvrent où elle se cache.

— Comment pourraient-ils le savoir ?

— Ils ont des yeux, Paul. Ces yeux sont sur toi. Et ils sont nombreux.

Le portable du commissaire sonna. Il décrocha.

— Lui-même. Oui. Non, je n'ai pas pris de décision. Demain soir, très bien. Oui, oui, je vous rappelle…

Il raccrocha.

— FamilyVets, les urgences vétérinaires. Ils veulent savoir ce que j'ai décidé de faire de la dépouille d'Albus. Je préférais attendre le retour des filles pour qu'elles soient présentes, mais…

— Tu les as prévenues ? interrompit Chen.

— Non, pas encore. Je n'ai pas trouvé le temps. Je veux dire, le bon moment. Évidemment, ils me rappellent pour que je me décide : enterrement ou crémation. C'est la deuxième fois qu'ils me relancent. Il leur faut la réponse avant demain soir et j'ai l'impression que tous les employés me téléphonent à tour de rôle… Bref. Qu'est-ce qu'on disait ?

— Ils sont nombreux.

Starski porta la main à sa barbe et poursuivit :

— Ils sont nombreux… Les employés… à tour de rôle ! Tu avais raison ! Tu te souviens de ce que tu me disais ? Tu as dit qu'on ne pouvait pas faire disparaître les employés d'une entreprise en un claquement de doigts ! Tu sais pourquoi ceux de Biotech se sont volatilisés en quelques heures ? Parce qu'il n'y avait pas d'employés à ce rendez-vous : Chloé s'est retrouvée au milieu d'une équipe de tueurs professionnels qui lui ont joué une pièce de théâtre pour la priver de tout alibi. Et nous, on a gobé.

Chen réfléchit un instant sur l'enchaînement chaotique des pensées de son collègue.

— OK… Mais qu'est-ce qu'ils veulent ? demanda-t-elle.

— Si l'objectif est bien le contrôle de Talense & Vankleber ou encore, comme on l'a supposé, une vengeance liée à des faits qui se sont produits en Afrique du Sud durant l'apartheid, on peut penser que ces types sont des barbouzes en mission.

— Il y a cette histoire de poussière de diamant aussi…

Devant l'incompréhension de son collègue, Chen s'expliqua.

— La légiste a trouvé de la poussière de diamant sur la peau de Vankleber, sur ses mains. Je te l'ai dit mais tu ne pensais qu'à libérer Chloé…

— Il serait impliqué dans un trafic de diamants ?

— L'Afrique du Sud est un gros producteur, si je me souviens bien… Alors pourquoi pas ?

Starski soupira.

— Bon, on va se recentrer sur ce qu'on a, parce que là…

— Pour l'instant, on peut remonter la piste de Cavicci, rétorqua la lieutenante. J'ai repéré l'hôtel où il est descendu, dans le XIVe. Et je crois aussi que j'ai l'adresse de la personne qu'il suivait : la Maison Souquet, un hôtel dans le IXe. C'est à deux pas de notre scène de crime. Il faudrait qu'on y passe avec le portrait-robot. J'ai prévenu Orteuil à l'IJ, ils vont contacter Dubreuil, la serveuse du rez-de-chaussée, pour prendre rendez-vous. On aura ça en fin d'après-midi.

— On n'a pas de temps à perdre. Cavicci a dû laisser des affaires derrière lui, peut-être des dossiers, des carnets… On peut espérer que ces types, peu importe leur nombre, ne l'ont pas logé. On va commencer par là.

— D'autant qu'ils lui ont laissé ses clés, avec un gros porte-clés au nom de l'hôtel.

— Bon… On ira ensuite voir à la Maison…

— Souquet.

— … pour savoir qui Cavicci filait cette nuit-là. S'il y a encore quelqu'un sur place après un double meurtre, ce qui me paraît très improbable, et si c'est notre tueuse qui y est descendue… On montrera une photo de Chloé, suggéra Starski. Elles se ressemblent, autant que ce soit un avantage aussi pour nous !

Il se leva. Chen l'imita.

— OK. Et si ce n'est pas elle, Paul, que Cavicci suivait ? On va trouver qui à cet hôtel ?

Starski fit la grimace comme s'il s'en voulait de réfléchir si mal, si lentement.

— Si tout ce qu'on vient de se dire est exact, Yvonne, alors on peut d'ores et déjà faire le compte : Chloé affirme avoir rencontré trois personnes à son rendez-vous chez Biotech : une femme à l'accueil, un vieux bonhomme aux cheveux blancs et un jeune type, la trentaine. La femme de l'accueil serait celle qui a été vue par Dubreuil. Le jeune type serait celui qui a essayé de nous descendre il y a une heure. Quant au vieux…

Chen avait sa face de pierre, ce qui n'était jamais bon signe.

— Tu as noté les noms ? reprit Starski.

— Oui. Attends…

Elle ouvrit un dossier, en sortit la déposition de Chloé de Talense et la parcourut.

— Thibault Ziffoni ! Un trentenaire, brun, hirsute.

— Et qui tire dans la rue… Vas-y, aiguillonna le commissaire. On a quoi au fichier ?

Chen se détourna vers son écran et interrogea l'ordinateur.

— Rien. Pas de Ziffoni. Ni avec un s ni avec un z ni deux…

— Merde. Et Albert Lectonson ?

— Non plus.

— Ç'aurait été trop simple, évidemment. Ils doivent utiliser de fausses identités…

— Mais ce n'est déjà pas mal, Paul. En moins d'une heure, on est passé de un à trois tueurs, une équipe qui travaille ensemble et individuellement… On a mis les pieds dans un vrai nid de frelons. Et ce nid de frelons a une adresse dans le IXe…

— Allez, en route ! Voyons d'abord ce que Cavicci nous a laissé à son hôtel. Ensuite nos tueurs… S'ils travaillent aussi en électrons libres, chacun ayant sa mission, on peut se demander, après la jeune femme et le jeune homme, où va frapper le vieux…

31

Devant la glace de sa salle de bains, repassant son eye-liner, Pauline Dubreuil repensait aux dernières vingt-quatre heures qu'elle venait de vivre : la jeune femme mystérieuse en hauts talons, les coups de feu, les allées et venues de la police, les cadavres dans leurs housses mortuaires, son interrogatoire par les officiers de la brigade criminelle, l'identification d'un suspect à travers la vitre teintée… tous les ingrédients d'un vrai polar. Elle tenait là de quoi égayer le service et était très excitée à l'idée de raconter les récents événements à sa copine et collègue Maria ; elle n'en reviendrait pas. Et sa visite au nouveau 36 ! Et le flic qui devait passer cet après-midi faire le portrait-robot de la suspecte : elle avait même un *cliffhanger* et une suite à raconter au service du soir ! Elle se surprit à sourire. La mort, quand même, avait de bons côtés, surtout celle des autres.

On sonna à la porte. Elle quitta la salle de bains, vint jeter un coup d'œil par le judas et lança un oui interrogatif. Un homme d'un certain âge portant un chapeau de feutre clair et un long manteau gris se tenait là, immobile, de profil, guettant une présence derrière la porte, un attaché-case au bout du bras. Lorsqu'il entendit le « oui ? », il se découvrit, révélant une fine chevelure blanche.

— Madame Dubreuil ?

— Oui, répondit-elle en ouvrant la porte, croyant déjà deviner à qui elle avait affaire.

— Bonjour, madame, c'est bien vous qui étiez dans les bureaux de la brigade criminelle il y a une heure à peine ?

Il tourna son visage vers elle et elle remarqua avec un tressaillement l'épaisse balafre rose qui lui coupait l'autre profil en deux. Et l'œil blanc qui se posa sur elle. Elle s'efforça de sourire.

— Oui, c'est moi.

— Ah, je suis chanceux. En partant du bureau, j'ai oublié mon téléphone avec vos coordonnées et les détails de l'affaire. Je suis le commandant Bouvier. Vous savez pourquoi on m'envoie ?

— Vous venez pour le portrait-robot ?

À son tour, l'homme sourit à pleines dents, ce qui fit onduler l'horrible cicatrice.

— Tout à fait ! Puis-je ? interrogea-t-il en montrant l'intérieur de l'appartement du bout de son chapeau.

— Bien sûr.

L'étudiante s'écarta et laissa entrer le vieil homme. Il marchait assez lentement et elle se demanda quel âge il pouvait avoir. Elle referma la porte.

— Je ne vais pas avoir beaucoup de temps, ce matin. Je travaille à midi. La policière… la lieutenante Chen que j'ai vue m'avait annoncé que vous m'appelleriez pour qu'on se retrouve dans l'après-midi.

— Ah, je suis navré de ce quiproquo. Personne ne vous a prévenue ? C'est bien leur genre… On m'a contacté en urgence et j'ai quitté mon bureau sans mon téléphone ! Je suis vraiment confus. Pouvons-nous nous asseoir ?

Pauline Dubreuil hésita.

— C'est que… Je pars d'ici une trentaine de minutes environ…

— Il nous en faudra à peine dix ! assura-t-il, en retirant son manteau.

Il portait un costume gris clair et une chemise blanche sur laquelle se tortillait une cravate rouge. Il tira une chaise et s'y installa.

— Je vous en prie, dit-il en invitant son hôtesse à s'asseoir.

Elle obéit.

— Alors, je vous écoute.

— Eh bien… Vous n'avez pas d'ordinateur ?

— Non, je travaille à l'ancienne, mademoiselle. Je suis un vieil homme. Je passe à l'ordinateur de retour au bureau. Dites-moi tout ! plaisanta-t-il.

— OK… Donc la femme que j'ai vue hier matin était plutôt jeune. La fin de la trentaine, je dirais. Plus jeune que celle que j'ai dû identifier au Bastion, qui lui ressemblait, mais… Des cheveux châtains mi-longs. Des pommettes hautes et des yeux… un peu en amande, vous voyez ?

Le vieil homme posait sur elle un regard encourageant et intense.

— De quelle couleur, les yeux ?

— Je n'ai pas vu. Je l'ai observée par l'œilleton. Et il faisait sombre. Peut-être clairs, bleus ou verts… Je ne sais pas.

— D'accord.

— Elle avait des lèvres assez… comment dire ?

— Fines ? Épaisses ?

— Plutôt épaisses. Et très rouges. Elle était maquillée. D'ailleurs je pense que ce maquillage avait pour but de la vieillir un peu, vous voyez ?

— Parfaitement.

Pauline Dubreuil continuait de dévisager le vieil homme. Il lui sembla soudain qu'il connaissait les réponses à ses questions, mais cela n'avait pas de sens.

— Excusez-moi de vous demander ça, mais avec ce froid… Vous n'auriez pas un petit café, s'il vous plaît ?

— Désolée, non. Je n'en bois pas, répondit-elle un peu sèchement.

Il n'insista pas.

— Son nez ? reprit-il.

— Plutôt… retroussé mais pas trop. Un nez très fin. Tout son visage était très fin, en fait. Elle était très belle…

Le commandant Bouvier ouvrit son attaché-case posé à ses pieds. Il en sortit un petit catalogue à la couverture glacée.

— Vous diriez qu'elle faisait quelle taille, madame Dubreuil ?

— Je ne sais pas. Ma taille ? Un mètre soixante-dix, soixante-quinze…

Il approuva de la tête et se leva.

— C'est parfait. Vous avez une incroyable mémoire photographique, vous savez ?

Elle sourit, flattée.

— Oui, il paraît ! Je retiens facilement les visages… alors qu'avec les noms, c'est une autre histoire !

— Un remarquable sens de l'observation. Vous chassez ?

La question la troubla.

— Chasser des animaux ? Non, non. Jamais.

— C'est dommage. Vous devriez essayer. Vous avez l'œil aiguisé du piqueur.

— Ah.

— C'est dommage, répéta-t-il.

Il ouvrit la petite brochure.

— Je vais vous montrer un document que nous utilisons pour établir des types de visages. J'aimerais que nous le regardions ensemble et que vous le commentiez pour moi. Et nous en aurons fini.

Il déposa le document devant elle et se plaça à côté d'elle.

— Allez-y, je vous prie. Dites-moi tout ce qui vous vient.

Pauline Dubreuil examina la couverture. Le document ressemblait à une publicité, à un prospectus. Elle fronça les sourcils, ouvrit le livret et découvrit des photos de mode, de femmes habillées selon les dernières tendances du chic. Il s'agissait effectivement d'une publicité pour une marque connue de vêtements féminins. Comment les enquêteurs pouvaient-ils travailler avec un truc pareil ?

Elle allait poser la question lorsqu'elle sentit une cordelette enserrer son cou, une lanière qui écrasa tout à coup sa gorge et bloqua sa respiration. Elle se débattit, tenta de passer les doigts sous le filin si fin, dans un effort si vain. Le sang comprimé dans son visage déforma ses traits, gonfla ses veines et ses joues. Son pouls martela ses tempes de plus en plus fort, de plus en plus vite. Ses yeux exorbités se lézardèrent de mille filaments rougis et commencèrent malgré elle à pleurer, saccageant son maquillage, un eye-liner qu'elle essayait pour la première fois et qui devait maintenant laisser une traînée noire sous son œil, sur sa joue ; on pense à des choses bizarres quand on meurt. Elle aurait pu se dire qu'à son tour, elle devenait l'ingrédient d'un vrai polar et que Maria, sa collègue serveuse, n'en reviendrait décidément pas. Mais on ne choisit pas ses dernières pensées, parce que, à l'heure de mourir, on n'a plus aucun choix.

La mort, c'était quand même mieux quand c'était celle des autres.

Elle sentit le garrot se resserrer encore et entendit dans sa gorge des grognements inconvenants à mesure que sa langue bouffie de sang saillait en avant, hors de sa bouche. Ses yeux se révulsèrent. Ses doigts pianotèrent encore un instant sur son cou puis ses bras retombèrent lourdement quand la vie la quitta, abandonnant un corps mou ici-bas.

32

En fait d'hôtel, le Enjoy Hotel était plutôt une pension familiale. L'immeuble crème était niché entre un petit restaurant italien et une épicerie fermée. Les lampions et les bacs à fleurs qui ornaient l'entrée rehaussaient son cachet populaire et, à en juger par la carte affichée sur la porte, c'était l'un des derniers endroits à Paris où l'on pouvait trouver une chambre à 40 euros. Derrière la façade délavée, la porte vitrée coulissante révélait un endroit plein de charme.

Le hall était vide. Les deux officiers s'approchèrent d'une table qui servait visiblement de comptoir d'accueil. Un registre y était ouvert, où Starski trouva sans peine le nom de Cavicci, occupant de la chambre 22.

Personne ne vint. On entrait et sortait sans contrôle, au Enjoy Hotel. Les deux flics patientèrent un peu, tournant en rond, puis Starski actionna, quand il la vit, une petite sonnette qui trônait sur la table. Une femme d'une cinquantaine d'années portant un tablier du même âge apparut.

— Pardon, j'étais à la cuisine. Bonjour, monsieur-dame.

— Bonjour, madame. Brigade criminelle, dit Chen en montrant sa carte. Nous souhaiterions visiter la chambre de M. Cavicci.

— M. Cavicci ? Je ne sais pas s'il est là.

— Je vous garantis qu'il n'est pas là, répliqua Chen sans sourire.

La gérante ne comprit pas.

— C'est au deuxième, la chambre 22.

— Bien. Allons-y, coupa Starski. Commissaire Starski, se présenta-t-il aussi.

— Starski ?

Le commissaire soupira et sourit.

— Oui.

— Vous êtes certainement trop jeune pour le savoir, mais il y avait une série américaine dans les années 1980…

— Ah oui ? abdiqua-t-il.

— Oui. Avec un commissaire Starsky.

— Avec un « i » ? demanda-t-il innocemment.

— Ah… je ne sais pas.

— Allons-y, trancha Chen, que son chef n'amusait pas.

La gérante saisit une clé dans son tablier et ouvrit la marche vers un escalier.

— M. Cavicci n'est pas rentré de la nuit, je crois.

— Je crois aussi, insista Chen.

La gérante conduisit les deux flics à l'étage, en racontant ce qui lui semblait important, sans attendre de questions.

— Il est arrivé il y a trois jours. Il rentre tard en général. Il n'a pris aucun de ses repas à l'hôtel. Un monsieur très bien. Un collègue à vous. Policier. De Marseille, avec un accent du Sud ! acheva-t-elle dans une dernière rafale.

Ils parvinrent devant la chambre 22. Starski colla son oreille à la porte, qui s'ouvrit légèrement : la serrure avait été forcée. La gérante laissa échapper un petit cri. De concert, les deux flics tirèrent leur arme. D'un doigt, Starski pria la propriétaire de se taire et de retourner à l'escalier, ce qu'elle fit en trottinant, apeurée. Puis les deux officiers se positionnèrent de chaque côté de la porte, et Chen la poussa. L'intérieur avait été totalement retourné, quasiment mis à sac. Des vêtements, tiroirs, cintres, draps jonchaient pêle-mêle le sol et le lit. Ils entrèrent et parcoururent rapidement la chambre et la salle de bains.

— Tout a déjà été fouillé, ici, Yvonne. On ne trouvera plus rien. On s'est fait prendre de vitesse. Ils n'ont pas eu besoin de piquer la clé de sa chambre sur son cadavre parce qu'ils ont dû passer bien avant sa mort, pendant qu'il faisait sa filature dans Paris…

— Viens voir, appela Chen depuis la salle de bains.

La baignoire était pleine d'eau et de mousse. Par endroits surnageaient des morceaux de papier, des restes de feuilles, de dossiers. Chen tendit une main pour tenter de sortir quelque chose, mais Starski arrêta son geste, lui indiqua le lavabo d'un coup de menton : une bouteille de javel, une autre de déboucheur à la soude reposaient là, vides et écrasées.

— Celui qui a fait ça a trouvé ce qu'il cherchait et l'a détruit. Certainement les dossiers de Cavicci. Il les trimballe avec lui depuis des lustres, ces chaînes, ces fantômes, ses obsessions.

— Il en est mort, agréa Chen, sans émotion.

Starski attrapa le pommeau de douche et tenta d'écarter la mousse. Dans l'eau noircie par l'encre flottaient des lambeaux de papier délavé, blanchis de leurs secrets, à tout jamais illisibles, que le passage du pommeau acheva de disloquer.

— Merde ! grogna le commissaire.

Ils examinèrent la chambre sens dessus dessous, mais n'y trouvèrent rien. Un petit lecteur de cassettes antique trônait sur la table de nuit. Starski appuya sur la touche « PLAY », redoutant un peu d'entendre beugler des cors, mais il fut accueilli par une envolée de violons, puis un chœur enchaîna.

— M. Cavicci est un grand amateur d'opéra, expliqua la gérante dont le visage parut dans l'encadrement de la porte. Il écoutait sa musique en boucle, toujours le même passage. Un soir, j'ai même dû lui dire de baisser… Mais il m'a dit d'écouter au lieu de me plaindre… Parce que c'était… Quelque chose en rapport avec la folie… Non ! La furie ! C'est ça : *La Danse des Furies* !

Starski arrêta le lecteur et sortit la cassette : *Orphée et Eurydice* de Gluck. On était très loin du cor de chasse. Il déposa la cassette.

— Bon. On a fini ici, Yvonne.

Ils quittèrent la pièce et rejoignirent la tenancière dans le couloir.

— Une équipe va venir pour récupérer les affaires de M. Cavicci, expliqua Starski.

Elle approuva sans comprendre.

— Il ne repassera pas ?

— Non. Jamais, répondit Chen. Vous avez un parking ?

— Oui.

— Est-ce qu'on peut voir la voiture de M. Cavicci ?

— Il n'a pas de voiture. Il est arrivé à pied.

— Ah. Merci, conclut Starski. Nous n'allons pas vous ennuyer plus longtemps. Ne touchez à rien dans la chambre.

Les deux flics dévalèrent l'escalier et se retrouvèrent dans la rue.

— Quelle voiture ? demanda Starski.

— L'IJ nous a renvoyé son portefeuille, une clé d'hôtel et des clés de voiture.

Elle les sortit de sa veste.

— Je pensais qu'elle serait garée dans le parking de l'hôtel.

— Bien vu. On doit découvrir où il a planqué cette bagnole, c'est peut-être le dernier endroit où il gardait des affaires. Tu as la carte grise ?

— Non. J'ai laissé son portefeuille au bureau.

— Bon. On y va, lança Starski en montant dans la BM. Autant je pensais qu'on trouverait des infos chez Cavicci, autant je ne me fais guère d'illusions quant à notre prochaine destination…

— La Maison Souquet. Ne manquerait plus qu'on tombe sur la tueuse et ses acolytes…

33

Phase 15 – Le relancer à vue : les chasseurs font repartir un gibier arrêté et rameutent les autres chasseurs à sa poursuite.

Dans la BMW qui filait sur l'avenue de Clichy, Chen bataillait avec l'ordinateur portable qu'elle avait emporté. Elle avait à regret laissé le volant à son chef, mais comptait bien reprendre les commandes dès que possible.

— Il faut que tu me donnes ton code de messagerie.

— Mon mot de passe ?

— Oui. Celui de ta messagerie pro. J'ai ton login, mais pas ton mot de passe.

— C'est… *florence2013*. Tout attaché. En minuscules.

Chen ne releva pas. Le prénom de sa femme et certainement l'année de leur mariage.

— Voilà. On aura les messages sans avoir à repasser au bureau. Pourquoi tu n'as pas tes emails sur ton téléphone ?

— J'ai désinstallé l'appli. Je rentrais chez moi, mais je ne quittais plus le boulot, alors Florence… J'ai désinstallé l'appli. À la place, je suis resté au boulot, toujours plus tard. Quel connard ! Florence m'a ramassé en miettes quand Chloé est partie. Elle m'a sauvé la vie et j'ai tout foutu en l'air…

Chen préféra se taire parce que chacune de ses questions était un clou enfoncé dans le cœur de son collègue.

Ils parvinrent bientôt au 10 rue de Bruxelles dans le IXe, devant la façade claire de la Maison Souquet dont la porte coulissante en verre fumé était encadrée par deux lanternes rougeoyantes. Une plaque sur le mur annonçait les cinq étoiles de l'établissement et un cordon de sécurité interdisait le stationnement sans l'accord du portier en costume. Starski descendit sa vitre, tendit sa carte de police et le cerbère libéra un espace le long du trottoir.

Les deux flics entrèrent dans le hall de l'hôtel et en prirent plein la vue. Le sol de marbre brun veiné de blanc contrastait avec les colonnes mauresques vert et or qui ornaient les murs et le plafond, démultipliées à l'infini par une myriade de miroirs. De larges tentures de velours carmin tombaient des hauteurs pour épouser d'amples fauteuils et canapés. On se serait cru transporté dans un palais lointain de Turquie ou d'Iran à l'ère des sultans et de Pierre Loti. Une jeune femme élégante les salua derrière le comptoir de l'accueil et les deux policiers revinrent dans le réel.

— Bonjour, madame. Police. Commissaire Starski. Lieutenante Chen. Nous souhaiterions savoir si cette personne a séjourné ou séjourne encore dans votre hôtel.

Il manipula son téléphone et tendit l'écran. La réceptionniste sembla embarrassée.

— Je vais appeler mon superviseur.

— Pourquoi ? demanda Chen.

— Je ne sais pas si je peux…

— Si vous pouvez quoi ? interrompit Starski.

— Je vais le prévenir. Je suis juste stagiaire. Mon superviseur pourra répondre à vos questions.

En un instant, elle se détourna et partit chercher quelqu'un, plantant les deux flics. Chen secoua la tête.

— Tu dirais « brigade criminelle », ils répondraient tout de suite à nos questions.

— Yvonne, arrête. Elle ne sait pas ce qu'elle peut dire à la police et se tourne vers son supérieur. Rien d'anormal là-dedans.

— C'est une enquête de la brigade criminelle, elle répond aux questions, c'est tout, qu'elle soit stagiaire ou archiduchesse.

Un homme d'une quarantaine d'années, coquet et distingué, parut, accompagné de la jeune femme. Chen le trouva charmant. Et propre.

— Bonjour madame, monsieur. Je suis Benoît, le directeur adjoint, annonça-t-il d'une voix chantante. Monsieur le directeur est absent, mais je serais ravi de pouvoir vous renseigner. En quoi puis-je vous aider ?

— Brigade criminelle, Benoît, intervint Chen. Nous cherchons à savoir si vous avez vu cette personne.

Starski soupira et tendit son téléphone.

— Cette dame ressemble à l'une de nos clientes, en effet.

— Est-ce qu'elle est toujours chez vous ?

— Tout à fait. Mme Garado a réservé une chambre en suite pour quatre nuits, elle est donc avec nous pour deux nuits encore.

— Mme Garado a-t-elle un prénom ? Vous avez vu une pièce d'identité ?

— La loi nous y oblige. Un instant, je vérifie… Voilà : Mme Melissa Garado.

— Melissa Garado, répéta Chen. Est-ce qu'elle est là en ce moment ?

Le superviseur se tourna vers sa stagiaire, qui enchaîna :

— Mme Garado est sortie vers 8 h 30. Mais elle n'a pas emporté ses bagages ni prévenu de son départ.

— Bien. Nous allons voir la chambre, alors... annonça Starski.

— Bien, répondit le directeur adjoint, laconique.

Il prépara une carte magnétique puis entraîna les enquêteurs vers la suite.

— Il faudrait que votre stagiaire nous accompagne. Nous avons besoin de deux témoins pour la perquisition, c'est la procédure.

— Nous demanderons à l'une de nos employées de chambre, à l'étage. Estelle doit s'occuper de l'accueil.

Les deux flics approuvèrent.

— Pouvez-vous nous appeler dans la chambre si Mme Garado arrive entre-temps ? la pria Starski.

La réceptionniste acquiesça. Ils empruntèrent alors l'ascenseur jusqu'au deuxième étage puis remontèrent dans un silence pesant un long couloir aux lumières tamisées, tapissé d'une épaisse moquette grenat. Ils s'arrêtèrent devant une chambre ouverte. Le directeur adjoint pria une certaine Anna de les accompagner jusqu'à une autre porte. Il allait y frapper lorsque Starski interrompit son bras.

— Nous allons prendre la suite, dit-il en dégainant son arme.

Benoît obtempéra sans broncher et recula avec son employée.

Le téléphone de Starski sonna tout à coup. Il le sortit de sa veste en maugréant, lut le prénom de sa femme sur l'écran, grogna et éteignit l'appareil avant de l'empocher.

— Allons-y, conclut-il.

La serrure grésilla et la porte s'ouvrit dans un léger claquement. Les deux flics inspectèrent les trois pièces en quelques secondes, il n'y avait personne. Dans le décor somptueux de cette suite orientale, des vêtements de femme paressaient ici et là, nonchalamment étendus sur le lit, une chaise, un banc. Le sol était jonché d'affaires personnelles, le lit encore défait.

— Mme Garado m'a demandé de ne pas faire sa chambre de tout son séjour, se défendit Anna.

Le directeur adjoint grimaça.

— Ni le lit ni la salle de bains ?

— Non. Jamais. Mme Garado me l'a expressément ordonné dès son arrivée.

Les deux flics passèrent des gants et ouvrirent les tiroirs et placards de la chambre : d'autres vêtements de marque, des chaussures, un coffre-fort... Dans la vaste salle de bains, Chen détailla les abords du lavabo, de la baignoire. Elle sortit un sachet et lança assez fort à l'attention des deux témoins :

— Je prends cette brosse à dents.

De son côté, Starski examinait le bureau. Il ensacha un stylo abandonné près d'un petit livret élégant. Sur la couverture en daim apparaissaient les mots « Les chasses du Grand Veneur – carnet de chasse », en délicates lettres d'or calligraphiées, tout en pleins et déliés. Il l'ouvrit et tomba sur un sommaire, qu'il parcourut.

La Chasse du Grand Veneur

Phase 1 – L’assemblée	p. 424
Phase 2 – L’appât	p. 11
Phase 3 – Le leurre	p. 14
Phase 4 – Le réveil	p. 57
Phase 5 – La recherche	p. 71
Phase 6 – Le rapport	p. 84
Phase 7 – Le départ	p. 89
Phase 8 – La chasse	p. 101
Phase 9 – Le débucher	p. 113
Phase 10 – Le laisser-courre	p. 118
Phase 11 – Le piège	p. 126
Phase 12 – Le change	p. 178
Phase 13 – Le requêté	p. 183
Phase 14 – La vue par corps	p. 189
Phase 15 – Le relancer à vue	p. 217
Phase 16 – Les abois	p. 251
Phase 17 – L’hallali	p. 329
Phase 18 – Les honneurs	p. 360
Phase 19 – La curée	p. 435
Phase 20 – La retraite	p. 442

— Qu’est-ce que c’est que ce truc ? grogna le commissaire.

Il feuilleta le carnet qui semblait quasiment vierge à l’exception de quelques titres, horaires, noms et lieux. Au hasard, Starski choisit une page et lut à haute voix :

— « Phase 4 – Le réveil : 05/03. 97 rue des Moines. 10 h 35. »

— L’adresse, c’est notre scène de crime, commenta Chen qui venait d’approcher.

— Oui. Hier, à 10 h 35, on avait réuni tous les

services : l'IJ, le légiste, la PJ… Même le substitut était là…

— Mais pourquoi « Le réveil » ? reprit la lieutenante.

— D'après le sommaire, le réveil est la « sonnerie annonçant le début de la chasse ».

— La chasse ?

Starski tourna quelques pages.

— « Le débucher », « Le laisser-courre »… ce sont des noms d'étapes d'une chasse, mais qu'est-ce que ça veut dire ?

Il s'arrêta soudain.

— « Phase 11 – Le piège : 05/03. 19 h 30. Rue du Bastion. CdT. »

— Quel piège ? Il s'est passé quoi à 19 h 30 ? demanda Chen.

— Je ne sais pas, mais toutes ces « phases » confirment qu'il s'agit d'un coup monté dont le but est de se débarrasser de Chloé. Regarde son nom revient… « CdT » ! Regarde ! « Phase 7 – Le départ : 05/03. 4 rue Murillo. CdT » ! « Phase 9 – Le débucher », et là, « le Bosquet » !

— Elle est suivie en continu depuis hier matin, comprit Chen.

— Merde !

Starski ensacha le carnet et saisit son portable. Il souffla de soulagement lorsqu'il entendit la voix de Chloé de Talense.

— Tout va bien, Chloé ?

— Oui, oui. J'essaye de dormir un peu. Et toi ? Tu as l'air inquiet…

— Non, je… je voulais juste m'assurer que… Je te rappelle.

— OK. Tout va bien. À tout à l'heure. Je t'embrasse.

— Moi aussi, je… Moi aussi. À tout à l'heure.

Il raccrocha.

— Ils n'ont pas pu nous filocher dans le trafic. Ils ne peuvent pas savoir…

— … où tu habites ? acheva Chen. S'ils la suivent depuis deux jours, ils nous ont vus, nous ont identifiés. Il faut la déplacer.

— Tu as raison. Mais on finit ici : tu appelles le central et tu leur demandes d'envoyer en urgence des gars en civil pour intercepter Melissa Garado à son retour. Tu leur dis bien que c'est urgent !

— Je m'en occupe.

— Benoît, ouvrez le coffre-fort, s'il vous plaît.

Le directeur adjoint sortit un trousseau de clés. Il déverrouilla le petit boîtier de métal. Starski regarda à l'intérieur, tira un nouveau sachet plastique de sa poche et retira du coffre un pistolet automatique. Un Vektor.

— Notez que nous avons trouvé ceci, Benoît, Anna.

Il ensacha le flingue. Le coffre contenait également un passeport et un CD : « Les chasses du Grand Veneur ». Starski s'en saisit du bout de ses doigts gantés et balaya la pièce du regard.

— Il y a une chaîne stéréo dans la suite ?

— Bien sûr, s'empressa de répondre le directeur adjoint. Dans toutes les chambres de notre établissement. Le lecteur se trouve sous l'écran plat, dans le meuble.

Starski alluma l'appareil. Une inscription sur le disque annonçait « Les chasses du Grand Veneur – Le relancer à vue. MK ». Il le montra à Chen qui, son téléphone à l'oreille, lui renvoya un regard froid. Alors, il l'enfourna dans l'appareil et pressa le bouton « PLAY ». Dans l'instant, une fanfare de cors de chasse emplit la pièce, tonitruants et lancinants, électrisants et exaltants.

Starski accéléra la musique plusieurs fois, mais n'y trouva aucune voix.

Il récupéra le CD, le mit dans un sachet, puis jeta un coup d'œil au passeport dont la couverture d'un vert profond était, tout comme le carnet, barrée de lettres d'or : « *Republic of South Africa* ». Un aigle à couronne y déployait ses larges ailes. Il appartenait à une certaine Melissa Garado, née à Pretoria. Le document avait été délivré quelques mois plus tôt. La photo était celle de Chloé de Talense. Mais, à y regarder de plus près, des différences étaient visibles pour qui connaissait Chloé, la connaissait vraiment.

Les employés de l'hôtel s'étaient laissé abuser par la ressemblance entre les deux femmes, comme d'autres avant eux.

Il montra le document à Chen qui secoua la tête de dépit, couvrit le micro de son combiné et lui glissa :

— Tout le monde reconnaît Chloé, avant de changer d'avis ! mais Melissa Garado ? Au moins, on a un nom !

Si elle existait…

Starski pesta et rangea le passeport avec le CD.

Tandis que Chen achevait de convoquer une équipe à la Maison Souquet, les sommant d'être aussi rapides que discrets, Starski inscrivit à la hâte sur le bloc-notes de la chambre les détails de la perquisition et de leurs découvertes en énumérant les objets emportés. Il fit signer les deux employés.

Une demi-heure plus tard, sans qu'on ait vu paraître Melissa Garado, trois flics en civil prenaient la relève dans l'entrée de l'hôtel. Starski et Chen quittèrent l'établissement, rejoignirent la BMW et démarrèrent en trombe, écœurés d'avoir laissé le « gibier » sans protection.

34

— Ce sont des expressions de chasse… murmura Starski, penché sur l'ordinateur.

Au volant de la BMW noire, Chen se faufilait à vive allure dans le trafic parisien.

— Les mots du carnet, reprit-il. Rien que le titre sur la couverture : « Les chasses du Grand Veneur », le même que les CD. J'ai trouvé ça en ligne. Écoute : « Sous l'Ancien Régime, le Grand Veneur de France est un grand officier de la Maison du roi chargé des chasses royales. » Et aussi : « Le Grand Veneur, que l'on surnommait parfois Monsieur de Laforêt, est, dans certains folklores, un personnage d'un autre monde qui conduisait de vastes chasses spectrales, accompagné de ses chiens fantomatiques et de ses joueurs de cor »…

— Des chasses spectrales ? répéta Chen. On poursuit des fantômes maintenant ?

— C'est un vieux conte, mais peu importe. À l'intérieur du carnet, j'ai relevé le « débucher », le « laisser-courre »… Ce sont des termes de chasse à courre. J'ai un site spécialisé, là, qui explique toutes les expressions. Ce sont les étapes d'une chasse, du début à la fin. Les phases. Tout est planifié, Yvonne.

— La première phase, qu'est-ce que c'est ?

— « L'assemblée ». Attends…

Il se tourna vers l'écran et tapota le clavier de ses mains gantées de latex.

— « L'assemblée ou rendez-vous : lieu convenu où doivent se rassembler, avant la chasse, tous les participants. » Dans le carnet, il n'y a pas d'heure ni de lieu, mais c'est antérieur à « L'appât ». Il y a trois lignes : un blanc, puis 6 h 45 et 7 h 55.

— Ça pourrait correspondre aux heures des meurtres de Vankleber et de Cavicci.

— Tu as raison. Mais la première ligne ? Tu ne crois quand même pas qu'il y a un autre corps qui nous attend quelque part ?

— Aucune idée. Ensuite ?

— « Le leurre : CdT. 53 avenue Hoche. »

— Chez Biotech, commenta Chen. « CdT » pour Chloé de Talense. « Le leurre », c'est son faux entretien d'embauche dans une société fantôme, rendez-vous qui la privait d'alibi.

— Merde, souffla Starski. On se fait balader depuis le début. Et Chloé est la proie de cette chasse. Ils vont la tuer, après avoir tenté de la piéger, Yvonne.

— Il y a combien de phases dans le carnet ?

Starski le feuilleta jusqu'à la fin.

— Vingt. La dernière, c'est la retraite.

— Il y a une date, un lieu ?

— Non. Les informations sont ajoutées au fur et à mesure, on dirait. Ils doivent communiquer entre eux…

— Et à quelle phase on en est ?

Starski tourna quelques pages.

— La dernière phase complétée est la phase 13 : La requête. 10 h 10… Non. Il y en a une autre après : « Phase 14 – La vue par corps. CdT. 10 h 15. 4 rue Murillo. »

Starski se figea.

— C'est l'heure à laquelle on s'est fait tirer dessus dans la rue, devant chez Chloé ! « La vue par corps : le moment où le chasseur aperçoit l'animal levé par la meute. » Merde !

— L'animal ! La meute ! Ces types sont en pleine chasse à courre dans Paris, et Chloé est leur gibier, résuma Chen.

Pour la première fois, Starski crut deviner une stupeur dans la voix de sa collègue.

— Une chasse à l'homme, Yvonne.

— À la femme…

— Fonce !

Chen enfonça la pédale de l'accélérateur dans un claquement mat et le bolide bondit en avant, les plaquant aux sièges dans un rugissement de moteur, puissant et grave. Starski continuait d'éplucher le site de chasseurs.

— Merde. Les cors !

— Quels corps ? Vankleber et Cavicci ?

— Non, les cors de chasse. La musique dans l'appartement, rue des Moines. Et le CD de l'hôtel !

Chen afficha son visage de marbre, mais ses yeux s'agrandirent malgré elle. Starski cliqua de nouveau.

— Le site dit que les cors sonnent une mélodie différente pour chaque étape de la chasse. Ça sert à prévenir les chasseurs dispersés dans la forêt de ce qui se passe.

— Ils ne communiquent pas avec des CD de cors, quand même…

— Je n'en sais rien.

— Et le carnet de chasse ? Ça se trouve facilement, ce truc ? s'enquit Chen, toujours abasourdie.

— Il y en a en librairie ou en ligne. Tiens…

Il fit une pause sur un site de vente, et lut :

— « Ce carnet de chasse sera le compagnon idéal

de votre vie de chasseur. Vous pourrez y raconter vos rencontres avec le gibier, mais aussi les bons moments que vous aurez passés avec vos amis, vos collègues, vos chiens et vos chevaux, inscrire sur le papier les anecdotes et les bons mots qui auront émaillé ces journées pleines de rebondissements et d'ambiance. Étape après étape, vous pourrez détailler le déroulement de votre chasse, du rendez-vous à la retraite. Il sera le livre d'or des aventures que vous aurez vécues, le recueil de photos des paysages lointains que vous aurez explorés en France ou à l'étranger. Il contient pour chaque partie de chasse un tableau de chasse permettant de consigner le souvenir de vos exploits et, à chaque étape, une page pour noter vos observations et remarques ainsi qu'un espace pour coller vos photographies : scènes de chasse, portraits de vos amis, images de vos trophées. »

Il y eut un silence dans le véhicule.

— Mais c'est qui, ces tarés ? reprit Starski.

Il entra le nom « Melissa Garado » dans les fichiers de police, en vain, évidemment. Pourtant, le passeport existait bien : un vrai faux passeport…

— Ils ont chacun un pseudonyme et font partie du même groupe. On ne trouvera rien en ligne.

— Il y a aussi ce « MK » sur le CD, relança Chen. C'est peut-être leur signature, le nom de leur groupe. Orteuil a répertorié des dizaines de correspondances rien que sur Paris…

— Peut-être. La brosse à dents devrait nous donner un ADN. Le stylo, le CD et le carnet, des empreintes digitales. Il faut qu'on envoie ça en urgence à l'IJ.

— Il faut surtout mettre Chloé de Talense à l'abri, corrigea Chen. C'est notre priorité. Ensuite, on s'occupera d'eux.

— Tu as raison.

— Souvent. C'est quoi la prochaine étape ?

Starski reprit le carnet.

— « Phase 15 : Le relancer à vue. » Il n'y a pas d'heure, ni de lieu. « Sonnerie de trompe qui, après la vue par corps, sert à rameuter le reste de l'équipage, à la poursuite de l'animal levé. » Le CD !

— Tu peux ajouter « Maison Souquet. 12 h 45 », grinça Chen. Et la suivante ?

— « Phase 16 : Les abois. »

— « Un gibier aux abois est une bête qui tient tête aux chiens et qui est sur le point de succomber. »

— On y est presque…

Ils bifurquèrent dans la rue de Sofia et plantèrent la berline sur le bateau. Leurs flingues en main, ils jaillirent du véhicule et sonnèrent à l'interphone. Ils attendirent quelques secondes et sonnèrent encore, mais personne ne répondit.

— Merde !

Starski composa le code et poussa la lourde porte de son immeuble. Chen lui emboîta le pas jusqu'au deuxième palier. La porte de l'appartement était ouverte. Starski sentit le sang quitter son visage. Il l'écarta d'un coup d'épaule.

— Police ! hurla-t-il en entrant, son arme devant lui.

— Je prends à droite, lança Chen.

Ils progressèrent tous deux, enfilant les pièces, leurs flingues en avant. Mais Chloé était introuvable.

— Chloé ! s'égosilla Starski. Chloé !

Ce n'est qu'au troisième appel qu'elle lui répondit. Sa voix ténue lui parvint de la chambre à coucher. Il y accourut. Chloé s'était cachée sous le lit. Il l'aidait à sortir quand Chen arriva.

— Mais tu m'avais dit que je serais en sécurité, Paul !

— Je ne comprends pas. Je suis désolé. Qu'est-ce qui s'est passé ?

— J'étais allongée quand la porte s'est ouverte. J'ai d'abord cru que c'était toi, et j'ai entendu deux voix inconnues, un homme et une femme. Je n'ai pas compris ce qu'ils disaient, mais j'ai reconnu de l'afrikaans. J'ai juste eu le temps de me glisser sous le lit. Ils ont commencé à fouiller les pièces. La femme a parlé de Kezner.

— Tu es sûre ?

— Non, je ne suis pas restée les écouter ! C'est ce que j'ai cru entendre. Et puis j'ai vu les pieds d'un homme dans la chambre. Il se tenait à deux mètres de moi… Et l'interphone a sonné. Ils se sont enfuis.

Chen se détourna et courut vers la porte. Parvenue sur le palier, elle s'appuya à la rampe et écouta, scrutant les étages. Pas un bruit. Elle redescendit les marches quatre à quatre, parce qu'il y avait peu de chances que les tueurs aient fui par le haut et les toits. Lorsqu'elle arriva sur le trottoir, une Audi A8 métallisée passa à vive allure devant elle, dévala la chaussée en pente et disparut au bout de la rue avant que Chen ait pu en distinguer les occupants ou la plaque.

La lieutenante revint à l'appartement, où elle trouva Chloé de Talense blottie dans les bras de son ancien amour, apeurée, perdue, « sur le point de succomber » : une bête aux abois.

35

Arme au poing, alerte, Chen passa la première le cadre de la porte cochère. Immobile, elle inspecta la rue de Sofia. Une bruine légère commençait à tomber qui tachetait lentement l'asphalte et les carrosseries. Elle examina les voitures garées le long du trottoir, fouilla du regard les habitacles vides. Une passante au pas preste descendait le trottoir d'en face, sans lui prêter attention. Chen glissa son arme sous sa veste, jeta un nouveau coup d'œil à la rue, en amont, en aval, puis gagna la BMW. Elle monta à bord après une dernière vérification des alentours, démarra le moteur et manœuvra l'engin pour l'amener devant l'immeuble, à l'instant où Starski en sortait avec Chloé de Talense, son 9 mm à la main. Ils montèrent aussitôt dans la berline et Chen mit les gaz. Aucun autre véhicule ne bougea. Ils quittèrent la rue de Sofia et se fondirent dans le trafic du boulevard Barbès.

— Merci, souffla Chloé.

La terreur qu'elle avait ressentie à l'arrivée des tueurs était encore bien vivace.

— C'était une erreur de penser que tu serais en sécurité chez moi. Je suis désolé. Nous allons te mettre à l'abri.

Elle acquiesça en silence. La voiture remonta le

boulevard de Courcelles au tempo des essuie-glaces. Le téléphone de Starski sonna.

— Bonjour, monsieur le substitut.

— Commissaire. Je viens d'avoir la juge Bonname.

La voix nasillarde qui s'échappait du haut-parleur ne masquait pas le ton cinglant.

— Ah…

— Comme vous dites. Elle m'informe que vous nous faites perdre du temps… et de l'argent. Et que vous la laissez en dehors de votre enquête…

— Nous avons été trompés, monsieur le substitut. Un coup monté de toutes pièces. Une mise en scène pour nous amener à inculper une femme innocente, la fille de Jean-Marie de Talense. Mais nous l'avons finalement compris…

— Commissaire Starski, où en êtes-vous dans l'affaire Cavicci ? Parce que c'est bien cela que je vous ai demandé de régler en premier, vous vous souvenez ?

— Oui, bien sûr… Et nous progressons, monsieur le substitut.

Starski croisa le regard de Chen et leva les yeux au ciel avant de reprendre :

— Nous sommes sur les traces de ses assassins. Nous pensons que le commissaire Cavicci est tombé sous les balles d'un groupe de tueurs professionnels, certainement sud-africains. Nous avons logé l'une de ses membres, une jeune femme qui serait celle qui aurait tiré…

— Comment ? Vous avez arrêté quelqu'un ?

— Non, pas encore. Une équipe est sur place en planque dans son hôtel.

— Des Sud-Africains ? Mais pourquoi assassiner Cavicci ? Vous en avez une idée ?

— Nous n'en savons rien pour l'instant. La chambre d'hôtel de Cavicci a été retournée, ses archives détruites. Nous pensons qu'il s'est retrouvé au milieu d'une affaire qui ne le concernait pas, un règlement de compte ou un contrat en lien avec des événements qui se seraient passés en Afrique du Sud.

Un silence les interrompit.

— Je ne comprends pas grand-chose à ce que vous me racontez, commissaire. Vous admettrez que c'est confus. Vous êtes sûr qu'il n'y a aucun lien avec le grand banditisme marseillais ?

— À ce stade de notre enquête, nous n'avons aucune raison de le penser, monsieur le substitut.

— Bon. Très bien. Voilà ce que je voulais entendre. La situation à Marseille est assez tendue pour qu'on n'y ajoute pas le meurtre d'un flic. Mais vous allez devoir expliquer clairement cette histoire d'Afrique du Sud…

— Je suis dans ma voiture avec Mme de Talense qui vient d'être attaquée par deux tueurs armés. Mme de Talense les a entendus parler afrikaans, la langue de…

— Je sais ce qu'est l'afrikaans, commissaire. Rappelez-moi lorsque nous pourrons discuter… librement.

— Oui. Bien sûr…

— Je vous invite également à contacter au plus vite la juge Bonname. Je veux dire, avant qu'elle ne vous dessaisisse… ou ne vous mette en laisse. Elle est remontée. Nous ferons le point à ce moment-là.

— Merci, monsieur le substitut. Je l'appelle tout de suite.

Il raccrocha.

— Merde. La juge est furibarde. Il faut que je l'appelle.

— Dis-lui qu'on doit repasser à l'hôtel de Cavicci pour intercepter une suspecte et qu'on la recontacte ensuite, proposa Chen.

— Ouais… T'as raison. En tout cas, le substitut se fout manifestement de savoir qui a tué Cavicci tant que ce n'est pas en lien avec Marseille…

— Je ne suis pas étonnée.

La lieutenante se tut quand Starski composa le numéro.

— Dans deux cents mètres, tu tournes dans la rue de Rome, à gauche, Yvonne.

— Ah, commissaire ! Quelle bonne surprise ! ironisa Bonname en décrochant.

— Je suis désolé, madame la juge. On nous a tiré dessus, en pleine rue. Puis deux tueurs s'en sont pris à Chloé de Talense…

Il y eut un silence.

— Personne n'est blessé, j'espère ?

— Non, mais nous devons mettre Mme de Talense à l'abri. Je connais un endroit…

— Très bien. Faites-le, coupa-t-elle. Et je vous vois dans une heure à mon bureau, à 14 h 30.

— Madame la juge, nous allons devoir retourner à…

— Commissaire ?

— Oui, madame la…

— Vous savez ce qu'est une question ?

Starski fronça les sourcils.

— Oui, madame la juge.

— Alors, dites-moi : qu'est-ce qui peut vous faire croire que « je vous vois dans une heure à mon bureau » en est une ?

Starski ravala son amour-propre.

— Rien, madame la juge. Bien sûr. À 14 h 30.

Elle raccrocha.

— D'après ta tête, elle t'a passé un savon.

— Laisse tomber, Yvonne. Tiens, prends à droite à la prochaine, puis à gauche.

— OK.

Chen s'exécuta et les mena devant un petit hôtel qui ne payait pas de mine, l'Hôtel de Nantes. Indéniablement, on était loin en gamme de la Maison Souquet ou de l'appartement somptueux de Chloé de Talense.

— Tu seras tranquille, ici, Chloé, expliqua Starski.

— Ils sont venus chez moi et m'ont tiré dessus. Ils m'ont ensuite débusquée chez toi, Paul ! Ils vont encore me retrouver, ici ou ailleurs.

— Fais-moi confiance, Chloé. Personne ne saura que tu es là. Cet hôtel vient de rouvrir après deux ans de fermeture administrative. Il n'est encore répertorié nulle part.

Ils sautèrent de la voiture, abandonnant Chen, et entrèrent dans le minuscule hall carrelé. Starski demanda une chambre à un étudiant avachi, boutonneux et chevelu qui les regarda à peine. Au deuxième étage, la chambre 27, décorée dans les tons moutarde et marron que l'on affectionnait particulièrement dans les années 1970, était étroite, mais propre. Au-dessus du lit, un horrible faux tableau représentant une biche poursuivie dans une forêt par des chasseurs en livrée rouge acheva de leur faire haïr l'endroit.

— Je le mets sous le lit, si tu veux…

— Non, ça va aller.

— Ça va te changer du luxe auquel tu es habituée, c'est sûr, mais personne ne viendra te chercher ici. Tu es en sécurité.

— Tu reviens quand ? s'enquit Chloé, visiblement effrayée à l'idée de rester seule. On peut dîner ensemble, ajouta-t-elle avec empressement.

Chloé était manifestement très seule, n'avait plus de famille, plus de petit copain, et aucune amie non plus qu'elle aurait pu appeler en cet instant. Mais quel genre d'ami appelle-t-on pour lui raconter qu'on a des tueurs aux trousses ? Starski comprit qu'il était le seul capable de remplir cet office.

— Oui. J'essaye d'être là vers 20 heures. Si j'ai du retard, je t'appelle. Et j'apporte le repas !

— OK. Est-ce que tu…

— Quoi ?

— Est-ce que tu pourrais passer chez moi prendre quelques affaires ? Je n'ai rien.

— Non, désolé. C'est trop dangereux. Les tueurs t'y attendaient la dernière fois, on ne peut pas courir ce risque. Envoie-moi un SMS pour me dire de quoi tu as besoin, et je te l'apporte ce soir.

— OK.

Starski hésita un instant, puis l'invita à s'asseoir.

— Je sais que ce n'est pas le meilleur moment, Chloé, mais il faut qu'on parle.

Chloé plongea son regard vert dans le sien, attendant la suite. Il chercha ses mots :

— D'après ce qu'on a trouvé aujourd'hui, des individus ont visiblement pour mission de te… retrouver…

— Ils me traquent pour me tuer, oui. J'ai bien compris.

— On en a logé un… Une femme. Celle qui s'est vraisemblablement fait passer pour toi. On ne l'a pas arrêtée, mais on a trouvé son passeport. Elle te ressemble incroyablement et serait sud-africaine aussi.

Ces gens ont essayé de s'en prendre à toi, aujourd'hui. Par deux fois. Est-ce que tu sais pourquoi ?

Elle se leva d'un bond et s'éloigna de quelques pas.

— Comment pourrais-je le savoir, Paul ?

Starski la regarda aller et venir devant lui, lancer ses mains en l'air comme pour en appeler au ciel.

— Ça n'a pas de sens, répétait-elle. Qu'est-ce que j'ai fait ?

— Chloé, poursuivit Starski, tu dis qu'ils ont parlé de l'ancien employé de ton père, Kezner, c'est bien ça ? Est-ce que ton père a quelque chose à voir là-dedans ? Pourquoi ces types viendraient-ils aujourd'hui assassiner Vankleber ? Pourquoi s'en prendraient-ils à toi ? S'il n'y avait pas ce point commun, l'Afrique du Sud... Qu'est-ce qui s'est passé en...

— Mais comment le saurais-je ? s'emporta-t-elle soudain. J'ai quitté ce pays avec mon père à la mort de ma mère. C'était à la fin de l'apartheid. J'avais treize ans. Et j'étais pensionnaire dans un internat privé depuis mes six ans. Tu sais tout ça ! Plus tard, j'y suis retournée, plusieurs fois, pour aller fleurir sa tombe parce qu'elle me manque atrocement, encore aujourd'hui. Chaque jour ! Cette tombe est mon seul lien avec ce pays ! Et j'ignore ce que mon père a pu faire pour qu'on veuille m'assassiner, moi, aujourd'hui ! Si même c'est sa faute... Je ne comprends pas qui sont ces gens, à la fin ! Je veux que ce cauchemar s'arrête !

Starski jugea préférable de battre en retraite. Il se leva, regrettant déjà d'y être allé aussi fort, prêt à s'excuser, et elle le laissa la prendre dans ses bras.

— J'ai peur qu'ils me retrouvent, que la porte s'ouvre d'un coup et...

— Tu es en sécurité tant que tu ne sors pas. Je m'occupe du reste, OK ?

Ils se tinrent une minute l'un contre l'autre, silencieux.

— J'y suis allé avec mes gros sabots, je suis désolé.

— Ce n'est pas grave. Tu n'y es pour rien, Paul. Je comprends et je te remercie de tout ce que tu fais pour moi. Vraiment.

— On va s'en sortir. Tiens bon.

Il y eut un autre silence. Elle leva ses yeux vers lui. Elle était si proche qu'il sentait son souffle.

— Je dois y aller, annonça-t-il. Yvonne m'attend.

Chloé se détacha de lui. Il déposa un baiser sur son front et ouvrit la porte.

— À tout à l'heure.

Sans un mot de plus, il quitta la chambre, puis l'hôtel, et regagna l'habitacle chauffé de la BMW. La voiture démarra.

— Qu'est-ce qu'elle a dit ? demanda Chen.

— Comment ça ?

Elle le dévisagea puis regarda de nouveau la route, impassible.

— Des tueurs sud-africains ont essayé deux fois de l'assassiner, rien qu'aujourd'hui. Elle doit bien avoir une idée de ce qui les amène à Paris, non ?

— Elle suppose que c'est lié à son père. Elle n'y comprend rien. Elle est terrifiée. J'ai préféré la laisser se reposer…

Chen, elle, préféra être sourde plutôt que d'entendre ça, mais aucun Dieu ne lui accorda son vœu. Elle manœuvra pour quitter son stationnement.

— Allons faire le point avec la juge, conclut le commissaire.

36

Un lourd silence empesait l'air de la pièce. Installée à son bureau, à contre-jour, la juge achevait de lire les derniers éléments en date de l'IJ, les rapports de la légiste, les constatations des enquêteurs… Une lumière pâle descendant par les fenêtres dessinait des rais de poussière dans le demi-jour de l'endroit. Bonname refusait visiblement de s'éclairer à l'électricité.

Elle referma le dossier et soupira. Elle lança un regard las à sa greffière, puis aux deux flics qui étaient assis devant elle.

— Je ne comprends rien à cette affaire, commissaire. Rien de rien.

— Je sais, madame la juge…

Elle le dévisagea pour vérifier s'il faisait de l'humour.

— Lieutenante, j'ai bien reçu votre email et vos requêtes de bornage et de fadettes. Après lecture du dossier, je vais donner un avis favorable et transmettre au service concerné. Nous aurons les réponses très rapidement, j'imagine…

— Merci, madame la juge.

La greffière de Bonname lui fit soudain un signe.

— Sur la 2, madame la juge.

— Merci, Aurélie.

Bonname mit en marche le haut parleur.

— Bonjour, monsieur le substitut. Je suis avec le commissaire Starski et la lieutenante Chen.

— Bien. Je vous écoute. Faisons court, j'ai un rendez-vous, annonça le substitut désincarné.

— Je commence, alors, monsieur le substitut. Je viens de finir de lire le dossier. Cette histoire n'a ni queue ni tête ! Prise d'otage, pas prise d'otage. Suicide, pas suicide. Alibi, pas d'alibi. Assassinat de l'un par l'autre, puis par un tiers, mais finalement ils étaient déjà morts et c'était un enregistrement… Témoins formels qui se rétractent. La légiste donne une heure de mort puis une autre. L'arme trouvée sur place n'est pas la bonne… La bonne est retrouvée chez la suspecte qui a été cambriolée le matin même… Le commissaire arrête Chloé de Talense puis m'apporte toutes les preuves pour la faire libérer…

Elle posa la main sur l'épais dossier.

— Il y a là une centaine de pages, au bas mot, monsieur le substitut. Et il n'y en a pas une seule qui me prouverait que vos hommes, pardonnez-moi, lieutenante, ont progressé d'un iota dans cette enquête. C'est un pas en avant, deux pas en arrière !

Starski ouvrit la bouche et se fit rabrouer avant d'avoir pu émettre un son.

— Nous sommes au point mort : deux cadavres dans un appartement parisien. Vankleber et Cavicci. Qui les a tués ? Comment ? Pourquoi ? Vous n'avez toujours rien, deux jours après.

Le commissaire voulut contester, mais s'en garda.

— Vous tournez en rond !

— Absolument, madame la juge, interrompit Starski. Je dirais même qu'on nous a fait tourner en rond. Et que nous avons suivi la danse.

La juge posa ses coudes sur son bureau.

— Expliquez-nous ça, commissaire, gronda le substitut ex machina.

— Vous avez parfaitement résumé, madame la juge. Suicide, pas suicide, alibi pas d'alibi. Je remonterais même à la mort de Jean-Marie de Talense, un accident de voiture en rase campagne il y a sept mois, à un endroit où il n'avait aucune raison d'être. Viennent aujourd'hui l'assassinat de Vankleber dans un appartement parisien, puis le coup monté pour faire porter le chapeau à la fille de Talense. Pour faire court, une opération s'étalant sur plusieurs mois pour tuer de Talense et Vankleber, puis faire arrêter Chloé de Talense pour meurtre. Une opération suffisamment bien ficelée pour que, dans un premier temps, on innocente la fille héritière en faisant croire au double suicide et en lui fabriquant un alibi bidon chez Biotech, avant que cet alibi et la thèse du suicide ne volent en éclats, que l'arme du crime ne soit découverte chez elle et qu'elle se retrouve en garde à vue. On nous a enfumés depuis le début, madame la juge, monsieur le substitut. Il y a une opération en cours depuis près d'un an pour éliminer ces gens, les de Talense père et fille et Vankleber, et vraisemblablement ce Kezner, l'un de leurs employés, sud-africain lui aussi. La partie Chloé de Talense ayant échoué, puisque celle-ci est libre, on a tenté tout bonnement de la descendre à deux reprises, dont une fois en pleine rue.

— Vous êtes sûr qu'elle est à l'abri ? s'enquit la juge.

— Nous ne sommes que deux à savoir où elle se trouve en ce moment.

— Bon… Mais qu'est-ce que vous entendez par *opération* ? interrogea le substitut.

— Je parle d'une action menée par un groupe

d'individus coordonnés, comme en montent les services secrets, une « opération clandestine » organisée par une équipe militaire ou paramilitaire, peut-être même une « opération Homo » dont l'objectif est un triple, voire un quadruple homicide sur le territoire français. Je pense que nous devrions sérieusement envisager que le passé sud-africain des de Talense et de Vankleber ne soit pas aussi blanc, si vous me pardonnez l'expression, que ce qu'ils en disaient.

— Des Sud-Africains ? répéta Bonname en fronçant les sourcils. C'est votre nouvelle piste ? Vous faites allusion à ce… pistolet trouvé sur place, l'arme du crime, je présume ?

— Un Vektor, oui. Nous en avons découvert un autre dans la chambre d'hôtel de l'un des membres de ce groupe. Une équipe est sur site et attend son retour pour l'arrêter : il s'agirait de la femme vue dans l'immeuble par une voisine, le matin des meurtres.

Le visage de Bonname s'éclaira, mais elle ne l'interrompit pas.

— Elle s'appellerait Melissa Garado, certainement une fausse identité, mais c'est ce nom qui figure sur son passeport sud-africain trouvé dans le coffre-fort de sa chambre. Et nous sommes également tombés sur ceci, son carnet de chasse…

Starski lui tendit les deux sachets transparents. Elle écarta le passeport et détailla le carnet.

— « Les chasses du Grand Veneur » ?

— L'opération semble se dérouler selon un plan de chasse à courre. Notre suspecte, Garado, a rempli le carnet à mesure qu'elle se rapprochait de ses objectifs, ajoutant les lieux, les heures… On y trouve les noms de Cavicci et de Vankleber ainsi que l'heure de leur mort, la vraie, et l'adresse où ont été retrouvés les corps. On peut y lire aussi le nom de Chloé de Talense associé aux lieux où elle a été repérée et où ce groupe a tenté de l'assassiner. Devant chez elle, par exemple, rue Murillo lorsque je l'ai raccompagnée et qu'un individu a ouvert le feu sur elle en pleine rue. Je n'ai pas eu le temps de lire ce carnet en détail, nous venons de le trouver, mais… tout ce qui est noté là semble correspondre aux événements des dernières trente-six heures. Les ultimes étapes évoquent la mise à mort de la proie, et nous en approchons dangereusement.

— Combien reste-t-il d'étapes dans leur opération? s'enquit la juge.

— Nous sommes à la phase 15 sur un total de vingt, répondit Chen. Si l'on considère que l'opération, selon leur propre relevé horaire, a commencé hier à 2 h 30 du matin, et qu'il est 14 h 30, ils ont réalisé les quinze premières phases de leur plan en trente-six heures.

— Nous avons suivi chacune des fausses pistes, sommes revenus en arrière, nous sommes contredits comme ils l'ont prévu, leur laissant toute latitude pour agir. Au train où vont les choses, ils devraient exécuter les cinq dernières phases de leur opération, dont l'assassinat de Chloé de Talense, dans les prochaines heures… avant de disparaître, acheva Starski.

— « Le Grand Veneur »… Je ne vois pas le lien avec l'Afrique du Sud ! objecta le substitut.

— Mais il n'y en a aucun, justement ! La forme que prend leur opération doit être aussi éloignée que possible de ce qu'ils sont, répondit Starski. Une grande chasse à courre comme en faisaient les rois de France nous envoie sur une tout autre piste, à des lieues de l'Afrique du Sud. Et cette chasse à courre tourne à la chasse à l'homme… Il faut ajouter à ces éléments que Chloé de Talense a distinctement entendu l'un de ses agresseurs parler afrikaans. Bref, nous avons un vrai faisceau de présomptions qui nous amène à cette idée d'une opération clandestine par un groupe sud-africain entraîné, des barbouzes ou une unité paramilitaire…

— Et quel en serait le but selon vous ?

Starski haussa les épaules et lança un regard à Chen qui poursuivit :

— Pour l'instant, nous ne sommes même pas sûrs de qui ils sont. Les services secrets sud-africains ? Des militaires ? Des tueurs à la solde d'anciens ennemis sans lien avec le pouvoir en place ?

— Et le mobile financier ? La société Talense & Vankleber ? interrogea Bonname.

— Nous pensons qu'il n'y a pas de connexion avec l'entreprise de feu le père, puisque Chloé de Talense reste une cible à l'heure où nous parlons, alors même qu'elle refuse catégoriquement de prendre la succession de la société. Cette affaire n'impliquerait donc pas un concurrent de l'industrie pharmaceutique, mais il faut creuser…

— Bon, sembla conclure la juge. Reste que ça n'explique pas Cavicci… Il serait une victime collatérale ? Que faisait-il dans cet appartement ?

— Nous n'en savons rien pour l'instant. Sa chambre d'hôtel a été ravagée et tout ce qui s'y trouvait a été détruit. Il a certainement remonté un fil qui l'a amené à Vankleber, suffisamment près pour qu'il devienne gênant. Maintenant, quel était ce fil ? Nous espérons sérieusement mettre la main sur cette femme à son hôtel et obtenir des réponses. On devrait rapidement pouvoir la faire parler, elle ou ses empreintes. En la confrontant à notre témoin, la serveuse qui vit au rez-de-chaussée, on devrait être fixés. Et nous allons activement rechercher cet ancien employé qui a disparu. Les tueurs semblent également sur ses traces…

— Mais Calvin Kezner reste introuvable, compléta Chen. Il n'apparaît nulle part depuis plus de six mois.

— Juste après la mort du père de Talense, suggéra Starski.

— Je vais me charger de cette recherche, proposa le substitut nasillant. J'ai quelques amis au ministère qui ont des amis. Si ce Kezner est vivant et quelque part en France, on devrait le retrouver. S'il est reparti en Afrique du Sud, c'est une autre paire de manches… mais en passant par le ministère des Affaires étrangères, on saura s'il a quitté le pays…

— Quant à cette Garado, amenez-la-moi dès que vous l'avez ! gronda la juge. Et l'étudiante aussi ! Allez ! Au travail !

— Bien, madame la juge. Mes respects, monsieur le substitut.

Le substitut raccrocha. La juge semblait avoir attendu ce moment.

— Si nous avons confirmation qu'il s'agit de barbouzes de l'étranger, nous n'aurons pas d'autre choix que de mettre la DGSE dans le coup, commissaire, vous le comprenez ? Cette information est primordiale.

Starski acquiesça.

— Et vous m'appelez ! renchérit la juge. Si je n'ai pas de vos nouvelles dans les trois prochaines heures, j'envoie des gendarmes vous arrêter ! Vous pouvez y aller.

À contrecœur, Starski approuva du chef. Les deux flics se levèrent au moment où le téléphone du commissaire sonna. Le nom de Claire Florès s'afficha à l'écran. Il décrocha, échangea quelques politesses puis resta bouche bée. Il raccrocha.

— C'est la légiste. Elle vient d'être envoyée rue des Moines.

— Encore ? tonna la juge dans une grimace.

— On vient de retrouver le corps de notre témoin, Pauline Dubreuil. Chez elle. Elle a été étranglée.

II

UMKHONTO WE SIZWE

37

Phase 16 – Les abois : la bête sur le point de succomber tient encore tête aux chiens.

Dans la BMW qui filait dans le trafic parisien, Starski raccrocha son téléphone en grognant.

— Garado ne s'est pas encore montrée à la Maison Souquet… Et une équipe de l'IJ est en train de ratisser la chambre.

— Si elle les a vus entrer, elle est loin à l'heure qu'il est, rétorqua Chen, concentrée sur sa conduite sportive.

Le commissaire semblait agacé et survolté.

— On passe combien de temps en voiture ? J'ai l'impression d'habiter dans cette bagnole depuis deux jours. Ça devient pénible.

— On y est presque.

Starski plongea les doigts dans sa barbe et regarda sans le voir le décor parisien, les immeubles, les portes cochères, les vitrines, les passants, la vie qui continuait de s'écouler dans la capitale indifférente.

— Ils ont tué cette pauvre fille… Merde. On ne l'a pas vue venir, celle-là.

— On ne savait pas à qui on avait affaire. Tu as bien fait d'envoyer une voiture chez Mérandier, le proprio, mais il met tellement d'énergie à nous convaincre qu'il ne se souvient de rien que je me demande si c'est nécessaire…

— Tu as raison, mais les tueurs ne le savent pas ; ils sont en train d'effacer leurs traces et je doute qu'ils aient des états d'âme.

La rue des Moines était de nouveau fermée à hauteur de la rue de la Jonquière et le flic fluorescent qui agitait les bras au milieu de la chaussée était le même que la veille. Lorsque la BMW se présenta avec son gyro, il plissa les yeux et amena son visage rougeaud jusqu'à la vitre du passager. Il reconnut les deux officiers et les salua.

— C'est encore au 97, commissaire, expliqua-t-il.

Starski le remercia et la berline remonta la rue.

— J'ai comme une impression de déjà-vu, dit Chen.

Elle immobilisa la BMW derrière le fourgon de l'IJ. Des flics en uniforme, en blouse et en civil évoluaient en tous sens.

— Tu m'étonnes. On vient de faire un bond de trente-six heures dans le passé. Ce n'est pas une BMW que tu conduis, mais une DeLorean…

Sa blague tomba à plat.

— Si, la prochaine fois, tu peux nous récupérer une DMC-24, je suis partante, s'égaya Chen qui ignora la référence cinématographique. Mais il n'en existe que trois…

— Je vais voir ce que je peux faire… Allons-y !

Starski attrapa un sac plastique posé sur le siège arrière.

L'appartement du rez-de-chaussée avait été investi par deux techniciens en combinaison. La légiste n'était visiblement pas encore arrivée. Lorsque Orteuil aperçut Starski à la porte, il arracha son masque et s'avança vers lui.

— C'est quoi, ces conneries, au Enjoy Hotel ? J'ai deux de mes gars qui pêchent des bouts de papier détrempés, en lambeaux, dans une baignoire remplie de soude. Ça va faire trois heures qu'ils y barbotent. Et je me retrouve en sous-effectif sur une scène de meurtre !

— Oh là ! Je n'y suis pour rien. Il y a probablement des preuves dans cette baignoire.

— Ils pêchent les feuilles à la cuillère ! Il y en a pour des heures ! Et on ne sait même pas si on pourra en tirer quoi que ce soit.

— Je sais. J'en suis désolé. Et ici ?

Le technicien en chef soupira. Il sortit une petite boîte d'allumettes de sa poche et en colla une au coin de sa bouche.

— Je tuerais pour une clope, je te jure.

— Et je te coffrerais avec plaisir. Je t'écoute.

— Homicide par strangulation à première vue. À confirmer par la légiste qui ne devrait plus tarder. Ce qui est sûr, c'est qu'il ne fait pas bon vivre dans cet immeuble. J'envisageais d'acquérir un petit studio, un placement pour mes gamins… Mes mômes sont chiants, mais je ne leur souhaite pas ça ! J'ai une sœur qui a acheté…

— Orteuil, la victime…

— Oui. Il n'y a pas de traces d'effraction. Visiblement, Pauline Dubreuil était en train de se maquiller dans la salle de bains. La lumière était allumée à notre arrivée et sa trousse à maquillage était sur le lavabo. Elle allait partir au travail. Tout ça pour dire qu'elle était seule. On a frappé à la porte. Elle est allée ouvrir et a laissé entrer le visiteur. Ils se sont assis là. Puis d'une manière ou d'une autre, l'agresseur s'est retrouvé derrière elle et l'a étranglée.

— Qui a trouvé le corps ?

— Abdel, le gars des portraits-robots ! Il a appelé plusieurs fois pour prendre rendez-vous dans l'après-midi, à la demande de la lieutenante ; personne n'a répondu. Vu que c'était urgent, il a tout de même fait un saut. Il a trouvé la porte ouverte.

— Tu as l'arme du crime ?

Orteuil fit rouler l'allumette à l'autre bout de ses babines.

— Non. Le meurtrier est certainement reparti avec, et pour cause ! On a utilisé un garrot métallique, une arme de professionnel. Ça ne se dégotte pas facilement. Le filin a entamé les chairs assez profondément et occasionné un léger saignement.

Il tendit son doigt ganté vers le cou de la victime. La jeune femme était assise, le torse avachi sur la table, son visage bleuté tourné vers eux. Une langue épaisse et mauve déformait sa bouche.

— L'entaille fait tout le tour. De plus, on peut noter un faible scintillement aux abords de la plaie : de la poudre de verre. Nous en avons relevé sur le lino aussi, compléta le technicien en chef.

Il retira le bâtonnet amolli de ses lèvres et le tendit vers une zone du sol.

— De la poudre de verre ? Pour quoi faire ? demanda Chen.

Le technicien replaça l'allumette dans sa bouche.

— C'est la première fois que je vois ça, mais j'ai déjà entendu parler de cette utilisation. On en trouve dans certains empoisonnements par ingestion. Il faudra la confirmation de la légiste dans ce cas précis. Je ne veux pas marcher sur ses plates-bandes, mais on m'a raconté un truc dans le genre. La poudre de verre occasionne à court terme une multitude de microcoupures dans l'organisme de la victime, qui meurt d'une hémorragie interne massive. Ici, a priori, pas d'ingestion, puisque c'est un filin qui a été utilisé ; le garrot est enduit d'une matière adhésive et trempé dans la poudre de verre. Si la strangulation échoue, le garrot qui a entaillé les chairs introduit la poudre de verre dans l'organisme. Non seulement la cicatrisation devient très difficile, puisque la plaie est truffée de centaines de minuscules éclats impossibles à retirer, mais en plus ces morceaux font leur chemin à travers le corps, et autant de dommages internes. La victime n'a aucune chance ! Lacérée de l'intérieur, elle meurt dans les heures qui suivent d'une hémorragie interne.

— … causée par un empoisonnement dit « mécanique ». Bonjour.

Ils se retournèrent pour saluer la légiste en tenue.

— Tout à fait, Claire. Ça marche aussi par inhalation ! s'illumina soudain Orteuil, ravi de croiser quelqu'un qui parlait sa langue. J'ai eu un oncle qui travaillait dans une usine de traitement du verre dans les années 1970 et 1980. Autant vous dire que, à l'époque, personne ne pensait à porter un masque. Quand il a commencé à avoir des difficultés à respirer, on s'est aperçu que ses poumons étaient pleins de sang, déchiquetés de l'intérieur par des éclats de verre microscopiques. Il est mort trois semaines après !

Un silence écœuré accueillit son sourire.

— Visiblement Pauline Dubreuil n'a pas eu à endurer ça, reprit Chen.

— Non, elle est morte étranglée, a priori, enchaîna Orteuil en coulant un regard vers Florès. La technique indique clairement un travail de professionnel.

La jeune légiste s'approcha et examina le corps, tandis qu'Orteuil lui refaisait le topo. Elle approuva ses remarques jusqu'à sa conclusion.

— Je doute qu'il y ait autre chose à tirer de l'autopsie, Claire. Mort par strangulation. Et vous allez trouver du verre… ou du diamant.

— Comment ça, du diamant ? répéta Starski.

— Oui, je dis poudre de verre, verre pilé, pour aller plus vite. Mais au Moyen Âge, on utilisait comme poison de la poudre de verre… ou de diamant ! Le diamant avait la réputation d'être plus dur, voire magique, on le considérait donc comme plus efficace que le verre. Et ça ne coûte rien, la poudre de diamant. En Inde et en Afrique encore moins, puisque la poussière de diamants était bien plus facile à trouver qu'en Europe. Encore aujourd'hui !

— Merde, grogna Starski.

— On retombe sur nos Sud-Africains, tu crois ? demanda Chen.

— Ça y ressemble… Tiens, Orteuil, j'ai des cadeaux pour toi !

Starski posa son sac plastique sur un coin de la table.

— Ah non. Je suis débordé.

— Je comprends. Je vais expliquer ça à Bonname.

— OK. C'est quoi ?

Le commissaire sortit le carnet et le stylo, la brosse à dents, et le pistolet automatique.

— Encore un Vektor… D'accord. Empreintes et ADN ?

— Exactement. Dans la journée ?

Orteuil se renfrogna, se racla la gorge, repensa à Bonname, puis replaça tous les sachets plastiques dans le sac.

— Évidemment.

— Merci. C'est très urgent.

— Évidemment.

— Chef? appela le second technicien.

Orteuil fit rouler l'allumette entre ses lèvres et s'éloigna avec le sac, abandonnant les deux flics et la légiste.

— Elle n'est pas morte depuis très longtemps. Je dirais autour de 11 heures, annonça Claire Florès. Il n'y aura pas de problème de température, cette fois…

— Quand elle est rentrée du Bastion… commenta Chen.

— Elle a été suivie, certainement. Ou quelqu'un savait… Je rencontre les gens et ils meurent… se lamenta Starski.

Son téléphone sonna. Dans l'instant, les portables d'Orteuil et de Florès s'emballèrent aussi. Starski décrocha, écouta, ferma les yeux.

— OK. On arrive.

Chen l'interrogea du regard.

— C'est le central. Mérandier. Sa voisine vient de le trouver sur son palier, devant sa porte, dans une mare de sang.

— C'est l'hécatombe ! commenta la légiste en rangeant son appareil. En tout cas, il n'est pas pour moi, je suis déjà prise.

— Yvonne, on décolle.

Une musique emplit soudain la pièce, un cor de chasse bientôt rejoint par d'autres. Les deux flics pivotèrent. Orteuil et son adjoint les regardaient aussi, encadrant la chaîne stéréo qu'ils venaient d'allumer. Par-delà la musique, le technicien en chef leur annonça :

— Le CD était dans le lecteur. Il y a le titre inscrit dessus : « Les abois. »

38

Ce n'est jamais beau à voir, un cadavre. Sa position, d'abord, est souvent incongrue, pour ne pas dire dérangeante. De son vivant, Mérandier ne s'était certainement jamais tenu ainsi en public, sur le palier de son appartement, allongé sur le ventre, un bras replié sous lui, un autre tendu au-dessus de sa tête, ses jambes légèrement écartées, un pied nu, l'autre en charentaise. On n'a pas son mot à dire ; c'est la mort qui choisit la posture dans laquelle on vous retrouvera. Certains partent sous les moqueries, c'est ainsi. Le visage de Mérandier s'était figé dans une expression d'effroi des plus inquiétantes. La douleur avait imprimé sur ses traits une terreur infinie lorsqu'il avait compris que c'était la fin, que sa tentative pour trouver un salut à la porte voisine était vaine, que le sang qui s'échappait par sa bouche, seconde après seconde, vidait tant son corps que le sablier de sa vie. Le sang qui barbouillait son visage s'était épandu en une mare brunâtre qui imbibait le parquet, pâteux et collant, jusqu'au bord de la cage d'escalier et dégouttait dans le vide sur quatre étages, pour reconstituer une autre flaque dix mètres plus bas.

Starski et Chen étaient tombés dessus en entrant dans le hall que les gars en bleu avaient déjà enclos de rubalise jaune et noir. Devant la flaque dont l'onde frissonnait à chaque goutte, ils avaient levé la tête vers la source rougeâtre et vu des fils sirupeux et noirs s'accrocher un temps au quatrième étage avant de lâcher prise, de s'abattre et de s'agglutiner là au sol. Ils avaient aussitôt monté les étages et rejoint Bouvier, le légiste qu'ils ne connaissaient que trop bien.

— Ah ! Starski et Chen, « les nouveaux chevaliers au grand cœur » !

— Bouvier, on t'a finalement remis en liberté ? Tu avais disparu.

— Trop de boulot, de paperasse. Si la police protégeait nos concitoyens, je n'aurais pas à ramasser autant de cadavres… Vous avez rencontré Claire ? Elle est sympa, hein ?

— Très ! Elle est sur un meurtre, rue des Moines.

— Elle m'a dit, oui. Un double meurtre.

— Non, un autre, même adresse…

— Décidément. Il ne fait pas bon habiter l'immeuble.

— C'est ce qu'a conclu Orteuil. Qu'est-il arrivé à M. Mérandier ?

— Vous vous connaissiez ?

— Il possède un appartement rue des Moines, la scène de crime.

— Ah…

Un type en combinaison de néoprène blanche, un appareil photo autour du cou, sortit de l'appartement et s'approcha.

— Bonjour, commissaire. Je suis le brigadier Ménaz, de l'Identité judiciaire. Le commandant Orteuil m'a envoyé pour commencer le travail. Il est sur un autre homicide et devrait arriver d'ici une heure. J'ai pris les photos et fait les relevés. Vous pouvez accéder à l'appartement.

— Merci, brigadier. Bouvier, tu nous suis et tu nous racontes ?

Le légiste leur emboîta le pas.

— M. Mérandier a bu un café un peu fort, à première vue. Au terme de son déjeuner, il s'est servi une large tasse. Dans les minutes qui ont suivi, il a dû commencer à se sentir tout chose, puis à éprouver de violentes douleurs à l'œsophage et à l'estomac. Il s'agit visiblement d'un empoisonnement, mais j'attendais que le brigadier me donne accès pour trouver le produit. Quand les souffrances sont devenues insoutenables et qu'il s'est mis à cracher du sang, il a cherché du secours, est sorti sur le palier où il s'est effondré. Il a rampé jusqu'à la porte de sa voisine, y a frappé dans un ultime effort avant de se vider de son sang par la bouche. Je sais, dit comme ça, c'est peu ragoûtant. La voisine a tout de suite appelé la police. Elle n'a rien vu d'autre que ce voisin courtois et discret qui s'est répandu devant sa porte.

Ils pénétrèrent dans une pièce large d'une trentaine de mètres carrés. Une table recouverte d'une toile cirée trônait en son centre. Des dégoulinures de sang ornées de petits cavaliers en plastique jaune numérotés couraient de cette table jusqu'à la porte d'entrée. L'ensemble était joli à voir. Ils les enjambèrent et les deux flics visitèrent rapidement l'appartement. Sur la gauche se tenait un coin salon où un canapé deux places plutôt ancien faisait face à une télé plate plutôt récente. À droite, une porte s'ouvrait sur une chambre rangée, un lit fait au carré. En face, deux autres donnaient, à gauche sur une cuisine, à droite sur une salle d'eau. Ils revinrent dans le salon, devant la table où patientaient un mug vide, une verseuse de cafetière et un sucrier.

— Vous n'avez rien ramassé pour l'instant ? demanda Starski.

— Non. J'attends mon chef. J'ai juste arrêté la musique…

— La musique ?

— Là, près du canapé. Il écoutait un CD.

Chen traversa la pièce jusqu'à la petite chaîne compacte et ouvrit le tiroir du lecteur.

— S'il vous plaît, lieutenante, ne touchez à rien. Je vais avoir des ennuis, couina le jeune brigadier.

Chen lut à haute voix :

— « Les chasses du Grand Veneur – Les abois. MK. »

— Merde, grogna Starski comme d'habitude.

Chen se releva et partit dans la cuisine inspecter l'évier. Une assiette et des couverts reposaient là, vestiges d'un repas récent. Mérandier n'avait pas eu le temps de faire sa vaisselle. Dans le salon, Starski se penchait sur la tasse. Au fond, de petits cristaux achevaient de fondre. Il souleva la cuillère, attrapant au passage un peu de sucre.

— S'il vous plaît, commissaire, tenta de nouveau le technicien.

Indifférent, Starski étala le contenu de la cuillère sur la toile cirée et écrasa le tout sous l'ustensile. Les grains de sucre d'une solidité surprenante s'enfoncèrent dans le plastique.

— Du verre pilé ou de la poudre de diamant. On en a versé dans son café.

— Waouh ! lâcha spontanément le légiste. Le pauvre a dû déguster. T'es un crack, Starski !

— On en a trouvé sur deux victimes, déjà. La question maintenant, c'est : comment cette poudre est-elle arrivée dans sa tasse ?

— Il y avait quelqu'un avec lui, répondit Chen en revenant de la cuisine avec un seau de poubelle bleu qu'elle déposa sur la toile cirée avant d'en indiquer le fond.

Starski, Bouvier, et le technicien découvrirent une tasse similaire à celle qui patientait sur la table, affleurant sous un reste de haricots verts.

— Il n'était pas seul à l'heure du café. Le temps qu'il revienne de la cuisine avec la verseuse pleine, on a préparé sa tasse.

D'une main gantée, le technicien exhuma le mug enfoui.

— Je ne l'avais pas vu, confessa-t-il, confus.

— Il ne faudra pas traîner à chercher empreintes et ADN, brigadier. J'appellerai Orteuil. Il sait que c'est urgent.

— Maintenant qu'ils ont éliminé tous les témoins, il ne reste pas grand monde… commenta Chen.

— On ne va pas les laisser disparaître, Yvonne. On va les coincer, répliqua sèchement Starski.

Le légiste et le technicien se regardèrent et préférèrent s'éloigner.

— Ils ne partiront pas avant d'en avoir fini avec Chloé de Talense, Paul. C'est la dernière qui reste.

— Et c'est pour cette raison qu'on va les coincer. Ils ne peuvent pas s'en aller maintenant. Quand on… Si on arrive à attraper Garado, si on réussit à faire parler les empreintes sur le carnet, le stylo, le mug, la brosse à dents ou si on récupère un ADN, on peut obtenir un nom, des noms, les noms de la bande…

— J'aimerais avoir ta foi.

— Sans son passeport, cette fille n'ira pas bien loin. Allons-y ! Je dois prévenir la juge avant qu'elle n'apprenne la mort de Mérandier et ne m'étripe.

Chen lui emboîta le pas. Chloé de Talense était leur dernier atout à jouer dans cette enquête, leur dernière chance. Mais Starski ne la voyait que comme une victime, il refuserait de l'exposer à la lumière pour servir d'appât. Chen se surprit à penser en termes de chasse elle aussi.

Ils quittèrent l'appartement et saluèrent Mérandier, qui les ignora. Un peu coupable de ne pas avoir anticipé cette horrible fin, Starski lui présenta des excuses confuses. Chen quant à elle se dit qu'à toute chose malheur était bon : cette année, Mérandier paierait certainement moins d'impôts.

39

— C'est moi. Tout va bien ? Tu as pu dormir ?

La voix du commissaire était particulièrement douce, presque trop. Chen, au volant, se demandait ce qu'il craignait. Il semblait marcher sur des œufs à chacun des mots qu'il adressait à Chloé de Talense. Elle se dit que ce n'était clairement pas de l'amour qu'il éprouvait, mais de la douleur, une douleur ancienne, tapie au fond de lui, celle qui avait dû le foudroyer quand Chloé l'avait quitté, celle qu'il avait dû combattre durant des années avant de la dompter et de l'enfermer dans un recoin de sa poitrine, une douleur qui aujourd'hui brisait ses chaînes pour les lui mettre aux pieds et aux poignets. Chen se surprit à grimacer. C'est dire si leur relation la dégoûtait…

— Ça va. Merci, Paul. Mais non, je n'ai pas réussi à dormir. Je suis terrorisée, évidemment. Tu les as trouvés, les types ?

Starski hésita à lui faire part des derniers événements, les meurtres de Dubreuil et de Mérandier, les deux témoins de l'affaire, mais il se ravisa :

— Nous avançons. Nous sommes maintenant sûrs qu'il s'agit de Sud-Africains. Nous sommes sur les traces d'un ancien employé de Talense & Vankleber : Calvin Kezner.

— Calvin, le chef du laboratoire ? Il aurait quelque chose à voir avec ces tueurs ? Je n'y crois pas une seconde.

— Nous n'en savons rien pour l'instant. Nous savons seulement qu'il s'est volatilisé après la… le décès de ton père. Écoute, je suis en route pour le Bastion. Je dois encore examiner quelques détails et je te rejoins, OK ?

— OK.

— Et on parlera de tout ça. À tout à l'heure.

— Je t'embrasse, conclut-elle.

— Moi… aussi.

Il raccrocha. Chen envisagea de secouer son collègue : « Nous avançons » ? Comment pouvait-il annoncer une telle chose alors qu'ils n'avaient pas progressé d'un pouce dans l'identification ni l'interpellation des tueurs ? Depuis deux jours, Starski vivait dans le mensonge, seul ciment de son monde au bord de l'effondrement. Il mentait à Chloé, mentait à la juge, mentait à sa femme, mentait à ses filles, dévoré par des sentiments contraires, par sa peur de déplaire, de décevoir, de mal faire… Chen se demanda s'il lui mentait à elle aussi.

— Tu as parlé d'Albus à tes filles ?

— Merde ! Florence m'a appelé tout à l'heure… Non, pas encore. Ce soir…

Chen se tut.

— Tu crois que c'est facile ? reprit Starski.

— Non. Je crois que c'est urgent.

— Donne-moi une leçon de vie de famille, vas-y, je t'écoute !

Chen reçut sans broncher l'attaque de son collègue. Son célibat était un choix, pas un échec. Mais il ne le comprenait pas.

— Je t'écoute ! répéta-t-il, soudain furieux.

— Je pense que tu auras l'esprit plus clair pour l'enquête si tu règles cette histoire de chien.

— Cette histoire de ch… ? Mais c'est ma famille qui explose, Yvonne ! Florence me quitte, tu comprends ? Et je verrai mes filles tous les cinquante du mois !

Elle regarda son collègue, ses traits déformés par la colère, par la tristesse et par la peur.

— Je n'y suis pour rien. Alors, arrête de me brailler dessus, s'il te plaît, répondit Chen calmement.

Désarçonné, Starski se tut. Chen avait raison. La BMW poursuivit sa route jusqu'au Bastion sans qu'aucun d'eux ne dise plus un mot. La lieutenante gara la berline et ils quittèrent l'habitacle.

— Je te rejoins, dit Starski en tirant son portable.

Chen disparut dans le bâtiment, le laissant devant la porte vitrée.

— Allô, Florence ? C'est Paul.

— J'ai essayé de t'appeler deux fois.

— Deux fois ? Je n'ai vu qu'un appel… J'étais en intervention et…

— Léa a marché sur une vive. Elle est entrée dans l'eau et s'est mise à hurler. Je l'ai ramenée à nos serviettes pour regarder son pied. J'étais paniquée. Je t'ai téléphoné. Les sauveteurs se sont occupés d'elle. Elle va bien.

— Merde. Je suis désolé. Je ne pouvais pas répondre…

— Je sais…

Starski entendit le reproche sans qu'elle eût à le formuler. Il grimaça.

— Je te passe les filles.

— Attends ! Je…

Il se tut.

— Je voulais te dire…

— Il n'y a rien à dire, Paul. Tu as cherché un appartement ?

— Un appartement ? Non, pas encore…

— J'aimerais vraiment que tu t'en occupes. Le plus vite possible.

— Je… D'accord. Je ne serai pas là à votre retour, puisque c'est ce que tu veux. Il faudra bien qu'on parle quand même.

— Oui. Tu n'as qu'à venir samedi vers 18 heures. On annoncera ensemble notre séparation aux filles.

Starski n'encaissa pas le coup. Les larmes lui montèrent aux yeux.

— Merde, Florence…

— Je te passe les filles, Paul.

— Papa ?

— Salut, ma chérie !

— J'ai marché sur une vive !

— Oui, ta mère m'a dit. Tu as dû avoir très mal…

— Oui.

— Et ça va mieux, maintenant ?

— Oui. Si Albus avait été là, il m'aurait défendue ?

— Bien sûr, ma chérie, bien sûr ! Il l'aurait croqué, cet affreux poiscaille !

Elle rit. Il y eut un silence.

— Manon est dans le bain.

— Ah ! Tu l'embrasseras pour moi ?

— Oui.

— Je t'embrasse, ma chérie. À demain.

— Oui. Tu me manques, papa.

Starski laissa échapper un vagissement rauque, mais eut le temps d'écarter l'appareil.

— C'était quoi ? C'est Albus qui couine ? demanda Léa.

— Oui, ma chérie. C'est Albus qui couine. Tu lui manques. Beaucoup. À demain.

Il raccrocha et laissa libre cours à son chagrin.

— Merde…

Il se ressaisit, essuya ses yeux et ses joues d'un revers de manche et entra dans le bâtiment. Le bleu en faction le salua et lui lança un drôle de regard.

Chen regagna le bureau, maussade. Leurs progrès dans l'enquête n'étaient pas brillants et il fallait en plus qu'ils s'engueulent. Non, rien n'allait dans cette affaire. Il y avait tellement de fils à tirer qui menaient eux-mêmes à tellement d'autres qu'elle avait l'impression d'être prise dans un filet. À mesure qu'ils avançaient, les pistes s'étiolaient, les témoins disparaissaient, ouvrant d'autres pistes, d'autres enquêtes. Ils se retrouvaient ensevelis sous des monceaux d'informations contradictoires qui les empêchaient d'embrasser le tout pour lui donner du sens.

Elle réveilla son ordinateur. Elle avait reçu quelques emails, mais aucun ne concernait l'affaire, comme si le Bastion tout entier était accaparé par le terrain. Les équipes de l'IJ s'activaient sur trois sites différents, leur chef Orteuil passant de l'un à l'autre. Ses gars ne rentreraient pas au labo avant la nuit et, même en travaillant jusque tard, ils ne tireraient rien de leurs trouvailles avant le matin. Au plus tôt. Quant aux légistes, ils devaient être en train d'acheminer les corps des deux témoins vers l'institut médico-légal. Même s'ils achevaient les autopsies dans la soirée, leurs rapports ne seraient pas non plus disponibles avant le lendemain.

Chen fut tirée de ses réflexions lorsque Starski entra

dans le bureau. Elle remarqua ses yeux de lapin russe et devina que la conversation téléphonique avec ses filles avait été difficile.

— Comment elles ont réagi pour le chien ?

— Je ne leur ai pas dit… Je n'ai pas… Ce n'était pas le bon moment. Parlons d'autre chose, s'il te plaît. Des nouvelles ?

— Non, rien. Et je pensais justement à quelque chose.

— Vas-y…

— Tous les services sont sur les dents avec cette affaire.

— Il y a quatre morts, Yvonne. Alors évidemment…

Elle l'interrompit :

— Oui, bien sûr. Deux meurtres. Puis deux meurtres de témoins. Ce n'est qu'une hypothèse, mais est-ce qu'on n'a pas éliminé ces témoins pour saturer nos services ? L'IJ est débordée, travaille sur trois sites différents, dans des conditions épouvantables… Je n'aimerais pas pêcher du papier dans la soude. Ils y sont depuis des heures. Bref, ils ne peuvent nous fournir aucune information avant un moment. Pareil pour le médico-légal. On demande des renforts pour notre enquête : ils se retrouvent bloqués à la Maison Souquet à attendre l'éventuel retour d'une suspecte… Pour peu qu'on découvre un cadavre demain et tout sera de nouveau repoussé ! Combien de temps ?

— Je vois ce que tu veux dire…

— Si ces types jouaient la montre pour nous enfumer… et pour enrayer toute la machine ?

— Jusqu'à quand ?

— Jusqu'à ce qu'ils aient retrouvé Chloé, peut-être… Si c'est bien elle la dernière, ils doivent continuer de la chercher.

Starski se laissa tomber dans son fauteuil.

— On ne va pas ramasser un cadavre toutes les six heures parce qu'ils ne trouvent pas Chloé, quand même ?

— Je n'ai pas l'impression qu'ils aient hésité jusqu'ici.

— Merde…

Son téléphone sonna. Une boule se noua dans son ventre à l'idée que ce soit Florence. C'était Bonname.

— Madame la juge, j'allais vous appeler.

Chen le regarda raconter la découverte des deux nouveaux corps, les *modus operandi* différents et la présence de poudre de verre ou de diamant sur les scènes de crime. Il omit de parler de l'hypothèse de Chen et raccrocha.

— Elle nous attend demain à 10 heures dans son bureau pour faire le point. Le substitut avait raison : elle nous tient en laisse. La bonne nouvelle, c'est qu'elle va demander à Orteuil de mettre les bouchées doubles ; j'en connais qui vont faire des heures sup, ce soir… Est-ce que tu peux les appeler, s'il te plaît, pour leur dire de nous envoyer les rapports au fur et à mesure, à nous et à la juge, si possible avant 10 heures ?

Chen décrocha son téléphone de bureau et composa le numéro. Sa collègue affairée, Starski se tourna vers l'armoire métallique et ouvrit l'enveloppe kraft qui contenait les clés de l'appartement du quatrième étage, rue des Moines. Il les empocha et referma l'armoire presque à l'instant où Chen raccrocha.

— Ils vont faire le max…

— OK !

Starski regarda son téléphone.

— Bon, il est 18 h 10. Je vais repasser chez moi avant d'aller dîner avec Chloé. Au moins, on sera sûrs qu'il ne lui arrive rien, plaisanta-t-il.

Chen continuait de le fixer sans un mot.

— Quoi ?

— Tu sais très bien quoi, répondit-elle, impavide.

Il écarta les bras, faussement indigné.

— Mais non, il ne se passera rien. Je ne vois pas ce que tu imagines.

— Tu vois très bien ce que j'imagine.

— À demain, Yvonne. Je te laisse la voiture si tu veux la prendre.

Il sortit sans attendre de réponse.

Chen patienta un instant puis alla ouvrir l'armoire. Elle détailla le contenu des enveloppes kraft et remarqua l'absence des clés. Elle regagna son siège, se demandant ce que Starski pouvait trafiquer.

Son portable sonna.

— Lieutenante Chen, brigade criminelle.

— Bonjour, répondit une femme à l'accent méridional. Je suis Lou Salomé, psychologue au SRPJ de Marseille. C'est le divisionnaire Martinez qui m'a demandé de vous appeler à propos d'André Cavicci. J'ai appris qu'il a été tué.

— Le commissaire Cavicci a été assassiné hier dans un appartement parisien.

— La nouvelle nous a tous secoués, ici. J'ai rencontré André dans mon cabinet à plusieurs reprises à la demande du divisionnaire Martinez et… C'est moi qui ai recommandé qu'il soit écarté du terrain. En août 2018.

— Vous avez suivi le commissaire Cavicci ? Vous pouvez m'en dire davantage ?

— Vous savez certainement que le secret médical ne prend pas fin à la mort du patient. Mais je peux vous dire ce que j'ai écrit dans mon rapport, les conclusions qui m'ont amenée à recommander la mise à pied. Pour faire simple, il souffrait d'une psychose, un trouble psychique qui altérait son sens de la réalité. Il était persuadé qu'un complot était à l'œuvre dans plusieurs affaires de meurtres ayant eu lieu sur plusieurs années aux différents coins de France, d'Europe, du monde… Il y avait l'affaire Claudel, à Lyon, qui avait fait pas mal de bruit à l'époque, mais d'autres aussi. Il reliait ses enquêtes grâce à la numérologie, démontrant le bien-fondé de sa théorie par des recoupements de dates. Outre la numérologie, sa thèse reposait sur la mythologie grecque où il allait puiser des explications hallucinantes.

— Numérologie, mythologie, complotisme… J'imagine qu'il vous avait exposé sa théorie en détail ?

— Oh oui ! À moi et à tous ceux qui lui prêtaient deux minutes d'attention ! Le divisionnaire a imposé nos séances à André après l'avoir reçu et écouté des dizaines de fois dans son bureau. Ses collègues non plus n'en pouvaient plus d'entendre la même histoire. André Cavicci était devenu un sujet de rigolades jusqu'à ce que son état dégénère et engendre plus de pitié que de rire. Il ne venait plus travailler, laissait son groupe en plan pour courir après ses chimères. Il m'a semblé plus prudent de le mettre au repos avant…

— Vous avez pensé qu'il allait se tuer ?

— C'était une possibilité. J'ai insisté pour qu'il continue à venir me voir, mais il a disparu. Je n'avais pas entendu son nom depuis des mois quand le commissaire Martinez m'a appelée.

— Et vous pouvez m'en dire plus sur ce complot qui l'obsédait ?

— Il faudrait que je me replonge dans le dossier pour ne pas me tromper. J'en entends pas mal dans le métier, vous pouvez l'imaginer. Et ça remonte à presque un an. Est-ce que je peux regarder mes notes et vous rappeler ?

— Oui, bien sûr. Demain ?

— Oui. Je peux également demander à Franck, son ancien adjoint, de vous contacter. Les derniers mois, ils se détestaient, surtout à cause du délire d'André, mais il pourra vous en parler. Il est en retraite aujourd'hui.

— Franck comment ?

— Franck, c'est son nom de famille. Simon Franck. Je l'appelle et lui demande de vous téléphoner, si le commissaire ne l'a pas déjà fait. Lui pourra vous en dire plus sur le complot, les 5, et le reste…

— Les 5 ?

— Ça me revient tout à coup. Cavicci soutenait que toutes ces affaires commençaient le 5 du mois parce que ce chiffre avait une valeur symbolique… Enfin, vous voyez le genre d'élucubrations… À demain, lieutenante.

— À demain, répondit Chen, abasourdie.

Elle raccrocha et se tourna vers son écran. On était le 6 mars ; Cavicci et Vankleber avaient perdu la vie la veille, le 5. Elle fit cliqueter son clavier. Jean-Marie de Talense avait eu son accident de voiture le 5 août 2018. Elle inspira profondément et interrogea de nouveau l'ordinateur. Ses yeux s'écarquillèrent malgré elle : l'avocat Pierre Claudel avait été renversé devant chez lui le 5 mars 2018, un an plus tôt.

Trois hommes morts le 5 du mois. Bon, peut-être Claudel n'avait-il rien à voir. Mais Vankleber et de Talense étaient immanquablement liés. Il y avait là une coïncidence incroyable. Ou improbable. Seul un fou pouvait y trouver du sens. Ou un bon flic.

Chen regarda son écran, puis l'éteignit. À lui seul, ce 5 ne pouvait constituer une preuve, mais la psy avait évoqué d'autres affaires. Une longue traînée de sang, en France, en Europe et ailleurs, séchait dans les archives de la thérapeute. La lieutenante allait devoir attendre son coup de fil. Demain, elle aurait de nouveaux noms, de nouvelles dates et peut-être de quoi redonner du grain à moudre à tout le Bastion.

40

Lorsque Chloé de Talense ouvrit la porte et qu'elle parut dans la lumière, Starski déglutit malgré lui. Chloé était décidément rayonnante, solaire, et l'avait toujours été. En un éclair, il la revit sur scène, Ophélie magnifique, tragique, repoussée par son prince jusqu'à la mort. Il devait admettre qu'il ne s'en était jamais remis. Et son émoi avait été décuplé par la surprise de leurs retrouvailles, aujourd'hui à Paris, dans le cadre d'une enquête, alors qu'il la croyait à l'autre bout du monde, mariée à un homme puissant et beau, une sorte de Patrick Swayze ou de Brad Pitt, ou célibataire à la tête de sa propre entreprise… Chloé avait toujours vu grand, son regard dardé vers des horizons que lui-même ne pouvait imaginer, ses bras blonds embrassant un monde qui peinait à être à la mesure de ses ambitions. Elle s'était intéressée à lui parce que, en plus de toutes ses qualités, Chloé était imprévisible. Puis elle l'avait quitté, pour cette même raison. Plusieurs fois, sans qu'il puisse aujourd'hui en dire le nombre exact, et sans qu'il en sache jamais vraiment la raison. Il se souvenait vivement de ses rages folles qui éclataient soudain, quand une étincelle se faisait incendie, et ravageaient tout autour d'elle. Combien de fois avait-elle tout cassé chez lui ? Combien de fois s'en était-elle physiquement prise à lui, l'avait frappé, battu, blessé ? Combien de fois l'avait-il laissé faire pour ne pas la perdre ?

Le cœur de Starski cabriola quand elle lui sourit.

— J'ai fait les courses que tu m'as demandées, dit-il en tendant un premier sac. Et ça, c'est du chinois ! Je crois me souvenir que c'est ce que tu préfères.

— Excellent ! Merci !

— Désolé, je suis un peu en avance, mais j'ai pensé…

— Tu as bien fait ! J'allais me jeter la tête contre les murs. Vous avez du nouveau ?

Il déposa ses sacs sur la table et retira son manteau. Chloé attaquait bille en tête. Évidemment. Elle avait des tueurs à ses trousses.

— La piste sud-africaine se concrétise. Nous sommes quasiment sûrs qu'il s'agit d'une vengeance ou d'un trafic de diamants. J'imagine que ça ne te dit rien ?

— Mon père avait des diamants, mais il a tout vendu en arrivant en France, à l'exception de celui qu'il portait au doigt.

— Et qu'on a retrouvé sur lui à ce que j'ai su, mais d'autres indices nous amènent à penser que le diamant serait au cœur de tout ça…

— Mon père était dans la chimie, la pharmacie, pas dans les pierres précieuses… Ce qu'il a fait en Afrique du Sud n'était pas net, mais je ne crois pas qu'il ait trafiqué quoi que ce soit avec des diamants.

Starski s'assit.

— Qu'est-ce qu'il a fait en Afrique du Sud ?

— C'est de l'histoire ancienne, il y a eu une amnistie. Je n'ai pas très envie de remuer ces choses-là…

— Chloé, il faut jouer cartes sur table, ça nous fera gagner du temps. Je ne peux plus… m'empêcher de poser certaines questions. On risque de me déssaisir si je n'avance pas… La juge…

Il la dévisagea, redoutant l'étincelle. Mais elle tira une chaise et s'assit près de lui.

— OK. Je vais te dire ce que je sais, Paul, ce qui me mine… Je ne sais pas si tu y trouveras des réponses pour ta juge.

Elle inspira profondément.

— Mon père était blanc en Afrique du Sud à l'époque de l'apartheid. Blanc, riche et puissant, dans un pays comptant 92 % de Noirs dont les droits avaient été réduits en poudre par un pouvoir raciste. Il est né dans cette Afrique du Sud-là. Dans quel camp crois-tu qu'il était ? Il a travaillé pour ce gouvernement, s'est rendu coupable de crimes et en a payé le prix. En 1990, quand il a compris que le vent tournait, nous avons fui. Ma mère, Marie, n'a pas pu nous rejoindre à temps. Elle a été arrêtée dans sa voiture sur la route de l'aéroport et assassinée par des types de l'ANC, des opposants à l'ancien régime blanc.

Silencieux, Starski écoutait son récit qu'elle avait dû se répéter bien des fois tant les termes étaient choisis. Peut-être avait-elle déjà raconté son histoire à quelqu'un mais à qui ? À son Julien ? Après seulement trois semaines alors qu'en sept ans, elle ne lui avait rien confié à lui ?

La nouvelle de l'assassinat de Marie de Talense le percuta comme un uppercut.

— Je suis désolé. Je n'en avais aucune idée. Si seulement j'avais su, à l'époque…

Elle continua, imperturbable.

— Vankleber s'est enfui avec nous. Mon père et lui étaient copains depuis le lycée. Ils avaient monté leur premier laboratoire ensemble.

— Ils étaient déjà dans la chimie?

— Oui. La chimie pharmaceutique. Tout le monde savait que la transition orchestrée par De Klerk, le nouveau président, précipiterait la fin de l'apartheid et de ses partisans. Mes parents et Vankleber ont donc organisé leur départ en urgence. La nuit précédente, jusqu'au matin, mon père et Vankleber ont tout détruit, notes, documents et échantillons. Après avoir vidé leur bureau, ils ont quitté le labo et sont passés me prendre à l'internat... C'était le 10 février 1990. Je m'en souviens: le lendemain, Mandela était libéré après vingt-sept ans de prison. Ma mère, elle, je l'ai su plus tard, s'occupait pendant ce temps, au siège de la société, de brûler les contrats, les bons de commande, les agendas, les carnets d'adresses, tout ce qui pouvait les incriminer. Elle devait ensuite nous rejoindre à l'aéroport, notre avion décollait à midi. Mais elle n'est jamais arrivée. Nous avons appris pourquoi bien des années après. Nous sommes partis sans elle.

— À Paris?

— Je ne sais pas si tu te souviens, mais ma mère avait toujours de la famille en France. Quand on était ensemble, je t'avais parlé des cousins d'Auvergne chez qui j'allais en vacances, gamine. Nous revenions souvent les voir... Où ailleurs pouvions-nous aller? Et la France n'avait pas de convention d'extradition avec l'Afrique du Sud, à l'époque.

Il acquiesça. Tant de choses prenaient soudain sens à la lumière de sa confession.

— Comment tu as su pour ta mère?

— On a d'abord pensé qu'elle avait été arrêtée et emprisonnée, qu'elle allait être jugée. Mon père était recherché, Vankleber aussi. Dans cette transition chaotique, peu d'informations filtraient, que ce soit à l'ambassade ou aux Affaires étrangères… On a trouvé son nom dans une liste des victimes des émeutes qui ont suivi la chute du régime, à l'heure des règlements de compte et des exécutions. Les gagnants ont fait le ménage, comme au lendemain de tous les conflits. À la mise en place de la Commission Vérité et Réconciliation en 1995, une large commission d'enquête chargée d'entendre et de juger les exactions perpétrées durant l'apartheid, tant par le gouvernement, son armée, sa police que par ses opposants, mon père a été invité, en échange d'une amnistie totale, à venir parler des abus du gouvernement et des crimes qu'il avait couverts. Au début, craignant un piège, il a refusé. Quelques années après, quand il a vu que d'autres témoignaient et étaient amnistiés, il a changé d'avis. Mais il s'opposait au fait que je l'accompagne. J'ai insisté, évidemment, j'avais enfin la vérité à portée de main ! Mon père avait toujours évité de parler de son passé et de celui de ma mère. J'avais bien compris qu'ils étaient du côté du pouvoir blanc, des tortionnaires, des racistes, et je ne pouvais en parler à personne. Même pas à toi !

— Mais pourquoi ? Tu pouvais me faire confiance, Chloé ! Je ne demandais qu'à t'aider, tu le sais !

— C'était trop dur. Tu ne te rends pas compte ! Mandela était le héros international, l'Afrique du Sud était libre… Comment dire, à toi ou à quiconque d'ailleurs, que mes parents, serviteurs zélés de l'apartheid, étaient responsables de centaines de morts ? Peut-être des milliers… Des génocideurs ! Comment on trouve la force de le dire à ses proches, Paul ? « Bonjour, mes parents ont commis un crime contre l'humanité, et toi, ça va bien ? »

Starski s'adossa à son siège, soufflé, ignorant le sarcasme.

— C'était le cas ?

— Oui. Mais je ne savais pas tout, à l'époque. Quand j'ai dit à mon père que j'irais en Afrique du Sud, qu'il l'accepte ou non, parce que je voulais assister à son témoignage et me recueillir sur la tombe de ma mère, il a cédé et m'a tout raconté. Tout. Le lendemain, je te quittais et je m'envolais vers l'Afrique pour y trouver les dernières réponses.

— Merde… grogna Starski.

— Je suis désolée, Paul. Je ne pouvais pas passer à côté de… mon histoire personnelle. C'était devenu essentiel, tu comprends ?

— Oui, mais c'est douloureux.

Elle sourit.

— Je sais que tu étais là, près de moi, prêt à m'épauler, toujours.

— Et qu'est-ce que tu as trouvé ? reprit Starski.

Son sourire s'effaça.

— J'ai découvert que pendant l'apartheid, mon père n'était pas un petit chimiste ni un pharmacien, mais un agent du gouvernement à la tête d'une société-écran, la Delta G Scientific Company, en partie chargée en 1981 d'un projet scientifique d'envergure appelé « Project Coast ». Le but initial était de développer des poisons, des toxines, des agents pathogènes comme le gaz moutarde ou des souches d'anthrax, du choléra, du botulisme… à des fins militaires dont le gouvernement s'est rapidement détourné. D'abord testées sur des animaux, les toxines créées ont été injectées aux opposants prisonniers du régime à des fins de test, puis versées dans les réserves d'eau potable des ennemis du pouvoir en place.

Chloé de Talense connaissait les lieux, les dates, les noms. Combien de temps avait-elle passé à fouiller le passé de son pays, à réunir ces données qu'elle récitait aujourd'hui, sans faillir ? Paul Starski était abasourdi autant par la rigueur de l'exposé que par ces révélations qu'elle lui faisait enfin.

— Un vrai nettoyage ethnique…

— Oui. Mais mon père travaillait sur deux autres facettes du Project Coast : sous les ordres du lieutenant-colonel Wouter Basson, surnommé par la presse internationale « Docteur la Mort », il a participé aux recherches sur la « bombe noire », une bactérie génétiquement modifiée n'infectant que les Noirs. Le projet n'a jamais abouti, mais on soupçonne les États-Unis, certainement via la CIA, d'avoir tenté de récupérer ces travaux… Il a aussi collaboré à un autre axe de recherche : le projet « Kronos », comme le titan grec qui dévore ses enfants ; en apparence, un vaste programme de vaccination à l'échelle du pays. En réalité, un plan de stérilisation de la population noire, à son insu, au moyen d'un puissant contraceptif, Kronos, par injection ou par ingestion, puisqu'il était versé dans les réserves d'eau potable des quartiers noirs.

— C'est de la folie !

— Ce qui est encore plus fou, c'est que personne n'a jamais été condamné, pas même Basson, qui était la tête pensante de ce nettoyage ethnique. À l'abolition de l'apartheid, il a été entendu par la Commission, puis il a repris ses activités de médecin-cardiologue au Cap où il travaille aujourd'hui, en toute liberté. Ces hommes sont libres après ce qu'ils ont fait. Voilà ce que j'ai appris sur mon père et sur ma mère en allant en Afrique du Sud en 1998. Voilà l'homme que j'ai découvert, même s'il n'était qu'un exécutant… C'est à cette occasion aussi que j'ai appris que ma mère avait été arrêtée puis torturée pendant des semaines par les extrémistes de l'ANC, avant d'être assassinée, étranglée avec un garrot à la manière des traîtres, dans une ferme en pleine brousse.

Starski tiqua à l'évocation du garrot. Mais la voix de Chloé se brisa à l'instant où une larme coula sur sa joue, alors il garda le silence et la laissa poursuivre. Plus que de la tristesse, c'était bien de la colère qu'il lisait sur son visage. Comment avait-elle pu vivre avec un secret si terrible, toutes ces années, dans l'ombre de cet ogre ?

Chloé balaya ses larmes et se ressaisit.

— Évidemment, avec mon père, à partir de ce moment-là, les disputes se sont enchaînées. J'étais une furie avant de savoir la vérité, tu es bien placé pour le savoir ; imagine après ! Mais le temps aidant, je me suis résignée à vivre avec ce passé qui n'était pas le mien, j'ai même fini par l'accepter. On s'est rapprochés, la société Talense & Vankleber a racheté mon laboratoire, on a travaillé ensemble et ça se passait bien. Jusqu'à ce qu'on découvre avec Calvin, Calvin Kezner…

— L'ingénieur, le chef du labo…

— Oui. Il avait fui au Mozambique, où il est resté quelques années avant de venir nous rejoindre à Paris, en 1998. Peu de temps après, on a compris que Vankleber et mon père continuaient de travailler sur leur ancien projet.

— Kronos ?

— Oui. On a découvert qu'ils étaient sur le point de signer un contrat de financement avec l'armée américaine qui s'intéressait de près à leurs recherches passées… L'Afrique a toujours été un laboratoire à ciel ouvert pour toutes les expérimentations scientifiques. Et ça recommençait ! Calvin et moi nous sommes opposés à la signature de ce contrat, évidemment, et à la reprise de ces travaux. C'est à ce moment-là que Vankleber m'a licenciée. Et mon père n'a pas bronché. Fin de l'histoire. Il a eu son accident avant qu'on ait l'occasion de se reparler. Quant à Vankleber, je ne pouvais plus le voir en photo, alors en vrai…

— Est-ce qu'il a aussi été entendu par la Commission Vérité et…

— … Vérité et Réconciliation ? Oui. Mais il y est allé trois mois plus tard, juste avant la fermeture de la Commission. Il devait en avoir gros sur la conscience, ce salaud. Il n'avait pas confiance. Il avait peur. Pas de la police, pas d'être arrêté. Il avait peur de se faire intercepter par les anciens opposants au régime, les extrémistes de l'ANC. On oublie de dire que ces gens posaient des bombes et exécutaient des hommes et des femmes. Nombre d'entre eux étaient noirs, évidemment, mais il y avait aussi des blancs, que la police surnommait les « Mandela blancs ». Ce sont eux qui ont torturé ma mère et l'ont assassinée. Ils se faisaient officiellement appeler *uMkhonto we Sizwe,* rien que ça : « Le fer de lance de la nation. » Ou, plus simplement, le MK, et…

Starski sembla soudain s'éveiller, secoué par une décharge d'adrénaline.

— MK ?

— Oui. C'est leur surnom. Un groupe paramilitaire, la branche armée de l'ANC, qui a été dissoute en 1994 et dont la majorité des membres a intégré la nouvelle armée sud-africaine. Les autres, à ce qui se disait, ont quitté le pays.

Chloé avait une connaissance encyclopédique de son pays. Starski expliqua sa surprise.

— Chloé, on a trouvé ces initiales sur toutes nos scènes de crime. Si des tueurs du MK sont à Paris aujourd'hui, c'est visiblement parce qu'ils n'ont pas accepté l'amnistie du nouveau gouvernement sud-africain dont ont bénéficié les anciens acteurs de l'apartheid. Ton père, Vankleber…

— Mon père ?

— Je ne pense pas que ce soit un accident de la route…

Elle encaissa le coup.

— Mais pourquoi moi ? Je n'ai rien à voir avec cette histoire !

— Je crois que je commence à comprendre : ils recherchent bien trois personnes, Chloé. Mais ce n'est pas toi, la troisième. Est-ce que Kezner est aussi retourné en Afrique du Sud devant cette commission ?

— Oui, mais je ne sais pas ce qu'il a raconté ni à quel point il était investi dans le Project Coast… Tu crois qu'ils me suivent pour retrouver Calvin ?

— Ça aurait du sens… enfin !

— Sauf que je n'ai aucune idée de l'endroit où il est, Paul !

— Mais ils n'en savent rien. Et je pense que nous, nous le saurons bientôt. On le recherche très activement. Si j'ai raison, leur attaque en pleine rue contre toi était une mise en scène pour t'effrayer, ou pour m'éliminer, à un moment où ils voulaient t'interroger sur lui. On peut donc imaginer que s'ils tiennent à débusquer Kezner, ils vont essayer d'entrer en contact avec toi. Pour l'instant, tu ne risques rien. Personne ne sait où tu es. S'ils le savaient, ce n'est pas l'étudiant boutonneux endormi de l'accueil qui les aurait empêchés de monter ! plaisanta Starski.

Chloé sourit. Il reprit :

— Demain, on débusquera Kezner, et on les fera sortir du bois, ces types du MK. Ne t'inquiète pas. C'est une question d'heures…

Elle lui lança un regard qui l'ébranla.

— Tu es mon héros ! dit-elle en riant. J'ai de la chance. Malgré tout !

Il sourit à son tour, embarrassé. Elle reprit :

— Plus sérieusement, Paul, c'est la première fois que j'en parle à quelqu'un, que je partage ce boulet, et je suis contente que ce soit avec toi. Après tout ce qu'on a traversé, tout ce que je t'ai fait subir aussi… Si je l'avais fait à l'époque, ça aurait pas mal changé nos vies…

— Les choses se sont passées comme elles devaient se passer, Chloé. Tu ne pouvais pas me parler avant de savoir. Tu as passé vingt ans de ta vie à te poser des questions et vingt ans à porter les réponses. Il est temps que ça s'arrête, non ?

Elle acquiesça sans un mot, un sourire aux lèvres.

— On dîne ? proposa-t-il en ouvrant le sac devant lui. Ça va être froid.

— Non. Je vais prendre une douche, répondit-elle.

Elle traversa la pièce en déboutonnant son chemisier. Elle le laissa tomber au sol en entrant dans la salle de bains et se tourna vers lui.

— Tu viens ?

Il se leva, hébété, et la rejoignit.

41

Chen était passée chez l'Indien parce que ça faisait longtemps. Elle était ensuite rentrée chez elle, avait enfilé un pyjama, des chaussettes, puis avait épluché le catalogue Netflix. Par pitié, rien de policier, pas de crimes, pas de meurtres : sa vie professionnelle ne pouvait empiéter sur sa vie personnelle. À 18 heures chaque soir, elle quittait son travail et sectionnait les deux parties de sa vie avec une sévérité d'inquisiteur. Elle remisait les cadavres au Bastion, surtout parce qu'elle voyait dépérir certains de ses collègues, des Cavicci en puissance se consumer à petit feu dans le travail, l'alcool, ou l'ennui, et y laisser leur vie, parfois en se donnant la mort. Chen s'y refusait.

Nombre de séries proposées par la plateforme pataugeaient dans le sang. C'était dans l'air du temps, le sang. Le rire aussi. Chen jeta d'abord un œil aux comédies, puis aux films fantastiques, historiques, animaliers… Il y avait là de quoi passer dix vies sur le même canapé en avalant des plats tout prêts, un choix tel qu'il devenait embarras, tant de divertissements qu'il en naissait de l'ennui. Mais la lieutenante y trouvait une forme de réconfort. Sa vie s'écoulait en une apaisante routine : des journées de surprises et de tragédies, et des soirées de détente télévisuelle, au moins pour cinq d'entre elles ; le mardi et le jeudi, elle était prise.

Elle sélectionna les documentaires animaliers et une centaine de films s'étalèrent sous son curseur. C'était donc vrai : des gens regardaient des animaux à la télé. Elle s'était étonnée, ces deux derniers jours, de la réaction de son collègue face à la mort de son chien. Visiblement, la vie animale suscitait des émotions chez ses semblables, et pas seulement quand on maltraitait les bêtes, qu'on les tuait ou qu'on les mangeait. Les hommes se méprisaient, s'ignoraient, restaient insensibles à la misère d'un quart de leurs pairs, mais larmoyaient dès qu'il voyait un moineau souffrir de la rigueur de l'hiver. Non, vraiment, elle ne comprenait pas. Starski avait manqué de fondre en larmes devant elle parce que son clébard avait mangé de la lessive ou de la mort-aux-rats… Certes, ça tombait mal à l'heure où sa femme le plaquait, mais on parlait d'un chien. Pas d'un…

Chen se demanda quelle perte pourrait susciter en elle un sentiment d'une telle intensité, et ne trouva rien.

Elle cliqua sur l'un des documentaires et le film se lança. La savane lointaine apparut, blonde et ondulante dans la fournaise africaine. Un guépard assoupi sur un tronc desséché, une patte repliée sous son corps, une autre étendue devant lui, releva soudain la tête et tendit l'oreille. La voix off évoqua l'heure de la chasse. L'animal tacheté se redressa et scruta l'horizon morne d'une plaine infinie. La chasse venait de commencer. Il n'y avait pas à dire, les images étaient jolies. L'instant d'après, le félin contournait un troupeau de buffles, évoluant contre un vent fluet et à l'abri des herbes hautes, pour s'approcher et choisir sa proie. En un éclair, le prédateur effilé fusa hors de sa cachette et prit en chasse un jeune buffle. Le troupeau détala en tous sens, mais le guépard continua de poursuivre la cible sur laquelle il avait jeté son dévolu.

Le petit buffle zigzaguait, sachant d'instinct que, contre le guépard, la ligne droite lui serait fatale, alors il bifurquait, bondissait hors d'atteinte. La voix off évoqua la stratégie du félin, le laisser-courre, dont le but consistait à fatiguer la proie.

Chen à son tour tendit l'oreille. Soudain, le guépard vira sur sa droite et prit en chasse un autre animal, laissant le petit buffle s'enfuir puisqu'il avait « donné le change », expliqua la voix, en laissant sa place à un autre gibier. Presque surprise, la nouvelle proie essaya de détaler, mais déjà les griffes du félin déchiraient ses flancs. Chen n'en perdait pas une miette. L'animal blessé, aux abois, tentait le tout pour le tout, voltant, ruant, mais le guépard referma sa gueule sur son cou et l'entraîna au sol. Après quelques spasmes, le buffle s'immobilisa. Le félin releva un museau rougi de sang et toisa le reste du troupeau avant de commencer son repas.

Chen se surprit la fourchette figée à quelques centimètres de sa bouche ouverte. Combien de temps avait-elle passé dans cette fascination ? Elle n'aurait pu le dire. Malgré toute sa volonté, sa soirée finissait encore dans le sang, comme si un karma facétieux avait organisé pour elle une journée à thème : le sang de Mérandier, celui de Pauline Dubreuil, celui du buffle… Ou bien était-ce une vie à thème ? Il y avait eu hier le sang de Vankleber, de Cavicci. Et d'Albus. Et avant, combien d'autres avaient-ils rougi ses journées ?

Ses yeux s'écarquillèrent soudain malgré elle. Chen déposa son plateau indien devant elle et attrapa son téléphone portable. Elle entra sa requête sur le moteur de recherche, trouva l'information et composa le numéro.

— Clinique vétérinaire FamilyVets, bonsoir.

— Bonsoir. J'aurais voulu avoir des informations

concernant un chien qu'on vous a amené hier matin vers 4 heures. Il s'appelle Albus. Il est mort dans la journée.

La jeune femme au téléphone sembla déconcertée.

— Laissez-moi voir… Vous avez le nom du propriétaire ?

— Paul Starski. Ou M. et Mme Starski.

— Oui. Un setter irlandais rouge. L'animal est décédé hier soir à 19 h 22. Nous sommes en attente d'une réponse des propriétaires concernant la dépouille.

— C'est bien ce chien. Est-ce que le vétérinaire qui s'en est occupé est là ?

— Attendez, je regarde. Non, le Dr Moreau n'est pas de garde cette nuit. Il sera là demain, à partir de 9 heures.

— Est-ce qu'un autre vétérinaire est présent ?

— Oui. Bien sûr, mais…

— Pouvez-vous me le passer ? C'est urgent. Je suis la lieutenante Chen de la brigade criminelle.

— Je… Oui. Patientez, s'il vous plaît.

Une musique insupportable débuta et perdura jusqu'à l'agacement, avant qu'une femme ne reprenne le téléphone.

— Bonsoir. Dr Montgomery. J'écoute.

— Bonsoir. Lieutenante Chen, brigade criminelle. Je voudrais savoir si une autopsie a été pratiquée sur le chien de M. Starski.

— C'est une nécropsie, pour un animal. Non. Bien sûr que non. Nous ne faisons pas de…

— Je souhaiterais que vous procédiez à cet examen pour déterminer les causes de sa mort.

— Je n'ai pas connaissance du dossier, mais d'après ce qu'a noté mon collègue, il s'agit d'un empoisonnement qui a provoqué une hémorragie interne massive et entraîné la mort.

— Quel poison ? Quel produit ?

— Nous pouvons faire une recherche, mais cela à un coût, évidemment. Devant les symptômes, l'hémorragie interne en particulier, mon collègue a penché pour une ingestion accidentelle de mort-aux-rats, ce qui arrive fréquemment. Mais nous pouvons faire cet examen médical et vous en dire plus. Il est facturé 155 euros, 320 si nous procédons à une analyse toxicologique. Les mutuelles et assurances ne remboursent ces frais que dans très peu de cas. Le propriétaire est un éleveur ?

— Non. Pratiquez cet examen. Je vous appelle demain.

— Excusez-moi, mais vous n'êtes pas le propriétaire de l'animal. Je ne peux rien faire sans son autorisation expresse… ou une commission rogatoire émanant d'un juge, puisque vous êtes de la police…

Chen soupira, entendit le doute dans la voix de son interlocutrice, qui enchaîna :

— … et je vois que, faute de retour du propriétaire avant demain soir, nous devrons procéder à une incinération de la dépouille.

— Je vous remercie. Je passerai demain.

Chen raccrocha. Elle s'imagina un instant en train d'appeler Bonname à cette heure tardive afin de lui demander une commission rogatoire pour une autopsie de chien au prix de 320 euros. Elle entendit presque sa réponse, son ton, sa voix de harpie, puis chassa ce cauchemar de son esprit. Il faudrait qu'elle passe à la clinique avec Starski, le plus tôt possible. Parce que si elle voyait juste et qu'Albus avait effectivement été empoisonné à la poudre de diamant, il devenait la première des trois victimes, celle dont le nom était resté en blanc au-dessus de Vankleber et de Cavicci dans le carnet de chasse de Melissa Garado. Avec Vankleber et Cavicci, il était la « Phase 2 – L'appât ».

Et l'enquête prenait alors une effroyable tournure.

42

Devant l'Hôtel de Nantes, assise dans son bolide, Chen écoutait le bourdonnement du moteur, que rythmaient les allers-retours des essuie-glaces. Une passante au pas preste remonta le trottoir d'en face. La pluie, qui tombait sur Paris en un rideau continu depuis le milieu de la nuit, l'avait réveillée en frappant à ses fenêtres et l'avait attendue au petit matin. À 7 heures, la lieutenante avait téléphoné à son collègue, qui n'avait pas répondu, alors elle l'avait rappelé. Encore et encore. Il avait fini par décrocher, à moitié inquiet, à moitié agacé. Elle avait proposé de venir le chercher. Starski avait décliné l'offre, suggérant plutôt de la retrouver au Bastion. Chen avait insisté, prétextant une avancée dans l'enquête. Starski avait finalement admis être avec Chloé à son hôtel, confessant implicitement y avoir passé la nuit, et lui avait demandé de venir le chercher à 8 h 30 avant de raccrocher.

Le commissaire sortit de l'Hôtel de Nantes à petites foulées, en tendant un sac plastique aux couleurs du Dragon Bleu au-dessus de sa tête. Il entra dans l'habitacle en pestant, et Chen démarra.

— Évidemment, il pleut le jour où je ne repasse pas chez moi…

Chen détailla son collègue sans rien dire, examina

ses traits tirés, sa barbe si rase d'ordinaire, négligée depuis deux jours, ses cheveux en bataille, ses vêtements de la veille… Une caricature de néo-célibataire. Starski remarqua le dur jugement qu'elle portait sur lui, mais il n'avait pas envie d'expliquer ou de justifier quoi que ce soit. Il enchaîna donc, professionnel :

— Hier, Chloé m'a raconté que, sous l'apartheid, ses parents et Vankleber officiaient pour le gouvernement sud-africain. Ils travaillaient dans un laboratoire expérimental à l'empoisonnement des populations noires du pays.

— Je vois le genre d'ordures…

— Sa mère a été exécutée au moment de la chute du régime, mais Vankleber, son père et elle ont réussi à s'enfuir pour venir en France retrouver la famille maternelle. Dans les années qui ont suivi, tous les crimes de l'apartheid ont été amnistiés. Mais un groupuscule extrémiste a continué de poursuivre les criminels du régime pour les éliminer : on l'appelle le MK.

Chen opina du chef sans quitter la circulation des yeux. N'importe quel enquêteur aurait bondi en apprenant le sens des initiales inscrites sur les CD ; mais Chen ne bondissait pas. Jamais.

— C'est ce groupe qui, en 1990, a capturé et assassiné sa mère… étranglée avec un garrot !

— Tout ça confirme notre piste sud-africaine, acquiesça la lieutenante. Pourquoi n'en a-t-elle pas parlé avant ?

— Quoi ?

— Pourquoi nous parle-t-elle seulement maintenant de cette histoire, des crimes d'État de ses parents, de ces vengeurs du passé ? Dès qu'on a dit « Afrique du Sud », elle aurait pu percuter, non ?

— D'abord parce qu'elle avait treize ans à l'époque des faits et rejette tout ce qui concerne le pays où sa mère a été assassinée, à commencer par son père. Les crimes de ses parents, c'est un fardeau énorme pour elle, qu'elle traîne depuis vingt ans, pas une anecdote que tu balances au détour de la conversation, tu vois ? « Bonjour, mes parents ont commis un crime contre l'humanité, et toi, ça va bien ? » Ça a mis du temps à sortir... Ensuite, parce qu'elle ignorait que les lettres « MK » apparaissent sur les scènes de crime ; on ne lui en a jamais parlé ! Et enfin, écoute bien ça, parce que je crois que Kezner est le troisième type qu'ils recherchent : il a lui aussi travaillé pour le gouvernement, dans le même laboratoire, et fui le pays à la fin de l'apartheid, avant de venir retrouver ses anciens complices à Paris. Ce n'est pas Chloé qu'ils traquent, mais Kezner !

— En suivant Chloé, ils pensent parvenir à le localiser, reformula Chen, flegmatique.

— C'est ça !

— Mais elle ne sait pas où il est, si ? Ou bien elle t'a aussi confié son adresse sur l'oreiller ?

Le cynisme de sa collègue cueillit Starski autant qu'il l'irrita.

— Je n'ai pas à me justifier, Yvonne. Ni devant toi ni devant ma femme. Je viens de me faire plaquer, alors...

— Tu couches avec un témoin, après avoir caché à la juge que c'était un amour de jeunesse et que tu l'as accueillie chez toi. On fait comment maintenant ? Si on a affaire à ces tueurs politiques du MK, Bonname va au minimum prévenir la DGSI, qui commencera à enquêter et se mettra en lien avec la DGSE pour en savoir davantage sur ce groupuscule. Tu crois que ni le renseignement intérieur ni le contre-espionnage ne découvriront que tu protèges cette femme depuis le début ? Et que vous couchez ensemble ?

— Mais elle n'est pas coupable, Yvonne ! s'emporta-t-il soudain, sa voix se brisant sur un contre-ut. Elle est victime ! On lui a tiré dessus ! piailla-t-il.

— Tu as raison, pour une fois. Mais maintenant, on est obligés de continuer à mentir à la juge si on ne veut pas être mis à pied pour faute. Toi pour ce que tu fais, moi pour t'avoir couvert. Quant à l'appui d'un autre service, on peut faire une croix dessus pour les mêmes raisons.

— On n'aura besoin de personne. Il suffit de loger Kezner et de le ramener au Bastion. Une fois qu'il sera à l'abri entre nos murs, ces types n'auront plus qu'à abandonner et à quitter le pays.

— Quitter le pays ? Mais tu plaisantes ? Ils ont tué quatre personnes sur le territoire français. On va les retrouver et les présenter à Bonname. Et ils prendront perpète. Point barre.

Chen avait les narines dilatées, ce qui n'était pas courant. Starski préféra battre en retraite. L'essentiel était pour lui que cette chasse s'arrête, que Grand Veneur et autre MK renoncent à traquer Chloé comme une proie.

— Tu as raison… Et ne dis rien.

— OK.

Le commissaire se renfonça dans son siège et fronça les sourcils. La BMW descendait la rue de Clichy et s'éloignait du Bastion.

— Tu vas où, exactement ?

— J'ai regardé un documentaire animalier, hier.

— *Toi*, tu as regardé des animaux à la télé ?

— Sur un guépard africain qui mangeait des vaches ou… un truc du genre. Bref, il les chassait. Il les poursuivait puis en attrapait un. Ensuite, il y avait du sang partout.

— Super.

— Et là, ça m'a fait penser à Mérandier.

Elle planta la berline sur un espace livraison devant la clinique vétérinaire où elle était venue chercher Starski deux jours plus tôt. Starski grimaça son incompréhension de plus belle.

— FamilyVets ? Mais qu'est-ce qu'on fait là ?

— Je crois que c'est ça, le lien. Viens.

Ils poussèrent ensemble la porte vitrée. Chen se présenta.

— Bonjour. Police. Brigade criminelle. Je voudrais voir le Dr Montgomery.

Le jeune homme à barbichette qui tenait l'accueil sembla légèrement paniqué.

— Le Dr Montgomery est partie à la fin de son astreinte, à 8 heures.

— Qui est le véto de garde ?

— Le Dr Hammont. Je l'appelle.

Il décrocha son téléphone et un quadra brun à blouse et à lunettes parut.

— Nous souhaiterions voir le corps du chien du commissaire, attaqua Chen.

— Mais pourquoi ? demanda Starski.

— Oui, pourquoi ? reprit Hammont.

— Allons-y, insista Chen.

Le vétérinaire pria le jeune homme de lui apporter le dossier médical de l'animal, puis les entraîna dans un couloir blanc jusqu'à une chambre réfrigérée où s'étendaient une dizaine de tiroirs en inox. Il consulta un tableau mural, puis s'approcha d'un tiroir, qu'il ouvrit. Albus était allongé là.

— Merde, lâcha Starski.

Le réceptionniste apporta le dossier médical. Le véto le compulsa à la hâte.

— Mon collègue, le Dr Moreau, s'est occupé de lui. L'animal est mort d'une hémorragie interne causée par un empoisonnement. Hum…

— Il y a autre chose ? s'enquit Chen.

— Non. Il soupçonne une ingestion de mort-aux-rats. Pourtant il a pratiqué deux injections de vitamine K, sans résultat.

— Est-ce que l'animal aurait pu mourir d'autre chose ?

Le vétérinaire leva la tête, comme piqué au vif.

— Je ne pense pas que mon collègue ait commis une erreur, si c'est ce que vous voulez dire.

Starski intervint.

— Est-ce qu'il pourrait s'agir de verre pilé ? Ou de poudre de diamant ? Parce que c'est à ça que tu penses, Yvonne ?

— Exactement.

— Aucun animal n'avalerait du verre pilé, même par accident. Je veux dire qu'il se couperait la langue et recracherait aussitôt.

— À moins qu'il soit indétectable, précisa Chen.

Le vétérinaire les dévisagea, regarda de nouveau le dossier, puis l'animal.

— Il n'y a pas besoin d'un examen très poussé. Un microscope suffit. Mais il faudrait l'avis du propriétaire ou un document officiel.

— Je suis Paul Starski, dit le commissaire en

montrant du doigt le nom qui figurait en haut du dossier.

— Ah… Vous êtes de la famille ?

Malgré sa mine ravagée, Starski ne ressemblait en rien à Albus, pensa Chen. Lisant l'incompréhension, le véto s'expliqua :

— Non, pas du chien ! Des Starsky !

Il rit de sa méprise. Starski resta de marbre.

— Non. Ça s'écrit avec un « i ». Et Starsky est le nom du personnage. Le comédien s'appelle Paul Michael Glaser.

Le véto sembla déçu.

— Bien sûr. Avec votre accord, nous pouvons procéder à l'examen. Je vais devoir faire quelques prélèvements sur la dépouille de l'animal.

— Je suis d'accord.

— Bien. Peut-être voulez-vous patienter à côté ?

— Non, ça va, dit Chen.

— Oui, je préfère, dit Starski. Je vous attends à l'entrée.

Une demi-heure plus tard, Chen, une feuille à la main, revint à l'accueil par le couloir blanc. Elle trouva Starski en plein palabre avec l'assistant, qui achevait visiblement les formalités pour la crémation.

— Il n'y aura pas de crémation, Paul.

— Si. Je viens de signer les papiers…

— L'examen est positif : poudre de diamant.

— Ils ont tué mon chien ?

Chen étudia quelques réponses possibles. Une seule lui sembla convenir à la situation : la vérité crue.

— Oui.

Starski encaissa l'information. À peine baissa-t-il la tête.

— J'ai fait mettre le corps sous séquestre, poursuivit Chen. C'est une pièce à conviction. Ils vont le congeler.

— Mais pourquoi ?

— Pour procéder à d'autres examens.

— Non ! *Pourquoi* ont-ils tué Albus ?

43

La BMW slalomait entre les voitures presque à l'arrêt ; les joies du trafic parisien à 10 heures du matin. Visiblement, le gyrophare réglait le problème. Pourquoi refusait-on encore d'en distribuer à tout le monde ?

— Ça n'a pas de sens, Yvonne ! Pourquoi tuer Albus ? Ces types traversent la moitié de la planète pour éliminer d'anciens criminels de l'apartheid et ils commencent par empoisonner mon chien ?

— Parce qu'ils voulaient que ce soit toi qui récupères l'enquête.

Starski dévisagea sa collègue, perplexe. Elle s'expliqua :

— J'y ai réfléchi une bonne partie de la nuit. J'ai regardé sur Internet où se trouvent les différentes cliniques vétérinaires ayant un service d'urgences ouvert en continu à Paris. Celle que tu as choisie est la plus proche…

— Évidemment ! Je n'allais pas emmener Albus à Lille ! s'emporta le commissaire.

— … la plus proche de la rue des Moines. Au matin, à 8 h 30, quand je suis venue te chercher à la clinique pour rejoindre le Bastion, nous étions la voiture la plus proche de la rue des Moines, sur les écrans du central. À l'heure où on a retrouvé les cadavres, il y avait deux officiers de la brigade criminelle à deux rues de là : c'était nous. On nous y a envoyés et on a récupéré l'affaire dans la foulée, parce que le groupe crim sur place quand le substitut est arrivé, c'était nous !

Le visage de Starski avait pâli. S'il comprenait chacun des mots prononcés par sa collègue, l'ensemble ne faisait pas sens. Sa bouche tentait de dire quelque chose, renonçait, recommençait, reflétait l'orage intérieur qui balayait ses synapses. Enfin, un mot sortit :

— Pourquoi ?

— *Pourquoi toi*, plutôt ? Tu as été choisi pour mener cette enquête par ceux que tu poursuis. Ils ont dû estimer que tu pouvais les conduire à Kezner, puisque ça semble être leur but ultime.

— Tu te rends compte de ce que tu dis, Yvonne ?

— Oui. On a suivi leur plan à la lettre jusqu'ici, sans rien y comprendre. Tous les détails de l'opération sont dans le carnet de chasse de Melissa Garado, étape par étape. Il faut que l'IJ nous rende ce carnet pour qu'on essaye d'anticiper. Sinon, on suivra docilement leur plan jusqu'à son dénouement, sans pouvoir l'enrayer.

— Les gars en faction à la Maison Souquet ont été relayés à 7 heures. Garado ne s'est toujours pas montrée.

— Ils se sont fait griller. Elle ne reviendra pas. Tu peux leur dire d'abandonner.

— Merde.

Starski tira son portable.

— 10 h 10 ! Bonname va nous pendre. Fonce !

Chen ne se fit pas prier et les colla aux sièges.

— Pour la juge, on s'en tient au MK et à Kezner, OK ?

Chen acquiesça bien malgré elle. Il y avait tant de fils

à tirer, tant de confusion dans cette enquête. Peut-être autant que dans la tête de son collègue. Il valait mieux faire profil bas jusqu'à la prochaine avancée.

— Vous êtes en retard, annonça Bonname d'une voix chantante lorsqu'ils passèrent enfin la porte de son bureau qu'un soleil froid peinait à éclairer.

Starski et Chen découvrirent avec étonnement la présence d'Orteuil. Les bras en l'air, en jean et veste de montagne, le chef de l'IJ s'indignait. Sans sa combinaison blanche, comme détaché de sa fonction, il avait l'air humain. Aucune allumette ne s'agitait au coin de sa bouche, preuve qu'il savait se tenir en société et, sans doute, qu'il voulait faire bonne impression devant la juge.

Elle les invita à s'asseoir avant de commencer.

— Vous aurez compris que le substitut et moi-même suivons cette affaire de près en raison de sa complexité et du nombre de victimes. Une hécatombe que vous n'avez pu empêcher.

Starski exhala le soupir résigné de tous les fusibles et boucs émissaires de l'univers. Chen ne cilla même pas.

— Quatre victimes, commissaire. Il serait temps de réagir et d'avancer.

— Justement. Nous en savons plus sur les motivations de nos tueurs. Chloé de Talense nous a avoué le passé criminel de son père en Afrique du Sud. Dans les années 1970 et 1980, de Talense et Vankleber ont fricoté avec le gouvernement raciste, produisant sur ordre, dans leur laboratoire de recherche, des armes chimiques pour exterminer la population noire. Après l'abolition de l'apartheid, ils ont été graciés dans le cadre d'une vaste réconciliation nationale, comme la plupart des criminels du régime. Mais un groupuscule paramilitaire, ennemi de l'ancien régime, a continué de les traquer pour leur faire payer leurs exactions. Ces hommes s'appelaient le MK : ce sont les initiales qui apparaissent sur tous les CD découverts chez les victimes.

— Comme une signature, ponctua la juge.

— Exactement. Parce qu'ils veulent faire savoir au monde que leur travail de vengeance continue ! Ils ont exécuté Vankleber et recherchent maintenant le dernier cadre de ce laboratoire sud-africain : Calvin Kezner. Nous devons le retrouver avant eux, et le mettre en sécurité.

— S'il est toujours sur le territoire français ! tempéra Bonname. Et s'il est vivant ! ajouta-t-elle.

Elle sembla réfléchir un instant, visiblement embarrassée.

— Quant à « le faire savoir au monde », pour l'instant, il s'agit de faits divers : un double assassinat et deux meurtres, sans lien les uns avec les autres aux yeux de la presse. Si les journalistes devaient établir une connexion entre ces affaires, ça prendrait des proportions incommensurables, ce que nous ne voulons pas. Pourtant, plus le temps passe, plus le risque est grand que cela se produise. Quarante-huit heures se sont écoulées depuis la découverte des premiers corps rue des Moines. Nous devons accélérer, commissaire. En outre, si votre piste du MK, ces tueurs africains, se révèle exacte, il me semble nécessaire d'en référer à la DGSI.

Le commissaire se tortilla sur son siège, qui grinça.

— Laissez-nous encore une dizaine d'heures, madame la juge, avant de faire entrer d'autres services de police dans la danse. Vous savez comment ça se passe : les dossiers sont retenus, les témoins sont mis « au chaud »... Les services ne collaborent pas. Nous nous occupons de l'enquête depuis le début. Nous en connaissons tous les détails. Nous savons pourquoi ces tueurs sont là. Ne nous reste qu'à les identifier et à les appréhender. Il nous paraît clair que la multiplication des victimes et des scènes de crime a pour but de nous retarder, et de leur permettre de gagner du temps. Pendant qu'on ramasse les corps, eux continuent de traquer Chloé de Talense pour atteindre Calvin Kezner. L'IJ est débordée, l'institut médico-légal est saturé. Dès que nous aurons leurs réponses, nous pourrons...

— Ah, mais parlons-en justement ! J'ai demandé au commandant Orteuil de venir nous faire part de ses trouvailles. Je vous en prie, commandant.

À l'étroit sur sa chaise, Orteuil resserra le col de sa veste. Il n'appréciait manifestement pas cette convocation. Il saisit la chemise cartonnée posée devant lui et l'ouvrit.

— Merci, madame la juge. Je vais commencer par la chambre de la Maison Souquet.

Chacun approuva.

— Il n'y a rien.

Il lut la stupeur et l'incompréhension sur les visages des deux flics, et s'expliqua.

— Il n'y a aucune trace de passage dans la suite, ni cheveu, ni empreintes digitales, ni ADN... Rien.

— Mais la brosse à dents ? Le carnet de chasse ? Le stylo ? s'insurgea Starski.

— Rien. Personne n'a dormi dans cette chambre. Personne n'y est venu. Tout ce qu'on y a trouvé est neuf. Le CD non plus ne porte aucune empreinte. Cette chambre est un décor.

— Un décor ? répéta le commissaire.

— Tout est faux : les vêtements en vrac sur le lit, les affaires dans la salle de bains… Rien n'a jamais servi. C'est un leurre.

Starski se dit que le mot revenait un peu souvent dans son existence, ces temps-ci. Il reprit, luttant contre l'évidence :

— Mais Cavicci a suivi quelqu'un jusqu'à cet hôtel et attendu cette personne jusqu'au matin, non ? Les employés ont bien vu cette femme qui leur a parlé, leur a donné un passeport, certes faux, qui…

Il s'arrêta net, comme frappé par la foudre, puis acheva sa phrase :

— … qui leur a dit de ne pas faire la chambre, de ne pas y entrer.

— Un leurre, conclut Chen.

La juge posa les coudes sur son bureau.

— Commandant, poursuivez, je vous prie.

— La chambre du Enjoy Hotel et sa baignoire corrosive… Mes gars ont passé plus de huit heures avec des masques complets, à pêcher dans cette purée des morceaux de cellulose qui, pour ceux qui avaient encore une forme, se sont dissouts à peine sortis. Un cauchemar. On pense qu'il y avait près d'un kilo, un kilo et demi de papier là-dedans, des cahiers, des carnets, l'équivalent de deux cent cinquante feuillets A4. Tout ou presque a été détruit, mais on a réussi à récupérer quelques fragments. Je vous ai mis des agrandissements.

Il tendit la chemise à Starski. Trois photos laissaient apparaitre des morceaux de pages couverts ici et là d'une écriture manuscrite souvent illisible, tremblante, folle. Le commissaire les inspecta.

— On a pu isoler des noms propres qui reviennent

plusieurs fois ; c'est dans le rapport. Mais pour l'instant, le sens reste opaque. Cavicci fait mention d'un certain Claude… Le nom apparait trois fois. Claude…

— Il doit y en avoir quelques-uns des Claude, en France, ponctua Starski.

— … qui résidait, semble-t-il, à Lyon, poursuivit le technicien, mais on n'a rien pu trouver de plus.

— C'est Claudel, Pierre Claudel si je me souviens bien, corrigea Chen. Un avocat tué à Lyon, renversé par une voiture qui a pris la fuite. D'après son commissaire à Marseille, Cavicci était obsédé par cette affaire.

Ils approuvèrent. Le technicien en chef prit note et poursuivit :

— Il y a aussi Marcel Birzaian à Bordeaux… On a vérifié : il s'agit… s'agissait du patron d'une grosse entreprise textile. Il s'est noyé dans la Gironde par une nuit d'ivresse. L'enquête a conclu à l'accident. Pour les autres noms, c'est moins clair : on a un certain Boukriss, un médecin, peut-être chirurgien, mais on n'a rien trouvé au fichier. Une restauratrice sans nom qui se serait défenestrée, mais on ne sait ni où ni quand. Impossible à vérifier, donc. Il y aurait aussi une Mélanie, un Alain… Inutilisables.

— Merde, souffla Starski. Il faut qu'on identifie toutes ces personnes. C'est à cause d'elles que Cavicci s'est retrouvé à Paris, dans notre enquête et dans cet appartement. C'est pour elles qu'il est mort.

— Sauf que tout le monde te dit, son commissaire à Marseille en premier, que sa théorie du complot a été vérifiée, cas par cas, et que personne n'a rien trouvé : Cavicci était devenu fou.

Starski acquiesça à regret.

— Enfin, reprit Orteuil, il fait plusieurs allusions à

des gens, trois ou quatre, ce n'est pas clair, qui seraient à l'origine de tout ça, des meurtres en France et à l'étranger ; Lyon, Bordeaux, Stuttgart, Rome, Oslo… Et des dates courant de 2012 à 2018…

— Il a noté leurs noms ? demanda Starski sans y croire.

— Leurs noms, non, mais un surnom : « les Furies ».

— Comme l'opéra qu'il écoutait, rappela Chen.

— *La Danse des Furies*, confirma Starski.

— Nous voilà bien avancés, soupira Bonname. Vous avez trouvé autre chose, commandant ?

— Non, madame le… la juge.

— Eh bien moi, j'ai quelque chose, annonça-t-elle, triomphale. Ça vient d'arriver !

La juge se piquait au jeu de l'enquête criminelle, ce qui ne plut guère aux trois flics.

— J'ai reçu les résultats de la géolocalisation : la dernière fois que le téléphone de Vankleber a borné, le matin du 5 mars à 4 h 52, il se trouvait à son domicile. Vankleber a vraisemblablement été enlevé à cette heure-là. Son téléphone disparaît ensuite, certainement détruit.

— Nous pensons qu'il a été abattu peu de temps après, rue des Moines, selon le rapport de la légiste, commenta Starski.

— Pourquoi est-ce que c'est à vous que les résultats ont été envoyés ? demanda Chen parce que c'était Chen et qu'elle était faite ainsi, mi-femme mi-pavé dans la mare.

Les deux hommes tâchèrent de dissimuler leur panique. La juge sourit à la lieutenante.

— Le substitut et moi avons estimé qu'il était plus sage d'être désormais dans la boucle et de suivre votre enquête au plus près, lieutenante. Nous n'en serons que plus efficaces, vous comprenez.

Ce n'était pas une question, alors elle poursuivit :

— Plus intéressantes, ces informations : les relevés d'appels de Cavicci et de Vankleber montrent qu'ils ne se sont jamais téléphoné. Ils ne se connaissaient sans doute même pas.

— Nous nous en doutions, commenta Starski.

— Deuxième chose : la voiture de Cavicci a été retrouvée. Elle est à la fourrière Charlety, dans le XIIIe, depuis hier midi. Il faut fouiller le véhicule, peut-être y trouverez-vous d'autres documents. Troisième chose : le numéro qu'a appelé Cavicci juste avant sa mort. C'est une ligne de portable à son nom. Il s'est appelé lui-même, ce qu'il faisait tous les jours, voire plusieurs fois par jour, sans doute pour se laisser des messages.

— Est-ce qu'on a pu géolocaliser le téléphone en question ? demanda Starski.

— Bien sûr ! Il est dans la voiture, à la fourrière ! exulta la juge.

Les deux flics se levèrent en même temps.

— Tenez-moi au courant dès que vous avez du neuf. Vous gardez cette affaire à cette unique condition, commissaire. Un écart et la DGSI est sur le coup. Ah ! Concernant Kezner, vous avez eu des nouvelles du substitut ?

— Pas encore, mais…

— Je vais le relancer. À tout à l'heure ! Merci pour ces informations, commandant !

En une dernière tirade, elle venait de congédier trois flics de son bureau. Orteuil en restait tout chose.

— Elle dirige l'enquête toute seule, en fait… Et elle me convoque ! C'est la première fois qu'un juge me convoque comme ça. Je trouve ça assez…

À voir sa grimace, il cherchait un synonyme de

«désagréable». Il tira une boîte d'allumettes de sa veste et en plaça une entre ses lèvres.

— J'avais une tante tyrannique qui…

— On n'a pas le temps, Orteuil. On s'appelle.

— OK. Salut. Ah, attends ! J'ai oublié quelque chose ! Mon gars de la balistique m'a signalé un truc bizarre.

— On t'écoute.

— Je l'ai envoyé faire un tour rue Murillo, là où on t'a tiré dessus. C'est la procédure.

— Et alors ?

— Eh bien, il n'a rien trouvé.

— Comment ça, «rien trouvé» ? Il n'y avait pas de douille au sol ?

— Non, mais ça, c'est possible, expliqua Orteuil. Si le tireur avait un revolver, il repart avec les douilles. C'est vrai qu'avec un Vektor, les douilles auraient été éjectées, et à moins qu'il ait pris le temps de les chercher et de les ramasser, on les aurait retrouvées sur place… Mais…

— Vas-y, Orteuil, s'impatienta Starski.

— Non, le truc curieux, c'est qu'on n'a retrouvé aucun impact non plus. D'après ce que tu dis dans ton rapport, le tireur a déboulé devant vous à une quinzaine de mètres, vous vous êtes mis à l'abri, avec la fille, derrière un énorme 4 × 4 et le type a fait feu. On peut imaginer qu'il a tiré dans votre direction. Pourtant, il a même raté le 4 × 4, les voitures alentour aussi. Deux fois. Et le type, à ce que tu dis, serait un ancien paramilitaire sud-africain, aujourd'hui tueur professionnel ?

— Tu crois qu'il a tiré en l'air ? proposa Chen.

— Oui. Ou à blanc. Parce qu'il voulait vous effrayer, pas vous abattre. C'est une hypothèse… acheva Orteuil.

— Ça corroborerait l'idée qu'ils traquent Chloé sans

qu'elle soit vraiment leur cible. On doit y aller, conclut Starski. Salut !

Ils plantèrent le technicien au milieu de ses souvenirs et empruntèrent l'escalator rutilant qui les mena au grand hall crème du tribunal judiciaire de Paris. Dans cette construction nouvelle, verre et bois s'épousaient dans un vaste espace lumineux parcouru en tous sens d'escaliers mécaniques inox et blancs. Escher avait rencontré Ikea.

— Si Cavicci a utilisé sa messagerie comme dictaphone, on devrait en apprendre pas mal sur son enquête et sur les heures qui ont précédé sa mort, se réjouit Chen.

— Et c'est parce que ce téléphone est à la fourrière, sous protection policière, qu'il n'a pas fini dans la baignoire de soude… Les types du MK n'avaient aucune chance de le deviner.

— Il faut qu'on passe au bureau récupérer les clés de la voiture.

— On a…

— Paul ?

Le commissaire fit volte-face et les deux flics tombèrent nez à nez avec Julien Lerude, en robe d'avocat, défenseur des pauvres et des opprimés, qui avait plaqué sa petite amie Chloé en pleine garde à vue. Starski le toisa sans rien dire.

— Comment va Chloé ? J'ai appris que sa garde à vue avait pris fin.

— Oui. Et ce n'est pas grâce à toi, maître Lerude. On ne peut pas dire que tu aies été très classe dans cette histoire. Excuse-moi, j'ai du travail.

Starski se remit en marche vers la sortie, suivi par sa collègue. Contre toute attente, Lerude lui emboîta le pas.

— Pas classe ? Mais je me suis fait jeter !

— C'est ça…

— En tant qu'avocat et en tant que mec ! Chloé m'a dit de foutre le camp ! Que c'était fini, qu'il n'y avait jamais rien eu entre nous et qu'il n'y aurait jamais rien.

— Elle renvoie son avocat, qui se trouve être son copain, en pleine garde à vue ? Tu crois que je vais gober ça ? Tu as eu peur pour ta petite carrière, maître Lerude. Ta nana en taule, ça aurait fait un sacré trou dans ton CV ! Voilà ce qui s'est passé !

Lerude s'arrêta. Ses bras tombèrent le long de son corps. Les traits de son visage aussi semblèrent soudain infiniment lourds.

— C'est ce qu'elle vous a dit ?

Les deux flics se retournèrent. Il faisait peine à voir.

— Oui. Et je crois qu'il est trop tard pour revenir en arrière, Julien. T'as merdé. Salut.

Les deux flics s'éloignèrent, laissant l'avocat, assommé et minuscule, au milieu du grand hall.

44

Les fourrières sont des lieux de colère. Personne ne s'y promène par plaisir. On y vient persuadé d'avoir subi une injustice au plus haut niveau, une injustice d'État, déterminé à obtenir réparation. On y vient gonflé d'indignation, prêt à parler haut, à insulter, à en venir aux mains peut-être, parce qu'on se refuse à être la victime d'un système sourd et aveugle. Les fourrières sont aussi des lieux de résignation, soit parce qu'on accepte après tout d'être la victime d'un système sourd et aveugle, soit parce qu'on travaille pour lui et que chaque jour, confronté à la vindicte, on entend les mêmes rengaines et justifications : « Mais je vous jure que j'étais bien garé ! », « Quel panneau ? », « C'est un vieux bateau, la mairie n'a pas encore refait le trottoir ! », « Il n'y a jamais de livraison ! », « Mon voisin n'a pas de voiture, alors sa sortie de garage… », « Mais je gênais qui ? »… Toute la journée, à souhaiter être sourd et aveugle. Ou mort.

Les fourrières sont des lieux où l'humanité meurt chaque jour.

— Mais je vous jure que j'étais bien garé ! aboyait un quadra en costume contre la vitre blindée de l'accueil à une employée fanée, dans le baraquement sale au lino troué qui servait de bureau.

— Vous pourrez contester. Vous ferez un courrier. C'est expliqué sur le récépissé de paiement. Mais pour l'instant, il faut payer.

Le quadra vitupéra encore un temps contre l'intransigeance de l'employée, puis contre son sale boulot, contre son statut de fonctionnaire, contre l'État voyou qui avait pris son 4 × 4, contre les pourris qui gouvernaient la France. Il invoqua rapidement les dictatures du monde, puis Vichy, puis les nazis parce qu'on ne parvenait jamais vraiment à décrire l'acmé du mal tant qu'on ne les avait pas mentionnés, même pour parler de stationnement. Starski et Chen hésitèrent à intervenir, mais la fonctionnaire de la fourrière restait imperturbable, imperméable à toutes ces vociférations. Elle profita d'une courte respiration du type dans son exposé sur les rafles de la Milice, pour glisser :

— C'est 179 euros.

Le type intériorisa soudain sa fureur, grognonna, jura qu'il connaissait du monde bien au-dessus du commun des mortels et donc de l'employée, insinua dans un flot d'imprécations au long cours que ce *monde* influent et puissant ne tarderait pas à tendre un doigt vengeur et funeste vers ce système corrompu et ses séides, à commencer par elle, pour les châtier, les balayer et les renvoyer au néant putride qui les avait déféqués. Il enchaîna avec des promesses d'infinies représailles juridico-karmiques sur l'employée et ses descendants et leurs descendants et leurs descendants, si son Cayenne avait une éraflure, évoqua le coût faramineux du prestigieux véhicule, qu'il compara avec cynisme aux misérables gages mensuels de la pauvre femme qui ne devait pas manger tous les jours à sa faim. Sa tête entre les mains, tel saint Denis par-delà la mort, la fonctionnaire acquiesça avant de lui demander :

— Vous payez par carte ?

La question plongea le quadra dans une abyssale dépression. Alors il se tut et tendit une Visa dorée. Il paya, écouta docilement les consignes que la fonctionnaire récita, puis sortit sans même dire « au revoir », vaincu, victime d'un système sourd et aveugle.

— Bonjour, monsieur-dame, je vous écoute, enchaîna-t-elle, le regard lointain, à l'attention des deux flics.

Le commissaire montra sa carte de police et glissa la carte grise sous la vitre.

— Vous avez la voiture d'André Cavicci. Une 205 grise. Nous souhaiterions y jeter un œil.

— D'accord. Il faut que je prévienne le serrurier…

— Nous avons les clés. Ce sera rapide.

L'employée acquiesça, décrocha son téléphone, puis les pria de retrouver Brahim au bureau technique. Ils la remercièrent et quittèrent l'accueil, où se présenta aussitôt un homme énervé.

La 205 faisait peine à voir. Sous la crasse sombre, la carrosserie avait des bosses et des rayures. Le pare-chocs avant semblait tenir en place par miracle. Le rétro latéral droit avait clairement été arraché… Starski crut apercevoir une expression de dégoût sur le visage de Chen.

— Il a fait Marseille-Paris dans ce truc ?

— Vas-y, ouvre, dit le commissaire.

Elle enfonça la clé dans la serrure et eut l'impression de voyager au Moyen Âge.

— Une clé en fer…

Chen ouvrit la portière puis se dirigea vers le coffre. Starski se risqua dans l'habitacle. L'odeur qui l'assaillit le fit grimacer.

L'intérieur était jonché, pêle-mêle, de bouteilles en plastique vides, d'emballages de sandwichs triangulaires, de paquets de Marlboro écrasés, de gâteaux entamés, de tickets de caisse froissés. Il y avait aussi un sac de couchage et des vêtements roulés en boule sur la banquette arrière. La voiture du flic était devenue sa maison dans sa folle poursuite d'une vérité que tout le monde lui refusait. Depuis combien de temps était-il ainsi à la dérive sur son radeau Peugeot, drossé de stations-service en hôtels au gré de ses hantises, lubies et soupçons ? Sa 205 rassemblait toute sa vie, trois mètres carrés de chaos modelé par une seule obsession.

Tandis que ses mains gantées fourrageaient dans cette décharge, Starski se demandait où lui-même en était de sa vie : quitté par sa femme, chassé de l'appartement familial, obligé de s'éloigner de ses filles parce qu'il avait été trop… flic. La voiture de Cavicci n'était que l'étape suivante d'une déchéance annoncée. Celle d'après était sa mort. Starski ferma les yeux et serra les poings. Qu'avait-il fait pour enrayer ça ? Rien. Que pouvait-il faire aujourd'hui ? Impossible de revenir en arrière. Il était trop tard. Au moins devait-il se ressaisir pour ne pas connaître le destin de son collègue marseillais, un clochard mort dans l'indifférence à mille kilomètres de chez lui.

— Merde… grogna-t-il.

— T'as trouvé quelque chose ? répondit Chen qui s'occupait du coffre.

— À part sa chambre, sa cuisine et sa salle à manger, rien.

— Tiens… J'ai ! Viens voir !

Le commissaire reposa à la hâte une brassée de vêtements pouacres, s'exfiltra de l'habitacle et rejoignit la lieutenante. D'un doigt de latex, elle désignait un fil électrique relié à un petit téléphone à clapet.

— Il a dû le brancher à la batterie pour qu'il ne se décharge pas, expliqua Chen. J'appelle l'IJ.

— Non. Le temps qu'ils débarquent et étiquettent tout… De toute manière, on a déjà retourné l'intérieur. S'il y a des réponses sur ce téléphone, il nous les faut maintenant.

Chen resta de marbre et ne souffla mot, sa manière à elle de dire qu'elle désapprouvait, qu'il y avait une procédure à suivre et une juge à fuir.

Starski débrancha le téléphone et l'ouvrit. Pas de code. Il chercha l'icône de la messagerie, n'en trouva pas, le tendit à Chen.

— Un Motorola à clapet ! C'est un vieux machin, commenta la lieutenante qui n'aimait pas ce qui était vieux et obsolète. Il doit y avoir une mémoire de 5 mega maximum. Cavicci pouvait stocker une dizaine de minutes, au plus.

— J'imagine qu'il devait les effacer au fur et à mesure qu'il les retranscrivait dans ses cahiers…

— Il n'y a pas d'icône. Tu dois naviguer dans le menu.

— Vas-y, navigue.

— Tiens. Il y a quatre messages en attente. Celui qu'il a laissé à 7 h 41… Attends, je mets sur haut-parleur.

La voix rauque et nicotinée de Cavicci leur parvint par-delà la mort :

— 7 h 41 devant le... 97 rue des Moines, Paris XVIIe. J'ai suivi Megara jusqu'ici, depuis son hôtel, rue de Bruxelles. Elle est venue directement à cette adresse et est entrée dans l'immeuble. Je me demande si elle vient rencontrer quelqu'un ou retrouver les deux autres. Je vais entrer et la confronter. Quand elle aura avoué, je l'arrêterai. Et elle parlera, elle me donnera les vrais noms des deux autres, s'ils ne sont pas là... Je sais qu'ils ne sont pas loin.

Le message prit fin.

— Ils sont donc trois, d'après lui, commenta Starski.

— Rue de Bruxelles, c'est la Maison Souquet. Mais pourquoi l'appelle-t-il Megara ? Il parle bien de Garado ?

— J'imagine. Avec le temps, il lui a donné un surnom. Melissa Garado est devenue Me-Gara.

— Il était persuadé qu'il allait enfin parvenir au terme de son enquête. Attraper Megara. Et les deux autres. Comment il les appelle, déjà ?

— Orteuil nous a dit que Cavicci poursuivait un groupe de tueurs surnommés les Furies.

— Les Furies, oui... Ça ne te paraît pas bizarre, quand même ?

— Le surnom ? demanda le commissaire.

— Non. Cavicci court après les Furies, nous après le MK, et manifestement on court après les mêmes ! Melissa Garado/ Megara...

Le visage de Starski s'assombrit. Il fit face à sa collègue et plongea son regard noir dans le sien.

— Sauf, Yvonne, que ni Cavicci ni ses collègues, ni les gendarmes n'ont jamais prouvé l'existence d'un groupe d'assassins qui s'appellerait les Furies et qui aurait tué Birzaian, Claudel et je ne sais plus qui. Les enquêtes ont conclu à des suicides, des accidents… Les Furies de Cavicci, c'est un lien chimérique qu'il a tissé entre des affaires qui n'ont rien à voir, un délire…

— Une psychose, d'après sa psy, rappela Chen. Elle ne m'a pas recontactée, d'ailleurs…

— Une psychose, OK. Alors que le MK, lui, existe bel et bien. C'est historique, politique, véridique ! C'est très concret ! Cette semaine, ils ont buté Vankleber et ont tiré sur Chloé, et sur moi. Peut-être ont-ils tué son père, peut-être cherchent-ils Kezner, mais ce qui est sûr, dur comme fer, ce sont les quatre cadavres de ces derniers jours. Et on a les Vektor, la poudre de diamant, les signatures MK sur les CD, le passé criminel de Vankleber, de de Talense et de Kezner, le témoignage de Chloé, son agression en pleine rue… Tous ces éléments pointent vers ce MK sud-africain, vengeur et meurtrier. Les Furies de Cavicci vivaient dans sa tête ! Et plus j'y pense, plus je me dis qu'il a dû voir dans le MK une… une sorte d'incarnation de sa chimère. De sa psychose. Je ne sais pas comment il est tombé sur eux, quelle connexion démente il a établie entre la restauratrice, l'empereur du textile…

Il se figea en le disant. Chen compléta :

— Les morts suspectes de puissants hommes d'affaires ! Le textile, le cabinet d'avocats, le laboratoire pharmaceutique…

— Merde ! Jean-Marie de Talense ! Cavicci a vu dans l'accident de Jean-Marie de Talense une preuve de plus de l'existence de ses tueurs. Dans son esprit malade, il a bricolé un lien avec les autres affaires et y a reconnu la frénésie meurtrière de ses Furies. Il a remonté la piste.

— Et il est tombé sur l'opération de représailles du MK, conclut Chen.

— Et ils l'ont buté, certainement sans même savoir qui il était ni ce qu'il faisait là !

Chen regarda son chef qui triomphait et baissa la tête, pensive. Tout cela se tenait. La piste sud-africaine était la plus évidente, il y avait tellement d'éléments pour l'étayer. C'était implacable. Après tout, se dit-elle, peu importait leur nom : qu'ils soient MK ou Furies, ces tueurs devaient être arrêtés.

— Le pauvre gars... conclut Starski. Bon. Allons-y. On écoutera les autres messages dans la voiture. Il faut appeler le substitut et la juge.

Elle regarda son chef empocher le téléphone et ne protesta pas devant cette nouvelle entorse à la procédure. À combien d'écarts en étaient-ils depuis le début ? Lequel de ces écarts, s'il venait à être connu, torpillerait-il l'enquête dans un spectaculaire vice de forme qui flamboierait jusqu'aux fenêtres du ministère ? Elle soupira.

Ils refermèrent les portières, le coffre, saluèrent Brahim de loin, puis regagnèrent leur véhicule.

Au volant de sa Smart, Megara les regarda passer les grilles de la fourrière et disparaître au coin de la rue. Elle porta son téléphone à l'oreille, échangea quelques mots et démarra à son tour.

45

Les messages que Cavicci avait laissés sur son deuxième téléphone n'avaient rien révélé de plus que les fadettes de sa ligne : le commissaire avait suivi une femme qu'il appelait Megara à travers la capitale et l'avait perdue devant la Maison Souquet où il avait fait le pied de grue toute la nuit dans l'espoir qu'elle réapparaisse. Elle était le fil d'Ariane censé le mener à ses deux complices. Au petit matin, il avait repris sa filature jusqu'au 97 rue des Moines et y avait trouvé la mort. Voilà ce qu'il avait raconté en quatre messages qui résumaient les dernières heures de sa vie.

Starski et Chen avaient écouté l'ensemble deux fois. Puis le commissaire avait appelé la juge et le substitut pour répéter cette révélation : exalté par sa théorie d'un complot, l'ancien commissaire marseillais s'était retrouvé dans la ligne de mire des MK, qui l'avaient abattu. Ainsi se terminait l'affaire Cavicci. Et la vie d'un homme qui avait poursuivi une illusion. Cette nouvelle, aussi pathétique qu'elle fût, avait secrètement soulagé tout le monde. Pas de grand banditisme, de terrorisme ni de complot. Cavicci était un bête fait divers, en somme.

— Ce MK reste donc le cœur de l'affaire, avait conclu le substitut. Vous devez progresser là-dessus. De mon côté, je viens d'avoir du nouveau concernant

Calvin Kezner. Figurez-vous qu'après être retourné en Afrique du Sud pour laver sa conscience, il est revenu s'installer définitivement en France. Il y a deux ans, il a même lancé les démarches pour se faire naturaliser Français et a changé de nom.

— On pouvait difficilement mettre la main dessus…

— Exactement. La procédure a abouti l'année dernière. Calvin Kezner n'existe plus. Je devrais connaître sa nouvelle identité dans l'après-midi. Je vous informe au plus tôt.

— Merci, monsieur le substitut. C'est un renseignement qui nous fait défaut et qui sera décisif…

— J'en suis bien conscient. Vous comprenez également que, si notre homme a changé de nom, c'est pour qu'on ne le retrouve pas. En acceptant cette modification, la loi s'est engagée à le couvrir du secret. À quoi bon changer d'identité sans cela ?

— Évidemment, monsieur le substitut. J'attends votre appel.

Starski avait raccroché. Seul Kezner pouvait désormais éclairer cette enquête. Avec de la chance, il leur en apprendrait un peu plus sur le MK et, s'il était bien leur cible, il cracherait le morceau, avant que la DGSI n'entre dans la danse.

Le commissaire regarda Chen, installée à son bureau. Il se réjouissait autant qu'il s'étonnait du comportement de sa collègue. Elle si droite, si intègre, si raide même, avait plus d'une fois couvert les irrégularités de l'enquête, ces trois derniers jours. En bon petit soldat, elle en avait accepté les détours et les revirements et avait suivi son chef contre vents et marées. Sa loyauté l'émouvait presque. Depuis bientôt deux ans qu'ils travaillaient ensemble, il n'aurait pu dire s'ils étaient vraiment amis ;

Chen n'avait pas d'amis et n'en voulait pas. Pourtant, il existait clairement entre eux une connivence, une complicité malgré la composition granitique de la lieutenante et sa farouche défiance à se laisser affecter par son environnement. Cette relation était un perpétuel étonnement pour le commissaire. C'est peut-être cela qui lui plaisait. Surtout, Chen avait tu sa liaison avec Chloé, passée et présente. Au fond, le simple fait qu'elle garde ce secret suffisait peut-être à en faire une amie.

Il composa le numéro de Chloé.

— Salut, je te dérange ?

— Non, je pensais que tu ne me rappellerais jamais, goujat !

Il rit.

— Tu m'as dit tout à l'heure que tu retournais au lit, je ne voulais pas te réveiller. Je sais que tu n'es pas toujours commode au réveil !

Elle rit à son tour.

— Mais pas du tout ! Je suis debout depuis deux heures au moins, et je deviens folle dans cette chambre d'hôtel devant le télé-achat. Comme hier. Le moment le plus passionnant de ma matinée a été la rediffusion d'un *Madame est servie*...

— J'espérais que tu allais évoquer autre chose...

Elle rit de nouveau.

— Non, bien sûr. Ça, c'était super ! Tu reviens quand, d'ailleurs ?

— Pas avant ce soir. On a mis la main sur le téléphone de Cavicci. Il courait après le MK, lui aussi. Sans le savoir... Bref, cette affaire sera bientôt close. En ce qui nous concerne, on devrait trouver Kezner dans la journée. Une fois qu'on l'aura mis en sécurité, tout sera fini.

— Bon… J'attends, alors. Au fait, tu as laissé des clés sur la table.

— Oui…

Starski jeta un coup d'œil à Chen, qui le regardait.

— Une seconde, s'il te plaît.

Il quitta le bureau et ferma la porte derrière lui.

— Ce sont les clés du 97 rue des Moines. Si, pour une raison ou une autre, tu devais quitter l'hôtel… Il faut que tu aies une planque de repli. Vu que chez moi…

— OK. S'il se passe quoi que ce soit, je fonce là-bas et tu m'y retrouves, c'est ça ?

— Exactement. L'appartement a été passé au peigne fin et nettoyé. Personne n'y viendra. Tu retires les scellés et… Bon, on n'en aura sûrement pas besoin. Mais il vaut mieux être prudent…

— Je comprends. Merci, Paul. Je préférerais que tu sois là, avec moi. J'ai envie de toi.

— Moi aussi, Chloé. À tout à l'heure.

Assise à son bureau, Yvonne Chen continuait de taper son rapport sur l'affaire Cavicci. Les éléments à charge contre ces tueurs du MK constituaient une liste si longue qu'elle en devenait suspecte : les Vektor, la poudre de diamant, poison supposément sud-africain, les signatures « MK » sur les CDs, le passé criminel de Vankleber, de de Talense et de Kezner, le témoignage de Chloé… Comment ces professionnels avaient-ils pu laisser derrière eux autant de traces ? C'était aberrant. Mais elle avait beau faire part de ses objections à Starski, le commissaire continuait de nourrir l'hypothèse sud-africaine. Si la tête de sa nouvelle ancienne copine avait été en jeu, on aurait pu le comprendre.

Mais ce n'était plus le cas. Il avait dessiné une ligne devant elle, la victime, et faisait rempart de son corps contre ses ennemis présumés, le MK, une vision simpliste de l'affaire qui l'arrangeait bien, d'autant plus qu'il la modifiait au gré des avancées de l'enquête. On découvrirait une girafe dans la rue du Bastion, elle serait la preuve que l'hypothèse sud-africaine était la bonne. Cavicci accusait les Furies ? C'était dire l'ampleur de sa folie. Et les propos du commissaire de Marseille et de la psy avaient scellé cette version des faits. Pourtant, Chen peinait toujours à accepter cette vérité.

Mettant de côté son rapport, la lieutenante entra « furies » dans sa barre de recherche. Parut une toile aux couleurs sombres qui représentait trois femmes hurlantes, d'une grande laideur, vêtues de longues robes noires. Elles étendaient de larges ailes de dragon ou de chauve-souris derrière elles. Leurs têtes étaient coiffées de serpents furieux et venimeux. Elles brandissaient des fouets et des poignards. De leurs yeux coulaient des larmes de sang… Chen cliqua sur l'image, suivit différents liens, ici et là, et lut.

Appelées « Furies » ou « Érinyes » dans les mythologies romaine et grecque, elles étaient les déesses de la vengeance et du châtiment, et les messagères de mauvaises nouvelles. Elles étaient les « sœurs nées de la nuit » ou les « trois déesses de la vengeance ». Leurs noms étaient Alecto l'implacable, Megara la haine, et Tisiphone la vengeance. Elles traquaient les coupables, les parjures et quiconque avaient contrarié les dieux au cours de grandes chasses fantastiques afin d'assouvir leur vengeance.

Chen déglutit. Ses yeux se levèrent vers Starski, au téléphone à l'autre bout de la pièce. Leurs regards se croisèrent et, visiblement gêné, le commissaire quitta le bureau. La lieutenante relut le texte à l'écran, cliqua sur un nouveau lien et poursuivit sa recherche.

Le serpent venimeux et la chouette étaient les symboles des Furies. Le cinquième jour de chaque mois leur était consacré et était donc considéré comme maudit. Chen contrôla l'émotion qui la saisit et inspira profondément. Elle ouvrit le fichier et entra le nom de Birzaian : l'homme s'était noyé dans la Gironde dans la nuit du 5 septembre 2017. Un 5, comme Claudel, de Talense, Vankleber et Cavicci, à quelques mois d'intervalle les uns des autres. C'était ça qu'avait trouvé Cavicci. Sur ce recoupement, il avait construit toute son enquête et lancé sa traque des Furies, un trio d'assassins invisibles et vengeurs qui semaient des cadavres à travers la France…

La sonnerie de son portable l'expulsa de son film intérieur dans un sursaut désagréable. Elle ne reconnut pas le numéro.

— Allô ?

— Bonjour. Lou Salomé. Je suis la psy du SRPJ de Marseille.

— Ah ! Vous tombez à pic. Je suis dans l'enquête de Cavicci. J'ai trouvé les Furies de la mythologie, les grandes chasses, le nom des tueurs… Même les dates : le 5 du mois…

— Et est-ce que vous avez trouvé d'autres meurtres ayant eu lieu un 5 du mois, ces dix dernières années ?

Chen marqua une pause avant de répondre.

— Non. Pas encore, mais je comptais vérifier.

— C'est parfait ! triompha la psy. Vous avez tout compris à la psychose !

— Comment ça ?

— La psychose se nourrit d'éléments objectifs en les chargeant d'un sens subjectif et perverti. Par exemple, les Furies tuent le 5 du mois uniquement. Donc si, sur les dix dernières années, je trouve d'autres victimes assassinées un 5 du mois…

— Elles sont des victimes des Furies… acheva Chen. Ça ne tient pas debout.

— Non. Mais on s'y laisse prendre. Et l'événement qui n'a rien à voir avec le reste devient un élément probant de l'histoire qu'écrit le psychotique. Tout ce qui peut étayer son récit y sera intégré. Tout ce qui n'en fait pas partie sera réécrit pour y être inclus. Je vous parlais de la numérologie, hier. Le 5 est devenu un symbole déterminant dans la psychose de Cavicci. Vous ajoutez un peu de magie, de religion ou de mythologie, par exemple en supposant qu'il y aura cinq victimes, tuées un 5 du mois, en lien avec les cinq sens, les cinq plaies du Christ, les cinq piliers de l'Islam, les cinq continents, les cinq océans, les cinq doigts de la main ou le Club des Cinq… Vous établissez ce lien, vous le défendez bec et ongles, et je vous vois dans mon cabinet quatre fois par semaine pendant plusieurs années ! Ou je vous confie à un collègue psychiatre, ce qui était en passe de se produire pour Cavicci…

— Je comprends.

— Vous comprendrez aussi que, dans ces conditions, je ne vous renvoie pas sur le terrain.

— Évidemment…

Alors que sa théorie du cinq venait de s'étayer de deux nouveaux meurtres, Chen vit la psy la raser d'un revers de manche et la réduire à néant.

— Je vous appelais pour vous dire que je n'ai rien trouvé d'autre dans mes archives, concernant Cavicci, en dehors de son obsession pour l'affaire Claudel et pour les Furies. J'ai cependant pu joindre son ancien collègue Simon Franck, qui va vous appeler. Je vous laisse, lieutenante. N'hésitez pas à me rappeler si besoin.

— OK. Au revoir, lâcha Chen en raccrochant.

— C'était qui ?

Starski venait d'entrer dans le bureau. Il fonça vers son siège.

— La psy. Tu as raison pour Cavicci : il était perché.

— Je me tue à te le dire. En route !

Chen se leva, perplexe, au moment où Starski attrapa sa veste et repartit vers la porte.

— Le substitut vient d'appeler. J'ai le nom et l'adresse de Kezner. On décolle.

46

Phase 17 – L'hallali : le moment où la meute rattrape l'animal chassé.

— Tu n'as pas mis de miettes ? demanda Chen.

Starski, dans le siège passager, cessa de froisser l'emballage de son sandwich et regarda sa collègue. Chen et les voitures : c'était insupportable.

— Prends à droite au panneau. On va au 54.

La lieutenante obtempéra et emprunta une voie plus étroite dans ce petit village. Ils avaient roulé près d'une heure pour rejoindre Étampes, puis encore une demi-heure avant d'arriver à Boissy-le-Sec, une commune au cachet indéniable dont les maisons de pierre entouraient une église du XIIe siècle. Un bled, à leurs yeux, dont la population devait avoisiner les mille habitants si l'on comptait ceux du cimetière. Les volets de couleur, tantôt mauves tantôt bleus, se mariaient agréablement aux géraniums pour égayer l'endroit malgré la grisaille de saison. Le village semblait cependant désert, abandonné.

— Calvin Duplessis. On aurait pu chercher Kezner pendant trois vies.

Ils longèrent le cimetière.

— J'espère qu'on a la bonne adresse.

— C'est là.

Une trentaine de mètres plus loin, Chen immobilisa le véhicule devant une haute haie de thuyas strictement taillée. Une grille blanche d'un mètre à peine barrait l'accès d'un jardin à la pelouse fraîchement tondue, où s'épanchaient deux généreux saules pleureurs. Par-delà leurs lianes que berçait un vent léger, on apercevait un pavillon moderne sans charme, au crépi crème et aux volets marron.

Starski découvrit un interphone, qu'il activa.

— Oui ? interrogea un homme.

— Monsieur Duplessis ? Commissaire Starski. Police. J'aimerais m'entretenir avec vous.

Il y eut un silence. En guise de réponse, la serrure de la grille grésilla.

— Contournez la maison par la droite, conclut l'homme.

Les deux flics poussèrent le portillon et traversèrent le jardin. Ils parvinrent à une terrasse dallée où un homme d'une cinquantaine d'années en jean et sweat-shirt, petit et rondouillard, une sorte de Dany De Vito qui portait un masque antigrippe et des gants en latex, les attendait avec une détermination de glace et un fusil de chasse. Starski et Chen levèrent les mains par réflexe.

— Vous commencez par poser vos armes sur le sol, dit l'homme d'une voix étouffée.

— Je suis le commissaire Starski, monsieur Duplessis. Je crois…

— Maintenant ! ordonna De Vito en tendant son canon vers eux.

Bien que ténu, son accent germanique trahissait que le français était pour lui une langue seconde.

Ils s'exécutèrent.

— Je veux voir vos cartes de police. Posez-les par terre.

Ils obéirent au forcené.

— Reculez.

L'homme s'approcha pour examiner les documents.

— Elle aussi, la Chinoise, elle est de la police française ? Vous vous portez garant ? demanda-t-il au commissaire.

Estomaqués, les deux flics se regardèrent et Starski confirma :

— Évidemment. C'est ma collègue.

— Je suis née à Bourg-la-Reine, abruti, rétorqua Chen.

La réponse, malgré l'insulte, sembla le calmer un peu.

— Qu'est-ce que vous voulez ? Comment vous m'avez trouvé ?

— Nous sommes vraiment de la police, monsieur Duplessis. Brigade criminelle du SRPJ de Paris. Nous avons accès à ces informations.

— Si j'ai changé de nom, c'est justement pour qu'on me laisse tranquille.

— Eugène Vankleber a été assassiné hier à Paris, trancha le commissaire.

Le type se figea soudain. Il baissa son fusil.

— Entrez. Mais la Chinoise met un masque et des gants.

Il se détourna pour faire glisser la baie vitrée derrière lui et les invita à le suivre. Chen et Starski ramassèrent leurs affaires et pénétrèrent dans un petit salon dont le sol carrelé et les meubles étaient recouverts d'amples bâches de plastique transparent. Le type avait emballé l'ensemble du mobilier et plastifié toutes les surfaces.

— Je me protège contre la prochaine pandémie, expliqua-t-il en tendant à chacun un masque de papier.

Les deux flics acquiescèrent, feignant de comprendre, et passèrent leurs masques. Duplessis tendit une paire de gants en latex bleu à Chen, qui se résigna à les enfiler. Ils s'installèrent ensuite sur les canapés sombres dans un feulement de plastique. Duplessis déposa son fusil sur la table basse et s'assit en face d'eux.

— Eugène est mort ?

L'homme paraissait abattu par la nouvelle.

— Je savais que ça allait arriver, poursuivit-il. C'était clair. Dès l'assassinat de Jean-Marie. Jean-Marie de Talense.

— Il est décédé dans un accident de voiture, corrigea Chen, la voix assourdie.

L'ingénieur s'esclaffa dans son masque.

— Je n'y crois pas une seconde, à la thèse de l'accident. Quand il est mort, j'ai compris. Quelque chose se passait. Au plus haut niveau.

Duplessis était laconique. Starski se demanda par où attaquer.

— Vous pouvez nous parler de votre emploi auprès de vos collègues Vankleber et de Talense, en Afrique du Sud ?

— Ah ! Vous êtes au courant... Je ne suis pas fier de ce que nous avons fait à l'époque, mais c'était une autre ère, un autre contexte. J'ai été entendu par la Commission Vérité et Réconciliation et j'ai été pardonné... Absous.

Il s'interrompit un instant.

— Ça n'a pas arrêté les cauchemars. Ni le risque de contamination.

— Mais vous avez continué de travailler pour Vankleber et de Talense en France ?

— Oui. J'ai quitté l'Afrique du Sud assez rapidement. Le pays a vécu des années de chaos à la chute de l'apartheid. Il fallait bien solder les comptes du passé. Et puis je ne voulais pas rester après… après tout ça. Je suis parti au Mozambique. Seul. Un véritable exil. J'ai repris contact avec Jean-Marie. Il était à Paris, avait monté un laboratoire pharmaceutique… J'ai rejoint mes patrons d'hier, les seuls compatriotes que je pouvais revoir, les seuls à porter le même secret. Je suis arrivé en France en 1998, et j'ai travaillé au centre de fabrication principal, celui de Soissons, en tant qu'ingénieur, puis ingénieur en chef. Je croisais Eugène et Jean-Marie une à deux fois par semaine. Un peu moins ensuite… Ils étaient le plus souvent dans les bureaux de la société à la Défense. Puis j'ai retrouvé Chloé. Je ne l'avais pas vue depuis son départ d'Afrique du Sud. C'était une petite fille à l'époque. Et je retrouvais une jeune femme, chimiste diplômée et brillante. Le portrait craché de sa mère ! Son laboratoire venait d'être racheté par Talense & Vankleber, elle intégrait la société. On a travaillé ensemble pendant plusieurs années. Tout s'organisait pour le mieux.

Il se tortilla sur le canapé avant de reprendre :

— C'est là que j'ai commencé à voir… comment dit-on ? Derrière le rideau ?

— Une façade ? L'entreprise cachait quelque chose ? Qu'est-ce que vous voulez dire ? s'enquit le commissaire.

— D'abord, en discutant un jour avec Chloé, j'ai découvert que son père ne lui avait pas dit toute la vérité concernant Marie, sa mère. Une Française. Elle était elle-même une chimiste remarquable. Et ambitieuse. Très ambitieuse. En sortant major de l'École nationale supérieure de chimie de Paris, elle avait décroché un emploi en or dans une entreprise internationale fabriquant des pesticides. Elle y avait évolué assez rapidement et s'était retrouvée à gérer un centre de production à Pretoria. C'est là qu'elle a rencontré Jean-Marie et que Chloé est née. Jean-Marie était politiquement proche du pouvoir en place et il y a introduit Marie. Les deux chimistes se sont vu confier des postes importants à la Delta G Scientific Company, une société-écran couvrant des programmes gouvernementaux secrets, notamment le Project Coast.

— La « bombe noire », commenta Starski.

— Et Kronos, ajouta Chen.

Duplessis parut surpris.

— Exactement. Vous êtes renseignés ! Mais si Jean-Marie avait bien évoqué son implication dans le projet, il avait soigneusement omis de dire à Chloé que sa mère en avait été une des têtes pensantes. C'est elle qui chapeautait tout le programme de stérilisation…

— Et Chloé l'a découvert ?

— Je ne sais pas comment… A-t-elle surpris une conversation entre son père et Vankleber ? Est-elle tombée sur d'anciens documents ? Les lui a-t-on fournis ? Je sais seulement que quand son père a été invité à s'exprimer devant la Commission, en 1998, Chloé a insisté pour le suivre et pour connaître la vérité.

Il réajusta son masque et reprit :

— Elle a découvert que sa mère avait été l'un des cerveaux du projet de contraception forcée et de génocide sur la population noire de tout un continent. Sa mère avait organisé un crime contre l'humanité !

Starski imagina Chloé dans cette tourmente qu'elle avait traversée seule, refusant de lui en parler, préférant le quitter pour faire face à son passé.

— Elle devait être effondrée… commenta-t-il à haute voix.

— Pire, rétorqua Duplessis. Sa mère est devenue son obsession. Chloé a multiplié les voyages en Afrique du Sud, recherchant des témoins, des gens qui l'avaient connue, d'anciens collègues, épluchant la presse de l'époque et les archives du gouvernement qui chaque année devenaient un peu plus consultables à mesure qu'était levé le secret-défense. Je ne sais pas ce qu'elle a trouvé, mais…

— Elle a vrillé, conclut Chen.

Starski lui lança un regard noir.

— Oui, comme vous dites ! reprit Duplessis. Elle a d'abord demandé à ne s'occuper que de prospection et de recherche au laboratoire, ce qui lui a été accordé. Quelques mois plus tard, elle a proposé la première forme du Gynépax.

— Le contraceptif qui a fait la fortune de Talense & Vankleber ! comprit Starski. Steenson, l'administrateur américain, nous en a parlé : un tiers des bénéfices de l'entreprise.

— Vous pensez qu'elle s'est appuyée sur les travaux de sa mère ? demanda Chen.

La foudre sembla frapper le commissaire qui, malgré lui, faisait « non » de la tête.

— J'en suis sûr, assena Duplessis. Elle a mis la main dessus, les a utilisés et les a approfondis ! Ce sont les travaux de Marie prolongés par sa fille qui ont fait la fortune de Talense & Vankleber.

— Mais Chloé accuse son père et Vankleber d'avoir poursuivi leurs recherches de l'époque. Ou celles de sa mère. Elle affirme que c'est parce qu'*elle* l'avait découvert et s'y était opposée qu'elle a été licenciée. Pourtant vous dites que c'est Chloé elle-même qui menait ces travaux ? C'est insensé !

— Pourquoi ? coupa Chen.

Il y eut un silence.

— C'est impossible, souffla Starski. Je la connais depuis le lycée. Je la crois. Elle m'a assuré que c'était son père qui continuait ces recherches, expliqua-t-il candidement. Et puis, si ce que vous affirmez est vrai, Chloé ne peut pas avoir décidé seule de mener ces travaux. Elle avait l'appui, voire l'ordre de Talense & Vankleber de travailler dans ce sens. Ils ont profité d'elle, de ses découvertes sur sa mère, profité de sa… faiblesse.

Chen reconnut cette panique qui avait plus d'une fois saisi le commissaire ces trois derniers jours, dès qu'il s'était agi de défendre Chloé.

— Je me suis posé la question, évidemment ! répondit Duplessis. Alors j'en ai parlé aux deux patrons. À l'époque, je ne savais pas dans quelle mesure ils étaient au courant. J'ai vite compris : Eugène Vankleber est entré dans une colère noire. Il imaginait le scandale si la nouvelle se répandait : un projet de stérilisation forcée de toute une population à la base d'un contraceptif fabriqué par l'entreprise, les anciens tortionnaires devenus milliardaires… Il imaginait aussi la ruine qui en découlerait, la fuite des actionnaires, des partenaires… Jean-Marie s'est engagé à mettre un terme à tout ça, a promis d'en parler à sa fille… Vankleber n'a rien voulu entendre. Ils l'ont convoquée et interrogée. Et elle a admis avoir continué les travaux de sa mère.

— C'est impossible, répéta Starski. Vous étiez présent ?

— Non, mais…

— Bon. Et le père de Chloé a très bien pu cacher des choses à Vankleber !

Chen préféra garder le silence. Le commissaire

s'aveuglait en choisissant les formes que devait prendre la vérité. Sa passion délirante pour cette ex le mettait petit à petit hors course. Pourtant, la version donnée par l'ingénieur n'invalidait pas totalement celle de Chloé. La vérité devait se trouver à mi-chemin entre leurs deux histoires, mais Starski accepterait-il de parcourir cette distance ?

Duplessis marqua une pause.

— Je ne sais pas si Jean-Marie était au courant, reprit-il. Je ne crois pas. Ils l'ont menacée de renvoi, lui ont ordonné de mettre un terme à tous les travaux liés à ceux de Marie, et l'affaire en est restée là. Avec le Gynépax, Chloé avait fait la fortune de la société, autant la garder dans l'entreprise et passer l'éponge. Mais, en secret, Chloé a continué ses recherches sur Kronos, et certainement sur la « bombe noire ». Et elle a même commencé à vendre les résultats…

— Comment pouvez-vous le savoir ? objecta Starski.

L'ingénieur s'agita sur le canapé, faisant craquer l'épaisse bâche en plastique.

— Deux ans plus tôt, une société américaine, la FIMCO, avait proposé de prendre des parts dans Talense & Vankleber et d'y injecter des fonds. Une aubaine pour l'entreprise, qui cherchait à grandir. La FIMCO a acheté 30 % du capital. Et les bénéfices ont été au rendez-vous. Tout est bien qui finit bien ! Jusqu'au jour où Eugène a découvert que la FIMCO était une société-écran de la CIA…

— La CIA ? répéta Chen.

— Quel est l'intérêt de la CIA dans cette affaire ? compléta Starski.

— À l'époque de la chute de l'apartheid, il se disait que la CIA avait racheté les derniers stocks de « bombe noire » à l'Afrique du Sud, ainsi que tous les travaux et toutes les études du Project Coast, certainement dans le but de les poursuivre…

— La CIA est derrière la FIMCO ? répéta Starski, incrédule. Mais…

— Je suppose que les Américains ont repéré la bruyante enquête de Chloé sur sa mère, et que, à partir de là, ils ont investi dans Talense & Vankleber pour la suivre. Ils lui ont même fourni les documents rachetés à l'époque pour qu'elle poursuive ses travaux en secret…

Starski se tassa dans le canapé, les sourcils froncés. D'un regard, Chen lui indiqua que ce type était fou à lier.

Dany De Vito sentit qu'il perdait son auditoire et enfonça le clou :

— Les armes chimiques sont un marché très lucratif, vous savez, et en constante expansion. Le chlore ou le gaz moutarde de la Première Guerre, le tabun et le sarin entre les deux guerres, puis le soman, l'agent orange, le phosgène, l'ypérite… Tous ces agents chimiques interdits par Genève, mais encore utilisés en Irak ou en Syrie sur des militaires comme sur des populations civiles, doivent être remplacés ! Les scandales prennent des proportions internationales. Alors les recherches vont bon train. Les prochaines armes chimiques seront génétiques et virales, et elles cibleront des populations précises. Elles ne seront plus épandues par avion, mais inoculées, ingérées, ou transmises par simple contact. À l'heure où je vous parle, toutes les grandes puissances font la course à l'armement viral !

L'ingénieur était lancé sur un sujet qui visiblement l'obnubilait, l'ébranlait jusqu'à l'irrationnel, jusqu'à la maladie mentale à voir son intérieur bâché. Il avait évoqué les cauchemars qui hantaient ses nuits, mais avait omis de mentionner les fantômes qui hantaient ses jours, tout droit sortis de son passé, de ses recherches ignobles et de ses remords.

— Le SRAS est la dernière arme chimique en date ! Bon sang, mais ouvrez les yeux ! Le SRAS, c'est la « bombe blanche » envoyée par la Chine en 2002 pour décimer l'Europe et l'Amérique ! Quel sera le prochain virus ? Quelle sera sa cible ?

Les deux flics se regardèrent de nouveau. Il fallait endiguer le délire de l'ingénieur et le ramener au passé. Le voyant dériver de complot en complot impliquant CIA, Chine et pandémie, Chen décida de couper court avant qu'il n'attaque l'acmé annoncée de son récit où les Américains exterminaient tous les Noirs d'Afrique et d'Amérique et du monde grâce à un virus créé par Chloé pour Talense & Vankleber.

— Je comprends, monsieur Duplessis. Et je suis d'accord !

Il rit.

— Bien sûr que vous êtes d'accord. Vous êtes des leurs !

— C'est donc à ce moment-là qu'ils ont licencié Chloé ? rusa-t-elle.

Duplessis parut un instant chamboulé, perdit le fil, et se raccrocha à la question.

— Exactement. Je n'étais pas là, mais il paraît qu'on entendait des hurlements dans les quatre étages de l'entreprise, à la Défense. Ils l'ont renvoyée moyennant une bonne indemnité et ont racheté ses parts au-dessus du prix. À ce qui se dit, Chloé est partie avec une vingtaine de millions d'euros.

— Six mois plus tard, son père avait un accident de voiture.

— Accident ? répéta Duplessis.

— Vous n'y croyez donc pas, poursuivit Chen.

— Pas une seconde. Sur cette route de campagne ? Lui qui détestait conduire et prenait le train dès qu'il le pouvait ? Non, je pense qu'il a été assassiné. Empoisonné. Une toxine. C'est sûr. Peut-être même sortie de son propre labo ! Et là, je me suis dit que ce ne serait pas le dernier à être assassiné. Après Marie, Jean-Marie. Je me suis même dit que je serais peut-être le suivant. Et j'ai eu de la chance : j'avais fait une demande de changement de nom, quelques mois plus tôt, pour trancher tous les liens avec mon passé, et la procédure venait d'aboutir. Je suis devenu Duplessis comme le célèbre numéro 8 des Springboks, et j'ai disparu. Je me suis installé ici. Je suis jardinier à la mairie. Je filtre mon eau. Je porte un masque et des gants parce que je ne veux pas mourir empoisonné, vous comprenez ? Après tout ce qu'on a fait comme saloperies dans ces labos, on le paye ! La pandémie qui approche est notre châtiment ! Personne n'en réchappera… Personne.

Starski soupira et enchaîna :

— « Après Marie », vous dites… Elle est morte en Afrique du Sud, non ?

— Oui, abattue par les opposants au régime.

— Le MK ? reformula le commissaire.

Duplessis émit un sifflement admiratif, surpris une fois de plus par les connaissances historiques des deux flics.

— Oui, le MK, *uMkhonto we Sizwe*, le « Fer de lance de la nation »… Des sauvages ! C'est à cause d'eux qu'on en est là !

— Qu'on en est là ? Vous pensez que ce MK vient aujourd'hui retrouver les bourreaux d'hier pour les punir ?

Chen se redressa lentement et fit un signe de tête à

son collègue. Il faisait les questions et les réponses parce qu'il voulait entendre cette vérité-là. L'ingénieur sembla désarçonné et amusé.

— Le MK ? pouffa-t-il. Mais le MK n'existe plus depuis des années ! Une trentaine d'années au minimum ! Non, c'est à cause du MK, à l'époque, et de Mandela, que l'Afrique du Sud est dans cette panade ! Mais aujourd'hui, ce sont les services secrets chinois et américains qui dirigent le monde et…

Starski croisa les doigts devant lui et lui coupa la parole :

— Pourtant, nous avons trouvé de sérieux indices, à commencer par…

— Qu'est-ce…

Face à la baie vitrée, Duplessis venait de se lever d'un bond. Il eut à peine le temps de faire un geste ganté vers son fusil que sa tête partit en arrière dans une assourdissante déflagration et un chaos de verre brisé. Les deux flics plongèrent au sol et deux autres détonations retentirent : Duplessis s'effondra. Starski et Chen sortirent leurs armes et rampèrent à l'abri, peinant à progresser sur la bâche glissante et maculée de sang, arrachant leur masque pour respirer, priant pour que le tireur n'envoie pas une salve au hasard à travers les canapés. Alors, ils se levèrent presque ensemble, leur arme tendue vers un jardin vide. Chen jeta un regard vers Duplessis. Ses yeux ouverts contemplaient un monde invisible aux vivants. Un trou noir ponctuait son front. Deux autres impacts dessinaient des auréoles de sang sur sa poitrine. La mort lui avait arraché son masque. Un frêle sourire éclairait son visage, la satisfaction peut-être d'être mort en bonne santé.

— Il n'y a plus rien à faire pour lui, je te suis,

lança-t-elle en rejoignant le commissaire qui sortait prudemment par la baie sans vitre.

Il n'y avait personne.

Les deux flics traversèrent le jardin en cherchant le tireur. Ils débouchèrent à l'angle de la maison au moment où un homme cagoulé sautait la grille et disparaissait derrière la haie. Ils s'élancèrent à sa poursuite et passèrent le portillon à temps pour voir une berline métallisée s'éloigner à vive allure. Ils gagnèrent leur propre véhicule en hâte.

— Ouvre ! cria-t-il.

La BMW les salua d'un gazouillis.

Laissant Chen aux commandes, le commissaire se dirigea vers le siège passager. Il se jeta dans l'habitacle et constata avec stupeur que sa collègue restait debout face à la voiture, les bras ballants, ses mains toujours gantées de bleu.

— Mais Yvonne ! Fonce !

Elle lui fit signe de descendre, ce qu'il fit, comprenant enfin. Les quatre pneus du bolide étaient à plat.

47

— … juste à temps pour voir une voiture gris métallisé…

— Une Audi 8, précisa Chen au gendarme.

— … partir à toute allure. On a rejoint notre véhicule, mais les pneus étaient crevés. Et on vous a appelés.

Debout sur la terrasse, les deux flics regardaient les gendarmes qui s'affairaient dans le salon de Duplessis.

— Et vous n'avez pas vu le visage du tireur ? répéta leur officier.

— Nous étions assis dos à la fenêtre, comme je vous l'ai dit. On a plongé à la première détonation.

— Bon… On a dressé des barrages et prévenu le peloton autoroutier dès que vous nous avez appelés. Il n'y a plus qu'à espérer. Il faudra que vous m'envoyiez une copie de votre rapport à la brigade d'Étampes. L'enquête de voisinage confirme ce que l'on avait sur lui : le type était un illuminé installé là depuis moins d'un an. Il travaillait pour la municipalité et s'occupait des jardins.

— Pourquoi illuminé ?

— Ses voisins et les gens de la mairie décrivent un homme calme et discret, mais obsédé par la maladie, les virus, la contagion. Il portait en continu un masque respiratoire et des gants, et ne parlait que de ça, des risques d'épidémie…

— Il était chimiste et avait travaillé sur des bactéries mortelles, expliqua Starski.

— Je vois. Il y a deux mois, il a eu une altercation avec un chauffeur de camion venu déverser des gravats et des ordures à une cinquantaine de mètres d'ici. Une décharge sauvage. Duplessis est sorti avec son fusil. Heureusement, des voisins sont intervenus et ça s'est bien terminé. Le maire m'a demandé de ne pas poursuivre son employé ; d'après lui, il n'avait fait qu'interpeller l'auteur d'un délit. C'est tout ce qu'on a pour l'instant. Il n'a aucune existence avant son arrivée ici.

— Il s'appelait Kezner, Calvin Kezner. Il a changé de nom pour échapper à son passé, commenta le commissaire, un passé trouble en Afrique du Sud.

— Ah. Merci du tuyau. Je vais voir où on en est. Le dépanneur que j'ai prévenu devrait avoir bientôt fini avec votre voiture. Vous pourrez partir.

— Merci, capitaine. Tenez, je vous laisse ma carte, si vous avez du neuf… Le bon numéro est écrit sous celui qui est barré.

Le gendarme agréa et prit la carte.

— Ah ? C'est avec un « i » ? Il faut que je corrige mon PV… Au revoir !

Les deux flics s'écartèrent de quelques pas dans le jardin.

— Il faut prévenir le substitut et la juge, entama Starski.

— Bon courage. Quand ils vont apprendre la mort de Kezner…

— … et qu'on a laissé le tueur s'enfuir…

— Le substitut va nous trucider, nous enterrer et danser sur nos tombes, conclut Chen.

— C'est clair ! Une valse avec la juge ! Mais au moins, grâce à son témoignage, on a pu établir le lien entre nos victimes et la « bombe noire » : Vankleber, de Talense et Kezner sont exécutés aujourd'hui pour leurs recherches passées.

Chen dévisagea son chef.

— Quoi ? demanda-t-il.

— Ce n'est pas ce que j'ai compris, Paul… Je veux dire… Il a bien confirmé le lien entre les victimes et leur passé sud-africain. Mais il incrimine surtout Chloé dans ces recherches. Vankleber et son père lui ont intimé l'ordre de ne pas continuer les travaux de sa mère, mais elle n'a rien écouté. Une obsession, a-t-il dit. Chloé de Talense t'a dit exactement le contraire, expliqua-t-elle avec calme.

— Mais tu as bien vu que ce type était complètement barré, quand même ! s'emporta Starski. L'épidémie, le masque, le gaz sarin, l'agent orange ! Et la CIA qui serait à la manœuvre ? Et la Chine ? Il aurait accusé n'importe qui pour ne plus porter ce fardeau ! Ne me dis pas que tu as gobé tout ça !

— Évidemment, non. Mais pourquoi, toi, tu crois une partie de ce qu'il a raconté, la partie sur les crimes passés, celle qui dédouane totalement Chloé ? Et qui impliquerait le MK ? Il te dit que ça n'existe même plus ! Et nous, on court après !

L'impassibilité de Chen était aussi agaçante que son cynisme.

— Ah oui ? Il n'existe plus ? Mais alors, qui vient de lui mettre une balle dans la tête et deux dans la poitrine ? On savait qu'il était sur la liste du MK et ils n'ont eu qu'à nous suivre.

— C'est impossible, Paul. J'étais à 220 sur

l'autoroute, avec le gyro. On aurait remarqué n'importe quel véhicule derrière nous.

— Merde… grogna Starski en fonçant soudain vers la grille.

— À quoi tu penses ? demanda Chen qui le rattrapa.

— Un mouchard ! Ils nous ont collé un mouchard.

Ils regagnèrent leur voiture que le dépanneur avait relevée afin de changer les pneus.

— Regarde à hauteur des roues, lança Starski. Je fais les pare-chocs.

Le dépanneur observa les deux flics qui examinaient les recoins de leur BMW, inspectant les passages de roues, l'intérieur des garde-boue, les enjoliveurs, les creux des pare-chocs… Chen leva les mains au ciel. Starski s'allongea sur la route et se glissa sous le véhicule. Après une dizaine de minutes, il se releva, bredouille. Il ouvrit le capot.

— Vous cherchez quelque chose ? demanda le dépanneur.

— Si vous deviez cacher un émetteur sur une voiture, vous le mettriez où ?

Le type en combinaison grise et jaune réfléchit un instant.

— J'ai accès à quelle partie du véhicule ? J'ai les clés ?

— A priori non.

— Donc, a priori, ni sous le capot ni à l'intérieur. Mais autant vérifier !

Il se pencha quelques minutes sur le moteur, passa ses mains ici et là.

— C'est vraiment une belle machine.

— Oui, approuva Chen avec la fierté d'une mère.

— Mais je ne vois rien. Vous avez inspecté la carrosserie et le bas de caisse à fond ?

— Je crois… répondit Starski.

— Vous permettez que je revérifie ?

Le dépanneur se prenait au jeu. Le commissaire l'invita à poursuivre d'un geste de la main. Il disparut sous la BMW, ressortit.

— Non. Je ne trouve rien.

Ils se retrouvèrent tous les trois, les mains sur les hanches, face au bolide et à l'évidence.

— Et l'intérieur ? demanda le dépanneur.

— Ça s'ouvre facilement, un engin pareil ?

— Oh oui ! Toutes les voitures, si on sait s'y prendre.

— Bon…

Ils ouvrirent les portières et se ruèrent dans l'habitacle, le dépanneur à l'avant avec le commissaire, la lieutenante à l'arrière.

— Tout le monde fait attention au cuir, rappela Chen.

Elle glissa une main entre les dossiers rabattables de la banquette et sentit quelque chose. Elle le tira doucement et l'extirpa. Il s'agissait d'un petit boîtier noir de la taille d'un briquet qu'elle montra aux deux autres.

— C'est bien un traceur GPS ! On en vend des comme ça, au garage, confirma le dépanneur. Un an d'autonomie, portée illimitée, localisation GPS sur smartphone, pas d'abonnement, 119 euros TTC.

— Mais il est là depuis combien de temps ? s'indigna Starski.

— Et surtout qui l'y a mis ? s'enquit froidement Chen.

Devant la mine perplexe du commissaire, elle reformula sa question :

— Qui est monté derrière depuis que nous avons cette voiture ? Depuis le début de l'enquête ?

Le commissaire vit très vite où sa collègue voulait en venir.

— Ne me dis pas que tu accuses encore Chloé, quand même !

— Personne d'autre n'est monté dans ce bolide à part nous, Paul…

Starski leva les yeux au ciel. Chen, imperturbable, attendit la tempête.

— Mais Chloé est poursuivie par ces tueurs du MK ! On le sait maintenant ! Ce que tu racontes n'a pas de sens ! Et puis monsieur te le dit : c'est très facile à ouvrir, ce genre de bagnoles.

— C'est très facile à ouvrir, répéta le dépanneur.

— Alors, le MK a placé cette balise GPS dans notre voiture, reprit la lieutenante, avec laquelle on a déposé Chloé à l'Hôtel de Nantes hier après-midi, avec laquelle je suis venue te chercher à l'Hôtel de Nantes, ce matin. Et ils n'ont toujours pas compris où était Chloé ? Avoue que c'est curieux quand même !

Starski sentit une terreur fulgurante remonter le long de son échine. Évidemment, si le traceur était là depuis le début, tous leurs déplacements avaient été suivis sur un écran de téléphone, du Bastion à la Maison Souquet, du Enjoy Hotel au 97 rue des Moines, du Bosquet des druides au tribunal judiciaire, de la rue de Sofia à l'Hôtel de Nantes, de la clinique vétérinaire à l'appartement de Mérandier, des faux bureaux de Biotech jusqu'au 54 de la Grande-Rue, à Boissy-le-Sec, Essonne, où Kezner-Duplessis venait d'être assassiné sans qu'ils aient rien pu faire pour l'empêcher, et où ils avaient même ingénument conduit les tueurs qui le cherchaient.

Starski sortit précipitamment son portable et composa le numéro de Chloé. Il entendit sa voix quand, ne pouvant répondre, elle le pria de laisser un message.

— Rappelle-moi, Chloé. C'est urgent !

Il raccrocha, sentit le sang quitter son visage. Ils avaient aussi mené les tueurs jusqu'à Chloé puis l'avaient laissée sans protection pour venir ici. À la terreur s'ajoutaient lentement la culpabilité, le remords. C'était la deuxième fois : les tueurs l'avaient retrouvée chez lui puis à l'Hôtel de Nantes. Chaque fois par sa faute. Il recomposa le numéro. Chloé ne décrocha pas cette fois non plus. Il ne laissa pas de message.

— Tu as pris la meilleure décision, tempéra Chen. On ne pouvait pas l'emmener ici…

— Commissaire, le héla le capitaine de gendarmerie par-dessus la grille.

Les deux flics s'approchèrent, espérant enfin une bonne nouvelle dans cette enquête où rien n'allait.

— L'Audi 8 a été retrouvée à trente kilomètres d'ici. Elle a été abandonnée dans un bois. Aucune trace du conducteur.

48

Jean-Marie de Talense, 5 août 2018

La massive Mercedes noire paraissait bien à l'étroit sur cette route de campagne. Jean-Marie de Talense détestait conduire sur ces chaussées exiguës. Et la nuit n'arrangeait rien. Le seul éclairage était le faisceau de ses phares. La petitesse des routes, des rues, des immeubles était l'une des choses qui l'avaient le plus frappé lors de ses premiers voyages en France, avec Marie, à l'époque. Si l'on comparait avec les étendues africaines, les arbres qui chatouillaient le ciel, les pistes sans fin sinuant dans la poussière rousse, les artères des villes où l'on pouvait rouler à quatre de front, tout dans ce pays d'accueil lui semblait minuscule et étriqué, jusqu'au café servi dans un dé à coudre. Jean-Marie de Talense restait donc très concentré sur ce rail de bitume qui s'enfonçait dans la nuit. Il avait rendez-vous.

Il avait déjà quitté le labo de Soissons dans sa Mercedes quand on lui avait transmis le message sur son portable : Calvin Kezner voulait le voir séance tenante. Il s'agissait d'une urgence en lien avec leur passé commun en Afrique du Sud. Il l'attendait au Sanglier Gris, un restaurant sur la route de Fleury, dans l'Aisne. Le détour n'était pas énorme. Jean-Marie de Talense avait quitté la nationale 2 pour suivre la départementale 2, puis des routes de plus en plus petites. C'est ainsi qu'à 21 h 52, sous les frondaisons d'une forêt obscure, il progressait prudemment dans la campagne, méfiant envers sa conduite mais confiant en son GPS.

Il aperçut soudain deux points lumineux dans son rétroviseur. Il fut rassuré de ne pas être le seul à s'être aventuré dans cette nuit d'encre. La voiture se rapprocha bientôt et vint se coller à un mètre de son pare-chocs. Il s'agissait d'un 4 × 4. Jean-Marie de Talense pesta contre le chauffard, certainement un péquenaud du coin, qui, au lieu de le dépasser, le poussait à accélérer. Il s'y refusa. D'un coup de clignotant droit, il indiqua son intention de ralentir et de se rabattre pour laisser passer le véhicule pressé. Le 4 × 4 déboîta enfin derrière lui, accéléra, vint à sa hauteur et y resta. Inquiet, Jean-Marie de Talense jeta un rapide coup d'œil sur sa gauche au chauffard qui refusait de le dépasser. Il ne vit pas le chauffeur que cachait son passager, un homme jeune aux cheveux hirsutes qui ouvrit sa vitre et tendit un pistolet vers lui. Jean-Marie de Talense enfonça la pédale d'accélérateur. La puissante Mercedes répondit au quart de tour et bondit en avant. Un piège se refermait sur l'homme d'affaires sud-africain qui le comprit et accéléra encore, laissant ses poursuivants sur place. Pourtant, l'autre véhicule alluma ses pleins phares et le prit en chasse.

Il y avait maintenant une quinzaine de mètres entre les deux bolides. S'il réussissait à gagner du terrain, ils ouvriraient le feu, cette fois. Talense passa la quatrième et l'aiguille de son compteur dépassa les 120 kilomètres-heure. Il se réjouissait d'avoir gagné une trentaine de mètres sur ses poursuivants quand, sur le bas-côté, parut dans ses phares un homme rondouillard aux cheveux blancs accoudé sur une grosse boîte noire. Le Sud-Africain eut à peine le temps de le voir. La boîte s'alluma soudain et projeta une lumière aveuglante qui illumina la forêt et embrasa les rétines du conducteur apeuré. Ébloui, Jean-Marie de Talense détourna la tête et ferma les yeux, les rouvrit aussitôt pour chercher la route, ne vit qu'une immensité blanche immaculée et chaude comme un paradis. Un crissement de ses pneus lui indiqua que c'était la fin. Il n'entendit pas le choc quand la Mercedes percuta le tronc d'un chêne à 140 kilomètres-heure.

Le 4 × 4 s'arrêta à hauteur du vieil homme. Le passager descendit et vint l'aider à transporter le projecteur éteint jusqu'au coffre. Puis ils remontèrent en voiture. Quelques mètres plus loin, le passager quitta de nouveau le véhicule pour vérifier que Jean-Marie de Talense était bien mort. À voir son visage en compote, on ne pouvait avoir aucun doute, mais l'homme chercha tout de même un pouls sous son oreille, et n'en trouva pas. Il passa le bras dans l'habitacle et, de sa main gantée, saisit le portable qui était resté coincé dans le support de téléphone, malgré le choc. Il manipula l'appareil, effaça l'historique du GPS et le journal des appels. Puis il sortit la puce, la cassa en deux et la replaça dans le téléphone, qu'il écrasa sous son talon. Enfin, il le ramassa et le balança dans l'habitacle avant de remonter dans le 4 × 4.

— Tout est en ordre, lâcha-t-il simplement à l'attention du vieil homme, assis à l'arrière.

Celui-ci fit un signe de tête à la jeune femme qui conduisait. Le 4 × 4 redémarra et disparut dans la nuit.

49

Cramponné à la poignée, Starski faisait son maximum pour ne pas valdinguer dans l'habitacle. Il avait donné carte blanche à Chen pour arriver à Paris le plus vite possible, et, à en croire le compteur, le plus vite possible était 285 kilomètres-heure. Heureusement, les autres véhicules présents sur l'autoroute s'écartaient en entendant le deux-tons qui annonçait leur fusée.

Par trois fois, Starski avait rappelé Chloé, mais il était tombé sur sa messagerie et avait raccroché sans un mot. Il n'était plus temps de tergiverser, il devait faire face. Il avait téléphoné au substitut, raconté les récents événements, la mort de Kezner-Duplessis, la fuite du coupable, la découverte du mouchard dans leur propre voiture, l'Audi du tueur retrouvée en forêt. Le substitut avait calmement posé quelques questions pour être sûr de bien comprendre à quel point le commissaire et son binôme, ce petit groupe de la brigade criminelle, avaient lamentablement échoué à avancer d'un pouce dans l'affaire qui leur était confiée. Puis les mots s'étaient faits plus durs ; il avait évoqué l'incompétence du commissaire, ses errements, ses mauvaises décisions qui avaient selon lui mené encore plus d'hommes à la mort et donné toute latitude aux assassins. En guise de conclusion, il avait sommé le commissaire contrit de se présenter dans le bureau de la juge Bonname à 17h30 en compagnie de sa collègue. Il lui ordonnait également de venir avec Chloé de Talense afin qu'elle soit mise sous protection policière, avant d'être à son tour assassinée. 17h30. Rendez-vous était pris pour la soufflante.

— Tu aurais dû lui dire la vérité, commenta Chen.

— C'est ce que j'ai fait.

— Lui dire que Chloé ne répond pas au téléphone, que tu l'as appelée plusieurs fois déjà parce que tu entretiens une relation avec cet ancien amour de jeunesse, et que tu es mort d'inquiétude…

— Mais je ne peux pas lui dire ça, Yvonne.

— Pourquoi ? Parce qu'il va te crucifier ? Il est peut-être temps de revenir dans le droit chemin, non ?

— Mais je suis dans le droit chemin, qu'est-ce que tu racontes ?

— Je dis que tu devrais arrêter de mentir. On ne s'en sortira que comme ça.

— Mentir ? s'emporta Starski. Mais à qui je mens ?

Sans quitter la route des yeux, Chen déroula la liste :

— Au substitut et à la juge, en ne leur avouant pas la nature de ta relation avec Chloé, suspecte puis témoin protégée dans notre enquête. À ta femme, en ne lui disant pas que ton boulot est plus important que ta famille. À tes filles, en leur cachant la mort de leur chien. Et à moi, quand tu piques les clés d'un appartement sous scellés, en croyant que je ne le verrai pas…

Starski en eut le souffle coupé. La bouche béante, il fouilla des yeux le vide devant lui, agitant les mains, cherchant ses mots.

— C'est… c'est pour moi ! Je dois quitter l'appartement.

— Vraiment ? Tu vas dormir sur une scène de crime

placée sous scellés parce que tu te sépares de ta femme ? Et ça, pour toi, c'est normal ? C'est le droit chemin ? Mais Paul, tu perds les pédales !

L'émotion de Chen était aussi palpable que surprenante, comme si elle avait affaire à un fou. Starski capitula :

— OK, t'as raison. Je dois mettre de l'ordre dans tout ça. Je… je fais n'importe quoi depuis quelques jours. Il faut que je change. Je vais arranger ça… Je vais leur dire pour Albus. Et parler de Chloé à Florence…

— Je t'arrête tout de suite : je ne suis pas ta femme. Je veux juste que tu joues franc-jeu avec moi. C'est possible ?

— Évidemment. OK. Plus de cachoteries, de coups fourrés, de mensonges…

Son téléphone sonna. Il regarda l'écran avec empressement. Ce n'était pas Chloé, mais Florence.

— Florence… Il faut qu'on parle.

— Allô, papa ? C'est Léa ! On est encore allés à la plage ! On a sauté dans les vagues !

— C'est super, ma chérie !

— Et Manon a mangé sa première barbe à papa ! Une bleue ! Et elle a adoré ! Il y en avait de toutes les couleurs.

— Génial !

— Tu vas venir ? Il faut que tu viennes.

— Non, ma chérie, je ne peux pas…

— Il faut que tu viennes avec Albus ! On le fera sauter dans la mer ! Il va adorer !

Starski serra la mâchoire. La vérité devait bien commencer quelque part. Le retour dans le droit chemin était à ce prix.

— Albus est parti, ma chérie.

— Parti ? Parti de la maison ?

— Non. Il s'est empoisonné… Le docteur n'a rien pu faire. Et… il est mort.

Il entendit les sanglots et les hoquets.

— Qu'est-ce qui se passe, Léa ? entendit-il au loin.

La voix de Florence.

— Allô, Paul ? Qu'est-ce qui se passe ?

— Albus est mort. Il a mangé quelque chose, le véto n'a pas pu le sauver…

— Et tu annonces ça comme ça à ta fille ? Mais tu n'es pas bien !

— Pas bien ? Tout le monde exige la vérité, mais personne ne veut l'entendre ! C'est surtout ça, le problème ! Tu veux la vérité ? Alors la voilà, la vérité ! Elle est ce qu'elle est, des faits nets et précis, et chacun doit faire avec ! Pas juste moi ! Alors, écoute bien, puisque tu veux savoir !

Les digues avaient cédé, plus rien ne pouvait arrêter le flot :

— Ça fait deux jours que j'ai la rate au court-bouillon, que je tourne et retourne cette histoire, que je cherche comment dire les choses et annoncer à ma femme, pardon : mon ex-femme, et à nos filles que notre chien est mort. Notre Albus ! Merde. Il a toujours été là… Comment trouver les mots ? Mais tout ce que je cache me revient dans la figure, concernant ma famille, mon boulot ! Alors la voilà, la vérité : Albus est mort ! Empoisonné certainement à cause de mon boulot ! Qu'est-ce que je peux y faire ? Rien ! Et oui, j'aime mon boulot ! C'est comme ça ! Et j'y passe des jours et des nuits parce que j'adore ça ! Et j'ai couché avec Chloé de Talense, oui, la Chloé de mes vingt ans, celle qui m'a arraché le cœur, et on a fait l'amour parce que la retrouver m'a secoué comme jamais, m'a fait à nouveau me sentir vivant, parce que j'ai compris que j'avais encore des sentiments pour elle, des années après, et j'ai aimé chaque seconde de la nuit que j'ai passée avec elle, contre elle ! Voilà la vérité ! Allô ? Allô ? Merde !

Starski regarda l'écran impassible. À quel moment Florence avait-elle raccroché ?

— Tout le monde exige la vérité, mais personne ne veut l'entendre, répéta-t-il dans un triomphe amer.

Chen garda le silence. Alors Starski se tut également, se laissant lentement gagner par un abattement sourd à mesure qu'il prenait conscience de ce qui venait de se produire.

— Merde… Qu'est-ce que j'ai fait, là ?

— Tu as dit la vérité, répondit Chen.

À 17 heures, la BMW s'arrêta enfin devant l'Hôtel de Nantes. Les deux flics en jaillirent et se ruèrent dans le hall. Le même étudiant indolent et acnéique somnolait à l'accueil. Il s'éveilla en les voyant passer en trombe devant lui.

— Eh ! Vous allez où ?

Ils montrèrent leurs cartes de police, indiquèrent monter à la chambre 27 et s'éloignèrent, mais il les rappela.

— La dame est partie. La chambre a été faite.

Ils revinrent à l'accueil.

— Elle est partie ? Il y a combien de temps ? demanda le commissaire.

— Je ne sais pas. Deux heures, peut-être trois…

— Elle a réglé sa note, vous devez avoir l'heure sur la facture, non ? dit Chen.

— Peut-être, mais je ne sais pas si je peux vous donner ces informations. Il faudrait voir avec mon patron...

— Police judiciaire, brigade criminelle. Vous allez nous donner ces informations. Maintenant, ordonna Chen.

Mais déjà Starski contournait le comptoir.

— Eh ! Vous n'avez pas le...

Il attrapa l'étudiant par le col, le souleva de son siège et le secoua vigoureusement. Comme le jeune homme se débattait, il lui colla son poing sur la figure, deux fois, et le renvoya valdinguer dans son fauteuil à roulettes.

— Paul, arrête ! intervint Chen.

— Je vais porter plainte ! s'indigna l'étudiant qui tentait de maintenir ensemble les morceaux de son nez. C'est de la violence policière !

Starski se rapprocha de lui.

— Si tu ne nous dis pas ce qu'on veut savoir, tu vas comprendre pourquoi « violences policières », c'est toujours au pluriel...

— OK, OK ! couina le boutonneux. Elle est partie à midi, avec un type.

— Un type ? Quel type ? reprit Starski, stupéfait.

— Un vieux bonhomme, un peu gros, en costume gris et manteau gris et chapeau gris, aussi. Il avait une balafre sur tout le côté du visage. Et un œil crevé.

— Merde, souffla le commissaire. Il la tenait, la menaçait ? Il avait une arme ?

— Je ne crois pas, je n'ai pas fait attention...

— On enlève une femme dans ton hôtel et tu n'as pas fait attention ? répéta Starski en s'approchant.

— Non, je vous jure...

— Paul, on y va !

Le commissaire s'arrêta, se détourna à regret et rejoignit sa collègue. Ils quittèrent l'hôtel, abattus.

— On arrive trop tard, Yvonne. Ils l'ont enlevée. Et ils vont la tuer. Et on n'a rien pu faire. On a tout foiré. Tout, de A à Z.

— Il faut lancer un avis de recherche, Paul. C'est sa seule chance. Viens. On a rendez-vous avec le substitut et la juge.

Chen attrapa son collègue par le bras et l'entraîna vers la BMW. Elle lisait son effondrement, se demandait comment il allait se sortir de l'effroyable trou dans lequel il était tombé, si même il pourrait s'en échapper quand sa vie entière, sa femme, ses filles, son chien, sa maîtresse, son boulot s'étaient dérobés sous ses pieds comme autant de pièges. Que lui restait-il, se dit-elle, à part elle-même, sa collègue ?

50

Phase 18 – Les honneurs : avant la curée, le maître d'équipage offre une pièce noble du gibier à une personne qu'il veut honorer.

Debout de l'autre côté du bureau, à contre-jour dans la lumière déclinante, le substitut et la juge regardaient Starski et Chen assis en face d'eux. Leurs silhouettes auréolées se détachaient clairement sur ce fond de ciel, mais leurs visages restaient dans l'ombre. Bonname aimait faire des économies et des effets spéciaux.

— Vous l'avez perdue ? répéta le substitut dont la chevelure blonde se nimbait d'un halo céleste dans le soleil de cette fin d'après-midi.

À l'autre bout du bureau, la greffière fit cliqueter son clavier ; elle ne perdait pas une miette de l'entretien. Le substitut resserra les pans de sa veste, inspira profondément et attendit.

— On était chez Duplessis. On pensait que Chloé… que Mme de Talense était en sécurité dans cet hôtel. On ne pouvait quand même pas l'emmener avec nous. Elle se serait retrouvée dans une fusillade à Boissy-sur…

— Boissy-le-Sec, corrigea Chen.

— Alors, on vous a appelés, puis le SIC, pour lancer un avis de recherche…

— De toute manière, avec le traceur, on les a forcément conduits jusqu'à l'hôtel, expliqua Chen.

— Laissez-moi reprendre, interrompit la juge. Je voudrais être sûre de bien comprendre les trois jours qui viennent de s'écouler : vous m'amenez le suspect numéro un, Chloé de Talense, dans le cadre de l'enquête sur les meurtres d'André Cavicci et d'Eugène Vankleber. Le lendemain, vous m'apportez les preuves pour la disculper et elle devient un témoin de première importance dans notre affaire, puisqu'elle a rencontré les tueurs. Quelques heures après, elle se fait tirer dessus dans la rue par ces mêmes tueurs qu'elle peut identifier, et elle devient une cible du Grand Veneur. Vous la mettez à l'abri dans un hôtel parisien pour vous lancer à la poursuite de ces tueurs dont vous trouvez deux autres victimes, la serveuse Pauline Dubreuil et le propriétaire Jacques Mérandier, avant de comprendre que ces tueurs seraient des terroristes du MK, des Sud-Africains, qui surgiraient du passé pour se venger d'anciens bourreaux de l'apartheid ; Jean-Marie de Talense, Vankleber et Chloé de Talense deviennent alors dans votre histoire les cibles du MK, ainsi que Kezner. Parce que vous êtes suivis par ces tueurs depuis le début, vous les amenez jusqu'à Kezner et ils l'assassinent sous vos yeux. Enfin, parce que vous les avez aussi conduits jusqu'à Chloé de Talense, ils l'enlèvent. Est-ce que j'ai bien résumé ces dernières soixante-douze heures, commissaire ?

Un silence plana quelques secondes.

— Parfaitement, conclut-il. Mais le temps nous est compté, madame le juge…

— Madame *la* juge…

— Madame la juge, pardon. Chloé est en danger et…

— Et nous avons transmis sa photo, coupa le substitut. Elle est actuellement recherchée par toutes les voitures en patrouille, par la vidéo urbaine, la télésurveillance du métro, les brigades autoroutières… Nous avons lancé un bornage de son téléphone. Et nous avons mis d'autres équipes sur cette affaire. Tout le monde cherche Chloé de Talense, commissaire.

Starski se glaça.

— D'autres équipes ? Des renforts ?

Face au silence d'airain du substitut et de la magistrate, Starski comprit :

— Mais vous ne pouvez pas me dessaisir ! Je suis… Nous sommes sur cette enquête depuis le début !

— Et pour quel résultat ? tacla le substitut. Cinq morts, peut-être une sixième victime à l'heure où je vous parle.

— Cinq victimes, pas six, souffla Chen.

Les visages pivotèrent vers elle. Elle s'expliqua tant bien que mal :

— Ils tuent le 5 du mois et laisseront cinq victimes, d'après Cavicci…

— D'après Cavicci ? répéta le substitut, éberlué.

Chen se rendit compte de l'improbabilité de ce qu'elle disait, imagina que, à répéter les inepties d'un fou, elle passait pour une folle à son tour. La psy marseillaise lui aurait donné un bon de visite dans la minute. Cela n'aidait en rien. Qu'y avait-il à dire pour leur défense ? Starski était bien trop impliqué auprès de Chloé, elle le savait depuis le début. Sans qu'il s'en rende compte, l'enquête était devenue à ses yeux une croisade personnelle pour reconquérir cette femme qu'il avait aimée et qui l'avait quitté, une rupture dont il ne s'était jamais remis. Sa faiblesse faisait de lui le pire enquêteur possible pour cette affaire. Et elle, sa lieutenante, l'avait suivi presque aveuglément, le regardant pulvériser la procédure, bille en tête, comme un taureau fou… Fou de Chloé.

Chen ouvrit de grands yeux comme si la vérité lui apparaissait soudain, une révélation dans le soleil couchant.

— Monsieur le substitut, je crois que le commissaire Starski est une victime dans cette affaire. Il a été choisi par les tueurs. C'est lui et personne d'autre qui devait reprendre cette enquête, parce qu'il connaissait Chloé de Talense.

Le substitut et la juge se regardèrent.

— Vous connaissiez Chloé de Talense ? répéta la juge à l'attention de Starski.

La panique parut dans les yeux du commissaire.

— Yvonne…

— La vérité, Paul, c'est maintenant ! Oui, monsieur le substitut, ils étaient ensemble à la fac et très amoureux. Ils se sont retrouvés il y a deux jours. Les sentiments de Paul n'avaient pas changé.

— Est-ce que c'est exact, commissaire ? demanda le substitut.

Starski entendit la question, de loin. Il dévisageait Chen, incrédule, trahi, Chen qui venait de le pousser sous un bus, et sa carrière avec.

— Oui. J'ai eu une liaison avec Chloé de Talense quand nous étions au lycée puis à la fac, répondit-il simplement sans quitter Chen des yeux.

— C'est pour ça qu'ils t'ont suivi, tu comprends ? expliqua-t-elle encore. Ils t'ont choisi !

— Mais Yvonne…

— Et ton chien, Paul ! Ton chien !

— Commissaire… Commissaire !

Paul Starski, groggy, leva le regard vers le substitut qui l'appelait.

— Je vais vous demander de me remettre votre arme et votre insigne. Vous êtes suspendu jusqu'à nouvel ordre. Vos liens avec le témoin ont clairement faussé votre jugement et ont peut-être entraîné la mort de trois des cinq victimes. Une enquête interne déterminera votre responsabilité dans ce fiasco. C'est valable pour vous, lieutenante. Vous auriez dû prévenir votre hiérarchie au plus tôt. En couvrant votre collègue, vous avez accepté une part de cette responsabilité. Le conseil de discipline tranchera. En ce qui me concerne, je vous ferai bientôt part des poursuites que j'entamerai contre vous. Vos armes et vos insignes, je vous prie. Rentrez chez vous. Vous serez prochainement convoqués pour une audition préliminaire. Bonne fin de journée.

Les deux flics se levèrent et déposèrent leur automatique et leur badge sur le bureau avant de sortir. Ils se retrouvèrent tous les deux dans le grand couloir blanc du tribunal. Starski était KO debout. Chen continuait de s'agiter.

— Tu as été choisi depuis le début, Paul, tu as été *casté* ! Parce que tu connaissais Chloé, parce que tu l'as aimée, tu comprends ? Ils ont tué ton chien pour que tu rejoignes les urgences véto les plus proches de la rue des Moines. Pour que tu sois sur place, pour que tu sois saisi de l'affaire, pour que tu revoies Chloé ! Tu te souviens de la phase 2 dans le cahier de chasse ? L'appât ! Les trois victimes : ton chien, Vankleber et Cavicci. L'appât, c'était pour toi ! Le leurre quand on a pris Megara pour Chloé, c'était pour toi ! Et ainsi de suite… Bon sang, mais tu comprends ? Le gibier de la chasse à courre, ce n'est pas Chloé, c'est toi ! Ils n'ont plus eu qu'à te suivre, te prendre en chasse, de témoin en témoin jusqu'à Kezner !

Starski se détourna et se dirigea vers la sortie. Chen vint se replacer devant lui. Elle trépignait, bondissait, agitée par une émotion comme nul n'aurait imaginé qu'elle en ait un jour. S'il avait pu la voir, Starski en aurait été très surpris.

— « La vue par corps », reprit-elle, la phase 14 ! Le moment où le chasseur voit le gibier. Le moment où le tireur a ouvert le feu sur Chloé en pleine rue. C'était toi, le gibier ! Tu es le centre de cette affaire, Paul ! C'est toi qui as tout fait pour disculper et protéger Chloé, et pour retrouver Kezner, avec les moyens de la police ! Les factures, la géolocalisation, le changement d'identité auprès du ministère de la Justice…

Elle trottinait derrière lui, tirant la manche de sa veste. Il se tourna soudain, la saisit au col et la plaqua au mur.

— Tu m'as détruit, Yvonne, à l'instant, dans ce bureau ! Tu t'en rends compte, au moins ? Tu m'as enterré au nom de ta vérité de merde, celle qui m'a déjà coûté ma femme et mes gamines ! Maintenant, je vais perdre mon boulot, ou me retrouver muté je ne sais où, si je peux rester dans la police…

— Mais ils se trompent, Paul, ils…

— Arrête ! C'est fini, tu ne comprends pas ? En trois jours, j'ai perdu ma femme, ma famille, mon chien, mon appartement, mon boulot… et ma collègue. Je me demandais si on était amis ; j'ai la réponse. Écoute-la bien : je ne veux plus te voir. Je veux que tu sortes de ma vue et de ma vie. Trouve-toi vite un autre groupe. Je signerai les papiers pour que tu partes le plus loin possible. J'imagine que c'est assez clair, dit comme ça.

Maintenant, excuse-moi, mais je vais essayer de retrouver Chloé, parce que si je réfléchis, et si je regarde bien autour de moi, je n'ai plus qu'elle.

Il la lâcha et s'éloigna. Elle l'appela deux fois, mais il l'ignora et disparut.

51

Chen regagna le Bastion. Starski n'y était pas, évidemment. Elle l'imagina un instant courant à travers Paris, hors d'haleine, criant le nom de la femme qu'il aimait, de rue en rue : c'était d'un pathétique… Elle chassa cette image et tenta une fois de plus de l'appeler. Mais le commissaire ne répondit pas. Alors, elle passa derrière son bureau, s'y assit, les yeux dans le vague. Elle se demanda pourquoi elle était venue là au lieu de rentrer chez elle, maintenant qu'ils étaient tous les deux mis à pied. Était-ce de sa faute ? Chen s'en voulait de n'avoir pu contrôler le flot de mots à mesure que se dessinait une vérité improbable. Elle avait cru défendre son collègue en en faisant une victime, mais, à l'inverse, avait révélé sa relation intime avec Chloé de Talense. L'occasion avait été trop belle pour le substitut ; il avait un responsable tout désigné qui avait masqué ses liens avec un témoin, dynamité la procédure et certainement l'enquête, mené les tueurs jusqu'aux victimes… Il ne savait pas encore que Starski avait escamoté le téléphone de Cavicci et les clés de la première scène de crime, qu'il avait ramené Chloé de Talense chez lui où elle avait été retrouvée par les tueurs, ni même qu'il avait couché avec elle, la nuit précédente. En moins de trois jours, Starski avait rompu toutes les amarres pour elle. C'est pour cela qu'*ils* l'avaient choisi.

Chen essaya de repenser le plan des tueurs. Ils avaient commencé par empoisonner Albus, ce qui avait obligé Starski à foncer en taxi à 4 heures du matin jusqu'à la clinique véto la plus proche de chez lui, à Miromesnil, où il était resté jusqu'au petit jour. Il avait demandé à Chen de passer le chercher. Le SIC avait reçu un appel ; des coups de feu, peut-être une prise d'otages rue des Moines. Leur véhicule étant à proximité, le SIC les avait dépêchés sur place. La prise d'otages devenant un double meurtre, le substitut leur avait confié l'affaire. Et ils s'étaient retrouvés à courir après le MK et ses cibles. Un plan préparé depuis des mois, qui s'était déroulé à la perfection, dans lequel Starski et elle avaient docilement joué leur rôle. Une machination implacable qui avait pris l'ampleur d'un maelström à mesure que s'étaient agrégés aux premiers meurtres les morceaux de cor, les armes sud-africaines, le carnet de chasse, la poudre de diamants, la bombe noire, Albus, le MK et Cavicci, une folle farandole d'indices dans laquelle ils s'étaient perdus, traquant tour à tour le Grand Veneur et ses chasseurs, le MK et ses fantômes, les Furies d'ici ou d'ailleurs…

On frappa et deux types entrèrent. Elle reconnut Dupuis et Mazza, du groupe du commissaire Laipsker.

— On vient chercher les dossiers Vankleber et Cavicci. On reprend toute l'affaire. Et un groupe de la DGSI va venir en appui pour s'occuper des Sud-Africains. C'est à quel endroit ?

D'un signe de tête, Chen désigna l'armoire métallique derrière eux.

— Les deux enveloppes kraft, deuxième porte, troisième étagère.

— Il paraît que vous avez pris cher, avec Starski, chez la juge ? demanda Dupuis, goguenard.

— Fermez la porte en partant, répondit Chen.

— Il a bien merdé sur ce coup-là, ton commissaire ! Tu sens cette odeur de blâme qui flotte dans l'air ?

— Ah oui, tu as raison. Avec un relent de mut' à Bobigny !

Ils gloussèrent.

Mazza ouvrit l'une des enveloppes et inspecta l'intérieur.

— Il y a tout ?

— Évidemment, rétorqua Chen avec aplomb, passant sous silence les clés de la rue des Moines et le téléphone de Cavicci que Starski avait conservés, en dehors de toute procédure.

Dupuis s'approcha du bureau.

— Il paraît aussi qu'il y a de l'eau dans le gaz entre vous. Le couple bat de l'aile ?

Chen leva la tête et lui lança un regard plein de compassion qui amusa son collègue. Il enchaîna :

— Tiens, la décharge. Signe en bas, les deux exemplaires. Il y en a un pour vous.

— Vous avez terminé les rapports ? s'enquit Mazza.

— C'est dans la base. Bon courage et bonne soirée.

Ils acquiescèrent, sans comprendre.

— C'est trop tard, reprit-elle. D'ici quelques heures, ils seront loin. Le temps que vous démêliez les fils de cette affaire, ils se seront volatilisés. L'urgence, c'est Chloé de Talense. Elle est tout ce qu'il reste à sauver, si elle est encore en vie ; elle a disparu depuis plus de six heures. Alors, bonne soirée ! Moi, je suis en congé.

Starski sauta dans un taxi et fonça rue des Moines. Quand le véhicule s'y arrêta, il pria le chauffeur de l'attendre, sauta hors de l'habitacle, s'engouffra dans le hall d'entrée et grimpa les marches quatre à quatre. Il avait appelé Chloé deux fois encore, en vain. Si, d'une manière ou d'une autre, elle avait pu fausser compagnie à ses ravisseurs, c'était ici qu'elle s'était réfugiée, comme ils en étaient convenus. Pourtant, lorsqu'il arriva devant la porte de l'appartement, les scellés étaient intacts. Chloé n'était pas là. Il frappa, sonna, tambourina, puis capitula face au silence. Il quitta l'immeuble et remonta dans le taxi. Peut-être Chloé était-elle rentrée chez elle.

Rue Murillo, il sonna à l'interphone une dizaine de fois. Au bout de quelques minutes, le chauffeur lui avait demandé s'il devait encore l'attendre. À bout de nerfs, Starski l'avait vertement renvoyé derrière son volant, rappelant qu'il était payé pour ça. Quand une mère de famille arriva avec sa poussette, Starski eut enfin accès à l'immeuble. Il tambourina à la porte plusieurs fois, mais il n'y avait personne. Alors il quitta les lieux. Il ne restait qu'un endroit où Chloé avait pu se réfugier. C'était chez lui. Il redescendit à la hâte et monta dans la voiture qui l'attendait toujours. Il rappela Chloé, sans résultat, puis décida, contre toute dignité, de téléphoner au substitut.

— Vous êtes dessaisi de cette affaire, commissaire. Ne me rappelez pas, rétorqua celui-ci simplement.

Alors, Starski appela Bonname qui lui répondit la même chose, mais qui, elle, ne lui raccrocha pas au nez.

— Je sais, madame la juge. Je veux seulement savoir si vous avez retrouvé Chloé, si elle va bien.

La juge hésita dans un silence et s'apitoya sur la détresse de l'homme.

— Non, nous la cherchons toujours. Mais je vous

enverrai un message dès que j'aurai une info. Que cela reste entre nous, bien sûr.

Starski la remercia copieusement avant de raccrocher, puis s'enfonça dans la banquette arrière, le regard vague et embué. Chen l'avait appelé à quatre reprises, mais elle était la dernière personne à qui il souhaitait parler.

Arrivé rue de Sofia, il paya la course et renvoya le taxi. Il était 19 h 30. Il gravit quatre à quatre les marches jusqu'à la porte de son appartement, imaginant Chloé assise sur le palier, attendant la chaleur de ses bras. Mais il n'y avait personne. Il entra chez lui, fit le tour des pièces, fabulant la présence de Chloé qui n'avait pas les clés. Vaincu, il déposa son téléphone sur la table basse du salon et s'affala dans le canapé sans retirer sa veste, prêt à ressortir pour aller la rejoindre. Mais Chloé était introuvable. Peut-être était-elle déjà morte. Par sa faute. Les larmes lui vinrent aux yeux et il se laissa aller à son chagrin, constatant à quel point sa vie était partie en torche. Tout était foutu.

— Merde…

52

Chen avait attrapé un kebab dans une des sandwicheries turques du boulevard de Clichy et l'avait dévoré en trois claquements de dents. On était jeudi soir. Elle était donc de sortie. Elle constatait aussi que sa journée avait été particulièrement éprouvante : elle s'était fait tirer dessus, Kezner était mort, Chloé de Talense, leur témoin, avait disparu, ils avaient été dessaisis de leur enquête et, point d'orgue d'une journée atroce, son chef de groupe lui faisait la gueule. Non, décidément, Chen avait passé une sale journée et elle était déterminée à se changer les idées et à passer une bonne soirée. Ainsi en était-il de Chen, froide et pragmatique.

Elle se rinça la bouche avec sa bouteille d'Évian, s'essuya les lèvres d'un revers de serviette en papier, balança le tout dans une poubelle et poussa la porte du Dirty Dick, un bar à cocktails à Pigalle, à quelques mètres du Lipstick. Elle avait décidé de changer de bar, redoutant d'être reconnue par un ancien coup d'un soir qui aurait pu s'imaginer une complicité entre eux, une connivence, ou pire, une forme d'affection. Non, Chen ne voulait pas de ça. Pour l'éviter, elle préférait pervertir sa routine en changeant de bar, c'était dire…

Elle s'avança dans le bar et fut d'emblée conquise par les lumières dorées et tamisées du lieu, le plafond bas et sombre, et la fausse végétation abondante qui dotait l'endroit d'une ambiance d'île déserte. Il y avait du monde, pourtant, même s'il était encore tôt pour se lancer dans une soirée cocktail. Elle gagna le comptoir, où un jeune blond en chemise hawaïenne l'invita à passer commande. Elle choisit un mojito.

— Très bonne idée ! Je vais prendre ça aussi ! déclara un homme d'une trentaine d'années, en surgissant à côté d'elle.

Impassible, elle détailla le candidat : mince, musclé mais sec, mis en valeur par un costume anthracite de bonne facture. Il était plutôt séduisant avec ses cheveux en bataille qui lui donnaient un côté baroudeur. Et propre.

— Ça m'évite de choisir pendant des heures ! Merci, plaisanta-t-il.

— Moi aussi, répondit-elle en continuant de le détailler.

Il sourit sans vraiment comprendre.

— Tiens, pour fêter ça, je t'invite.

Il donna un billet de cinquante euros au barman qui disparut avec.

— Je m'appelle Thibault, annonça-t-il en lui tendant la main.

— Cindy.

Elle serra sa main et sourit à son tour.

— C'est joli. Tu viens souvent ici, Cindy ?

— Non, je suis de passage. J'habite à Grenoble. Je suis à Paris pour le travail. Juste pour la journée. Et la soirée. Je repars demain, très tôt.

Le barman déposa deux verres.

— À ton séjour à Paris, alors !

Ils trinquèrent. Il fit la grimace.

— Ça manque de citron ! Barman, tu aurais du citron vert ?

Le type apporta une coupelle avec un demi-citron.

— Le mojito, ça doit être une double morsure : le rhum et le citron vert, sinon autant boire… ça, là-bas.

Il tendit son doigt vers un cocktail à ombrelles colorées, servi dans un ananas. Chen ne comprit pas.

— C'est pour les touristes allemands !

Il attrapa le citron et le pressa au-dessus de leurs deux verres avant d'agiter la paille. Il tendit son verre à Chen et ils trinquèrent de nouveau.

— Ah ! C'est bien meilleur, mentit-elle.

— On est d'accord ! Tu disais que tu repars demain ?

Thibault lui sourit de toutes ses dents, fit mine d'être embarrassé. Elle acquiesça, feignant également sa déception.

— Mince… Il n'y aura pas de lendemain, alors…

Elle rit.

— Non, aucune chance ! Seulement la soirée ! Mais on peut en faire, des choses, dans une soirée.

— J'espère que tu ne te transformes pas à minuit !

— Ça, tu devras le découvrir.

— J'accepte le défi. Je suis un aventurier des temps modernes !

Il leva son verre et ils trinquèrent de nouveau.

— Partons à l'aventure alors, cher Thibault ! On y va ?

— OK ! J'habite tout près, rue Duperré ! On pourrait commencer l'aventure là-bas.

— En route ! conclut Chen.

Ils quittèrent le bar en riant.

Thibault était un type avenant et sympathique. Il déballa quelques platitudes sur le quartier comme s'il le connaissait, ce qui n'était visiblement pas le cas. Puis, deux rues plus loin, il indiqua un petit immeuble où ils s'engouffrèrent.

— C'est ton repaire ? plaisanta Chen.

— Mon antre ! répondit-il.

Et Chen rit volontiers.

Ils montèrent deux étages à pied et Thibault ouvrit la porte d'un appartement chichement meublé. Il l'entraîna dans un petit salon.

— Mets-toi à l'aise, j'arrive, annonça-t-il. Je te sers quelque chose ?

— Non, merci !

Thibault s'éclipsa. Chen retira la veste noire de son tailleur et s'assit sur le canapé à l'instant où son téléphone sonna. Elle soupira et le sortit de son jean. Paul avait peut-être décoléré. Mais le numéro à l'écran lui était inconnu. Elle hésita. Ce n'était pas le moment.

— Allô ?

— Lieutenante Chen ? Je suis Simon Franck, ancien capitaine Franck de la SDPJ de Marseille, aujourd'hui en retraite. J'étais le collègue d'André Cavicci à l'époque. Je vous dérange ?

Chen se leva d'un coup.

— Hum… Je n'ai pas beaucoup de temps, mais je vous écoute.

Le type sembla un peu refroidi par l'accueil de sa collègue. Il poursuivit cependant :

— C'est le commissaire Martinez qui m'a demandé de vous contacter. Il m'a annoncé le meurtre de Cavicci à Paris. Vous êtes sur l'affaire ?

— Hum… oui. Nous pensons qu'il s'est retrouvé dans une enquête qui ne le concernait pas.

— Il courait après les Furies, j'imagine…

— Oui, ce doit être ça…

Thibault revint dans le salon en tenant deux verres de vin rouge. Chen grimaça, désolée, indiquant qu'elle faisait vite et prit le verre. Thibault acquiesça et s'éloigna.

— Je peux vous rappeler demain ? proposa-t-elle.

— Je pars au Japon. On embarque à 7 heures, avec ma femme. Privilège de retraités ! On a du temps et un peu d'argent !

— Je vois. Moi, je n'ai pas trop de temps, là. Est-ce que vous pouvez me dire en gros de quoi il retournait. Histoire de fermer cette piste définitivement…

— Pour les Furies ? Oh oui ! J'ai tenu un journal pendant toute ma carrière. J'y ai tout écrit. J'ai ressorti mes cahiers pour pouvoir vous en lire des passages. Alors… Pour faire court, André s'était convaincu qu'un groupe d'assassins exécutait sur commande des chefs d'entreprise au profit d'impitoyables concurrents ou de successeurs impatients. Vous voyez le genre ? Il avait rassemblé dans le même sac différentes affaires non résolues, à Lyon, à Bordeaux, à Marseille… puis à travers l'Europe, en Hollande, en Suisse, en Belgique… C'est devenu une véritable obsession. On l'aurait bien suivi mais il n'a jamais réussi à fournir aucune preuve, c'était là, le problème. Il n'avait que des histoires ! Tout tenait sur des dates, des recoupements numérologiques… Vous voyez le genre ? Ça n'avait ni queue ni tête ! Alors la hiérarchie lui a demandé d'abandonner ses lubies et de s'occuper des affaires qui lui étaient confiées, mais il n'entendait plus rien. Il a disjoncté. Il n'y avait plus que les trois Furies et leur danse.

— Leur danse ?

— *La Danse des Furies* ! C'est dans un opéra de… je ne sais plus. *Orphée* quelque chose… Une autre obsession de Cavicci. Un morceau qu'il écoutait tous les soirs, quand il rentrait chez lui.

— On a trouvé une cassette, effectivement…

— Les danses des Furies : c'est comme ça qu'il a fini par appeler les histoires que construisaient ces assassins. Comment vous expliquer ? André disait qu'il ne pouvait rien prouver parce que les Furies camouflaient leurs meurtres sous des monceaux d'histoires inventées, des récits mensongers, totalement faux, mais construits d'après la vie de ces gens !

— Je ne comprends pas.

— Attendez, je vous donne un exemple…

Elle entendit l'homme tourner des pages.

— Par exemple, Marcel Birzaian décédé le 5 septembre 2017, patron d'une entreprise de textile florissante… Il s'est officiellement noyé par accident. Mais l'enquête s'est d'abord orientée vers un meurtre commis par les nationalistes turcs !

— Pourquoi ?

— Birzaian était arménien, et un fervent défenseur de la cause arménienne. Il se battait pour la reconnaissance, par la communauté internationale, du génocide perpétré par les Turcs. D'après Cavicci, de nombreux indices qui jalonnaient cette piste désignaient des Turcs, les Loups Gris, un parti d'extrême droite… Je me souviens de la fièvre qui le prenait quand il racontait cette affaire. Toutes les affaires, d'ailleurs ; il les connaissait sur le bout des doigts. Les flics de Bordeaux avaient abandonné la piste turque et conclu à l'accident. Cavicci avait continué à creuser jusqu'à innocenter les Loups Gris à son tour, surtout, selon lui, parce qu'ils n'étaient qu'un leurre : il n'y avait pas de Turcs derrière ce meurtre, mais les Furies ! Évidemment, sans étayer quoi que ce soit. Mais il soutenait sa théorie bec et ongles ! Un autre exemple : Claudel, Pierre Claudel, un avocat lyonnais qui a été renversé devant chez lui. Il était devenu médiatique en défendant Pontaulion, le tueur d'enfants. L'affaire lui avait valu des menaces de mort et, quand il a été assassiné, tout le monde a cherché un coupable parmi les parents des victimes, puis parmi leurs proches, sans résultats. Cavicci, lui, a de nouveau mis en cause ses Furies.

Chen se rassit. La journée et ses rebondissements lui pesaient soudain. Elle reprit une lampée de vin.

— Mais il vous avait dit qui étaient ces tueurs, selon lui ? Ces Furies, il les avait identifiées ?

— Attendez ! Ah… Je vous lis ce que j'ai écrit à l'époque. C'était le 4 juin 2018 : « *André est réapparu au bureau, ce matin ! On ne l'avait pas vu depuis février et la perquise chez Marcus Tibald ! Et il est revenu comme une fleur pour me bassiner avec ses Furies. Il est entré dans mon bureau comme une tempête, avec un sac plastique sous le bras : « Simon, il faut que je te parle ! » J'ai aperçu Momo et Thierry qui se bidonnaient de l'autre côté du couloir, imaginant ce que j'allais encore me farcir comme conneries…* »

Il s'interrompit pour s'expliquer :

— J'étais le seul du commissariat qui l'écoutait encore, à cette époque. Je ne sais pas pourquoi… On avait été collègues dans le même groupe, ça doit être ça. Il nous en avait fait baver depuis. Des vertes et des pas mûres. Vous voyez le genre ? Ah, je l'écris, d'ailleurs : « *Je n'ai pas eu le cœur de le virer après tous les lapins qu'il nous a posés et j'ai fait mine de l'écouter ; je connais par cœur l'affaire Claudel et l'affaire Birzaian, bien malgré moi ! Mais ce matin, il est venu m'annoncer un autre meurtre, une autre affaire. Il a refermé la porte derrière lui et il m'a lancé : "J'ai découvert une autre danse des Furies !" Je lui ai proposé d'aller en parler devant un café chez Léon. Il m'a ignoré. Il s'est assis en face de moi et a ouvert son sac plastique qui contenait des liasses de feuilles, des copies de rapports pour la plupart. Ça m'a fait mal pour lui, j'ai vraiment eu pitié, surtout parce que ce qu'il raconte est cohérent, horriblement cohérent. Tout se tient alors que rien n'est vrai. Il m'a dit qu'il enquêtait maintenant sur le suicide d'une femme à Nice en 2017, une certaine Johana Favan…* »

Il marqua une pause.

— Je vais en venir aux faits parce que… J'ai souligné un passage sur les identités de…

— Oui, je dois vraiment y aller.

Chen soupira. À ce rythme, Franck pouvait énumérer des noms toute la nuit et préciser pour chacun qu'il n'y avait aucune preuve. C'était une impasse, une de plus. Il était temps de raccrocher. Chen se rendit compte à quel point la situation était inconfortable. Elle était chez un type levé dans un bar et son boulot envahissait soudain cet espace-temps privé. Sans mentionner le fait qu'on venait de la mettre à pied. Heureusement, Thibault s'était retiré pour la laisser téléphoner. Il devait se tourner les pouces dans la cuisine. Elle sentit une vraie lassitude l'envahir. Mais n'était-ce pas le vin ? Ou le cocktail ? Elle déposa le verre sur la table devant elle.

— Ah, voilà ! À cette époque, Martinez nous avait déjà alertés sur l'état psychologique d'André et affirmait qu'il devait l'envoyer en congé. J'ai écrit : « *C'est incroyable, les illusions que peut produire un cerveau malade comme celui d'André. Tout a du sens à ses yeux. Les prénoms des suspects par exemple : il a repéré une*

Mélanie Garani dans l'affaire Claudel et une Mélie Garant dans l'affaire Favan. Il n'y a aucun doute pour lui : ces deux femmes sont une seule et même Megara, la mégère des Furies ! Il a débusqué un Alain Lectos et un Alfonse Laecton, qui sont donc les pseudonymes de l'implacable Alecto…

Chen sentit sa tête, soudainement lourde, partir en arrière contre le canapé, comme au ralenti, tandis que deux noms lui fouettaient les méninges : Melissa Garado et Albert Lectonson de chez Biotech… C'était impossible.

— … *Et dans l'affaire Birzaian, un Tizzio Foniak, et un Tiago Syphone dans l'affaire Favan, qui seraient Tisiphone, le troisième du trio des Furies. J'ai essayé de lui expliquer qu'à force de creuser dans les familles, les proches, les voisins, il trouverait n'importe quoi, un gars nommé Molière ou même un Cavicci, un lointain cousin ! Il s'est énervé, hurlant que je niais l'évidence, comme les autres. Il faisait des grands gestes, allant et venant aux quatre coins de la pièce. Et là, tout à coup, il s'est arrêté. Il est revenu au bureau et il m'a regardé droit dans les yeux pour me dire : "Vous rigolez comme des cons, mais à chaque fois, tôt ou tard, il y a un collègue chargé de l'enquête qui meurt ! Tarquet à Lyon, Massek à Bordeaux, et certainement d'autres ! Alors, continuez à rigoler !" Ça m'a fait un choc. J'ai acquiescé, mais il a vu que je ne croyais rien de ce qu'il disait. Alors il s'est levé et il est parti en ajoutant que je…* »

Mais Chen n'entendait plus. Son bras, celui qui tenait le portable, était mollement retombé près d'elle à sa grande surprise. Affalée sur le canapé, la lieutenante constata que son corps ne lui répondait plus. Elle regarda le verre de vin sur la table, repensa au cocktail offert par Thibault, voulut lutter, mais ses membres étaient cloués au canapé par une irrépressible pesanteur. Elle pensa alors à son arme, restée sur le bureau du procureur, qu'elle n'aurait de toute façon pas eu la force de sortir en cet instant d'épuisement infini.

Thibault entra dans le salon. Elle leva les yeux vers lui, détailla de nouveau ce trentenaire élégant, athlétique, aux cheveux bruns et ébouriffés. « Hirsutes », disait le rapport de Paul sur le tireur de la rue Murillo. Thibault Ziffoni ne ressemblait pas vraiment au portrait-robot qu'avait fourni Chloé de Talense, si l'on omettait sa coupe et le Vektor équipé d'un silencieux qui pendait au bout de son bras, dans sa main gantée.

« *Et à chaque fois, tôt ou tard, il y a un collègue chargé de l'enquête qui meurt !* » se dit-elle.

— *Allô ?* répéta Franck au loin.

Thibault traversa la pièce, ramassa le téléphone et coupa la communication. Puis il attrapa la veste de Chen et en fouilla les poches. Déçu, il déposa son arme sur la petite table, près du verre à vin, et s'approcha de Chen à l'instant où une larme coulait sur la joue de la jeune femme. Il s'accroupit bientôt en face d'elle et plongea ses yeux gris dans les siens. Il soupira. D'un tendre revers de la main, il essuya la larme sur son visage, puis il inclina le corps de Chen, la coucha sur le côté, inspecta ses poches, avant de la remettre en position assise, comme un culbuto, un pantin, une poupée qui n'avait ni poids ni volonté propre. Il fit une moue étrange et se releva.

— Chloé… murmura-t-elle soudain du bout des lèvres.

Thibault la dévisagea. Il se demanda si la lieutenante

prenait des nouvelles du témoin disparu ou si elle comprenait enfin. Peu importait. La phase 19 de l'opération allait se jouer dans les prochaines heures, inéluctablement : la curée. Il sortit son portable et se détourna d'elle.

Chen se sentit partir, absorbée par une léthargie chimique inexorable. Ses paupières de plomb se fermèrent lentement sans qu'elle puisse lutter. Au loin, la voix de Thibault résonna encore un peu :

— Tout s'est passé comme prévu, mais ce n'est pas elle qui a le portable. Il faut vérifier auprès de l'autre flic. Elle n'a pas son arme non plus. Aucune idée. On va improviser. Je sais, Alecto. Oui, comme convenu. Je m'occupe d'elle. D'ici une heure maximum. Vingt-deux heures. OK. Phase 19.

III

LA DANSE DES FURIES

53

Lundi 8 janvier 2018, quatorze mois plus tôt

Ce matin, Chloé de Talense ne s'était pas rendue à Soissons, elle n'avait pas rejoint son laboratoire et n'avait pas mis de blouse. Tirée à quatre épingles, elle avait pris sa voiture et s'était présentée au siège de la société Talense & Vankleber dans la tour Europlaza de la Défense. Malgré la grisaille, l'immeuble imposant de verre et d'acier, haut de trente et un étages, reflétait un ciel monochrome bleuté : une belle image de ce qu'était devenu Talense & Vankleber ces dernières années, une entreprise massive, puissante, à l'avenir prometteur. Et Chloé savait très bien que c'était à son travail acharné que la société le devait.

Elle se présenta à l'accueil. Elle venait assez rarement au siège. Sa place était au labo, et non dans ces bureaux où des hommes en costume vendaient le résultat de ses recherches. Mais, en ce matin de janvier, Vankleber, l'associé de son père, lui avait donné rendez-vous pour évoquer une fois encore l'étendue et l'évolution de ses travaux. Depuis le rachat de son propre labo par la société de son père, il était entendu qu'elle avait les coudées franches. Pourtant, avec une régularité de percepteur, Vankleber lui demandait des comptes. Chloé faisait contre mauvaise fortune bon cœur : il fallait bien rassurer le Capital ! Alors, elle n'avait pas discuté et avait accepté ce rendez-vous qui retardait son travail.

Lorsqu'elle entra dans le bureau de Vankleber, elle le découvrit assis dans son large fauteuil devant la baie vitrée qui surplombait la Défense, raide et austère dans son costume gris. Son visage semblait plus anguleux qu'à leur dernière entrevue, ses cheveux gris plaqués sur son crâne, plus épars. Il la dévisagea de ses yeux de rapace. Chloé remarqua soudain la présence de son père et de Matt Steenson. Ils encadraient tous deux Vankleber, qui l'invita à s'asseoir devant eux, de l'autre côté du grand bureau en noyer. Le tribunal se mettait en place, Chloé le comprit aisément. Malgré le contre-jour, elle tenta de lire son avenir dans les traits de son père ; sa mine affligée racontait une histoire douloureuse à l'issue inexorable.

Elle remarqua que Vankleber avait les mains croisées sur un dossier. Elle se demanda ce que le vieux vautour avait en tête. Heureusement, il n'était pas du genre à tergiverser. Il attendit pourtant que quelqu'un d'autre les rejoigne : Chloé reconnut l'un des agents chargés de la sécurité. La réunion prenait un tour déplaisant.

— Chloé, nous t'avons priée de venir aujourd'hui pour te faire part de la décision du conseil de direction concernant tes travaux au sein de Talense & Vankleber.

— Si vous voulez me parler du Gynépax qui a fait la fortune de la société, vous m'avez déjà bien assez rétribuée, essaya-t-elle de plaisanter. S'il s'agit du Gynépax 2, il n'est pas encore prêt.

Vankleber poussa le dossier qu'il gardait devant lui et Chloé le saisit en fronçant les sourcils. Elle le parcourut et reconnut des copies de ses travaux, des tableaux, des calculs, des équations, des conclusions qu'elle n'avait jamais divulgués à quiconque.

— Comment avez-vous eu ces documents ? Ils sont à moi ! C'est du vol !

Vankleber avait dardé sur elle un regard de charognard.

— Tout ce que *nos* employés produisent dans *nos* locaux avec *nos* machines, *nos* équipements, *nos* matériaux, *nous* appartient, Chloé. Tu es d'ailleurs copieusement payée par cette société pour cela. Mais il apparaît que, malgré nos remarques, puis nos rappels à l'ordre, tu continues des recherches que nous t'avons interdit de poursuivre au sein de Talense & Vankleber.

— Laissez-moi encore un mois. Ensuite... C'est un marché colossal ! Kronos est non seulement la base d'une contraception pharmaceutique nouvelle pour toutes les femmes du monde, mais aussi le socle d'un nouvel armement chimique à grande échelle ! Ma mère l'avait compris. Ses découvertes sont remarquables. Il y a dans cette molécule un potentiel énorme tant sur le plan médical que militaire, qui va bien au-delà du Gynépax ! J'ai d'ailleurs établi des contacts avec des partenaires étrangers qui attendent les résultats de mes travaux. On parle de centaines de millions de dollars, au bas mot !

— Talense & Vankleber est une société de produits pharmaceutiques qui aident, soignent, accompagnent les gens ! Pas une société militaire !

Vankleber avait haussé le ton. Chloé lui renvoya un sourire mauvais.

— Ah oui ? Vous avez peur du scandale ? Ou vous voilà défenseurs de l'humanité ? C'est touchant ! C'est comme ça que vous réussissez à vous endormir le soir, vous qui avez œuvré sous l'apartheid à l'éradication de milliers d'innocents ? Vous, les génocideurs d'hier, vous avez de la morale ? Vous qui avez torturé et assassiné des centaines d'individus dans le cadre de vos tests ? Bien sûr, pas *vous* directement ! Vous, vous étiez des scientifiques, des têtes pensantes aux mains propres, vous ne vous occupiez que de la théorie ! *Si vous aviez su !* La Commission Vérité et Réconciliation a avalé vos couleuvres pour ne pas avoir à les condamner ! Pas moi !

— Ça suffit, gronda Vankleber.

Il fit un geste à l'attention de l'agent de sécurité, qui se rapprocha de Chloé. Mais elle était lancée :

— Au contraire ! Ça ne fait que commencer. C'est à votre époque qu'il fallait agir et vous avez reculé, vous avez failli ! Marie, ma mère, l'avait compris ; elle a manqué de temps. Elle a été tuée par ces sauvages avant de parachever son œuvre. Aujourd'hui, les populations d'Afrique, d'Amérique du Sud, d'Asie explosent, et les éclats arrivent jusqu'à nos plages, nos villes et nos villages. Il n'est plus temps de construire des murs. Il faut frapper ces gens chez eux, dans leurs pays, terrasser ces troupeaux de miséreux, de malades, de pestiférés sur leur sol. Nous avons perdu l'Afrique du Sud, puis l'Afrique, nous avons perdu l'Asie et l'Amérique du Sud : nous ne perdrons pas l'Europe. Mais pour cela, il faut les frapper maintenant, aujourd'hui !

Sans s'en apercevoir, elle s'était levée et se retrouvait les deux poings plantés sur le bureau, les bras tendus, les joues rougies par l'exaltation. Elle hurlait presque. Son père avait baissé la tête. Le garde s'était placé derrière elle, attendant un ordre pour l'exfiltrer manu militari. Chacun dans cette pièce connaissait les colères de Chloé. Un seul agent ne suffirait peut-être pas à la maîtriser si elle devenait violente.

Vankleber enchaîna, décidé à proposer une fin heureuse et à éviter l'incident :

— Le conseil a pris sa décision : tu quittes Talense & Vankleber. De ton plein gré. Aujourd'hui.

Eugène ouvrit son tiroir et en tira une liasse de feuillets agrafés.

— En signant ce document, tu acceptes ton licenciement et la prime généreuse qui l'accompagne. De plus, nous rachetons tes parts 25 % au-dessus de leur valeur. C'est une offre inespérée.

Chloé les dévisagea à tour de rôle, tous les trois. Steenson et Vankleber la regardaient, inflexibles. Seul son père semblait affligé par la situation. Il l'avait soutenue toutes ces années contre vents et marées, mais refusait aujourd'hui de prendre sa défense. Chloé ne pouvait y croire.

— Papa ? Toi, tu sais que je n'ai pas compté mes efforts ni mes sacrifices pour Talense & Vankleber. Si l'entreprise est ce qu'elle est aujourd'hui, vous le savez tous, c'est grâce à mes recherches. En particulier sur la molécule PPN78 qui a fait votre fortune. Et celle des Américains ! Le Gynépax, c'est moi ! Et maman ! Je ne fais que continuer le travail de maman… Tu comprends ? Tu comprends que c'est important ?

Matt Steenson l'observait sans broncher. Lui qui l'accompagnait depuis tant d'années, la trahissait-il aujourd'hui ? Ou était-il impuissant face aux deux fondateurs ? Non. L'Américain était un homme d'affaires pragmatique qui penchait toujours dans le sens des bénéfices et du pouvoir. Les deux fondateurs avaient parlé ; même s'il espérait un autre dénouement, il ne pouvait compromettre sa position dans l'entreprise, ni les bénéfices qu'il en tirait pour ses actionnaires. Vankleber avait dû le menacer du pire, de démissionner lui-même, peut-être, ou de vendre ses parts aux Japonais, pour qu'il n'intervienne pas dans le départ de Chloé. Alors il se taisait.

Chloé attendait la réponse de son père, qui vint :

— C'est trop tard, Chloé. Tu étais prévenue. Tu n'en as fait qu'à ta tête... Nous avons tout fait pour nous séparer de ce passé qui nous salit. J'ai essayé, toutes ces années, de t'en protéger. Mais tu es allée trouver la vérité. Tu crois rendre hommage à ta mère en poursuivant ses recherches et les responsables de sa mort. Cette vengeance que tu nourris est illusoire. Tu dois abandonner ce projet, Chloé, je me tue à te le répéter. C'est ce que Marie aurait fait aussi, je t'assure. Mais tu n'écoutes pas, tu n'écoutes plus. À présent, nous ne pouvons plus cautionner ces horreurs, ni Eugène ni moi.

— Et nous ne pouvons nous permettre ni le scandale de notre passé ni le désastre financier qui s'ensuivrait, pas plus que tu n'échapperais à la ruine, à la prison et à la disgrâce si tu venais à enfreindre ta clause de confidentialité, et si nous révélions au grand jour la véritable raison de ton départ, conclut Vankleber.

La douche était glacée, et le flot suffisamment fort pour emporter ses espoirs et ses fureurs. Chloé de Talense comprenait que tous la lâchaient soudain et que son univers venait de s'effondrer : le monde qu'elle imaginait venait de perdre la guerre qu'elle imaginait, une deuxième fois.

— Signe. C'est la solution la moins difficile. Pour nous tous, acheva son père.

Alors, sans même examiner le détail du contrat,

Chloé capitula et signa. Elle les toisa une dernière fois, appuyant un regard assassin sur le visage abattu de son père, et quitta le bureau sous la garde de l'agent de sécurité. Ce n'est qu'une fois parvenue à l'extérieur de l'immeuble qu'elle s'autorisa à pleurer, libérant les sanglots qui obstruaient sa gorge jusqu'à l'asphyxie. Et la rage, une rage rouge, désormais débondée et lâchée sur le monde.

À cet instant, Chloé de Talense n'avait aucun doute : elle pouvait tuer quelqu'un.

54

Assis à la table de la cuisine, à l'étroit dans sa veste kaki, Paul Starski se tenait la tête entre les mains. Devant lui reposait son téléphone, irrémédiablement muet. Bonname ne l'avait pas rappelé. Chloé ne l'avait pas rappelé. Florence ne l'avait pas rappelé… Il n'avait pas rappelé Chen. Taraudé par une culpabilité dont il peinait à trouver la cause, il avait l'abominable impression d'un lendemain de mauvaise cuite. Les paroles qu'il avait crachées au visage de sa femme étaient pourtant bien ancrées dans sa mémoire. Il s'était comporté comme le dernier des cons. Au moment où toute sa vie se repliait sur lui pour l'écraser, il avait précipité la fin de son couple, de sa famille et de son boulot. La tête entre les mains, il ne parvenait pas à comprendre comment les forces s'étaient agrégées, les éléments mis en place pour accélérer sa chute. Il savait simplement qu'il avait été un acteur zélé dans cette débandade. Et que le résultat était là, dans ses larmes, dans sa solitude et dans sa peur.

Il attrapa le téléphone et interrogea l'écran qui s'obstinait dans son apathie. Rappeler Bonname, Florence ou Chloé ne servirait à rien. Il ne pouvait qu'attendre. Quant à Chen… La trahison de sa collègue lui laissait une amère colère dans la bouche. Certes, ils avaient du mal à communiquer, depuis le début, et n'avaient guère cherché à se rapprocher. La personnalité de sa lieutenante y était pour beaucoup. Son détachement, son indifférence même, pour tout ce qui l'entourait, son refus de partager la moindre émotion faisait d'elle une sorte de machine froide. Voilà. C'était exactement ça : Yvonne Chen était une machine froide qui l'avait trahi au pire moment de sa vie, sans conscience ni même un tressautement du cœur, si elle en avait un. Starski se demandait s'il pourrait un jour retravailler avec elle, la revoir même… Il sentait la fureur le remuer à sa simple évocation. Qu'est-ce qu'il lui avait pris tout à coup de mentionner Chloé et de tout balancer ? Quelle folie lui avait-elle traversé l'esprit ?

Il fit glisser son pouce sur l'écran et tomba sur l'icône de sa messagerie. Un petit 2 s'affichait toujours. Il y posa le doigt et regarda les notifications des deux messages que Chen lui avait laissés, le premier à 17 h 52, lorsqu'ils s'étaient séparés au tribunal.

— *Paul, c'est Yvonne. Écoute, c'est sorti au mauvais moment, d'accord, mais ça se tient. Ils ont empoisonné ton chien pour que tu te trouves à proximité de la scène de crime au petit matin, tu comprends ? Parce qu'ils voulaient que tu sois sur les traces de Jean-Marie de Talense, puis sur celles de Chloé. Peut-être qu'ils voulaient que tu te venges d'elle ou peut-être simplement que votre relation passée entrave l'enquête, je ne sais pas… mais tu as été choisi par eux ! Toute cette affaire est une grosse supercherie pour décapiter Talense & Vankleber et retrouver Kezner ! Je ne sais pas qui tire les ficelles, mais on nous a donné du Grand Veneur et du vengeur sud-africain pour nous égarer totalement, à coups de cahier de chasse, de poudre de diamant, de Vektor bidons... Et nous, on a couru comme des clébards ! S'il y a d'autres victimes comme ça, d'autres hommes d'affaires, c'est que les Furies existent vraiment ! Cavicci avait certainement levé un lièvre avant de vriller ! Je... Bon... Rappelle-moi !*

Sa voix s'éteignit. Chen s'était laissé avaler par les Furies de Cavicci. Toujours insensible aux autres, elle restait obnubilée par son enquête tant que duraient les heures de bureau, négligeant l'urgence présente de sauver Chloé. La vérité ! Voilà tout ce qui comptait pour sa collègue qui, de retour dans les clous, dans le cadre apaisant de la procédure, devait maintenant respirer, indifférente aux victimes qu'elle abandonnait en chemin, à commencer par lui.

Il passa son doigt sur le deuxième message, laissé quatre minutes plus tard.

— *C'est Yvonne. OK ! Tu ne veux pas me parler, je comprends. Mais je pensais à un truc : à toi, en fait... Et si ton rôle, dans cette affaire, c'était d'innocenter Chloé de Talense ? C'est exactement ce qu'on a fait, non ? On l'a arrêtée, puis lavée de tout soupçon. Mais, après tout, elle a encore la possibilité de reprendre la société ! Elle nous jure ses grands dieux qu'elle ne veut plus rien avoir à faire avec la chimie ni avec cette entreprise qui l'a humiliée, et nous, on la croit ? Parce que c'était ta copine à la fac ? Elle dit que les tueurs du MK sont venus chez toi et on l'a crue sur parole ! Et qu'ils parlaient afrikaans... Bon, c'est sûr, elle s'est fait tirer dessus, avec toi, dans la rue, mais Orteuil dit qu'il n'y avait ni douilles ni impacts de balles, nulle part, alors...*

Starski coupa le message. Il en avait assez entendu. Surtout, il n'avait entendu aucune excuse de la part de sa collègue parce qu'elle ne s'excusait jamais, pas plus qu'elle ne disait merci. Il renonça à la rappeler, ou même à lui adresser de nouveau la parole un jour, à la revoir jamais. Il posa son téléphone sur la table et allait se reprendre la tête dans les mains quand l'écran s'illumina, laissant s'envoler un arpège numérique. Il saisit l'appareil dans l'instant et lut : CHLOÉ.

55

5 février 2018, treize mois plus tôt

Allongée sur le canapé de son salon, un plaid sur les jambes, Chloé faisait cliqueter les touches de son ordinateur portable. Elle écumait les sites d'agences immobilières en quête d'un nouveau chez-elle : l'appartement qu'elle louait rue de Chabrol, dans le Xe arrondissement parisien, et qu'elle n'avait pratiquement pas quitté ces dernières semaines, lui sortait par les yeux. Un mois plus tard, toujours aussi vive et exténuante, la colère l'agrippait jusque tard dans la nuit, l'attendait au réveil, à son chevet, pour l'accompagner tout au long de sa journée, de sa semaine, de sa vie. La colère la suivait comme une ombre, une conseillère, une amie, même. Elle l'avait rattrapée au bord de l'abîme, la soutenait à chacun de ses pas, quand la tristesse drainait ses forces, la clouait à son lit jusqu'au bout du jour, la bannissait de son monde honni.

Elle cherchait quelque chose de spacieux afin de s'y reconstruire, de tourner la page, d'aller de l'avant, autant de clichés pour affirmer qu'elle devait fuir le présent. Elle se demandait si elle n'allait pas plutôt acheter. Quitte à reconstruire, pourquoi ne pas investir dans la pierre, cela semblait cohérent. Les millions versés par

Vankleber et son père ronronnaient sur son compte en banque. L'amour paternel avait un prix, que son père lui avait payé rubis sur l'ongle pour solde de tout compte. Depuis son renvoi, elle avait essayé de le contacter plusieurs fois, avait laissé des messages, certes d'insultes parfois, de reproches souvent, mais aussi d'excuses. Il ne l'avait jamais rappelée. Puis l'argent était arrivé comme une conclusion, un point final. Lui aussi avait décidé de reconstruire sa vie, de tourner la page, d'aller de l'avant. Et de se passer d'elle comme il s'était passé de sa femme.

Elle découvrit un appartement très spacieux et lumineux, un duplex de standing rue Murillo dans le VIIIe arrondissement, qui lui fit forte impression. Elle suivit la visite virtuelle, apprécia le vaste salon, l'escalier en fer forgé un peu gothique, la grande chambre… On sonna à la porte. Elle fronça les sourcils, déposa son ordinateur et se leva.

Elle regarda par l'œilleton et découvrit un vieil homme aux cheveux blancs en épais manteau de laine gris, qui portait un chapeau de feutre d'une autre époque et un petit attaché-case marron.

— Oui ? lança-t-elle distante.

— Madame de Talense ? Je suis Albert Lectonson. Pouvons-nous nous parler un instant, je vous prie ?

Elle s'étonna d'entendre son nom dans la bouche de cet inconnu. Elle déverrouilla la porte et l'entrouvrit, gardant la chaîne en place. Il retira son chapeau de sa main gantée de cuir. Elle aperçut la balafre rose qui lui striait le profil droit de bas en haut jusqu'à son œil blanc, et frissonna.

— Bonjour, madame de Talense. Je suis navré de me présenter ainsi chez vous sans m'être annoncé. Je suis envoyé par mes commanditaires pour vous faire une proposition professionnelle qui devrait éveiller votre intérêt.

— Une proposition professionnelle ? répéta-t-elle, perplexe.

— Une offre d'emploi, reformula-t-il.

— De la part de qui ?

Il sourit, saisit son portefeuille dans la poche intérieure de son manteau et lui tendit une carte de visite.

— Je suis Albert Lectonson, consultant en recrutement auprès d'importants groupes internationaux. Pour faire court, un chasseur de talents, comme on dit aujourd'hui.

Chloé examina la carte noire aux lettres argentées. Un serpent et une chouette encadraient le nom de son visiteur.

— Écoutez. Ce n'est pas le bon moment, là…

— Oh je comprends votre inquiétude. Voyez-vous, je suis venu à Paris expressément pour vous voir. Je ne serai pas très long. Je connais déjà tout votre CV, votre magnifique parcours universitaire et professionnel jusqu'à votre activité chez Talense et Vankleber, et votre récent départ de l'entreprise. On m'envoie aujourd'hui vous faire part des détails de cette proposition. Puis-je entrer ?

Sa curiosité fut piquée au vif. Elle retira la chaîne et le pria de la suivre au salon. L'appartement était sens dessus dessous. Du linge, des vêtements, des restes de repas, des tasses vides, des magazines, des livres jonchaient le sol et les meubles.

— Excusez le désordre, dit-elle. J'ai été très occupée…

— Et préoccupée, j'imagine. Ce n'est pas un souci.

Promptement, elle libéra une chaise et l'invita à s'asseoir. Il prit place sans retirer ni son manteau ni ses fins gants de cuir.

— Je vous le disais, je ne serai pas long, madame de Talense. Je pense que vos compétences ont été injustement bafouées par l'entreprise qui vous a mise à la porte.

Chloé encaissa le coup. Lectonson ne mâchait pas ses mots.

— Ils ont écarté la personne qui non seulement a fait leur fortune, mais qui pouvait aussi par ses recherches permettre à la science de faire un bond énorme. En plus d'être incompréhensible, cette décision est foncièrement injuste. Ce que vous avez subi est une insulte.

— Injuste ? Ce boulot était ma vie. Ils m'ont dépouillée et humiliée. Mon père m'a reniée. Après avoir abandonné ma mère. Et avoir craché sur ses recherches, ces mêmes recherches qui ont fait sa fortune ! Je crois que vous êtes loin du compte, monsieur Lectonson.

Ses joues s'étaient soudain empourprées.

— Absolument, madame de Talense. Le compte n'y est pas !

— Monsieur Lectonson, si vous avez été envoyé ici par mon père et son associé pour me demander de revenir, vous avez fait le trajet pour rien. Ils ont enfin compris qu'ils avaient tué la poule aux œufs d'or ? J'en suis ravie ! Mais je préférerais faire des ménages plutôt que de retravailler pour ces ordures. Et j'ai un message pour eux !

Il sourit.

— Je n'ai rien à voir avec votre père ou Vankleber, madame. Je suis ici dans le but de vous proposer de rendre la monnaie de leur pièce à ces gens qui vous ont tout pris et jetée à la rue. Dans un second temps, j'aimerais également vous permettre de reprendre vos recherches au point où vous les avez abandonnées.

Elle fronça les sourcils et secoua la tête.

— Je ne comprends pas. Qu'est-ce que vous voulez au juste ?

— Avant de répondre à cette question, madame, je souhaiterais savoir ce que *vous*, vous voulez. Ce que *vous*, vous êtes prête à sacrifier pour vous venger de Jean-Marie de Talense et Eugène Vankleber.

Chloé le dévisagea. L'homme était impassible. Son œil bleu vif surveillait ses réactions. Son œil blanc semblait lire ses pensées, déchiffrer les émotions qui lentement faisaient éruption en elle, la colère en tête.

— Je vais vous dire ce que je pense de tout ça, monsieur Lectonson : mon rêve le plus cher aujourd'hui, c'est de voir ces deux salauds pendus à une potence, leurs yeux picotés par des corbeaux. C'est une image, je dois l'avouer, qui m'aide à m'endormir chaque soir, surtout le moment où je découvre qu'ils sont encore vivants en entendant leurs cris ! Voilà qui me met en joie ! Je ne sais pas de quelle vengeance vous parlez, mais je suis prête à faire payer ces deux hommes d'une manière ou d'une autre. Alors, je vous le répète : qu'est-ce que vous voulez au juste, monsieur Lectonson ?

Il estima que la jeune femme était à point. Il enchaîna :

— Je viens vous proposer de reprendre la direction de Talense & Vankleber.

Chloé en fut abasourdie. Sa colère retomba dans l'instant et elle éclata de rire.

— Rien que ça ! Je viens de vous expliquer que je ne retravaillerai jamais avec ces gens ni pour ces gens, et vous…

— Ils ne seront plus là.

Elle se figea, perplexe, voulut commencer une phrase mais les mots s'emmêlèrent. Elle se ressaisit.

— Plus là ? Qu'est-ce que vous entendez exactement ?

— Pardonnez-moi si je n'ai pas été très clair : je viens aujourd'hui vous proposer de vous débarrasser de Vankleber et de votre père afin que vous puissiez prendre la direction de l'entreprise. Est-ce plus explicite dit ainsi ?

— Je ne vois pas comment…

Elle vit soudain comment, et écarquilla les yeux, muette. Ayant rempli l'essentiel de sa mission, Lectonson choisit de conclure :

— Je ne vous demande pas une réponse aujourd'hui, madame de Talense. Cette décision sera difficile à prendre et certainement lourde à porter. Je reviendrai dans un mois, jour pour jour, à la même heure : le 5 mars à 10 heures, et vous me donnerez une réponse ferme, définitive, qui changera votre vie.

Il se pencha et ramassa son attaché-case.

— J'ai ici quelques documents qui peuvent vous aider à prendre une décision.

Il sortit un petit tas de feuilles agrafées et les fit glisser sur la table devant lui.

— Qu'est-ce que c'est ? demanda-t-elle.

— À vous de le découvrir, madame. J'ajouterai deux choses avant de prendre congé : la première est que tout cela ne vous coûtera pas un centime car tout est pris en charge.

— Mais par qui ? s'enquit Chloé.

Il sourit et sa cicatrice se gondola. Il tendit la main et récupéra sa carte de visite posée sur la table.

— La seconde, vous le comprendrez, c'est que, dans le cas où votre réponse serait négative et que ma proposition ne vous conviendrait pas, je n'ai jamais existé, je ne vous ai jamais rencontrée et ne vous ai jamais offert mes services.

Il se leva et attrapa son chapeau et son attaché-case.

— Je vous souhaite une bonne journée, madame.

Sans un mot de plus, il se dirigea vers la porte. Chloé le suivit.

— Et si je veux vous contacter ? Si j'ai une question ?

Il ouvrit la porte et fit volte-face.

— Le 5 mars à 10 heures.

Il sortit, replaça son chapeau et descendit l'escalier.

Chloé revint à l'intérieur. Elle peinait à assembler ses idées. Ce vieil homme étrange avait-il réellement évoqué ce qu'elle comprenait ? Avait-elle entre ses mains la vie des deux hommes dont elle espérait la mort à chaque seconde depuis un mois ? Qui pouvaient bien être ces fameux commanditaires ? Le monde pharmaceutique était peuplé de prédateurs prêts à se dévorer les uns les autres. La liste de leurs noms pouvait certainement couvrir une vingtaine de pages…

Chloé traversa le salon et s'assit devant la liasse que Lectonson lui avait laissée. Elle hésita puis y jeta un œil. Il s'agissait de photocopies grisâtres de documents anciens tapés à la machine. Elle reconnut de l'afrikaans et plissa les paupières. Il s'agissait de copies d'archives. Un rapport de police et deux dépositions. Des larmes lui montèrent aux yeux quand elle remarqua le nom de sa mère, Marie de Talense, mentionné ici et là.

Le rapport de police était celui de l'inspecteur qui avait enquêté sur l'exécution de sa mère après qu'on eut retrouvé son corps en pleine brousse, près d'une ferme.

Elle avait été enlevée à son travail par les insurgés anti-apartheid, emmenée loin de la ville et abattue d'une balle dans la nuque. Un assassinat politique parmi les milliers commis à la chute du régime. Les deux autres documents étaient des transcriptions de dépositions effectuées devant la Commission Vérité et Réconciliation. Un homme et une femme racontaient comment, avec des comparses, ils avaient pris d'assaut le laboratoire où, d'après leurs informations, on élaborait la « bombe noire » et Kronos. Entrés par effraction, ils étaient tombés sur deux employés du site s'affairant à détruire les preuves sur ordre de leurs patrons. L'enquête établissait qu'il s'agissait de Jean-Marie de Talense et d'Eugène Vankleber, ce que les insurgés ignoraient au moment des faits. Surtout, ils cherchaient une femme, responsable du projet : Marie de Talense. Alors qu'ils allaient être exécutés, les deux employés avaient négocié leurs vies et s'étaient mis à parler. En larmes, Chloé relut les deux déclarations, recoupa les récits et comprit ce qui s'était passé : Vankleber avait clamé savoir où était leur patronne. Jean-Marie de Talense avait serré les dents et gardé le silence, pendant que son ami d'enfance envoyait cet escadron de la mort assassiner sa femme.

Chloé sentit une lame de fond remonter de sa poitrine jusqu'à sa gorge et elle éclata en sanglots. Elle pleura pendant plusieurs jours. Plus jamais elle ne tenta d'appeler son père. Les semaines passèrent. La tristesse s'étiola, les larmes se tarirent et la colère revint, flamboyante.

En fidèle amie, elle lui conseilla simplement d'attendre le retour de Lectonson.

56

5 mars 2018, douze mois plus tôt

Quand la sonnerie retentit à 10 heures pile, Chloé se tenait devant la porte, les bras croisés. Elle invita aussitôt Lectonson à entrer, sans le saluer et sans même qu'il n'ait le temps de dire un mot. Le vieil homme retira son chapeau et s'engagea dans l'appartement encombré de cartons et de sacs. Il ne s'agissait pas de désordre, cette fois, mais de mise en ordre.

— En plein rangement, je vois…

— Je déménage. Les déménageurs viennent demain empaqueter et emporter mes affaires à ma nouvelle adresse.

— Rue Murillo ? Vous faites bien. L'appartement est magnifique.

Chloé en resta sans voix. Elle le regarda ouvrir la salle de bains puis pousser la porte de sa chambre, et fit part de sa surprise.

— Vous me faites suivre ? C'est ça ?

— C'est ça.

Lectonson observa le chaos autour de lui et soupira.

— Nous sommes seuls ?

— Évidemment, qui pensez-vous que j'allais inviter à ce rendez-vous ?

Le vieil homme revint dans le salon, où il déposa son chapeau et son attaché-case. Il se tourna enfin vers Chloé.

— Madame de Talense, je suis un professionnel. Je ne laisse rien au hasard, c'est ce qui me permet d'exceller dans mon domaine. Je me suis donc renseigné sur vous, votre famille, vos proches, sur votre passé, votre histoire, votre parcours universitaire et professionnel, vos habitudes, vos goûts, vos manies… Aujourd'hui, vous allez me faire part d'une décision qui va, dans un sens ou dans l'autre, déterminer le reste de votre vie. Vous en êtes très consciente parce que vous y réfléchissez depuis des semaines. Vous avez peiné à trouver le sommeil, pleuré en en envisageant les conséquences, vous vous êtes réjouie de la mort d'autrui et en avez parfois ressenti de la honte. Vous avez traversé des orages de colère, de tristesse, de culpabilité et de dégoût, certains jours envers vous-même, d'autres jours envers votre père, puis des accalmies à l'idée de le savoir mort et de vous voir aux commandes de cette société que vous avez somme toute créée. L'heure a maintenant sonné, madame de Talense. Vous allez me faire part de votre décision. Si elle est négative, je passerai cette porte et vous ne me reverrez jamais. Si elle est positive, en revanche – et pour être sûr qu'il n'y ait aucun malentendu entre nous, je vais être très clair –, vous deviendrez complice d'une opération de grande ampleur s'étendant sur plusieurs mois, qui mettra en péril de nombreuses personnes de votre entourage. Vous ne serez jamais amenée à rencontrer vous-même les cibles principales, mais participerez pleinement à cette machination. Vous serez contrainte de mentir à la police et à vos proches pour masquer l'opération en cours. Il vous faudra du courage et de la détermination. Selon les besoins de notre histoire, vous serez physiquement malmenée, peut-être arrêtée, interrogée, agressée, on vous tirera dessus, on tentera de vous éliminer, de vous noyer, que sais-je ? Tout cela sera fictif et votre vie ne sera jamais réellement menacée, mais vous devez comprendre que, pour la véracité de notre histoire, vous serez mise à rude épreuve. Il est encore temps de refuser. Dès lors que vous aurez accepté ma proposition, vous ne pourrez à aucun moment reculer ni vous défausser car, si vous deviez devenir un obstacle à la réalisation de notre opération une fois qu'elle sera lancée, vous seriez immédiatement considérée comme une cible principale. Avez-vous compris tout ce que je viens de vous dire, madame de Talense ?

— Parfaitement.

— Alors, je vous écoute.

Chloé s'approcha de lui et plongea le regard dans son unique œil bleu.

— Vous vous trompez, monsieur Lectonson. Si j'ai effectivement pleuré les premiers jours et connu ces orages, c'est à cause de ma mère et de ce qu'elle a subi après la trahison de l'homme qu'elle aimait. Mais je n'ai ressenti ni regret, ni remords, ni culpabilité. Encore moins de… Si ! Du dégoût, j'en ressens pour cet homme qui l'a abandonnée à son sort. Et j'attends sa mort comme j'ai attendu votre retour. Alors, c'est moi qui vous écoute : par quoi commençons-nous ?

L'œil du vieil homme sembla s'illuminer.

— J'ai rarement vu pareille détermination en matière de meurtre !

Il laissa l'écho du mot s'éteindre, mais Chloé de Talense, résolue, ne vacilla pas. Il poursuivit :

— Mettons-nous au travail, voulez-vous ?

Il s'approcha de la table du salon, écarta une pile de linge d'un revers du bras et y posa son attaché-case. Il retira son manteau mais conserva ses gants, et s'assit. Il portait un costume gris clair. Une cravate rouge se tortillait sur sa chemise blanche, comme un serpent. Chloé s'installa en face de lui.

— Pour commencer, j'aurais besoin de quelques informations supplémentaires concernant votre entourage.

Il déposa devant elle deux feuilles numérotées et un stylo. Sur chacune des feuilles s'étalait un tableau aux multiples colonnes. Lectonson expliqua :

— La page numéro 1 concerne les professionnels que vous connaissez. Je souhaiterais que vous inscriviez dans chaque colonne les noms et professions de tous les gens qui correspondent à l'intitulé de la colonne. Par exemple, dans « Médecine-Science », vous noterez tous les noms des médecins, chercheurs, laborantins que vous connaissez ou avez connus, c'est important, en indiquant leur profession. Dans « Droit-Justice-Police-Armée », les noms des avocats, juges, gendarmes que vous connaissez, et ainsi de suite… Enfin, j'aimerais qu'à côté de chaque nom, vous indiquiez par un chiffre l'opinion que ces gens avaient de vous la dernière fois qu'ils vous ont vue : 1 s'ils vous détestent, 10 s'ils vous adorent. Mettez 5 si vous pensez qu'ils sont indifférents.

— OK… Autant dans « Science », je peux vous en donner quelques dizaines, autant dans « Justice »… Je ne crois pas connaître… Il y a bien un type du service juridique chez Talense & Vankleber qui m'a fait un peu de gringue. On s'est parlé deux ou trois fois, mais…

— Notez son nom. Il n'est pas nécessaire que ces gens soient des intimes. Il suffit qu'ils vous connaissent ou vous aient déjà rencontrée. Le chiffre qui suit m'aidera aussi beaucoup.

Elle acquiesça et inscrivit « Julien Lerude », puis un 6 qu'elle transforma en 8. Chloé se dit qu'il devait bien l'aimer. Elle aurait volontiers mis un 3 à ce beauf si on lui demandait son avis.

Elle réfléchit encore.

— Il y a eu un… un ex. On a été proches assez longtemps. Il faisait une licence de droit et voulait être juge, je crois. Je n'ai aucune idée de ce qu'il est devenu…

— Mettez son nom aussi. Je me renseignerai sur chacune de ces personnes.

Chloé obéit et écrivit « Paul Starski », en se demandant soudain ce qu'il avait bien pu advenir de ce garçon qui, au lycée, l'adorait, lui vouait un véritable culte, avec qui elle était sortie plusieurs fois sur plusieurs années, le quittant sans ménagement par simple lassitude ou pour rejoindre d'autres amants. À une époque difficile de sa vie, elle lui avait tout fait subir à ce pauvre type, l'avait humilié, frappé même, quitté cent fois, le plantant là avec ses larmes grotesques, juste parce qu'il l'aimait. Un jour, elle lui avait annoncé qu'elle partait en Afrique du Sud avec son père et qu'elle l'appellerait à son retour ; elle ne l'avait jamais revu. Elle se demanda quelle opinion il avait d'elle le jour où elle l'avait quitté. Elle sourit et inscrivit un 12 !

Puis elle compléta les autres colonnes avec les noms de gens qu'elle avait croisés un jour, des étudiants de pharma avec lesquels elle n'avait gardé aucun lien, des profs, des collègues de jadis. Au bout de dix minutes, elle examina la feuille et découvrit que, de toutes ces personnes qu'elle avait un jour rencontrées, elle n'en revoyait aucune aujourd'hui. Chloé de Talense n'avait pas d'ami.

— C'est tout, je crois…

— Bien. Ne vous inquiétez pas si très peu de noms vous reviennent en mémoire, c'est normal. Il n'y a que l'essentiel qui compte. Sur la feuille numéro 2, je voudrais que vous inscriviez ceux qui ont été proches de vous à un moment de votre vie. Dans la colonne « Lycée », vos copains de lycée, puis « Études supérieures », « Famille » et ainsi de suite… Et ce même chiffre, entre 1 et 10.

Elle acquiesça et se mit au travail. Avec amusement, elle renota le nom de Paul Starski, puis d'autres lui vinrent. Comment s'appelait cette fille déjà ? Au bout d'un quart d'heure, elle rendit ses deux copies, un peu déçue.

— Bien. Maintenant, j'aimerais que vous relisiez ces deux feuilles et que vous retiriez les noms de ceux que vous ne voulez pas voir mêlés à cette affaire.

— Comment ça ?

— Ces informations vont me permettre de construire une histoire, l'histoire dont le dénouement est votre accession à la tête de Talense & Vankleber. Certaines personnes dont vous me donnez le nom aujourd'hui viendront à leur insu y jouer un rôle… Nous savons déjà que les cibles principales y laisseront la vie. Peut-être faudra-t-il éliminer d'autres obstacles pour arriver à nos fins…

Chloé dévisagea le vieil homme à la balafre rose. Il était affable et courtois, sympathique même. Elle prenait soudain conscience de ce qui se mettait en place à chacune de leurs paroles : des gens allaient mourir.

— Donc, parmi les personnes dont vous avez noté les noms ici, y en a-t-il que vous souhaiteriez voir écartées de cette affaire ?

Chloé relut les noms en colonnes. Après tout, n'était-ce pas ce qu'elle appelait de ses vœux depuis deux mois ?

— Non. Personne.

— Parfait.

Lectonson rangea les deux feuilles dans son attaché-case et sortit un bloc-notes. Il prit le stylo à son tour.

— Une dernière étape, madame de Talense. Je voudrais entendre de votre bouche le récit de votre vie.

— Ma vie ?

— Oui. J'ai collecté des éléments factuels de votre histoire, de votre naissance à Pretoria en Afrique du Sud, jusqu'à votre renvoi de Talense & Vankleber. Mais personne n'a une vision véritablement objective de sa vie. C'est pourquoi j'aimerais entendre votre version.

— Ma version de ma vie… Bon… Je suis née à Pretoria. Ma mère s'appelait Marie…

Pendant près de deux heures, elle raconta son enfance, les événements en Afrique du Sud, l'arrivée en France, ses études, ses amours, ses succès, ses échecs, mais surtout l'absence de cette mère vénérée et la colère contre son père, qu'elle tenait responsable. Lectonson prit des notes, interrompant son récit par instants pour poser une question, demander une précision.

— Voilà. Je crois que vous savez tout de moi.

— Et je vous en remercie. Cela facilitera grandement mon travail. J'ai une dernière question : est-ce qu'il y a des gens, hormis Vankleber et votre père, qui pourraient attester de la véracité de cette histoire ?

Chloé en fut piquée au vif.

— Vous croyez que j'ai menti ?

— Oh non. Je veux simplement m'assurer qu'au moment où nous en raconterons une version différente, où nous déploierons notre mensonge, personne ne viendra certifier le contraire. Les gens que nous aurons en face de nous, les enquêteurs, sont des professionnels de la vérité. Nous devons donc veiller à supprimer tous les éléments qui pourraient les aider à nuire à notre mensonge. Je vous le redemande donc : y a-t-il, à votre connaissance, quelqu'un qui aujourd'hui pourrait confirmer ou invalider ce que vous venez de me raconter ?

— Je comprends. Il y a Kezner ! Calvin Kezner, un ingénieur sud-africain, ami et collègue de Vankleber et de mon père. Il travaille au laboratoire de Soissons. Il a fui Pretoria à la même époque.

— Sud-Africain lui aussi. Nous tenons un bon thème, ajouta-t-il pour lui-même.

— Il sait tout de mon histoire et de celle de mes parents. Mais…

Lectonson inscrivait son nom sur son calepin quand il releva la tête.

— Il y a un problème ?

Chloé se revit au laboratoire en compagnie de Calvin. S'ils n'avaient jamais été amis, ils avaient été complices. Il avait rapidement compris que Chloé avait repris les recherches de sa mère. Il lui avait fait part de son opposition à ces travaux, mais en avait gardé le secret en ne prévenant ni son père ni Vankleber. Calvin Kezner était en somme le seul homme en qui elle avait eu confiance, ces derniers mois. Effectivement, il savait beaucoup de choses…

— Non. Aucun problème, conclut-elle.

— Alors, je vous remercie, madame de Talense.

Il rangea son bloc-notes dans son attaché-case.

— Nous ne nous reverrons pas avant longtemps. Je veux dire plusieurs mois. Soyez patiente. Surtout, ne croyez jamais que vous êtes seule et que je vous ai abandonnée ; nous sommes maintenant engagés dans une opération qui prendra fin le jour où l'on vous confiera officiellement les rênes de Talense & Vankleber, et seulement ce jour-là.

— Je comprends, mais…

— Si vous voulez de nouveau voyager, faites-le ces prochains mois. Je sais que vous aimez retourner dans votre pays natal. À partir du mois d'octobre, vous devrez rester sur le territoire français, et ce jusqu'à la fin de l'opération. Nous ne nous reverrons pas pendant longtemps, mais je vous téléphonerai dans quelques mois. Le 5 à 10 heures, certainement le 5 décembre ou le 5 janvier. Je vous donnerai alors des instructions claires à exécuter dans la journée et vous fixerai un rendez-vous. Vous ferez tout ce que je vous dirai de faire sans poser de questions. N'écrivez rien, n'enregistrez rien, ne laissez aucune trace de nos conversations. Rassurez-vous, vous n'aurez qu'à vous laisser porter. D'ici là, je disparais et vous ne m'avez jamais vu.

— D'accord…

Il se leva, enfila son manteau.

— Ne vous inquiétez pas. En attendant, je vous souhaite bon courage, madame.

Il attrapa sa mallette et son chapeau, et se dirigea vers la porte. Elle lui ouvrit pour le laisser partir et se ravisa :

— Vous commencez quand ? Je veux dire…

— L'opération a commencé au moment où vous m'avez donné votre accord. Quant à sa mise en œuvre, vous en serez la première informée. Au revoir, madame.

Il disparut dans l'escalier.

57

6 août 2018, sept mois plus tôt

On sonna à l'interphone une troisième fois, de manière plus insistante. Le grésillement tonitruant emplit de nouveau l'appartement. Chloé jeta un coup d'œil à son réveil. Il était 9 h 20. À la première sonnerie, elle s'était dit que c'était le facteur ou la femme de ménage, que la personne finirait par partir. À la deuxième, que la personne ne comptait pas revenir alors elle essayait une dernière fois. À la troisième, que c'était important. Les yeux encore ensommeillés, elle passa une robe de chambre et descendit l'escalier de fer forgé. Elle traversa le grand salon, contourna ses valises et gagna la porte.

— Oui ?

— Bonjour, madame. Madame de Talense ?

— Oui.

— Police, madame. Brigadier Obal. Est-ce que nous pouvons monter ?

— Oui…

Deux flics en bleu se présentèrent à la porte. Leur mine contrite et officielle acheva de réveiller Chloé. Il s'était passé quelque chose.

— Je suis au regret de vous annoncer que

M. Jean-Marie de Talense, votre père, a eu un accident mortel, la nuit dernière. Il est décédé. Je suis désolé.

La nouvelle s'abattit sur elle comme une grêle de mars, piquante et glacée. Elle vacilla, le flic qui parlait la soutint, l'accompagna au salon pour l'aider à s'asseoir. Le regard perdu, Chloé cherchait une réponse ou une question, qui vint.

— Mais comment ?

— Cette nuit, sa voiture roulait à vive allure sur une route de campagne dans l'Aisne lorsqu'elle a quitté la chaussée et percuté un arbre. Les gendarmes qui sont intervenus pensent que votre père s'est endormi au volant. Il est mort sur le coup.

Les larmes lui montèrent aux yeux.

— Je rentre de l'étranger, expliqua-t-elle en montrant les deux valises. Je…

Les deux flics se regardèrent. Ils n'avaient plus rien à faire ici.

— Il vous faudra venir identifier le corps, madame.

— Je comprends… Dans l'Aisne ? Il revenait du labo de Soissons ?

— Les gendarmes vous en diront davantage. Ils vont vous contacter pour les besoins de l'enquête.

Chloé leva la tête. Ses yeux étaient embués, son nez avait rougi.

— L'enquête ?

— C'est la procédure, madame. On doit déterminer la cause de l'accident : la vitesse, la fatigue, la mécanique, un animal sur la route…

— Je comprends, répéta Chloé.

— Est-ce que je peux vous demander un numéro de téléphone où la gendarmerie peut vous joindre ?

— Bien sûr. Attendez, j'ai une carte.

Elle se leva pour retourner dans l'entrée jusqu'à son sac à main. Les deux policiers en uniforme la suivirent.

— Merci. Vous n'envisagez pas de repartir à l'étranger dans les prochains jours ?

— Non. Je suis rentrée cette nuit. D'Afrique du Sud. Je ne repars plus. Ils peuvent m'appeler.

— Nous leur transmettrons vos coordonnées. Au revoir, madame.

Elle referma la porte derrière eux et s'y adossa. Son père était mort. La nouvelle arrivait si tôt, si brutalement… Elle sentit son cœur s'emballer et sa respiration s'accélérer. Ce n'était pas possible. Ils avaient évoqué un accident de la route ; l'événement n'avait peut-être donc rien à voir avec la décision qu'elle avait prise quelques mois plus tôt. Ce n'était pas elle, pas de sa faute. Les larmes coulèrent sur ses joues. Son père était mort. Elle l'avait tant de fois souhaité. Et maintenant… Elle était exaucée.

Elle glissa le long de la porte et laissa le chagrin l'envahir, et la vérité, parce qu'il était absurde de se mentir plus longtemps : l'opération avait bien commencé.

58

5 janvier 2019, deux mois plus tôt

Un mug à la main, Chloé contemplait par la fenêtre de son salon les arbres décharnés du parc Monceau et ses allées désertes. Un rideau de pluie fine grisait la végétation persistante et un vent froid achevait de chasser les plus courageux promeneurs. Un frisson lui parcourut l'échine. Elle regarda l'écran de son téléphone qui restait obstinément mutique. Il sonnait peu ces derniers temps. Depuis son départ de Talense & Vankleber, un an plus tôt, Chloé avait amplement eu le temps de constater combien son travail monopolisait sa vie à l'époque où elle avait encore un emploi. En douze mois s'étaient révélées l'évidence de son isolement, son absence de vie sociale, sa solitude ; Chloé de Talense avait eu des collègues, des patrons, et n'en avait plus. Elle se retrouvait aujourd'hui sans ami, sans petit-ami, sans enfant, sans famille… En août dernier, elle avait enterré son père. Elle avait pleuré et s'était demandé pourquoi. Une dizaine de personnes étaient venues aux obsèques, des employés et des fournisseurs pour la plupart. Vankleber était là. Ils ne s'étaient pas adressé un mot. Pire, cette rencontre imposée n'avait fait qu'attiser la haine irrépressible que Chloé lui vouait, parce qu'il était la cause de tous ses maux, lui qui lui avait retiré son travail, et son père.

Chloé sursauta lorsque son téléphone sonna. Le numéro était inconnu. Il était 10 heures précises. Elle décrocha et reconnut la voix.

— Bonjour, madame de Talense. Je vous appelle comme convenu pour vous donner les directives que vous exécuterez à la lettre ces prochaines semaines.

— D'accord, je... mais... monsieur Lectonson, mon père, son accident de voiture, c'est vous ?

Il y eut un silence. Puis Lectonson reprit :

— Madame de Talense, comme je vous l'ai assuré, l'opération que nous menons ensemble a commencé au jour de votre consentement, le 5 mars 2018, il y a dix mois. Cette opération que nous nommons désormais « Fer de Lance » durera encore six mois et se terminera le 5 juillet prochain, à 10 heures. Les objectifs de cette opération et les cibles principales n'ont pas changé. Parce que chacun de nous connaît le prix d'un revirement. Comprenez-vous bien ce que je dis, madame de Talense ?

Même s'il gardait son flegme habituel, Lectonson semblait agacé. Il ne répondait pas à la question parce qu'il lui paraissait certainement superflu de le faire.

— Oui... répondit timidement Chloé. Je ne voulais pas remettre en cause... quoi que ce soit.

— Très bien. Puis-je vous demander s'il vous plaît de récupérer l'enveloppe qui est dans votre entrée ?

— Mon entrée ? Chez moi ?

— Absolument.

Chloé traversa le salon et découvrit à même le carrelage devant la porte de son appartement une grande enveloppe kraft à son nom. On l'avait manifestement fait glisser là quelques minutes plus tôt. Elle n'avait rien entendu. Elle la ramassa.

— Je l'ai.

— Je vous prie de vous asseoir à la table du salon et de récupérer les documents qui sont à l'intérieur. Vous y trouverez des photos, un planning et un résumé de l'histoire que je vais vous raconter dans quelques instants. Tous ces documents sont essentiels au rôle que vous allez maintenant jouer dans l'opération « Fer de Lance ».

Chloé étala le contenu de l'enveloppe devant elle, des pages de texte, des photos couleur, d'autres en noir et blanc.

— Fer de Lance ? Pourquoi ce nom ?

Elle posa la question, redoutant la réponse.

— Le Fer de lance de la nation, le MK… C'est le groupe terroriste antiapartheid qui a assassiné votre mère, Chloé. Il faut que notre histoire s'inspire de la réalité pour être crédible, même si cette réalité est douloureuse.

— Je comprends, mais…

— Figurez-vous que dans l'histoire qui suit, et que vous trouverez en pages 4 à 17, ils viennent de reprendre du service pour traquer les anciens suppôts de l'apartheid, dont votre père et Vankleber. Mais n'anticipons pas. Commençons par votre planning en page 2. Vous l'avez ?

Chloé découvrit un tableau d'une page plein de dates, d'heures, de lieux.

— Vous devrez scrupuleusement réaliser ces actions aux heures et aux lieux indiqués. Il en va du succès de l'opération et donc de votre liberté, pour ne pas dire de votre vie. Passons en revue les rendez-vous importants que vous aurez ces prochains mois. Aujourd'hui, vous appellerez votre notaire. Comme il vous l'a dit, il recherche toujours de possibles héritiers en Afrique du Sud. Je peux vous le garantir : il n'y en a pas. Mais vous lui téléphonerez aujourd'hui pour refuser votre héritage.

— Quoi ? Vous plaisantez ?

— Il vous proposera de passer à son étude pour signer votre renoncement, offre que, bien sûr, vous déclinerez, ne voulant plus rien avoir à faire avec votre père. Il vous indiquera une date limite pour accepter ou refuser cet héritage. Bien évidemment, vous l'accepterez avant cette échéance.

Chloé se détendit. Elle se dit qu'elle devait cesser de réagir ainsi. Lectonson avait manifestement prévu en détail la suite des événements.

— Fin janvier, vous mettrez votre CV à jour et vous le posterez en ligne sur les sites d'offres d'emploi de votre choix. Vous ferez mine de vous rétablir de votre licenciement et de la mort de votre père, et de chercher de nouveau du travail. Parlez-moi de votre blog.

— Mon blog ? Vous m'avez demandé de rester à Paris et d'attendre votre appel. Alors, j'ai lancé ce blog sur le bio et le bien-être qui a attiré du public. On en a parlé dans la presse. J'ai même été contactée par une société pharmaceutique parisienne qui envisage de me le racheter. Ils veulent me rencontrer.

— Parfait. Veillez cependant à ne pas trop attirer l'attention. Vous prendrez rendez-vous avec cette société. En le faisant assez tôt, vous n'aurez aucun mal à réserver le créneau de 8 h 45, le 5 mars.

— Le 5 mars ? Mais… D'accord.

— Vous vous assurerez d'avoir un autre rendez-vous à 9 h 30, pour votre blog, pour un article, une interview… Il faut qu'on vous voie dans le même quartier.

Chloé se garda de poser des questions.

— D'accord. C'est noté.

— Début février, un mardi ou un jeudi, donc le 5 ou le 7, à 19 heures, vous irez vous inscrire au club de sport Healthcity, à Saint-Germain-des-Prés. L'adresse est inscrite ligne 21. Vous y rencontrerez par hasard Julien Lerude du service juridique de Talense & Vankleber. Vous tâcherez d'établir une liaison avec lui.

— Qu'est-ce que vous entendez par liaison, exactement ?

— J'entends que vous devrez avoir sa confiance et qu'une relation, disons, étroite serait bienvenue…

Chloé grimaça. Lectonson enfonça le clou :

— Surtout, il sera par la suite votre alibi et votre défenseur quand vous serez en garde à vue.

— Je serai en garde à vue ? s'entendit rugir Chloé.

— J'espère ! ironisa le vieil homme. Cela voudra dire que nous avons réussi les premières phases de l'opération. Ou que nous avons totalement échoué… Cela dépendra beaucoup de vous et de vos qualités d'actrice. On ne sera pas si loin de votre interprétation d'Ophélie à l'université ! Pour le reste, vous regarderez votre agenda. Bien sûr, afin de vous aider à jouer votre rôle, certains éléments ne vous sont pas révélés. La peur, la surprise, la détresse feront partie du voyage. Vous verrez réapparaître des visages du passé. Vous allez être mise à rude épreuve, comme je vous le disais. Ne craquez pas, même si l'on vous menace de mort, même si vous vous retrouvez en prison, si vous êtes enlevée… Vous êtes embarquée dans un jeu de rôle, ne l'oubliez pas. Ce n'est pas vous, la cible. D'ailleurs, si vous ne tenez plus, vous trouverez un numéro de téléphone en dernière page que vous pourrez utiliser en cas d'urgence. Apprenez-le par cœur. Je vous répondrai à tout moment. Nous serons amenés à communiquer régulièrement, mais c'est plutôt moi qui vous contacterai, qui vous guiderai, parce que j'aurai des informations que vous n'aurez pas. Faites ce que je vous dis, et tout ira bien. Mais quoi qu'il arrive, ne nous trahissez pas. Nous ne nous sommes jamais vus. Jamais. Nous passerons près de vous, vous finirez par nous reconnaître… mais vous ne le manifesterez jamais. Si l'on vous demande de décrire l'un d'entre nous, donnez des informations suffisamment vagues pour que ces descriptions soient inutilisables.

— Je comprends.

— Parfait. Vous remarquerez enfin, à la huitième ligne de votre planning, que nous avons un dernier rendez-vous, vous et moi, dans deux mois : le 3 mars à 10 heures, 5 rue de Prague. Nous y ferons un dernier point et je vous présenterai les autres membres de mon équipe, ceux que vous croiserez ici et là pendant la durée de l'opération, ceux que pourtant vous ne verrez jamais et ne pourrez décrire.

— Ligne 8… je l'ai. « Phase 1 : L'assemblée », c'est ça ?

— Oui, chaque phase de l'opération a un numéro et un nom. Il y en a vingt. Mais laissons cela pour l'instant… Pour terminer, j'aimerais que nous passions en revue les documents que je vous ai fait parvenir. Les photos sont pour beaucoup des images d'archives qui vous aideront à construire votre récit.

— Mon récit ?

— Oui, je vais vous raconter une histoire, la vôtre : bien sûr, elle a subi quelques altérations pour les besoins de notre opération. Elle est étroitement liée à celle de votre pays d'origine à l'heure où des tueurs du MK viennent se venger des bourreaux d'hier. Cette histoire, en pages 4 à 17, vous la lirez et vous l'apprendrez, comme tout ce qui se trouve sur ces pages, votre planning en particulier. Par cœur. Puis vous détruirez tout : ces documents ne peuvent être retrouvés, à aucun moment, vous m'entendez ?

— Tout à fait. Je les détruirai dès ce soir.

— Parfait. L'histoire qui est développée dans ces pages est le mensonge que nous allons servir aux officiers de police qui se mettront bientôt en quête de coupables. Et parce qu'ils ne tarderont pas à venir frapper à votre porte, il faut que notre mensonge soit inattaquable. Au terme de notre conversation, vous aurez deux mois pour vous y préparer.

— Je vous écoute.

— Parfait. Tout commence en 1974 : la jeune et brillante Marie de Talense vient d'arriver en Afrique du Sud…

59

3 mars 2019, deux jours plus tôt

Phase 1 – L'assemblée : rendez-vous des chasseurs avant le départ de la chasse.

Emmitouflée dans son trench-coat beige, des lunettes de soleil sur le nez, Chloé de Talense détailla la façade du 5 rue de Prague, un immeuble blanc en calcaire lutétien, haut de cinq étages. Du typique haussmannien. Elle se souvint du code et entra dans le hall, prit l'ascenseur jusqu'au quatrième et frappa à la porte de droite. Dans le silence, elle pivota sur elle-même, suspectant les voisins de l'espionner par l'œilleton des deux autres portes du palier, puis chassa cette idée ridicule. Elle entendit des pas et la porte s'ouvrit. Lectonson parut et lui sourit.

— Bonjour, madame. Entrez, je vous prie. Par ici.

Il s'agissait d'un petit appartement chichement meublé, visiblement loué pour cette réunion. En costume gris et cravate rouge comme à l'accoutumée, le vieil homme l'entraîna vers la pièce principale où patientaient deux personnes assises de l'autre côté d'une table rectangulaire. Chloé marqua un léger temps d'arrêt sur le seuil.

— Installez-vous, s'il vous plaît, madame de Talense. Je vais faire les présentations.

Il lui indiqua une chaise en face des deux autres et elle s'y assit. Il y avait un homme d'une trentaine d'années en costume bleu, plutôt charmant malgré ses cheveux bruns légèrement en pétard, et une femme blonde à peine plus jeune qui avait de grands yeux gris en amande. Elle était très belle. Ils lui sourirent et la saluèrent de la tête lorsqu'elle s'installa. Lectonson se plaça en bout de table pour présider.

— Je vous présente Melissa Garado et Thibault Ziffoni, mes deux collaborateurs. Il est important que vous les rencontriez avant le début de l'opération parce que vous les verrez régulièrement ces prochains jours. Ils seront un badaud sur un banc, un client à la boulangerie, une passante au pas preste… Ils seront toujours près de vous alors que je serai plus discret. Ceci pour vous rappeler que vous ne serez jamais seule.

— J'ai compris. Je vous remercie.

— Avez-vous pu suivre le planning que je vous ai donné ? Je sais que vous êtes en très bons termes avec Julien…

Évidemment, il venait de le dire : en une phrase, Lectonson lui prouvait qu'elle n'était jamais seule et qu'ils la suivaient, l'espionnaient en continu.

— Il n'est pas si désagréable physiquement, mais il est d'un ennui…

— Rassurez-vous. Je ne vous imposerai pas de l'épouser !

Ils sourirent, ensemble.

— J'ai également trouvé votre CV en ligne. C'est bien. Vous avez pu prendre les rendez-vous dont nous avons parlé ?

— J'ai rendez-vous dans deux jours à 8 h 45 chez Biotech, une société pharmaceutique qui envisage de racheter mon blog ou de m'engager pour le gérer, je n'ai pas bien compris ce qu'ils veulent... Et à 9 h 30 avec une association de quartier, le Bosquet des Abeilles.

— Rue La Boétie, compléta le vieil homme.

Lectonson était incroyablement bien renseigné et tenait à le montrer.

— Oui, reprit Chloé, c'est une petite association qui s'occupe de jardins potagers. J'ai pensé que ça nourrirait le rôle... Mais vous le savez certainement déjà.

— Oui. Et vous avez bien fait. Allez à ces rendez-vous. Vous saurez vite si vous êtes prête pour la suite. Et n'oubliez pas de tenir Julien informé ! Il a son rôle à jouer lui aussi. Avez-vous des questions, madame de Talense ?

— Non, je crois que je suis prête.

Lectonson se leva.

— Alors, nous en avons terminé.

Chloé, surprise, l'imita. Elle salua Melissa et Thibault, et suivit Lectonson jusqu'à la sortie.

— C'est tout ? demanda-t-elle une fois parvenue dans l'entrée.

— Oh non, madame. La partie la plus importante de notre opération va se jouer maintenant. Rappelez-vous ces deux choses : cette opération durera jusqu'au 5 juillet, ne baissez pas la garde avant !

— Le 5 juillet ? Pourquoi si tard ?

— Il y a tout un pan administratif à gérer, la succession de votre père notamment.

— Je vois. Et la deuxième ?

— Je vous l'ai déjà dit, et c'est un point crucial : à aucun moment, vous ne pourrez nous reconnaître ni moi ni mes collaborateurs, ni entrer en contact avec nous. C'est une règle d'or. Eux, en revanche, pourront le faire si nécessaire. Quant à moi, j'ai mon téléphone. Je vous appellerai quand j'aurai la certitude que vous êtes seule et qu'il n'y a pas de risques. Bon courage !

— Merci, conclut Chloé en sortant ses lunettes noires.

— Je ne crois pas qu'elles vous seront utiles, lui dit chaleureusement le vieil homme.

Chloé interrompit son geste. Il s'expliqua en ouvrant la porte :

— Vous n'avez rien à vous reprocher.

Elle lui fit un sourire embarrassé, rangea ses lunettes et sortit.

Albert Lectonson revint à la table et s'y assit.

— Bien. Je crois qu'il va falloir serrer Chloé de Talense de très près.

— Elle m'a l'air fragile, approuva Megara avec une pointe d'inquiétude.

— C'est toujours du client que vient le danger, rappela Tisiphone.

— Tout à fait, agréa Alecto. Ou du commanditaire ! Ici, le commanditaire a les reins solides, je vous rassure. En ce qui concerne Chloé de Talense, nous devrons juger sur pièces ! De toute manière, en nous revoyant tous les trois chez Biotech, mardi matin, ça va lui faire un choc. On saura tout de suite comment elle tient son rôle et dans quelle mesure on pourra s'appuyer sur elle par la suite. Mais vous avez raison, il faut pallier sa fragilité ; c'est pour cette raison, Megara, que, dans cette danse, tu vas la remplacer autant que possible. Tu as pu l'observer suffisamment ?

— Oui, je n'aurai pas de mal à reproduire son maquillage et sa tenue. De même pour la teinte des cheveux. Ça devrait aller, pour peu qu'on ne m'étudie pas sous toutes les coutures en pleine lumière.

— Parfait. Bon, passons en revue les derniers détails. Tisiphone, je t'écoute.

Le jeune homme croisa les doigts sur la table.

— Tout se déroule comme prévu. J'ai pu suivre la trame de la danse telle que tu l'as écrite. J'ai dû improviser sur un ou deux points. Dans l'ordre : les armes. Je suis passé par le même fournisseur que pour la danse de Birzaian, un type sérieux et discret. Elles sont arrivées depuis deux semaines. Les Vektor sont parfaits, fonctionnels et traçables jusqu'à l'usine sud-africaine de fabrication. Aucun intermédiaire. Et il m'a bien envoyé le chargeur de balles à blanc. Ensuite, la poudre de diamant : j'ai dû faire quelques tests pour que ça marche bien. Avec un morceau de viande, la consistance posait problème, surtout pour le passer sous la porte. J'ai contourné l'obstacle en utilisant une barre de céréales très sucrée. Les minuscules éclats restent collés jusqu'à l'ingestion. J'ai fait un essai sur un berger allemand. Il a fallu deux heures pour voir les premiers effets. Je compte à peu près ce temps-là avec le chien de Starski. Il faudrait administrer la poudre vers 2 heures du matin pour être tranquille avec le timing. Troisième point : la chasse à courre, le thème que tu as choisi. J'ai gravé les CD. Celui de la prise d'otage d'abord. Bon, j'ai légèrement modulé ma voix… Pour les sonneries de cor, j'ai trouvé un CD que j'ai rippé : « Les Chasses du Grand Veneur. » Ça m'a permis de faire un CD pour chacune des phases. Je ne sais pas si on les utilisera tous, mais ils sont prêts, estampillés « Les Chasses du Grand

Veneur» et «MK». Et j'ai trouvé en ligne toute une gamme de produits associés : un carnet de chasse, un appareil photo couleur camouflage, des caméras de surveillance à détecteurs de mouvement, des poignards…

— On s'était arrêtés au carnet de chasse, si je me souviens bien.

— Oui, je l'ai terminé. J'ai noté les dates, les heures. Comme tu l'as écrit, j'ai fait correspondre les phases de notre danse avec les étapes de la chasse à courre, grâce aux noms des sonneries. Je te montrerai, j'en suis assez content. Alors toi, l'amateur de chasse…

Alecto opina et sourit.

— Concernant les véhicules, j'en ai réservé deux, une Audi 8 métallisée et une Smart bleue, et j'en ai repéré deux autres à proximité des sites que tu as loués. Je les volerai le temps venu, si besoin. Par ailleurs, j'ai acheté le traceur chez un garagiste et je l'ai jumelé avec mon téléphone. Tu me diras à quel moment on le donne à Chloé de Talense.

— Ce sera après sa garde à vue. On a le temps.

— OK. Dernier point : les faux passeports. Le prix a un peu augmenté, mais c'est le seul souci qu'il y a eu. Voilà.

— Parfait ! Bon travail ! ponctua Alecto. Megara ?

— Je me suis fait passer pour Annie Vergnaud, une chroniqueuse judiciaire au tribunal de Paris. La vraie Annie Vergnaud est en vacances en Espagne. J'ai contacté Cavicci dans le cadre de l'enquête sur un groupe d'assassins dont je soupçonnais avoir trouvé la trace à Paris, après avoir travaillé sur l'affaire Favan. Il a tout de suite mordu à l'hameçon. Il est à Paris depuis une heure, dans un hôtel du XIVe, et m'a déjà laissé deux messages. Je vais le rappeler pour lui donner rendez-vous demain soir au Off Paris Seine. C'est un hôtel flottant qui fait boîte de nuit. Ce n'est pas Annie Vergnaud qui viendra, mais Megara. Je me laisserai suivre jusqu'à la Maison Souquet, puis l'amènerai rue des Moines le lendemain matin, à l'heure prévue.

Alecto montrait une certaine anxiété à l'évocation de Cavicci. Ses doigts pianotaient sur le bois de la table, trahissant une impatience.

— Cette fois, il ne repart pas vivant, on s'est bien compris ? Il en sait beaucoup, et il continue de claironner *urbi et orbi* l'existence des Furies. Nous ne pouvons travailler que dans une invisibilité totale. Ce type doit mourir pendant cette opération. On bricolera un lien, si besoin. Mais on fait de deux pierres deux coups : Vankleber *et* Cavicci. Je ne veux plus en entendre parler ! C'est clair ?

Le ton était soudain monté d'un cran. Les joues du vieil homme et sa balafre rosâtre s'étaient empourprées à l'instant où son flegme habituel avait volé en éclats. Il s'en aperçut, s'adoucit et s'expliqua :

— Cette opération, c'est douze millions d'euros. Un an et demi de travail ! Et d'autres contrats à suivre ! On ne laissera pas ce petit flic ruiner tout ça. Il disparaît, et ses dossiers avec ! Est-ce qu'on est bien d'accord ?

Ils approuvèrent de la tête et Megara reprit :

— J'ai fait le tour des locations avec Mérandier il y a six semaines. Je l'ai payé en cash. Tout est en ordre. C'était il y a six semaines, mais il m'a bien vue. Il se souviendra de moi…

— Nous nous en occuperons avec les autres témoins, si nécessaire. Autre chose ?

— Une dernière, oui : les locaux de Biotech seront prêts à nous recevoir mardi matin. J'ai fait appel à une boîte de décorateurs. Ils nous font le décor intérieur la veille et récupèrent les meubles deux heures après.

— Parfait !

— J'ai une question, Alecto, interrompit soudain Tisiphone. Pourquoi tu as repris l'idée de la société fantôme ? On l'avait déjà fait pour le chirurgien de Genève… Comment s'appelait-il déjà ?

— Dr Rachid Boukriss, répondit Megara.

— Oui, j'ai lu ça dans un polar, s'égaya Alecto. Je ne sais plus le titre, j'en lis beaucoup. Ça me donne plein d'idées pour écrire les danses. Cette histoire d'entreprise avec ces employés affairés, qui n'existe plus le lendemain, m'a bien plu. Et les enquêteurs y perdent leur latin ! Vous avez vu que j'ai aussi réutilisé la fausse planque, qui avait bien marché dans la Danse de Pierre Claudel ?

— C'était une cave, non ? se souvint le jeune homme.

— Tout à fait ! Cette fois, ce sera la fausse chambre d'hôtel de Melissa Garado !

Il sourit, content de lui, et enchaîna :

— Autre chose, Megara ?

— Le dernier point, c'est notre personnage principal : le commissaire Paul Starski.

— Un flic qui s'appelle Starski, quand même… railla Tisiphone.

— Il y a un problème ? interrompit Alecto.

— Au risque de me répéter… Il est pris dans une vie de famille et de couple tendue… Je ne sais pas encore où ça va. Sa femme est partie chez ses parents avec les enfants pour les vacances. Elle devait rentrer, mais a finalement annulé son retour. Sauf que Chloé devait la rencontrer.

— Oui, j'ai pensé que dans cette danse, il fallait tirer

profit du trauma rentré de ce flic ; il en a bavé des ronds de chapeau avec Chloé. La faire surgir tout à coup dans sa vie, c'est un premier séisme. Puis réunir le mari, la femme et la maîtresse nous permet de l'affaiblir davantage et de le manipuler plus facilement, ce pauvre gars… Maintenant, si l'épouse est partie… Tu proposes quelque chose ?

— Oui. Finalement, le flic est seul. Ça nous arrange. Je ne crois pas qu'il sera difficile à manœuvrer. Il faut juste veiller à ce qu'il ne quitte pas Paris. Ses retrouvailles avec Chloé de Talense devraient nous garantir qu'il reste dans la capitale et garde l'enquête. Mais jusque-là, il suffirait d'un coup de sang pour qu'il aille retrouver sa femme à Arcachon. Alors, je pense vraiment, je l'ai déjà dit, qu'on aurait dû fabriquer une infidélité, une liaison avec une amie, une collègue, ou même sa collègue asiatique, comme je l'avais conseillé au début, un photomontage, un faux message à envoyer à sa femme, pour s'assurer de le couper de sa famille et le fragiliser. Et je crois qu'il est encore temps de le faire…

Elle se tut pour jauger la réaction de ses deux collègues.

— Je pense que Megara a raison, ajouta Tisiphone.

Le vieil homme fit la moue et approuva du chef.

— Écoutez, on en a débattu longuement, répondit-il, paternel. Vous avez raison, c'était une très bonne idée, mais elle s'insérait mal dans cette danse, surtout parce qu'on a déjà trop de faux documents parmi nos indices : des faux passeports, des faux CD, mais surtout le faux rapport d'enquête sud-africain pour convaincre Chloé de Talense que son père a trahi sa mère et qu'elle doit la venger… Pour peu que le flic tombe dessus ou que

Chloé comprenne… Non. Trop de faux, trop de risques. Gardons l'idée pour une prochaine fois. Concernant Starski, assurons-nous qu'il retrouve Chloé de Talense au plus vite et le tour sera joué : il nous mangera dans la main et sa collègue avec !

— Justement ! Sa coéquipière, Yvonne Chen. C'est elle qui peut nous causer des inquiétudes. Elle est assez indifférente aux autres, ne voit plus sa famille, n'a pas d'autres collègues, pas d'amis, fait ses heures sans plus de zèle…

— C'est une excellente nouvelle, l'absence de zèle !

— Peut-être, mais d'après ce que j'ai trouvé, ils travaillent ensemble depuis peu, un an et quelques, s'apprécient… sans plus. Elle se moque aussi du lien hiérarchique, n'hésite pas à contredire ses chefs, est particulièrement indépendante et égoïste. Elle pourrait le secouer assez fort pour qu'il décide de lâcher Chloé, voire de partir sur d'autres rails que ceux qu'on posera devant eux.

— C'est ennuyeux effectivement. Il va falloir enfoncer le clou en ce qui concerne les indices sur le MK. Même si ça paraît un peu gros, il faut que ça saute aux yeux comme l'évidence.

— La poudre de diamant, les Vektor, le carnet de chasse, les CDs, le passeport sud-africain ajoutés à l'histoire de Chloé de Talense… énuméra Tisiphone sur ses doigts. On peut difficilement faire plus évident !

— D'autant que Chloé doit leur raconter que les agresseurs qui s'en prendront à elle parlent afrikaans ! ponctua Alecto.

Megara les laissa terminer et sourit.

— Quoi qu'il en soit, j'ai trouvé un autre élément sur lequel on pourrait s'appuyer : elle a une sorte de rituel le mardi et le jeudi soir. Elle se rend dans un bar et se lève le premier gars venu. Elle va chez lui, en ressort une à deux heures plus tard, et ne le revoit jamais.

— C'est une porte d'entrée comme une autre. Gardons l'idée en tête. Je me demande qui s'y collera ?

Megara et Alecto se tournèrent ensemble vers Tisiphone et lui sourirent. Il leva les yeux vers eux.

— Si je peux aider…

Ils rirent ensemble.

— Parfait. Vous savez ce que vous avez à faire. Je lève la séance de l'assemblée et annonce la fin de la phase 1. Rendez-vous à la phase 2.

60

Phase 19 – La curée : mise à mort du gibier. Les chiens se partagent les morceaux abandonnés.

Starski posa son téléphone sur la table et allait se reprendre la tête dans les mains quand l'écran s'illumina, laissant s'envoler un arpège numérique. Il saisit l'appareil dans l'instant et lut : CHLOÉ.

— Chloé, c'est toi ?

Il entendit immédiatement le bruit de la circulation. Chloé était dans une rue, à l'air libre.

— Chloé ? appela-t-il encore.

— Paul ! Oui, c'est moi ! Je suis en sécurité. Je me suis échappée… Ce type… Le vieux type ! Celui que j'ai vu chez Biotech ! Il est venu à l'hôtel. Il avait une arme. Il m'a obligée à le suivre jusqu'à un appartement. J'ai été enfermée dans une chambre. Je ne comprends plus rien. Il cherche le flic, là… Cavicci.

Starski se redressa sur sa chaise.

— Cavicci ? C'est ce qu'il a dit ?

— Oui, je l'ai entendu en parler avec quelqu'un au téléphone. C'est justement ce qu'il cherche : le portable de ce Cavicci. Il y a des informations cachées dedans, et il a donné à l'autre le mot de passe. J'ai tout entendu ! Il a dit aussi que c'était toi qui avais le téléphone. Il voulait que je t'appelle pour m'échanger. Mais je me suis enfuie. Il faut que tu me rejoignes, Paul. Ces gens n'ont rien à voir avec le MK ! Je ne sais pas ce qui se passe !

Starski se leva d'un bond et saisit ses clés.

— Où es-tu, Chloé ?

— Je suis…

Un deux-roues bêla soudain, éteignant sa voix.

— Chloé ?

— Je suis rue Ordener. Je vais rue des Moines, comme on avait dit ! J'y serai dans une quinzaine de minutes. J'ai peur, Paul ! Qu'est-ce qui se passe ? Tu as ce téléphone ?

— Oui, je l'ai sur moi. Mais je n'en sais pas plus. Je pars tout de suite, je suis là dans vingt minutes. Il ne t'a pas suivie, tu es sûre ?

— Oui, j'ai dû me cacher dans un parking en sous-sol pendant plus de deux heures, dans le noir. Il était après moi avec un autre type. Je ne pouvais pas bouger. J'avais peur. Et je n'avais pas de réseau…

Starski claqua la porte de son appartement et dévala l'escalier.

— Ne bouge pas, Chloé ! Ferme bien la porte, j'arrive.

— Paul… Je… Viens vite.

La communication se coupa. Starski descendait déjà la rue de Sofia à toutes jambes, crevant la nuit, inconscient de la pluie qui tombait sur Paris. Sur le boulevard Barbès, hors d'haleine, il héla un taxi et s'y engouffra en criant une adresse. Il reprit son portable, envisagea de contacter la juge, le procureur, et se ravisa. Pouvait-il leur dire que Chloé se rendait rue des Moines, qu'il lui avait donné les clés d'une scène de crime après les avoir volées ? Il chassa l'idée et décida d'appeler sa collègue. Il s'était juré de ne jamais la revoir, mais, à l'heure où Chloé était retrouvée, il sentait s'estomper sa colère contre Chen. Il devait au minimum la tenir informée, lui dire que Chloé était saine et sauve, qu'il allait la rejoindre. Comme elle ne décrocha pas, il laissa un message assez succinct. Il se demanda si elle le faisait exprès. C'était plutôt à lui d'être furieux. Ou peut-être avait-elle décidé que sa journée était terminée...

Agacé, Starski raccrocha et empocha son téléphone à l'instant où le taxi entrait dans la rue des Moines. Dans la lumière des réverbères, il vit Chloé pousser la porte du 97 et il ordonna au chauffeur de s'arrêter, le paya à la hâte et quitta l'habitacle. Un vent glacé s'engouffra entre les façades et balaya la chaussée noire de pluie. Starski ressentit la froidure de la nuit, un souffle piquant qui perça sa veste élimée et le fit frissonner. Au moins, l'averse avait cessé.

Il s'approcha de l'immeuble et se dit qu'il n'avait pris aucune précaution pour semer d'éventuels poursuivants. Il grogna, puis grimaça en imaginant que les types étaient peut-être déjà là. Il entra dans l'immeuble. Il retint le battant de la porte cochère pour l'empêcher de claquer et s'immobilisa dans le hall carrelé. À l'affût, il perçut le pas mat de Chloé, le rythme souple de ses talons hauts sur les marches à mesure qu'elle grimpait l'escalier. Elle devait déjà être au deuxième étage.

Starski passa la tête par-dessus la rampe, se tordant le cou. Il vit là-haut, dans la faible lueur électrique, la pâle menotte aux doigts grêles qui glissait sur le bois, s'élevait en cercles concentriques, et le trench-coat beige fluide et insolent qui souffletait les barreaux. Il se garda d'appeler ; l'appartement était condamné, les voisins le savaient. À pas feutrés, il monta l'escalier à son tour.

Les talons de Chloé claquèrent sur le parquet du palier. Elle était au troisième étage. Starski accéléra. Il gravit les marches quatre à quatre en retenant son souffle lourd. Le tapis vert de l'escalier assourdissait son pas. Il arriva au troisième étage à l'instant où Chloé entrait dans l'appartement au bout du couloir. Il s'approcha lentement, son poids faisant grincer les lattes anciennes. Son cœur cognait fort dans sa poitrine et dans sa gorge.

La porte était entrouverte. Contrairement à ses consignes. Les scellés avaient été arrachés sans ménagement. Il déglutit, inspira et pénétra dans l'appartement dont les lumières étaient allumées. Chloé n'était pas en vue.

— Chloé ? Chloé, tu m'entends ? appela-t-il.

Un silence dense lui répondit. Il se lança, traversa l'entrée, jeta un coup d'œil à la cuisine vide puis au salon, et se figea. Au bout de la pièce, dans la clarté de l'halogène sur pied, face à la fenêtre, Chloé lui tournait le dos, immobile comme si elle l'attendait, ses talons effilés plantés dans l'épais tapis chinois auréolé d'un sang séché ancien. Elle se retourna et Starski détailla ses traits, son fin menton tendu vers lui avec arrogance, ses pommettes hautes, ses lèvres charnues, ses cheveux châtains retenus en queue-de-cheval, et ses yeux gris, profonds. Et froids.

— Megara, souffla-t-il, malgré lui.

Un sourire fugace passa sur les lèvres de cette femme qui n'était pas Chloé.

Dans un réflexe, Starski porta la main à son holster vide. Un sifflement court et assourdi cingla l'air. Le commissaire s'en étonna un instant avant de s'affaler de tout son long au pied de la jeune femme. La joue écrasée sur le tapis chinois, il vit le sang imbiber sa veste kaki, puis le tapis, pour se mêler à celui, séché, de Cavicci, son vieux collègue qui, trois jours plus tôt, avait perdu la vie au même endroit. La boucle était bouclée. S'il percevait confusément l'ironie de la situation, Starski regrettait tout de même que les choses se terminent ainsi.

Il vit Megara s'accroupir et se pencher au-dessus de lui.

— Mais Tisiphone, pourquoi tu as tiré ? demanda-t-elle en faisant les poches du flic.

Un homme entra dans le champ de vision de Starski, un type d'une trentaine d'années, brun et hirsute. Un automatique équipé d'un silencieux pendait au bout de son bras. Starski reconnut le tireur de la rue Murillo. Tisiphone… L'homme s'immobilisa pour l'observer.

— J'ai cru qu'il sortait un flingue. Il a lancé la main sur le côté, à sa ceinture…

Il mima le geste. Indifférente à la performance de son collègue et à la blessure du flic, Megara continuait de fouiller Starski, étalant au sol ses trouvailles : son trousseau de clés, deux téléphones, un portefeuille, un passe Navigo…

— Il n'a pas d'arme… reprit-elle.

— Mais comment c'est possible ? Il a toujours son Sig sur lui ! Comment je pouvais le savoir ? En plus, il a fait mine de… J'ai cru. Merde ! Je préviens Alecto.

— Oui, dis-lui de monter. Et aussi qu'on a récupéré l'autre téléphone de Cavicci.

Starski continuait de les regarder. Il sentait ses forces l'abandonner. Les deux Furies appelaient des renforts plutôt que des secours. Il vit l'homme quitter la pièce, son portable à l'oreille, le poing sur la hanche. Toujours accroupie près de lui, Megara activa le téléphone de Cavicci. Avec dextérité, elle pressa les touches et trouva ce qu'elle cherchait. La voix de Cavicci résonna dans le salon. Un mort parlant aux vivants… et au mourant. Ils écoutèrent tous deux les derniers messages du vieux flic. Puis Megara manipula un moment le téléphone et le rangea. Sans qu'il puisse dire combien de temps s'était écoulé, Starski vit Tisiphone reparaître dans le salon. Alecto l'accompagnait. Le commissaire détailla de son seul œil encore ouvert le vieil homme replet et sa face de cauchemar. Les deux types se plantèrent devant lui. Alecto jaugeait la scène, réajustait son plan.

— Le téléphone ? demanda-t-il tout à coup à la femme accroupie.

— Il n'y a rien du tout : quatre messages évoquant la présence des Furies à Paris et celle de Megara à la Maison Souquet. Tout ce qu'il avait sur nous était à son hôtel et a fini dans la baignoire. On n'avait pas vraiment besoin de le récupérer, en fait…

— On ne pouvait pas courir le risque de laisser des infos compromettantes dans la nature, contra Alecto.

— C'est vrai, reprit Megara, mais lui…

Elle désigna Starski du pouce.

— … il est mort pour rien.

Leurs trois regards convergèrent vers le flic et ils l'observèrent en silence. Sa bouche bavait le sang, s'ouvrait et se fermait sans qu'aucun son en sorte. On aurait dit une truite suppliant qu'on la remette à l'eau.

— Bon… On va improviser, conclut Alecto. Sa collègue ?

— Elle dort toujours, dans la pièce d'à côté, répondit Tisiphone. Je l'ai installée sur le lit.

— Son téléphone ?

— Je l'ai gardé le temps d'amener sa voiture et j'ai effacé le message qu'il lui a laissé.

— La BMW ?

— Je l'ai garée à deux rues d'ici, sur un stationnement interdit. On la trouvera facilement.

Il se tourna vers Megara.

— Le champagne ?

— Au frais.

— Parfait. Il ne nous reste qu'à inclure…

Ils s'interrompirent en entendant un gargouillis dégouliner de la bouche du commissaire.

— Qu'est-ce qu'il dit ? s'enquit Alecto.

— Je ne sais pas, répondit Megara.

Elle s'inclina davantage, approcha son oreille à l'instant où le flic souffla :

— Chloé…

Elle dévisagea le commissaire Paul Starski.

— Alors ? Qu'est-ce qu'il dit ? répéta Alecto.

— Rien. Il est mort.

61

Phase 20 – La retraite : la chasse terminée, les chasseurs rentrent à la maison, emportant les trophées.

La température de l'air était de 28 °C, celle de la mer de 23 °C, celle de la piscine de 25 °C. Allongée sur un transat dans un maillot deux-pièces blanc, protégée du soleil par un large chapeau et des lunettes teintées effilées, Chloé de Talense lézardait sur la vaste terrasse de la villa tropézienne que son père avait fait construire en surplomb de la baie des Canebiers. Aucun nuage ne troublait la sérénité du ciel. Le ressac lointain rythmait la langueur de la Méditerranée. Une bise tiède accourue du large faisait onduler les pins parasols et caressait les ifs qui entouraient les deux hectares de parc et les huit cents mètres carrés de la maison, ses six chambres, ses deux salons, sa salle de billard, sa piscine intérieure… Chloé était heureuse. À la fin de la semaine, elle partait à Londres redécouvrir l'appartement dont elle venait aussi d'hériter. La ferme normande attendrait un peu.

La sonnerie du portail retentit. Chloé leva un bras nonchalant pour regarder l'heure à sa montre : il était 10 heures pile. On était le 5 juillet. L'opération prenait fin aujourd'hui et Lectonson était à l'heure, comme à son habitude. Chloé avait annoncé cette visite à Rosita, sa femme de ménage, cuisinière, intendante, et celle-ci devait déjà ouvrir la porte. Chloé avait anticipé la terreur de son employée et lui avait décrit le visage balafré du vieil homme. Elle se rappelait leur première rencontre, dans son ancien appartement, et son dégoût… Plus d'un an s'était écoulé depuis. Seize mois.

Elle attrapa une fine étole de soie posée à même le grès et la passa sur ses épaules. Rosita parut sur la terrasse à cet instant, suivie de Matt Steenson. La gouvernante se retira tandis que le petit gestionnaire américain de Talense & Vankleber s'avançait vers elle dans son costume sombre, son porte-documents assorti à la main, lançant des regards admiratifs à la propriété. Chloé se leva pour venir à sa rencontre. Le petit homme frêle aux cheveux poivre et sel, à la raie droite et aux lunettes cerclées de fer tendit sa menotte, visiblement intimidé par la tenue de cette femme magnifique.

— Monsieur Steenson ? Je suis très étonnée de vous voir ici. Avions-nous rendez-vous ? Il se trouve que j'attends quelqu'un et…

Il lui adressa le plus carnassier de ses sourires.

— Bonjour, madame de Talense. Pardonnez mon intrusion surprise en ce matin de juillet. Je comprends pleinement que vous ayez besoin de repos après l'effroyable année que vous avez traversée.

Chloé retrouva avec un certain plaisir l'accent abominable de Steenson. Son français restait parfait. Il semblait sincèrement navré de la déranger et mal à l'aise. Il enchaîna, impatient de disparaître :

— Je ne serai pas long. Je viens, au nom du *board* de la FIMCO, vous proposer de reprendre la présidence de la société Talense & Vankleber. Le comité des actionnaires, qui détient aujourd'hui 65 % de la société, s'est réuni il y a une semaine et a estimé à l'unanimité que vous étiez la meilleure candidate possible à la succession de feu MM. Vankleber et de Talense, votre père. Ayant depuis peu hérité des 35 % de la société possédés par votre père, vous avez à cœur, nous en sommes persuadés, de faire fructifier cette entreprise. Le *board* s'engage en outre à vous laisser toute latitude en matière de recherches, convaincu que les travaux que vous avez menés et que vous reprendrez au sein de Talense & Vankleber permettront à la société d'explorer et de conquérir de nouveaux marchés.

— Vous parlez d'applications militaires ?

— *Hum, yes*... Entre autres, hésita Steenson. Ce n'est pas à moi d'en décider. Je ne suis qu'un messager de la FIMCO, *you know*. J'ai d'ailleurs ici...

Il ouvrit son porte-documents et en sortit un tas de feuilles.

— ... un contrat que je soumets à votre approbation. Le *board* propose de vous céder 5 % des parts de M. Vankleber, et de rester majoritaire dans l'entreprise, à 60 %. Quant au salaire, vous n'aurez qu'à remplir l'espace laissé en blanc.

Chloé prit les feuilles qu'il lui tendait et les parcourut rapidement.

— Présidente... C'est alléchant, effectivement. Ainsi tout se termine aujourd'hui, le 5 juillet, à la signature de ce contrat ? Comme prévu ?

Steenson grimaça un sourire, mais ne répondit pas. Chloé se demanda s'il évitait le sujet ou s'il ignorait de quoi elle parlait. Elle insista :

— C'est vous qui avez envoyé les Furies, n'est-ce pas, monsieur Steenson ?

Comme l'Américain ne répondait pas, elle reprit :

— Eugène Vankleber a fini par comprendre que les actionnaires du *board* avaient massivement investi dans sa société parce qu'ils souhaitaient la poursuite des recherches que je menais sur la « bombe noire » et Kronos, recherches auxquelles il s'opposait farouchement. Mon père, qui lui était totalement soumis, partageait sa décision. Pourtant, les contrats militaires qui peuvent en découler représentent pour l'entreprise des bénéfices colossaux auxquels les deux fondateurs faisaient obstacle avec obstination. Vous étiez là, Steenson, quand ils m'ont virée. Vous étiez là et vous n'avez rien dit… Mais vous avez envoyé les Furies.

— Mon travail consiste à optimiser les bénéfices de l'entreprise pour laquelle je travaille, madame de Talense. Je représente les actionnaires de la FIMCO, un conglomérat de sociétés privées et publiques, civiles et militaires, qui possède 65 % de Talense & Vankleber. Quand vous aurez signé ce contrat, ils en posséderont toujours 60 %. Nous allons donc œuvrer ensemble, madame de Talense, pour conquérir de nouveaux domaines de recherche et d'application, et multiplier les bénéfices et les parts de marché de notre entreprise. C'est un beau projet, non ?

Le flegme de l'Américain la désarçonna. Il s'en aperçut, mais continua :

— *And*… J'ajouterai, et je suis sûr que vous me le pardonnerez, que les obstacles qui s'érigeaient jusqu'ici ont disparu, et que nous avons désormais les coudées franches pour travailler. Vous n'avez qu'à parapher chaque page et signer la dernière.

D'un doigt, il désigna le contrat. Chloé regarda le document, pensive, puis redressa la tête.

— Qu'est-ce qui est arrivée à la flic, l'Asiatique ?

— J'ai lu l'histoire dans les journaux, comme vous.

— S'il vous plaît, Steenson. Je sais que Paul Starski est mort, mais sa collègue ?

Il replaça d'un coup d'index ses lunettes sur le haut de son nez.

— Un voisin de palier qui rentrait chez lui dans la nuit a trouvé ouverte la porte de l'appartement où Vankleber et Cavicci avaient été assassinés quelques jours plus tôt. Les scellés avaient été arrachés. Il a appelé la police, qui a découvert la lieutenante Yvonne Chen inconsciente dans l'entrée, un pistolet à la main. Dans le salon, ils ont trouvé le corps du commissaire Starski. L'enquête a montré que l'arme tenue par Chen était l'arme du crime. Sur place, les enquêteurs ont retrouvé différentes drogues, de l'alcool aussi. Il semblerait que les deux collègues étaient amants et qu'ils s'étaient donné rendez-vous dans cet appartement, dont ils avaient volé les clés, pour y faire la fête, prendre des drogues, boire du champagne, enfin, *you see what I mean…*

Chloé de Talense leva les yeux au ciel.

— Les flics ont avalé ça ?

— Je vous raconte ce que j'ai lu dans les journaux. Cette relation était, paraît-il, connue de tout le Bastion. Une relation houleuse, en particulier ce jour-là. Bref. Une dispute aurait éclaté entre eux et Chen aurait abattu Starski d'une balle dans le dos. Le commissaire est décédé dans les minutes qui ont suivi. Sous l'emprise de la drogue, la lieutenante aurait perdu connaissance peu de temps après. La prise de sang a révélé qu'elle avait ingéré je ne sais quel produit stupéfiant retrouvé aussi sur place et dans les poches du commissaire…

— Elle a été arrêtée ?

— *Yes*. Oui. Mais…

— Mais quoi ?

— Elle a donné sa version des faits et, malgré les conseils de son avocat, elle s'est entêtée à affabuler sur un groupe de tueurs qui auraient tout planifié pour camoufler des assassinats à travers la France depuis des années… Le juge a demandé une évaluation psychiatrique. Elle a été incarcérée en attendant les résultats.

Chloé opina du chef, les yeux dans le vague. Elle revoyait clairement le visage de cette femme qui l'avait protégée et devait aujourd'hui dormir en prison.

Contre toute attente, Steenson poursuivit :

— Cependant, les enquêteurs ont mis en évidence certaines incohérences : son emploi du temps, son état physique à l'heure présumée du meurtre, la relation chaotique entre les deux flics… Bref, ils ont démontré qu'elle ne pouvait pas avoir tué le commissaire Starski, même si elle était sur les lieux du crime à la même heure. Le juge a prononcé un non-lieu.

— Non ! s'insurgea Chloé de Talense. Alors elle est libre ?

— Oui. Mais après une enquête disciplinaire pour plusieurs fautes graves, elle a été mise à pied, rétrogradée et mise au placard. Elle a sombré dans une profonde dépression. Il paraît qu'elle ne sort plus de chez elle. Un drame de la police…

— Ah…

Chloé s'en voulut un peu. Cette brave fille n'avait rien mérité de tout cela. Elle était une victime collatérale, prise dans la danse des Furies, comme tant d'autres avant elle.

— Bon, conclut-elle, puisque cette affaire est réglée…

Elle saisit le stylo, compléta le contrat et le signa. Elle

hésita un instant sur le montant de son salaire, sourit et enchaîna les zéros.

— Après tout ce que j'ai traversé ces derniers mois, je mérite bien ça.

Elle tendit le stylo et le document à l'Américain. Il découvrit le chiffre qu'elle venait d'inscrire, arqua ses sourcils et secoua la tête malgré lui.

— C'est une somme, en effet… Mais vous l'avez dit : vous méritez bien cela, madame la présidente ! Puis-je vous demander à quel moment vous pourrez vous remettre au travail ? Je ne veux pas vous presser, *of course*.

— Je pars à Londres dans quelques jours. Puis, le temps de régler quelques affaires, de réunir mes notes, les travaux de ma mère… Retrouvons-nous à l'usine de Soissons le 1er août… Ou plutôt le 5 !

Elle sourit et se demanda si le gestionnaire stoïque comprenait l'allusion.

— C'est parfait ! Le 5 août. Je préviens le *board*. Ils seront ravis. Bon retour parmi nous, madame la présidente.

Le *board*, le *board*. Il n'avait que ce mot à la bouche, avec son accent…

Ils se serrèrent la main, et Steenson quitta la terrasse, abandonnant Chloé de Talense, la nouvelle présidente de Talense & Vankleber, au soleil de Saint-Tropez. Il entra dans la maison, où Rosita l'accueillit pour le raccompagner à travers le parc jusqu'à la grille. À peine dehors, il tira son téléphone. Il parla quelques minutes, le sourire aux lèvres, visiblement heureux de son entrevue avec Chloé de Talense. Il bougeait la tête en continu, acquiesçait avec force comme ces chiens en plastique étendus sur la plage arrière des voitures.

De l'autre côté de la chaussée, assise au volant d'une Clio fatiguée, et armée d'un long téléobjectif, Yvonne Chen peinait à faire le point : ce type s'agitait tout le temps. Peu importait : elle l'avait shooté une dizaine de fois à son arrivée. Elle le regarda regagner la Jaguar qui l'avait amené là. Chen posa son appareil photo et, d'un revers de la main pour écarter emballages de sandwichs et bouteilles vides, elle saisit son téléphone. Elle appuya sur un raccourci, attendit le bip et laissa son message :

— 5 juillet à 10 h 16. Matt Steenson vient de ressortir de la Villa Talense. Comme je l'espérais, Chloé a eu une visite le 5. Je n'ai pas eu à attendre longtemps. Mais je ne comprends pas pourquoi c'est Matt Steenson qui s'est présenté et non Alecto ou un des deux autres. Je l'aurais attrapé et je l'aurais fait parler. Mais Steenson ? Y a-t-il un lien entre le représentant de la FIMCO et la danse des Furies ? Certainement, mais lequel ?

Elle raccrocha et posa son téléphone sur le siège passager au moment où Steenson grimpait à l'arrière de sa Jaguar. La berline s'ébroua et quitta son stationnement. Chen démarra à son tour et la prit en chasse.

REMERCIEMENTS

Quel plaisir de retrouver l'équipe qui a accueilli Mehrlicht au Livre de Poche !

Merci de leur confiance à Véronique Cardi et à Constance Trapenard que je rejoins aujourd'hui chez Lattès – Le Masque pour une nouvelle aventure en grand format !

Merci à ma nouvelle éditrice Violaine Chivot grâce à qui ces Furies ont gagné tant en intensité qu'en étrangeté. En humour aussi !

Merci bien sûr au reste de l'équipe qui travaille dans l'ombre et dans le confinement… J'espère que nous pourrons rapidement nous croiser de nouveau en vrai et, qui sait, sans masques.

Merci à Lilas Seewald, éditrice motrice et agente enchantée, pour sa confiance, sa détermination, et son œil impitoyable !

Merci aux bêta lecteurs qui se sont risqués dans le chantier de la première version pour remettre en place les poutres de guingois, refaire les chapes, rafistoler la toiture… Mon éternelle muse, d'abord, sans qui rien ne se ferait, sans qui rien ne se serait fait dans l'univers, Mon Isabelle.

La bise à Olivier Lerude (tu fais un merveilleux avocat !) et à Jean-Michel Couvreur, complices essentiels.

Merci à mes copains d'écriture parce que dans ces ténèbres confinées, pour continuer d'écrire, c'était important de vous avoir, de vous voir, de vous entendre et de se marrer : le gang du Writers'Cthulhu – Henri Loevenbruck (infâme Pontaulion !), Niko Tackian (tu étais dans le précédent roman, José !), Olivier Bal (brigadier Obal), Fabrice Mazza (capitaine Mazza) et Alexis Laipsker (commissaire, pour l'occasion). Maxime, tu ne perds rien pour attendre… –, Claire Favan, Johana Gustawsson (pardon à toutes les deux de vous avoir jetées par la fenêtre !), Jacques « bras en vrac » Saussey, et l'impayable mais néanmoins cocasse Olivier Norek, même s'il tient assez mal la vieille poire.

Merci à tous les libraires, bibliothécaires, lecteurs et blogueurs fidèles à mes exactions écrites, qui viennent me rencontrer ici et là, en France, en Suisse, en Belgique, qui me laissent un mot sur Facebook, viennent y rire ou y grogner avec moi… Merci ! Et tenez bon ! À l'heure où j'écris ses lignes, le confinement a repris, et la vente de livres en direct est interdite… Courage ! Nous nous retrouverons après tout ça.

En ces temps difficiles, prenez soin de vous, des vôtres, et des autres.

À bientôt !

NOTE DE L'AUTEUR

Sur le chapitre 46 avec Kezner et sa peur des virus, je tenais à expliquer au lecteur pourquoi, après plusieurs discussions, ce passage a été conservé. Si, à la première lecture du roman à l'été 2020, après le confinement et alors qu'on déplorait déjà trente mille morts de la Covid en France, le passage en question pouvait choquer, les propos de ce personnage étaient déjà écrits en novembre 2019 : il s'agissait de mettre en scène un virologue fou ayant créé tout au long de sa vie des virus mortels à des fins génocidaires et qui, désormais à la retraite, se confinait chez lui par peur d'être infecté par l'un d'eux. Cynique karma ! Bien sûr, les médias français évoquaient déjà l'apparition en Chine d'une épidémie très locale, au Wuhan… et l'auteur de polar est poreux.

Du même auteur :

L'Heure des fous, Marabout, 2013 ; Le Livre de Poche, 2019. (Prix Plaidoirie pour un Polar 2015 et Prix des lecteurs polar du Livre de Poche 2019.)

Le Jour des morts, Marabout, 2014.

Sans pitié ni remords, Marabout, 2015 ; Le Livre de Poche, 2017. (Prix Anguille-sous-Roche 2016.)

De cauchemar et de feu, Marabout, 2017 ; Le Livre de Poche, 2018. (Prix du Festival Sans Nom 2017.)

Dans la brume écarlate, Marabout, 2019. (Prix Coquelicot Noir du Salon du Livre de Nemours 2020.)

La Piste aux étoiles, French Pulp, 2019.

La Capture, Le Masque, 2022.

PAPIER À BASE DE FIBRES CERTIFIÉES

Le Livre de Poche s'engage pour l'environnement en réduisant l'empreinte carbone de ses livres. Celle de cet exemplaire est de :
350 g éq. CO_2
Rendez-vous sur www.livredepoche-durable.fr

Composition réalisée par Soft Office

Achevé d'imprimer en mars 2023 en Italie par
GRAFICA VENETA SPA – 35010 Trebaseleghe
Dépôt légal 1re publication : mars 2022
Édition 05 – mars 2023
LIBRAIRIE GÉNÉRALE FRANÇAISE
21, rue du Montparnasse – 75298 Paris Cedex 06

61/7548/7